律者医心

蜀银 著

华夏出版社

图书在版编目（CIP）数据

律者医心 / 蜀银著. -- 北京：华夏出版社有限公司, 2024（2025 重印）. -- ISBN 978-7-5222-0784-1

Ⅰ．I247.5

中国国家版本馆 CIP 数据核字第 202407008L 号

律者医心

作　　者	蜀　银
责任编辑	张　平　曾　华
责任印制	周　然
出版发行	华夏出版社有限公司
经　　销	新华书店
印　　装	三河市少明印务有限公司
版　　次	2024 年 11 月北京第 1 版 2025 年 5 月北京第 2 次印刷
开　　本	710mm×1000mm　1/16 开
印　　张	18.5
字　　数	280 千字
定　　价	55.00 元

华夏出版社有限公司　　地址：北京市东直门外香河园北里 4 号　邮编：100028
网址：www.hxph.com.cn　　电话：（010）64618981

若发现本版图书有印装质量问题，请与我社营销中心联系调换。

人生難得胡楊道

三千春秋寫人路

序

应作者王鸿儒邀，我欣然为本书作序。作者王鸿儒是巴州律协会员，在新疆巴州从事律师职业十余年，同时热爱文学，出版以古丝绸之路地域特色和楼兰历史文化为题材的长篇小说《楼兰传奇》《傅介子传奇》两部作品。如今又根据律师执业中积累的题材，围绕律师职业的特点、年轻律师成长经历和经验积累，从律师行业文化建设的角度，撰写了长篇小说《律者医心》，反映了为律师者该有的正能量和责任心。

应该说在我们巴州律师行业中能出一名作家，已是一份欣喜；然而，令人没有想到的是，我们巴州律师行业中的作家，本土原创出一部反映律师行业的著作，更是一份欣喜。

律师职业是一项参与法治建设和法治实践的重要职业。律师必须在律师事务所执业，是律师从业的基本要求。律师职业的入职门槛高，职业要求严格，使之成为世间百业之中要求最为严苛的职业之一，除了要遵循《律师法》《律师职业道德和职业纪律规范》，执业律师还需要践行所在律师事务所的办所理念和规章制度，树立良好的执业风格和形象。

当然，不同的律师事务所有着不同的办所理念乃至不同的职业文化风格，《律者医心》一书就是从律师事务所的办所理念和职业文化的角度，来讲述律师在律所文化的熏陶下，不断成长，为社会治理默默奉献的故事。

律者医心

具体一点来说，长篇小说《律者医心》，全书近30万字，通过四名985大学毕业法本大学生放弃保研和留在大城市工作生活机会，自主择业，共同前往西部地区小县城当律师，投身西部大开发和社会主义新时代法治建设的励志故事，在一系列案件的办理过程中，深切地实践律所王海仁主任的办所理念：律师作为社会治理的参与者，应将社会矛盾的化解和消除作为自己的职业目标，把社会矛盾看作社会创伤，律师工作就像医生治疗患者一样去治愈社会创伤，律师事务所是愈合社会创伤的康复中心。

为医生者应有仁者之心，为律师者应该有一颗医者之心，故而书名为《律者医心》。

这些年轻律师在律所文化氛围的正确引导下，师父、师兄的传帮带让，使他们逐步成长为这家基层律师事务所的中坚力量，陆续在行业内崭露头角，为当地法治建设和社会和谐作出了巨大贡献，深得当事人和服务对象的信赖。在快乐的基层律师执业和生活中，他们不但收获了事业，还收获了爱情，刻画出了当代大学生有理想、有追求，自主择业，实现人生价值的烟火人生形象。随着从业年限的增加、业务领域的拓展、新的高学历法学人才不断入职，书中主人翁王铁帆、程雪风、金海嫦、刘冰冰四人决定报考研究生，脱产学习充电，在学业上继续深造……

该书以小说的文学作品形式，描绘了在依法治国的当下，新一代法律人才的社会责任担当，以及他们在基层创业、生活、成长的快乐，还有他们为了提升自己的专业知识，不断追求拼搏，那种昂扬向上的青春风貌。

作者在该书中总结出了"败诉豁免权""办案辅助线""细节决定成败"等办案经验，既有律师接案和当事人深入细致沟通交流的职业素养写实，又有办案策略的经验传递，还有律师职业道德和执业责任的融会贯通。从这个角度来讲，该书既是一部文学作品，又是一部能够传经送宝的律师职业教科书。

书中所选案例，都极具普遍性和代表性，既能够让许许多多的律师感到似曾相识，又能对律师融入案件中的实务产生共鸣，更重要的是，能让许多律师

序

对类似案件的曾经代理进行反思，对手里正在办的、未来即将办理的类似案件有所启迪。

难能可贵的是，作者开篇对法律服务市场的分析，从基层法院办理各民事、刑事、行政诉讼案件的数量，对应当地法律服务市场从业人员的数量，得出律师初始执业到基层县市获得的办案机会更多，是非常客观和科学的。这样的理念，有利于启发和引导刚入社会的法律人才向最需要法律服务的基层县市流动，他们到基层接触的人员更多、案件类型更广，自己的成长会更快，专业基础更加扎实。同时，使广大法律专业的学子实现专业报国的梦想，有利于基层法治建设。

从文化的多元性、规则性以及执业的专业性和延伸性来讲，律师行业不是一两部著作可以说明白的。显然，《律者医心》一书从律师执业的广度和执业延伸性来讲，存在着一定的局限性。不过，它毕竟是第一部咱们巴州本土律师、作家创作，从独特的视角反映律师行业和律师执业的文学作品，是倾注了作者多年心血写就的鸿篇巨制，的确令人佩服和感动。它犹如巴州大地上产出的一枚香梨，带着这里的泥土芳香，带着阳光雨露赋予的水分和绵甜，走向读者。

愿此书能为律师行业的文化建设和普及社会法治教育做出贡献！

蒋家开

2024 年 10 月 16 日于库尔勒

注：蒋家开　新疆律师协会副会长、巴州律师行业党委副书记、巴州律师协会会长、新疆天雪律师事务所主任。

目录 Contents

引言 ··· 001
第一章　寻梦应是在基层 ··· 003
第二章　人生当是写天骄 ··· 020
第三章　律者的正道 ··· 035
第四章　败诉豁免权 ··· 050
第五章　办案辅助线 ··· 068
第六章　疑案悬赏 ·· 086
第七章　细节决定成败 ·· 102
第八章　守护金融 ·· 123
第九章　护农医商 ·· 140
第十章　喜聚江城 ·· 158
第十一章　躺枪的行诉 ·· 175
第十二章　破解行政诉讼 ··· 190
第十三章　瓜王法务 ··· 209
第十四章　担保危情 ··· 228
第十五章　资本陷阱破 ·· 248
第十六章　重回象牙塔 ·· 264

后记 ··· 285

001

引 言

"王老板，快过年了，家里都盼着呢，您看我这工钱……"父亲弓着身子，眼神里带着期待，小心翼翼地问。

"最近资金紧张，周转不开，再等等。一有钱，我马上给你。"王老板拍着胸脯，还是这个理由，还是这个动作，父亲一脸的无可奈何。

"赵经理，孩子等着我的工钱交学费呢，什么时候能发呀？"叔叔讨好的笑容里透着焦急。

"大老板出国了，一直没回来，我也急，也等着钱过年呢。"赵经理摊开双手，无奈地说，显得比叔叔还焦急。

"头儿，我跟着你出来一年了，再不发钱，家里就揭不开锅了！"伯伯嗓门很高却底气不足，竭力跟包工头套着近乎。

"兄弟，我也差钱啊！资方不给，我天天低声下气地朝他们磕头讨要呢。"包工头显得无比委屈。

……

大西北，身处不同的县、不同的高中，同样出身于农民工家庭的两名高三学生，同样从小目睹父亲跟村里的叔叔伯伯外出打工结不上工资，年年打工，年年讨薪的艰辛，同样刻苦学习，立志长大后要当一名为老百姓伸张正义的律师……

第一章

寻梦应是在基层

6月初的太阳雨里,位于江城这所985政法大学那条长长的杏林大道两边,高大荫浓的杏树上,果实即将成熟,金灿灿的杏果掩映在虬枝翠叶中,在细丝般的雨水里,颗颗黄杏沾满晶莹欲滴的水珠,被轻柔的阳光体恤着,树叶显得更加翠绿,果实显得更加金黄。道路边、杏树下、高楼前,即将毕业的学子们在这太阳雨里,三三两两地拍照留念。他们在这所高校孕育了四年,犹如这金黄的杏果,也到了成熟的季节。

学子们即将毕业,他们或选择走向社会,用自己的法学专业知识回报社会、捍卫公平正义,开启自己新的人生;或选择继续深造学习,攻读硕士、博士学位……

在杏林大道标志性的建筑小礼堂内,大四(1)班的同学正集中在这里,听今天当班的就业指导老师张国文教授为大家做就业指导。张国文教授是本校的知名教授,不仅知识渊博、学术成就卓越,而且社会阅历丰富、讲课幽默诙谐接地气,同学们都十分爱戴他。

张教授手拿意向信息资料,语重心长地向同学们讲解就业形势,还进行了就业推介。随后,他对大家道:"同学们,咱们法学专业的学生,毕业后如果选择吃专业饭,主要有两条路,一条是通过招考进入体制内干事业,另一条就是自主创业，利用自己的专业特长去干律师。干律师就是进入法律服务市场。市场有市场的规则，你们既要用专业知识服务社会，还要用专业知识赚钱谋生。今天我重点跟大家分析一下毕业后选择做律师的关键——法律服务市场的分析和选择。"

张教授的话，同学们听得津津有味，对未来充满期待，只有后排靠窗的两个小伙子似听非听，偶尔还低语着什么。

张教授抬头一看，这两个人乃是本届学生中的高才生，瘦高的名叫王铁帆，稍显健壮的名叫程雪风。张教授走到两人面前，和蔼而又关切地说道："王铁帆、程雪风同学，你们俩可是我们学校从本届即将毕业的法本生里评选出的优秀毕业生啊，品学兼优，多次代表学校获得大奖，都是全额奖学金获得者，而且你们俩在大三就都通过了国家法律职业资格考试，是为数不多的本届法学学生在校期间获得 A 级法律职业资格证书的。你们俩是打算选择本校保研深造，还是直接就业呀？"

王铁帆看了程雪风一眼，程雪风对王铁帆道："铁帆兄，你跟张教授说说我们的想法吧，请他把把关。"

王铁帆迟疑了一下，推道："你说吧！"

张国文教授敏锐地感觉到，这两个高才生可能有不随大流的想法。他有些好奇，便点名道："王铁帆同学，你就别推脱了。你俩有啥想法，说出来，我老张给你们参谋参谋，如何？"

王铁帆道："张教授，您不仅是法学专家，而且是就业问题专家。我和雪风这几天确实有新想法，想请教您，请您帮我们参谋一下。"

张教授闻言甚喜，半开玩笑地说道："有新想法当然好呀！老张我乐意帮你们合计合计，你就说来听听。"

王铁帆道："张教授，我和程雪风都是农村孩子，家乡在西部同一个市，只是不在同一个县。我是绿洲县的，雪风同学是相邻的胡杨县的。我们的父母都是农民工。我们从小就见自己的父母每年都重复着前半年辛苦打工、后半年再辛苦讨薪的日子。我俩有一个共同的想法：放弃保研名额暂不读研，不参加考试进入体制内工作，不去大城市的知名律师事务所，而回家乡找一个县城的律师事务所当律师，加入西部大开发的潮流。我们那里，县城的律师还很少，以我们目前的知识水平，为家乡的社会经济发展做点贡献，暂时应该是够用的。等积累一些实践经验，再考研深造。"

张教授沉思片刻，情绪激动地对他们道："这个想法太大胆了！你们能这样想，完全出乎我的意料。你们这样的好材料，一个猛子扎到基层去做平凡的律师工作，我从来没有想过。想都不敢想，简直想都不敢想呀……"

雨停了，阳光时而透过高大的玻璃窗斜照在小礼堂内，时而被流云遮挡，使小礼堂里的光线忽明忽暗。

听了张教授的一席话，小礼堂内立刻安静下来。同学们对王铁帆、程雪风这两颗未来之星的想法十分不理解，一个个心里思量着：谁不想保研继续深造，谁不想在大城市的政法机关或政府部门去享受优渥的环境和铁饭碗待遇，谁不想去大城市知名律师事务所有一番作为？凭着两人在学业上的条件，无论哪一个愿望都能实现，为何却要打道回乡呢？

张教授稳定了一下情绪，对王铁帆道："你这种回报式的心态可以理解，但这个理由还不足以让本人信服。我今天讲课的重点，是法律服务市场的分析和选择。既然谈到法律服务市场，就不能避讳谈你们去做律师能不能得到市场的认可。换句话说，就是你们选择回家乡小县城做律师，那里的法律服务市场有没有你们的一席之地。说得再通俗一点，就是你们能不能赚钱养活自己。你目前的表述，从我们法律专业人士思考问题的角度来看，只有感性的依据，没有可行性的依据。你们二人需要从专业的角度进行可行性补充。"

王铁帆腼腆地笑了笑，对张教授道："张教授，我们俩这几年放假回家在我们倾向就业的绿洲和胡杨两个县做了充足的社会调查：这两个县的常住人口数量，一个临近12万人，一个临近14万人；经济发展以中小型的工矿业、特色林果业和农业为支柱，商业、旅游等服务行业发展一般。其中，绿洲县有各类企业390家、政府部门56个、各类学校35所、医疗机构8家；胡杨县有各类企业406家、政府部门也是56个、各类学校38所、医疗机构9家。数据来源于实地收集。两座县城内都既有历史遗存，又有现代高楼，城市面貌干净整洁，房价每平方米不过5000元。两个县人民法院民事案件立案分别为2700件、3000件左右，刑事案件都在150件以内，检察机关做不诉和免诉的除外。行政诉讼案件每年都不超过15件。这些案件数据来源于当地法检两院院长和检察长向所在地人民代表大会所做的年度报告，是公开的官方数据。

"另外，这两个县法律服务行业的情况更是一目了然。绿洲县仅有2家律师事务所，7名律师；7家法律服务所，23名法律工作者；全县共有法律服务从业人员30人。胡杨县有3家律师事务所，11名律师；8家法律服务所，26名法律工作者；全县共有法律服务从业人员37人。

"绿洲县的律师事务所，有获得做政府部门、学校、医疗机构、企业聘请法律顾问的机会489个，按照全县30名从业人员分摊下来，每人每年有做法律顾问的机会16.3个；绿洲县每年有各类司法案件2865件，按照每个案件当事人都聘请诉讼代理人或辩护人参加诉讼，每个案件按双方当事人各一计算，该县诉讼代理法律服务市场全年总共有5730个聘请代理人或辩护人的机会，按照全县30名从业人员分摊下来，每人每年有获得案件办理的机会191个。

"胡杨县的律师事务所，有获得做政府部门、学校、医疗机构、企业聘请法律顾问的机会509个，按照全县37名从业人员分摊下来，每人每年有做法律顾问的机会13.8个；胡杨县每年有各类司法案件3165件，按照每个案件当事人都聘请诉讼代理人或辩护人参加诉讼，每人每年有获得案件办理的机会171.1个。

"我们学校所在的江城，根据司法局年审数据，共有律师7600人左右，法律工作者900人左右，全市法律服务行业的从业人员共有8500人。按照官方公开的数据，全市各级法院每年各类案件总共65000件，按照每个案件当事人都聘请诉讼代理人或辩护人参加诉讼，每个案件按双方当事人各一计算，江城市诉讼代理法律服务市场总共有130000个聘请代理人或辩护人的机会，按照8500名从业人员分摊下来，每人每年有获得案件代理的机会15.3个，再扣除当事人自己出庭，不聘请代理人，外地律师、法律工作者介入，本地名所、名律师绝对案源优势的二八效应，如果我们在大城市当律师，每年获得案件办理的机会只能是个位数。

"根据以上分析，我们觉得基层更需要法律服务，法律服务市场巨大，也更加能体现我们的专业价值和人生价值。所以，我们打算回到我的家乡绿洲县加入一家律师事务所，既能实现为农民工伸张正义的理想，又有充足的案源。这样有两个方面的好处：一方面，参与办案的类型一定很丰富，自己的专业知识可以得到全面验证和运用；另一方面，另一方面……"

听到这里，张教授有点着急了，急切地问道："另一方面怎么啦？"

王铁帆略显羞涩地说道："另一方面……另一方面就是想向张教授求证一下，我们选择自主创业，相比之下，没有考进体制内那么稳定，这样一来，我们的收入和生活状况会不会太差呀？"

程雪风补充道："张教授，您说我们有这么多的办案机会，又有母校这块金字招牌加持，那里房价又低，安居压力小，只要我们勤劳肯干，收入不会太差吧？我们要求不高，应该生活得比较小康一点吧？"

程雪风此言一出，同学们哄堂大笑，接着小礼堂内响起阵阵热烈的掌声。

张教授听完王铁帆这一番既有理想又有实地考察数据支持的可行性分析，面对全体同学，来了一阵夸张的大笑："哈哈哈哈……哈哈哈哈……"

接着，张教授面朝王铁帆和程雪风，神情严肃地说道："王铁帆、程雪风两位同学，听了你们的想法和调研分析，我很认可。这是一份堪称教科书级别的调研报告，你们做得比我们的就业指导课细致。这种严谨的态度张某今天受教了，我要对你们说声'谢谢'！"

张教授是个直率的人，在学生面前从来不摆大专家、大学者的架子，有时候像个老顽童，和同学们打成一片。但像今天这样，当众对自己的学生说受教了且公开致谢的情况,还从未有过。

大学四年,王铁帆在专业上深得张教授教导和关怀,从心底里对张教授充满感恩和敬意。看张教授如此自降身份来褒扬自己,王铁帆一点儿都高兴不起来。他感到紧张而又自责……

王铁帆用手挡住嘴巴,小声对程雪风道:"兄弟,看来我刚才不该多嘴。张教授情绪这么激动,我怎么收场呀?"

程雪风不动声色,小声回道:"老王莫慌。你向老顽童提交了他最满意的社会调查报告,他给了你最高规格的肯定,这是你得到的大学收官的赞誉,你好好享受一番吧。"

这时,张教授已将情绪稳定下来,语重心长地对同学们道:"同学们呀!王铁帆和程雪风二人这个社会调查科学客观,对就业目标地的法律服务市场分析透彻,由此形成的就业可行性分析非常正确,值得同学们深思和借鉴。我听了十分激动,并且有了两点感悟:我的第一点感悟是,法学生不要盲目追求留在大城市。法学生在大城市就业容易,进入体制内很难,大多只能从事律师等法律服务行业,在开始的几年时间里收入偏低,生活压力大,幸福感差,独立练手的案源少,专业施展空间有限,办案能力成长较慢。案件少,收入自然也就少了。收入少了,底气不足,有时候还要家里接济。你们选择当律师,从个人小的角度来讲,其实就是选择了在法律服务市场里赚取服务费谋生。我乐意听到人说我的学生混得有多好,不愿告诉别人我的学生混得很苦。大家也看到了网上的消息:某大城市的一名硕士律师收入不足以度日,行了盗窃之事。这个消息曾经令我感到恐慌,我担心,我害怕。所以,我希望大家在起步阶段要做到两点:一是一定要相信自己的未来会美好,二是一定要有过苦日子的思想准备。在大城市,法律服务行业比较成熟,新人需要老律师帮和带,由于市场竞争激烈,带你的老律师能给你的机会不会太多。前期的日子确实会很艰苦,很多律师都是这样挺过来的。相比大城市,基层小县城律师少,新人的机会要多一些。这样一来,对新人而言,入行的初期,小县城反而比大城市要好得多。"

台下鸦雀无声，同学们被张教授关怀备至的分析吸引住了。说到这里，张教授停了下来，喝了一口茶，面带笑容，用洪亮的声音继续道："王铁帆和程雪风的思路我非常认同，尤其是王铁帆的一番话，使我茅塞顿开，说醍醐灌顶也不为过。我和大家一样，头顶着大城市的天空，思维里大都是周边的事，没有往基层的法律服务市场去思考，没有看到基层法律服务市场的优势。现在他们二人给大家补缺了，值得大家学习和借鉴。"

张教授洪亮的声音把同学们从各自的感悟和想象中带了回来，小礼堂里爆发出雷鸣般的掌声……

张教授接着道："我的第二点感悟是，人一定要找到一个适合自己生存发展的环境。只有安居乐业，才有可能做出一番成就。给你们举个例子，老虎和狮子都有自己生存的一片领地，它们要靠这片领地上的食物生存。你们要是当律师，案源就是你们的一片领地。你们是法学生，有了充足的案源，就有了发挥专业特长的机会，也就有了不错的收入解决生存问题。只有实现了安居乐业，专业水平和个人能力才能得到提高，并最终成就自己，干出一番事业。就像王铁帆同学问的那样，他们到自己家乡缺少法律人才的县城，几乎没有什么竞争压力，有很多办案的机会，那里房价又低，安居压力小，只要勤劳肯干，收入会太差吗？生活会不会过得小康一点呢？我明确告诉你们，你们的收入一定会很高，很快就能超越小康水平，变得很富裕。我来给你们算算账：你们到绿洲县，只要抓住你们考察材料中20%的法律顾问机会和代理案件机会，法律顾问可达3家，平均按5000元算，年法律顾问费可达1.5万元；案件数量可达38件，每起案件的律师代理费平均按7500元算，年办案收入为28.5万元；法律顾问费收入和案件代理费收入，两项合计，一年收入的营业额可达30万元；除去律所分成和税收后，平均到每月的净收入最起码为15000元，这比我的工资收入还要略高一点。按照这个基础收入开启律师执业生涯，很快就能实现亲手创造的小康生活。只要勤劳肯干，也很容易就能达到中产阶级的收入水平。

等你们口袋里有了钱，到江城来请张国文同志吃个饭，出手就会是人均数百元的大餐。老张我不经你们师娘同意，根本不敢抢着买单。吃完了，嘴巴一抹，老张我只能对王铁帆同学说一声，谢谢啦！"

小礼堂里响起同学们阵阵热烈的掌声和欢呼声、笑声……

良久，小礼堂终于安静下来，王铁帆和程雪风起身向张国文教授鞠躬道："谢谢张教授教导！"

张教授摆手示意二人坐下，接着对同学们道："王铁帆和程雪风选择就业的市场调查分析算是我校大四生在就业领域的一项调研成果，我各取他二人名字中的一个字，将它命名为'风帆定律'，编入本校的大学生就业辅导教材。其他同学可以掏出手机，搜索一下和你自己相关城市的数据，进行属于你自己的就业市场前景分析，为自己安居乐业找一片属于自己的领地。"

同学们个个踌躇满志，许多人迫不及待地掏出手机，搜索自己家乡县市区的相关数据……

熟悉的下课铃声响了，张教授站回讲台，对同学们道："同学们，要下课了。我对你们只有两个要求：

"第一是对法律要有敬畏之心。在任何时候都要有底线意识，自始至终都要坚持法治精神，守护公平正义，守护名牌政法大学学子那份心灵的高贵，绝不要为斗米折腰、为虎作伥，成为豪强的帮凶，欺压弱小。

"第二是要有一颗善良的心。混得好的同学，有条件了，一定要带暂时混得不好的同学，送人玫瑰，手留余香。

"做到这两点很难，难在社会的诱惑。但是，做起来也很容易，容易在你们对信念的坚持。

"同学们，山水有相逢。不管你们在哪里，希望你们不要断了和我以及你们同学间的联系。我有机会一定去看望你们。在这里，老张我祝有志于从事律师职业的同学，早日融入社会，早日奔小康，早日建立幸福的小家庭，快快乐乐地生活！"

说完，张教授潇洒地走下讲台，离开了小礼堂。张教授高大的背影很快消失在小礼堂外的拐角处……

王铁帆看着恩师离开的背影，离愁别恨涌上来，心里泛起阵阵酸楚。他看着窗外的杏树发愣。他和同学们都明白，自己真的要毕业离开生活四年的大学校园了，学生时代真的要结束了……

突然，有一位女同学走过来，用手在王铁帆眼前晃了晃，调皮地说道："喂！哈喽！大才子，我家就在江城，按照你的分析，不，应该说按照'凤帆定律'，我在江城的从业之路肯定很艰难。保研没有我的份儿，考研嘛又太熬人。刚才老顽童已经说了，你们混得好的一定要有一颗善良的心。我准备跟你俩去绿洲县，创造我自己的小康生活哈！你不可以拒绝哦！"

这位同学名叫刘冰冰，是出生、成长在江城这座大城市的姑娘。她身材高挑，活泼谦和，情商很高，和班里每个同学都相处得很好。她热爱集体，班级荣誉感强，一张雪白可爱的娃娃脸上总是挂着微笑，老师和同学们都很喜欢她。她的娃娃脸和微微的婴儿肥，使她看上去和大家不在一个年龄段。她本来可以被奉为班花，但因为显得比大家年龄都小，就被戏称为"待开的班花"，有调皮的师兄给她取了个外号"班花骨朵"。

刘冰冰是班里的文娱委员。她上政法大学，立志当大律师，做一名维护社会公平正义的律政佳人。刘冰冰的专业成绩很好，大三参加国家法律职业资格考试，客观题过关，主观题差一点。她还有音乐和文学等多项特长，曾经在学校的歌咏比赛中获大奖，曾经代表学校参加过江城市的演讲，曾经多次参与学校的晚会主持，还经常在本校校刊和各类报纸上发表诗歌和散文，是一位名副其实的才女。

面对刘冰冰这一突如其来的请求，王铁帆不知所措，腼腆地笑了笑，不停地挠自己的后脑勺……

这时，程雪风向刘冰冰伸出大拇指，道："刘姑娘觉悟高，愿意放弃大城市生活，同我们去扎根基层，欢迎！只是……"

程雪风说了半句话，弄得刘冰冰一头雾水。她连忙对程雪风发问道："程雪风大才子，什么意思啊？一句话你说半句，留半句，'只是'什么呀，难道你说的'欢迎'是假的？"

程雪风道："刘姑娘，程某没有什么别的意思，欢迎你加入也是真的。只是你去就业，劳动监察大队会找律师事务所的麻烦。"

刘冰冰闻言满脸茫然，萌萌地问道："为什么呀？劳动监察大队有权管律师事务所吗？"

程雪风满脸坏笑地回道："你怎么看都是个未成年人，他们会以为律师事务所用童工呢！"

刘冰冰闻言瞪大双眼，道："该死的程雪风，你敢调侃本师姐！"

说罢，她伸手抓住程雪风的肩膀，大喊道："九阴白骨爪！"

程雪风疼得快叫出声来，对王铁帆喊道："老王，快救我！"

王铁帆摆出一副隔岸观火的样子，不紧不慢地回道："兄弟，你不应该叫我救你。你这是要我出手帮你对付未成年人啊！我怎么敢呢？你重新提个别的要求吧。"

程雪风道："哎哟……我不求你了。求刘姑娘放过在下吧！刘姑娘，容程某把话说完好不好？"

刘冰冰道："你叫一声师姐，让我考虑一下。"

程雪风无奈，只好回应道："师姐，请放过程某吧！"

刘冰冰放开程雪风，道："那你把话说完，不可调侃本师姐。"

程雪风缓了缓，对刘冰冰道："你知不知道，为什么王铁帆家所在的那个县叫绿洲县，我家所在的那个县叫胡杨县？"

刘冰冰道："我又没有去过那里，你问这些，我怎么知道呀？"

说到这里，刘冰冰感到程雪风又要调侃她，立刻做出要再次施展她的九阴白骨爪的架势，对程雪风瞪眼道："好你个程雪风，你是不是又想给本师姐下套？"

程雪风摆手道："别……别……别啊，我是在关心你，让你先了解一下我们那里恶劣的自然环境。刚才张教授不是说了吗，人一定要找到一个适合自己生存发展的环境。只有安居乐业，才有可能做出一番成就。我们那里的环境适不适合你，你总该了解一下吧？可不能先误了你的青春，后又误了你的子孙呀……"

说话间，程雪风躲到课桌的另一侧。这次刘冰冰没有追逐他，反而镇定地对王铁帆道："王大才子，看来你们俩真的害怕我沾二位的光呀！不欢迎就直接说，别拿环境恶劣这些借口吓唬本师姐。"

王铁帆道："这回我兄弟可没有调侃你。我们那里地处沙漠腹地，春季常常狂风肆虐，沙尘暴遮天蔽日；夏季干旱少雨，烈日炎炎，空气干燥；秋季瓜果飘香，胡杨金黄，还算不错；冬季常常大雪漫天，冰封千里。我所在的县是沙漠里的一块绿洲，所以叫绿洲县。程雪风家所在的县也是沙漠里的一块绿洲，因为存在大片的野生原始胡杨林，所以叫胡杨县。我们那里可不比江城，空气这么潮湿温润。你这张被南方水汽滋养得娇娇嫩嫩的娃娃脸，到我们那里失去水汽的滋养，再被大漠风沙打磨、烈日照晒，唉，不说了，想想都可怕。"

刘冰冰显出无所谓的样子道："王铁帆你少危言耸听，吓唬本师姐。你就说来听听，到底有多可怕。"

王铁帆道："你这张娇嫩的娃娃脸，在我们那里气候的摧残下，过不了几年就会变成妈妈脸，再过上些年份，就会变成奶奶脸，难道你不觉得可怕吗？"

刘冰冰笑道："不可怕，一点儿都不可怕。这不是每个女人都要经历的变脸周期吗，怎么能叫可怕呢？要树立正确的人生观和价值观。有一颗献身祖国社会主义法治建设的红心，就什么困难都能克服！再说了，要是真的那么可怕，你们那里早就没有女人了。没有了女人，又怎么会有人口延续呢？所以，一个地方，如果那里没有女人，就不会有人口延续。既然你们都能回乡创业，说明那里并不可怕。休想给我上眼药，让我打退堂鼓。本师姐决定跟随你们向沙漠进军，让你们真正见识一下，什么才是真正的巾帼不让须眉！哈哈哈，哈

律者医心

哈哈哈……"

刘冰冰说罢，不等二人回话，大笑着向小礼堂门外走去。随后，王铁帆和程雪风的微信被刘冰冰拉成一个名为"向往绿洲"的三人群，接着就响起了消息提示音。二人一看，是刘冰冰发来的信息："二位才子，本师姐慎重决定随你们去绿洲县做一名律政佳人。我已经报告父母，他们没有反对。我的父母早就帮我考察过江城的律师行业了，普遍不看好。实习律师要实习一年，只能干些打杂的工作。即便实习过关后成为专职律师，前三至五年也很难熬，情况就和王铁帆今天分析的一样。既然留在江城我是一条虫，不如跟你们到基层去学着做一条龙。"

王铁帆回道："你到哪里也成不了一条龙呀！"

程雪风也回道："是的，应该是去基层学着做一只凤呢！"

刘冰冰道："我没有两位的专业条件好。你们一去就是实习律师，我还得准备今年10月份的主观题考试。希望两位师兄能指点我。"

程雪风道："你不当师姐了啊？看在你叫师兄的份上，我们会助你一臂之力，帮助你一举通过主观题考试。不过，我是以刚过线多一点的成绩勉强通过主观题考试的，老王是高分碾压式通过的，这方面你还得多找你铁帆师兄呀！"

刘冰冰道："谢谢程师兄！王铁帆师兄看到请回应一下哈！"

王铁帆回应道："只要是你王师兄力所能及的，一切都不是问题。只是你要考虑好到基层创业的艰苦，提前做好迎接困难和不如意的思想准备，好好想想，你把青春扔到沙漠里值不值，亏不亏？"

刘冰冰回道："律师职业是自由职业，时间的自由度很高。我随你们去案源丰富的绿洲县，又不是要趴在那里不动弹。到基层干几年，能磨砺出独立的办案经验和能力，还能积累一定的经济基础。等时机成熟了，还可以再回到大城市，进名所也好，找一个不错的所当合伙人也罢，甚至和他人合伙开所也未尝不可。"

第一章　寻梦应是在基层

程雪风不停地发竖着大拇指的表情包……

王铁帆道:"看来你思想上的准备工作已经做好了,接下来就是要解决目前的问题:我们以什么方式去加入绿洲县的律师事务所呢?是分开加入这两家,还是一起加入其中的一家?投了简历后,人家要是不接纳我们,或者不能全部接纳,我们又该怎么办呢?"

刘冰冰回道:"帆哥这个问题提得好!你们等着,我来公关。咱们可是985的法本生呀,不许出现到一个县城投简历还被拒绝的情况。"

看了刘冰冰的回话,三人群里没有了动静……

下午刚放学,王铁帆和程雪风正准备去食堂用餐,二人的微信提示音响了,"向往绿洲"三人群里被刘冰冰拉入了一个熟悉的微信账号——班里另一名女同学金海嬬的微信账号。很快,金海嬬同学就在群里发来一条消息:"王、程、刘三位创业先驱:我把你们的想法告诉我的一位在省律协工作的大婶了,她非常认同和支持你们的想法。她已经联系到绿洲县所在市的司法局和律协,你们会以人才引进的方式进入绿洲县司法局,由司法局推荐你们进入该县的律师事务所。那里的两家律师事务所都同意接收你们,实习期间律所开出的基本工资为每月3500元,五险一金按《劳动法》走正规手续,费用该所里承担的所里承担,该个人承担的个人承担。协助律师办案,有2%的提成;独立谈下案件,有5%的提成;律所不管吃住。实习期满成为专职律师后,税后办案分成为所里20%,个人80%。个人所得自己依法申报,也可以由所里财务人员代办。"

很快,"向往绿洲"群里出现王铁帆、程雪风、刘冰冰回应的表情包。

接着,金海嬬同学就在群里发来一条消息:"受各位的影响,我也要随你们到绿洲县去历练,希望诸君接纳我!!"

三人迅速以"拍手欢迎"的表情包回应。

刘冰冰道:"省律协的推荐名单里肯定有亲爱的金吧?"

金海嬬:"小师妹,师姐不闹腾着自己要去,怎么开口求人呢?"

程雪风道:"海嬗姑娘机智!欢迎!欢迎!"接着就是一大串大拇指的表情包。

王铁帆道:"多谢两位女神的神助攻,欢迎二位加入!"

这个金海嬗也是江城本地人,父母都在江城某部队医院工作。她的父亲是医院的一名领导,母亲是一名军医。她从小在军营里长大,自幼就有入伍从军的想法。高中期间,她忽然觉得女孩子当律师更加英姿飒爽,于是,高考填志愿时,毅然决定报考政法大学,学习法学专业,成就自己当律师的梦想。在大学里,金海嬗是个品学兼优的好学生,大三下学期报名参加国家法律职业资格考试,客观题高分通过,主观题未能通过。金海嬗身材高挑,脸庞秀丽,短发齐耳,充满青春朝气。她很自律,每天早晚坚持练武术,在全运会武术项目中获得过前十名的好名次,是年级里有名的"霸王花"。金海嬗有点男孩子个性,还带点哥们儿义气的仗义气魄。她待人和善,乐于助人,在班里人缘很好。这不,刘冰冰中午才把和王铁帆、程雪风去绿洲县的困难跟她一讲,她便风风火火地四处找人解决问题。不到天黑,四个人的名单就被发到绿洲县司法局和那两家律师事务所了。

人才引进既成事实,就差几人结伙出发,前往目的地报到了……

王铁帆和程雪风在前往学校食堂的路上回完金海嬗的信息,心中甚是高兴。二人同时停下脚步,对看了一眼。这对好兄弟十分默契,相互看一眼,就明白对方的意思。程雪风道:"那就去校门口对面那家春风十里音乐餐吧,提前庆祝一下我们就业成功。"

王铁帆道:"兄弟和我想的一样,就去那里!通知两位女神。"

程雪风道:"我们同时发信息吧,今晚我俩做东。"

王铁帆道:"必须的,现在就发。"

刘冰冰和金海嬗正走在从图书馆回宿舍的路上。二人边走边小声聊着去绿洲县的美好愿景。忽然,两人的微信提示音同时连续响起。二人看完微信,对看一眼,高兴得同时道:"去!"

第一章　寻梦应是在基层

　　春风十里音乐餐吧是学校附近的中低档搭配餐吧，是很多大学生都喜欢光顾的场所。餐吧大厅里设有卡座和音乐舞台，大厅四周和通道两侧都是包间，靠里面的包间可以点餐、听音乐，还有专用的卡拉OK设备，可以唱歌。王铁帆和程雪风收到刘冰冰、金海嫱的回应消息后立刻来到餐吧。程雪风进餐吧订了一间靠里面的包间，王铁帆在门外等待两位女神的到来。

　　稍许，刘冰冰和金海嫱来到餐吧。王铁帆把两人迎进大厅。订好包间正欲出门迎接的程雪风带着大家一起进到包间，王、程二人纷纷给两位女神拉开座椅，请她们落座。

　　四人坐定后，王铁帆道："感谢两位女神的公关工作，让我们通过人才引进体面地进入梦想的工作岗位。今天我和雪风做东，诚心诚意地请你们吃饭、唱歌。桌上有菜单，二位请点菜。别客气哈！"

　　刘冰冰指着菜单，狡黠地笑道："两位师弟，今天可是你们任宰任砍的哟，本师姐就下刀啦！"

　　金海嫱抿嘴一笑，点了点头道："冰冰说得对，今天得好好宰两位大才子一顿。"

　　程雪风道："好你个刘冰冰，一会儿叫我们师兄，一会儿又叫我们师弟。我们到底是师兄还是师弟呢？"

　　刘冰冰道："你还没发现规律吗？"

　　程雪风愣了一下，说："我没有发现什么规律啊。应该是你为所欲为，想怎么叫就怎么叫吧？"

　　刘冰冰眼神一转，对王铁帆道："王才子也是这样认为的吗？"

　　王铁帆略一沉思道："不不不，此间大有学问呢！"

　　三人都惊诧地看着王铁帆，眼神里都是问号。

　　王铁帆不紧不慢地说道："这个刘冰冰啊，她需要我们关心的时候呢，就叫我们师兄，她需要关心我们的时候呢，就叫我们师弟。所以她称呼我们的规律就是，需要谁关心谁。"

两位女神倒是仁慈，虽然嘴里喊着宰王、程二人，但是就点了四道中等价位的菜品。王铁帆和程雪风会意地对看一眼，程雪风拿过菜单，又点了两道硬菜，道："今天这么顺利，点六个菜，凑个六六大顺多好！"

金海嫱道："别浪费呀！"

王铁帆道："浪费不了，程雪风是很能吃的。"

包间里传出阵阵欢笑声……

席间，金海嫱道："三天后学校就要给我们大四全年级召开毕业典礼大会了。随后，同学们就要陆陆续续地离开母校了。各位决定什么时候去绿洲县赴任呢？"

王铁帆道："绿洲县离江城将近1500公里，我和雪风先去给两位女神打前站，做些前期准备工作。等我们把前期工作做好了，你们再来。不知两位女神意下如何？"

刘冰冰道："不可！难道你俩想跑路？"

刘冰冰"跑路"二字一出口，差点没把其余三人笑喷……

等大伙儿笑得缓过来后，金海嫱道："我爸明天开始休假，休假时间为20天。他不但要来参加我的毕业典礼，而且还要亲自驾车送我们去绿洲县。绿洲县是我爸参军后驻守过6年的地方，他也想回去看看自己的第二故乡。而且，我就是在绿洲县出生的。"

原来，金海嫱与绿洲县这么有缘分，大家不停地举杯祝愿……

金海嫱道："干脆就这样定下来吧，我家的车是八座商务车，四个人的行李肯定装不下，大家就把行李打包直发绿洲县。五天后我们从学校出发，去绿洲县上任。"

王铁帆、程雪风对看一眼，见金海嫱如此豪爽，不好拒绝，遂起身举杯道："多谢金女神！"

金海嫱道："大家以后就是一个战壕里的战友，是兄弟哥们儿了，跟我客气什么呀！"

第一章　寻梦应是在基层

王铁帆道:"我和程雪风都不会开车,也帮不上什么忙,这1000多公里路程,让你父亲一个人开,我们实在过意不去。"

刘冰冰道:"两位师弟多虑了,你们的金师姐算得上金牌驾驶员了。人家还参加过越野车拉力赛呢!师姐我也有好几年驾龄了。我查过了,江城到绿洲县全程高速,我们三人轮流开,你俩不用担心。"

程雪风道:"老王,我俩要赶快解决驾驶证问题。不会开车,是新时代的另类文盲。到绿洲县一安顿好,我就要去报驾校。你有这个想法没有?"

王铁帆道:"必须的,我俩要以最快的速度脱盲。"

金海嬬道:"二位不必介怀。这辆车带到绿洲县就放在那里,作为我们的公车用。我和冰冰给你俩当教练,你俩帮助我们备战10月份的主观题法考,怎么样?"

未等两人回应,刘冰冰接话,故作可怜地说道:"两位师兄,这可是前面就答应好的哟。今年我俩要是过不了,明年就还得重新考客观题。这么大的痛苦,你俩叫我们怎么有脸回江城呀⋯⋯"

王铁帆道:"只要你不当师姐,老老实实摆正师妹的位置,按照我的方法学习,通过主观题考试又算得了什么呢?你俩必须出一个省级主观题法考状元才对得起我们的绿洲县之行呀⋯⋯"

王铁帆的一番话,把晚宴的气氛推向高潮。

觥筹交错后,四人开始放声高歌⋯⋯

第二章
人生当是写天骄

毕业典礼后，班委会用剩余的班费，请来全部任课老师，组织全班同学在学校食堂举办了一场别开生面的谢师宴。同学们纷纷和老师举杯告别，也相互举杯祝福，场面甚是感人……

出发的日子终于到来，四人已将行李发往绿洲县，每人都只带了一些路上用品，再次和同学及舍友道别，背上双肩包，向校门外走去。

金海嫦的父亲早已将车停在校门外的停车场靠路边出口的停车位上，等着他们出发。金父见四人走出校门，按下车窗玻璃，露出亲切的微笑向四人招手。金海嫦快步向父亲的方向小跑过去，刘冰冰、王铁帆、程雪风也快速跟上，到车前与金父打招呼……

礼毕，金父道："孩子们，快上车吧，这里不能久停！"

临上车，四人不约而同地回首，看了看学习生活了四年的校园。校门口几名相送的同学还在不停地向他们招手，他们也招手回应……

程雪风略带伤感地对三人道："今天迈出校园，我们的身份就变了，这里与我们的关系也变了。"

金海嫦道："程才子怎么突然变得多愁善感了呢？"

刘冰冰道："看你们的眼神，谁不是和程雪风一样的心情呢？铁帆师兄，素

第二章　人生当是写天骄

闻你和程雪风非常默契，你说说，他刚才说的两个'变了'是什么意思呢？"

王铁帆道："这个呀，你还是让他自己说吧。"

金海嫱插话道："冰冰这个问题提得好。王大才子，就你说。"

王铁帆道："好吧。他说的身份变了，是说我们现在不再是学生了，我们这一出校门走上社会，就成为社会人士了。他说的关系变了，是说这里不再是我们每天可以进出求学的学校了，从称呼上讲，我们应该把这里叫作母校，它成了我们曾经上学的地方……"

王铁帆此言一出，刘冰冰和金海嫱眼圈瞬间红了……

金父看到四人的表情，不想打搅他们，便开动汽车，轻轻地打开车上的音乐，调低音量，默默地驾车向城外行驶而去。

汽车开上高速，金父对四人道："孩子们，今天是你们启航的一天，也是你们告别过往的一天。你们这种心情，我在从军的日子里，每隔几年就会遇到一次。只要不负韶华，就该庆祝。"

金父此言一出，车上的气氛立刻好了起来。

刘冰冰脱口吟道：

> 四年前，
>
> 轻轻的我们，
>
> 轻轻地来，
>
> 憧憬着走进大学。
>
> 仿佛，
>
> 这里的一切都属于我们。
>
> 今天，
>
> 轻轻的我们，
>
> 轻轻地离开，
>
> 憧憬着融入社会。

律者医心

蓦地，

这里的一切不再属于我们，

就像我们从来没有来过……

金海嬗听罢，兴奋地说道："冰冰不愧为才女！只是它太婉约了，我听了有一种想哭的感觉。但你这首诗很应景，写出了我们离开母校的不舍和伤感。这种感觉让你写出来了，你真棒！"

程雪风道："谢谢冰才女。你的这首诗让我知道了，我刚才为什么突然情绪低落。你真棒！"他边说，边向她竖起大拇指。

王铁帆抱拳道："多谢三位，王某太受感动了……"

金海嬗道："各位师兄师妹，我们今天一出学校，就奔向梦想的岗位。我们这一路远行，一定得丰富多彩，作诗、拍照、唱歌、讲故事，一样都不能少。谁今天表现不佳，等到了绿洲县，就要给谁那么一点小小的惩罚哟！"

金父闻言，也来了兴致。他微笑着说道："嬗嬗这个建议很好。绿洲县地处大西北。大西北自古以来就是男儿立志保家卫国的地方。绿洲县地理位置更加特殊，乃是兵家必争之地，创作素材非常丰富。我的好几个战友因为感念那里的壮美山川，写诗歌、写散文、写报告文学、写小说……写着，写着，都成了作家呢！何况这一路，我们从东南到西北，气候不同、地貌不同。我们从长江中下游平原出发，越秦岭、穿黄土高原、跨黄河、进大漠戈壁，从红土地到黄土地，又从黄土地到灰戈壁，看到的土地颜色有所不同，遇到的风土人情更是各不相同。每人发表一点感言，非常好！要是写出诗文来，那就更好了！"

王铁帆带头为金父鼓掌，车厢内气氛瞬间变得热烈起来……

王铁帆道："金伯伯，看样子，您一定写过不少关于大西北的诗文吧？您就来上两首，让我们借鉴一下……"

未等王铁帆把话说完，刘冰冰就激动地接话道："铁帆师兄说得对！哎呀！金伯伯，您就不要谦虚了，也不要藏着掖着，您的诗一定很应景，也会非常深刻。把您当年感悟大自然、感悟人生的诗歌吟两首给我们听听,让我们受点启发吧!"

金父爽快地回应道:"好好好!我正有此意。"

金父询问了几个孩子的年龄,王铁帆老大,程雪风第二,金海嬬老三,刘冰冰最小。

金海嬬道:"老爸,您真的会写诗呀?您是做政治工作的,讲党课、搞思想教育,那可是一套一套的,说得人心服口服。您会写诗,我怎么不知道呀?"

金父道:"嬬嬬啊,看来你还没有完全了解你老爸我呀!今天老爸就献献丑,看你能从老爸的诗文里感悟多少。"

金海嬬对大伙儿道:"我爸要为大家吟诵他自己写的诗了哈。写得好也罢,写得不好也罢,大家都要捧个人场。若是写得不好,谁都不准笑话他。"

车厢内气氛空前高涨,大伙儿的欢呼声、掌声热烈地响起来。

金父道:"孩子们,到大西北后,那里有两种常见的植物,一种是芦苇,另一种是胡杨,王铁帆和程雪风两位同学很清楚。"

王铁帆和程雪风同时应道:"是的,金伯伯。"

金父道:"这个芦苇和胡杨虽然都长在戈壁滩,生命力都非常强,但两者有不同的习性。芦苇一岁一枯荣,草木一秋。胡杨就不同了,素有'活着一千年不死,死后一千年不倒,倒下后一千年不腐烂'之说。有人把胡杨这种生命力顽强、不屈不挠的精神称为'胡杨精神'。所以,我作两首诗送给你们四人,希望能对你们未来的生活和工作有所激励。"

接着,金父吟道:

黄芦

老芦黄叶随风摇,
虽遇华春不再娇。
人生何似黄芦道,
虚度时光化蓬蒿。

金父吟到此处，四人皆小声品味着"人生何似黄芦道，虚度时光化蓬蒿"。车厢内掌声再次响起。

刘冰冰道："程雪风师兄，你谈谈感受吧！"

程雪风道："真是好诗！用芦苇的生命规律告诫我们，不要虚度时光。谢谢金伯伯！这是您今天想对金海嫱同学说的话吧？我们有福了，跟着受教了。"

金父大笑道："哈哈哈……程雪风同学说得对，老夫正有此意！"

车厢内掌声再次响起。

金父接着吟道：

胡杨

枯木逢春发新芽，
苦碱黄沙木不凋。
人生悟得胡杨道，
三千春秋写天骄。

金父吟罢，四人皆小声品味着"人生悟得胡杨道，三千春秋写天骄"。车厢内再次响起欢呼声、掌声……

刘冰冰道："王铁帆师兄，谈谈你的感受吧！"

王铁帆迟疑了一下，激动地对金父道："谢谢金伯伯！您从芦苇和胡杨两种普普通通的植物身上悟出这么深刻的人生哲理，这必定是您千锤百炼地总结人生过往才得出的感悟。今天，您毫无保留地分享给我们，真的让我们受教了。恰巧，我们四人今天正式从大学校园走向社会，开启新的人生，将来是变成黄芦，虚度时光化蓬蒿，还是学胡杨，三千春秋写天骄，就全靠自己把握了。本来我还沉浸在大学的诸多荣誉里，听了金伯伯的这两首诗，犹如醍醐灌顶，一下子清醒了，认识到了自己的浅薄。谢谢金伯伯！"

金海嫱自豪地笑道："哈哈哈哈……没想到老爸同志这么有才，对人生有这么深刻的认识。您今天在这几位政法大学顶尖的才子面前，太给女儿长脸

第二章 人生当是写天骄

了。老金同志放心,我去您曾经战斗过的地方工作,绝不学芦苇化蓬蒿,一定学胡杨写天骄。同学们,我们大家一起,大声告诉老金同志,我们的人生是'写天骄'!"

车厢内,四名同学齐声高喊:"写天骄!写天骄!"

金父高兴地说道:"响鼓不用重槌。老汉今天抛砖引玉,你们一定会不辜负青春,书写出自己的人生天骄!"

汽车在高速公路上向大西北飞驰。

一路上,车厢内吟诗作对声、唱歌声、讲故事声、笑声不断。金父、刘冰冰、金海嫱轮换着驾车,一行人到达绿洲县城时,已经是次日凌晨。

金父驾车穿行在县城宽阔的街道上,不由得对大家道:"孩子们,绿洲县城到了。变化太大了!你们快看,这里到处高楼林立,和大城市没有什么区别……"

大家降下车窗玻璃,兴奋地欣赏着街景。金父放慢车速徐徐而行,不停地感叹道:"15年了!离开这里15年了!当年,这个县城没有一栋现代化建筑,部队、政法机关、学校、居民区都是土坯房。县城内只有一条街道,还是戈壁的石子铺的。全县没有一寸柏油马路,街边只有三盏路灯、一个高音广播喇叭,大家调侃这里是'一条马路三盏灯,一个喇叭全县听'。当年嫱嫱在县医院出生时正值寒冬,产房内没有暖气,我和战友到戈壁滩捡来一些干枯的红柳疙瘩,在产房内生柴火炉子给她娘儿俩取暖。红柳疙瘩在炉子里烧得呼呼地响,产房里很快就变得暖烘烘的,虽然很艰苦,但是感觉非常温馨,非常幸福……"

听到这里,金海嫱从金父身后的座位上半起身,双手搭在他宽厚的肩膀上,将脸贴在他的耳边,半开玩笑地说道:"老金同志,您辛苦了,女儿感谢您!"

金父开着车在县城里转悠了好一阵子,对大家道:"大家饿了没有?我们先找个手工牛肉面馆子,每人吃上一碗加肉的红烧牛肉面,再配个肉夹馍,一个糖蒜,都是这里的特色小吃,带汤带水的,热热乎乎的。先吃饱了再找宾馆住下。今天休整一天，补补觉，养精蓄锐。明天我们去县司法局对接。"

大伙儿一边看着街景，一边听着金父的叙述，没有人愿意打断他。车子在一间门头高大、彩灯闪现着"老字号手工牛肉面"的餐馆门前停下……

面上来了，刘冰冰、金海嫱看着面前青灰色的大海碗，被这阵仗吓住了。她们不约而同地抬头看看金父，又看看王铁帆和程雪风。王铁帆明白她俩的意思，笑道："两位才女，被我们大西北人吃饭的大海碗吓住了吧？大西北人实在，给的分量足。吃吧，味道很好！你们捞面和肉吃就能吃饱。今天体力消耗大，都饿了，你们俩的是小份面，应该可以吃完。西北干热，体能消耗和水分蒸发量比南方大，干体力活的人，单靠碗里的面和肉是吃不饱的，吃两碗面或加个肉夹馍又舍不得，要是吃面顺带着把碗里的面汤喝完，一定能饱。面汤是用新鲜的牛骨熬制的，比较有营养。这里的面馆很体贴消费者，都是大碗装面，免费加汤……"

金父附和道："小王说得对。大西北人用大海碗盛面，已经成为体贴消费者、给人体面的风俗了。"

刘冰冰和金海嫱看着碗里，盖在面上面的一层红烧牛肉块、漂在面汤上带着芝麻粒的油辣椒、葱花、香菜末，闻起来别样香，二人顿时来了食欲，开始大口大口地吃了起来……

金父、王铁帆、程雪风熟练地往面里加油辣子，加醋……

金父边吃边赞叹道："就是这个味道，真是久违了。"

次日一早，金父晨练归来，四人已经在宾馆的大厅等着他一起用早餐了。吃饭间，金父问道："嫱嫱啊，昨晚睡得怎么样？做了一天绿洲人，有什么感受呀？"

金海嫱笑了笑，看着刘冰冰道："哎呀，老爸，这个问题今早我已经和他们说过好几遍了，现在请冰冰来告诉您吧。"

刘冰冰接话道："金伯伯，昨晚我们睡得很香。这里的被褥干干爽爽，房间里没有蚊子，床上不用蚊帐，比江城舒服多了！这6月天，在江城，这会儿

第二章 人生当是写天骄

已经开始出汗了,身上黏黏糊糊的,衣服就像贴在皮肤上一样。这里的早晨,空气干爽清凉,好舒服啊!这才是最适合人居住的地方呢!"

金父用征询的眼神看着金海嬅,金海嬅满眼显示出对刘冰冰观点的赞同。金父笑了笑,道:"好好好!既然你们对这里赞不绝口,老夫就放心了。早晨我按照当年出早操的路线跑了一大圈,发现这里的生态环境比当年好多了。当年我们栽种的防风杨树,现在都成了参天大树;以前的土路,现在都成了铺着柏油的林荫大道。你们既来之,则安之吧!"

刘冰冰转头对王铁帆道:"铁帆师兄,你到底是不是绿洲县的人呀?"

王铁帆不假思索地答道:"我是地地道道、土生土长的绿洲县人啊!刘才女为何如此发问?"

刘冰冰面带愠色,答非所问地说道:"我想起了小学时候的一篇课文。你知道是哪篇吗?"

王铁帆没有多想,半开玩笑地说道:"你是说那篇《小小的船》吧?你进入童话模式了呀?"

金海嬅白了王铁帆一眼,没有说话。

这时,程雪风接话了,对王铁帆道:"老王,我知道刘才女说的是哪一篇。这可是你的夸大其词触发了人家的灵感啊。"

王铁帆被几人你一言我一语地说得丈二和尚摸不着头脑,对程雪风道:"你知道?你知道就说出来吧。"

程雪风道:"我要是说了,对你可是不太有利呀。"

王铁帆有点急了,道:"好,你说。要是与我有关,等解决了宿舍,我给你们倒一个星期的垃圾。"

程雪风胸有成竹,道:"那好,老王你可要接住了,这篇课文就是《小马过河》。"

刘冰冰和金海嬅异口同声道:"对!"

王铁帆瞬间明白几人何意,坦然道:"我明白了。你个刘冰冰还在想着那天我和你说的话。我说这里气候干热，有沙尘暴，你这张被南方水汽滋养得娇娇嫩嫩的娃娃脸，到我们这里失去水汽的滋养，再被大漠风沙打磨、烈日照晒，没几年就会变成妈妈脸。你现在到绿洲县感觉良好，觉得我夸大其词了……"

刘冰冰闻言没有辩驳。

金海嬗道："难道不是吗？"

王铁帆笑道："我当时是想看看刘师妹的决心。实践证明，你们都是经得起考验的。沙尘暴天气确实让人很难受。但是，沙尘暴过后的天气又确实让人很享受。"

金父笑道："铁帆说得在理。这里的沙尘暴天气，你们体验过后再谈感受吧。不管怎么样，绿洲县的天气对你们的到来是笑脸相迎了。这边和南方有大约两个小时的时差，上班时间比我们那边晚一小时左右。大家吃完早餐，回房间准备一下材料，我开车送你们去司法局报到。我把你们送到门口，剩下的事就看你们自己了。"

金海嬗道："好吧。老爸您就自己去您曾经战斗过的地方转转，好好怀怀旧吧，我们自己能行。"

正在这时，金海嬗的微信提示音响了。只见她点开微信看了一眼，高兴地将手机伸到刘冰冰、王铁帆、程雪风三人面前，让他们看了看。三人会心地笑了，金父没有吱声。

微信是省城律协的大姊发来的。她告诉金海嬗："绿洲县司法局的郑局长和县里那两家律师事务所的主任约好了，早上九点钟一上班，他们就在县司法局郑局长办公室等你们。"

一切准备就绪，金父将他们送到县司法局门口，自己便开车离开了。金海嬗带领一行人来到县司法局。司法局的郑局长亲自接待了他们，把大家带到会议室与两位律所主任见面。

会议室里，还有三名本地法学毕业生，也是打算进入本地这两家律师事务所实习、工作的。

会议室正墙的电子屏幕上，清晰地打着两行红字，上面一行的内容是"绿洲县法律服务行业引进人才与用人机构见面会"。下面一行较小的红字是"热烈欢迎高校毕业生来绿洲县工作服务"。

在县司法局的椭圆形会议桌前，两队同学同坐在会议桌的一边，正对着他们的是本县两家律师事务所的主任王海仁和董芳。坐在同学们中间的是县司法局的郑局长。

郑局长坐下后没有寒暄，开门见山地向同学们介绍道："同学们，在正式进入主题前，我先给大家简明扼要地介绍一下绿洲县的情况。这几年，我们绿洲县的经济发展势头十分迅猛，县委县人民政府为绿洲县确立的发展定位是'林果富民、工矿强县、生态立县、文化树县'。这些年，依靠特色林果业，农民普遍脱贫致富，以林果产品为依托的各类果品加工业产业链已经形成，规模宏大；工矿业引来11家全国五百强企业在这里设立公司投资办厂，投资总规模超过千亿元。在过去的10年时间里，我县已经有4家本地企业成功上市。另外，我县版图地乃是一块沙漠绿洲，生态十分脆弱，从新中国成立以来，历代绿洲人都在植树造林、防风固沙，改善绿洲的生态环境。前人栽树，后人乘凉，这话一点不假，我们绿洲县有了前人的坚持，这些年人进沙退，沙尘暴少了，空气湿润了，生态环境变得越来越好了。文化底蕴是一座城市的灵魂，绿洲县自古以来是兵家必争之地，更是丝绸之路的要冲，战略地位十分重要，文化底蕴厚重，历史遗存数量众多，旅游资源十分丰富。这几年，我县的旅游服务行业发展得也很不错。

"与绿洲县经济发展的大好局面形成对比的，便是我们的法律服务跟不上，专业人才少，外面的人才引不进来。法律职业资格考试难，本地的法学毕业生考不上，考上的又想往大城市跑。就目前而言，为绿洲县提供高质量、高水平的法律服务，已经成为我们的短板。这个短板的存在，是我这个司法局局长当得不称职呀！

律者医心

"今天7位同学的到来,让我看到了希望。7位同学中,我左边这4位同学,前天刚刚从位于江城的985政法大学法学专业毕业,昨天风尘仆仆地赶到我们绿洲县,立志要从事律师工作,两位男同学已经取得了法律职业资格考试A证,两位女同学客观题已过;我右边这3位同学,是省城大学的法学专业毕业生,这位女同学也已经取得了法律职业资格考试A证,两位男同学,一位是本县户口,已取得C证,另一位客观题已过。这次引进的法学人才,专业基础扎实,大部分立刻就可以成为实习律师。7人正式成为律师后,便能彻底补齐我县法律服务行业的短板,我十分看好。

"同学们,我今天和你们坐在一起,咱们对面坐着的两位是本县知名律师,我现在给大家隆重地介绍一下。他们桌前的席签上都写得很清楚,女士优先,先介绍董芳律师。她是绿城律师事务所的主任。绿城所是合伙所,目前共有3名律师。另一位是王海仁律师,他是略为律师事务所的主任。略为所是合伙所,目前共有4名律师。王主任不仅是律师,还是知名作家。他热爱家乡,在工作之余,以本地的历史文化和历史人物为创作素材,已经出版了两部长篇小说!我们绿洲县在古代,可以说是边塞诗人的打卡地,许许多多脍炙人口的边塞诗,都有绿洲的影子。同学们既然来到这里,就可以多了解绿洲,一边工作,一边写点东西,不负韶华,给青春留下记忆。

"同学们,只要你们是在绿洲县从事法律服务工作,我就是你们的后勤部长,给你们提供力所能及的帮助和服务。告诉大家两个好消息:第一个好消息是已经解决你们住宿的问题。县司法局已经以引进法律服务人才的名义,向政府申请了5套人才公寓。人才公寓是去年才盖好的新房,每套有80平方米,装修一新,各项设施配套齐全,拎包即可入住,每人每年租金1200元,物业、水、电、气、暖,费用自理。第二个好消息是解决了你们吃饭的问题。你们可以在公寓里自己做饭吃,也可以由司法局办公室帮你们办饭卡在食堂吃。机关事务管理局已经批准了10个就餐名额,申领饭卡后可以在政府机关食堂吃饭。早餐和晚餐都是每人每餐3元钱,午餐比较丰盛,每餐8元钱,虽然是自费

第二章 人生当是写天骄

的，但是比外面吃得好，还实惠。

"下面进入第一个环节，就是请董主任和王主任各自介绍一下律所的情况和入职待遇，以便同学们做选择。老规矩，女士优先。大家欢迎董主任发言！"

掌声过后，绿城所的董芳主任介绍道："同学们好！我们绿城律师事务所成立得很早，是在改革开放初期，根据国家政策要求成立的，是全国第一批成立的国资律师事务所之一。后来国资所改制成了合伙所。改制后所里的老律师纷纷退休离开，我们所目前只有3名律师，勉强维持合伙所的基本条件。现在我们急需新人加入。入职后的待遇是，实习期间律所开出的基本工资为3500元，五险一金按《劳动法》走正规手续，费用该所里承担的所里承担，该个人承担的个人承担。协助律师办案，有2%的提成；独立谈下案件，有5%的提成；律所不管吃住，郑局长已经给大家解决了。实习期满成为专职律师后，税后办案分成为所里20%，个人80%，个人所得自己依法申报，也可以由所里财务人员代办。非常欢迎大家入职绿城律师事务所！"

董主任说完，郑局长带头鼓掌，会议室内响起热烈的掌声……

郑局长接着道："接下来，有请王海仁主任介绍一下略为律师事务所的情况和入职待遇，以便同学们做选择。大家欢迎王主任发言！"

掌声过后，略为所的王海仁主任介绍道："同学们好！我们略为律师事务所成立得比较晚，才十来年，我是创办者之一。'略为'这个名字，简单的含义是'讲求策略，有所作为'，是对我所律师从业提出的做事方法和要求。具体意思是，律师做事要以法律为准绳，对经办事项进行认真的分析和研究，思考出合理合法的应对策略，以自己的专业知识和策略对解决当事人的问题有所作为。我们所是合伙所，目前有4名律师。随着绿城县经济的发展，法律顾问单位明显增多，委托案件数量更多，目前的律师人数根本忙不过来，现在我们也急需新人加入。入职后的待遇和董主任刚才说的相同。非常欢迎大家入职略为律师事务所！"

王主任说完，郑局长带头鼓掌，会议室内响起热烈的掌声……

律者医心

郑局长道："7 名同学的简历，我们都收到了，也全部发给两位主任了。现在进入第二个环节，就是请大家做选择。请两位主任暂时退场，到我办公室喝会儿茶，我马上过去。请同学们思考酝酿一会儿。同学们酝酿好后，可以单独告诉我你选择的去向，也可以派代表告诉我你们共同选择的去向。"

郑局长和两位主任都退场了……

不得不说，郑局长是个善于平衡关系的人。他担心同学们都扎堆去一家律所，让另一家招不上人，又担心两位主任只挑有法律职业资格证的，其他暂时无证的同学没有入职的机会，使绿洲县错过一批优秀的法学人才。故而，他提了一个单独或派代表告诉他选择去向的要求，并把两位主任请到他办公室喝茶谈话。

会议室的一角，金海嫱对刘冰冰、王铁帆、程雪风三人道："我们四人不许分开投所哈，必须抱团进入一个所。我倾向于去略为所，你们呢？"

三人闻言点了点头。

刘冰冰指了一下会议室另一角的三名省城大学毕业的法学生，小声说道："嘿，万一他们也要求去略为所怎么办？那不是叫董主任难看、郑局长难办吗？"

金海嫱道："我们以后要长期和他们打交道，还可能成为朋友或对手，不如我们一起过去和他们打个招呼，说一说我们的想法。我们选略为所，让他们选绿城所，就可以避免两位主任和郑局长的尴尬了。"

刘冰冰、王铁帆、程雪风三人闻言再次点了点头。

四人来到三位同学面前，王铁帆带头向三人做了介绍，委婉地说出了目的，对方领头的同学道："我是赵雨，还没有考到证。他们俩是我的同学。这位是我们班的学霸张娜，A 证；这位是我兄弟杜海军，C 证到手了。我们是一个班的同学，想集中去一个所。你们也是一个班的同学，和我们的想法一样，也想集中去一个所。好吧，既然你们选了略为所，我们就选绿城所吧。今天有幸认识了，以后大家就是朋友了。我们三个都是本县的，地方比较熟悉，将来各位有什么需要我们帮忙的，尽管开口。"

第二章　人生当是写天骄

刘冰冰道："西北汉子果然豪爽。大家以后就是朋友了。"

七人纷纷交叉握手，相互加了微信、留了电话。

最后，郑局长按照各方意愿，与董芳、王海仁两位主任商量后，七位同学纷纷进入绿城律师事务所和略为律师事务所，开启了各自的律政人生……

引进人才招聘会结束了，董芳主任心中多少有几分失落，毕竟她连一个985的大学生都没有拿下。王海仁主任心情甚好，一下招进来四名985的法本生，两名有现成的A证，另外两人再过几个月拿证应该不是问题。他踌躇满志，思量着，有了这么好的苗子，一定要好好培养，三五年内，略为所的专业实力必定能够得到巨大提升，市场竞争力就更不用说了……

郑局长将大伙儿送到楼下。大伙儿告别郑局长，董芳主任和王海仁主任各自领着自己的人回律所去了。

略为律师事务所位于县城中心祁连景秀酒店二楼，办公室面积300多平方米，硬件条件很好。办公室与酒店是分开的，是个独立的单元，有独立的楼梯上下，有独立的楼道大门。

王主任带着王铁帆一行刚到律所楼下，就见全所律师和工作人员都在那里等着迎接。大家排成一行，拉着一条横幅，上面写着"热烈欢迎新同事入职略为！"

四名刚毕业的大学生被这场面感动得有点不知所措……

略为所的另外三名合伙律师章泽军、李伟豪、成丰阳都是王海仁主任一手带出来的徒弟。在会议室里，王主任请所有人员自报家门，做了自我介绍。随后，王主任满面春风地发表讲话道："今天是个好日子，我们所招聘到了县司法局引进的四名985的法学本科生。大家刚才已经做了自我介绍，我就不再介绍了。从今天开始，执行副主任章泽军、副主任李伟豪、律师成丰阳三位会在业务上帮助你们，带你们去调取证据、查阅案卷、开庭，还会带你们接触当事人、谈判案件代理事项等，带着你们一点儿一点儿地从理论走向实践。他们三位都是所里的合伙律师，属于所里事务的决策层。你们有什么事情可以告诉我或者直接找他们，不需要集体讨论的，他们按分工都能解决。

"大家现在都在略为所这口大锅里吃饭，我作为主任，重点是关心大家碗里的东西是不是丰盛。同理，大家也要爱护好我们共同的这口锅。在略为这个大家庭里，同事之间必须互相关心、互相爱护。成全同事，就是成全略为、成全自己。

"今天，我们所这四位新同事入职了，办公室要担起责任，一是与司法局对接，把司法局按人才引进给的人才公寓钥匙拿回来，房间里缺的东西统一配齐，费用所里先垫付，财务记好账，今后从他们的福利款里扣；二是把劳动合同签了，抓紧办理他们的社保卡和工资卡；三是给每名新同事预支一个月的工资3500元，他们刚出学校，手头没钱，既然工作了，就不要再向父母要钱花了；四是给他们统一定制工装工牌，安排办公室。王铁帆和程雪风已经有了法律职业资格证，这个星期必须申报实习律师，由我做你们的实习指导老师。刘冰冰和金海嫱的职位是律师助理，不固定跟哪个律师，所里加我共四名律师，谁的案子需要你们参与，你们就参与。现在6月中旬了，10月份你俩都要参加法律职业资格主观题考试，这段时间，特许你们上午上班，下午学习。学习也是工作方式的一种，不影响工资和福利待遇，可以在宿舍学习，不用来办公室。"

中午，金父和大家见面，得知他们就业入职的经过，非常高兴。金父当着大伙儿对金海嫱道："小金律师，老爸明天就坐火车去市里看几位老战友，然后坐飞机回江城，这辆车就留给你们了。"

金海嫱道："好的！老爸，我感觉这里非常好。目前对我来说，比就业还重要的是迎战10月份的主观题法考。有主任关照我们，还有两位学霸师兄帮衬，我和冰冰又肯努力，相信顺利过关不会有太大的问题。我会经常给您和妈妈打电话。"

送走金父，王铁帆、程雪风、刘冰冰、金海嫱四人在略为律师事务所的工作进入常态化。自此，四人开启了自己的职业生涯……

第三章
律者的正道

王海仁律师是个有家国情怀的律师。他勤勉好学，深挖古丝绸之路的历史文化，耗时将近二十年，连续创作了两部长篇小说《古丝绸之路的传说》和《绿洲传奇》。两部小说都是五十余万字的鸿篇巨制，展现和诠释了古丝绸之路中西贸易的繁盛景象和交易方法：大汉和西域的贸易最初只是简单的易货贸易，于是大汉的丝绸就成了最为抢手的商品。随着贸易的发展，西域诸邦和域外之邦的商贾财团逐渐约定俗成，以大汉的丝绸为货品定价的衡值，甚至直接用大汉的丝绸作为支付工具，大汉的丝绸于是成了西域诸邦贸易的硬通货。丝绸之路沿途的各项服务业也迅速繁盛起来，丝绸之路成了沿途百姓和各城邦的致富之路。大汉朝廷通过丝绸之路也获利颇丰，丝绸之路成为朝廷重要的财源之路。频繁的贸易活动，使西域诸邦以及沿途大汉郡县出现了十分繁荣的景象……

有了这些作品，王主任成了省级作家，更成了一位很有名望的文化人，是本省律师行业少有的文学人才。有人曾经问王主任："律师工作靠理性思维，文学创作靠感性思维。您既当律师又当作家，是怎么将两种不同的思维方式融合在一起的？难道您真是一位奇人？"

王主任笑了笑，回答道："我只是爱思考问题，不分感性和理性。我更不是什么奇人,只是一个爱思考问题、喜欢做自己想做的事情的人。"

王主任热爱学习,善于学习。在20世纪90年代初,他初中毕业考取了沙洲市里的师范学校,属于中专生。在上师范学校期间,他报名了省城大学法律专业大专学历的自学考试。法律专业大专自学考试一共有14门课程,他在没有影响师范学业的情况下,三年师范学制届满毕业,同时也拿到了省城大学颁发的法律专业自学考试毕业证书。当年师范毕业的中专生都是包分配的,王主任到乡里当了一名初中老师。受当时下海经商浪潮的影响,他几度打算下海经商,皆因没有本钱,自己又是家里的顶梁柱,遂打消了念头。

在一次偶然的培训机会里,教育局请来的一位资深教授讲21世纪最缺的人才,其中就有律师。王海仁闻言,如同打了鸡血,立志要当一名律师。当时,国家已经开始了一年一度的律师资格考试,法律专业的,大专学历就能报名参加考试。律师资格考试是出了名的难考,王海仁一次就通过了。

次年,王海仁辞职离开教师岗位,到沙洲市的一家合伙律师事务所当实习律师。

一年后,他转为专职律师,从此走上了他的执业律师道路……

多年后,王海仁带领自己的三名徒弟在绿洲县成立了本县第一家合伙制的律师事务所即略为律师事务所,融入绿洲县的经济发展。随着绿洲县经济的腾飞,律所效益十分喜人,在县城中心祁连景秀酒店二楼买了三百余平方米的办公室。王海仁将自己的家国情怀和社会责任感都融入到了对律所的管理上。

进入实习期的王铁帆、程雪风每天不是跑法院、检察院替略为所的律师递交法律文书,就是在王海仁主任或其他律师的指导下撰写法律文书。他们忙碌着,心里充满了快乐……

时间过得很快,刘冰冰和金海嫱鏖战主观题法考的10月终于过去了。两人去市里参加完考试回来心情都很好,觉得考得都不错,就静静地等待司法部公布成绩那一刻的到来。

初冬的绿洲县已经草枯叶黄,阳光虽然明媚却改变不了寒冷的事实。律所

第三章　律者的正道

办公室已经供暖，暖意盎然。

这是一个全所业务学习的下午，安排的是王主任给大家讲一堂公开课。

在略为所的会议室里，王海仁主任说道："这堂课已经准备很久了，是专门讲给实习律师听的，但大家都要听一听。前一段时间，咱们所的金海嬬和刘冰冰一直在备战法考，就让王铁帆和程雪风两位实习律师一直等着。现在法考已经结束，我将你们四人全部视为实习律师。这堂课，就是一堂实习辅导课。

"首先，我用我自己的认知和实践告诉大家如何做一名合格的律师。我给略为所定了三条规则，大家只要遵循这三条规则，就能成为一名合格的律师。

"第一，要以医者的仁心来对待每宗案件和每位当事人。各类社会矛盾形成的诉讼及非诉讼案件都是社会的创伤、社会的病痛。咱们律师作为社会治理的参与者之一，应该把自己看作医治社会创伤、社会病痛，化解社会矛盾的社会医生。作为社会医生的律师，要以医者的仁心来对待每宗案件和每位当事人，律者当有医者之心。律师事务所虽然不是医疗机构，但我们可以把它看作治疗社会伤痛的康复中心。上门的当事人不管付不付得起律师费，咱们都要以礼相待，耐心讲解。办理任何一起案子，都不是去结梁子，跟对方当事人成为仇人。律师应当在坚守自己当事人合法权益的前提下，同时让对方当事人也能感受到你的正直和温暖。即便你把他打败了，他也心服口服，下次可能会成为你的当事人。在今后的工作中，你自己曾经的当事人有事就咨询你，有案件还来委托你，他身边的朋友有事情，他推荐你，这说明你的工作基本合格；你的对方当事人结案后追着你留联系电话，有事就咨询你，有案件第一时间就来委托你，他身边的朋友有事情，他积极地推荐你，这说明你的工作做得很好。人的一生大都不会有什么官司，一旦有过，他肯定记忆深刻，这也许是他人生最痛苦，至少也是最无可奈何的不堪时刻。同志们，一定要记住，这个时候的当事人，即便是铁人，也需要关怀和温暖。刚好人家还拿着律师代理费请你解决问题，你只要对人家所托之事上心，他定会以心换心，积极地回报你。更何况，这本来就是律师对购买法律服务的消费者应该持有的态度。

"第二，要对当事人签发的《授权委托书》充满敬畏之心。要深切体认自己获得的代理权来自当事人，对代理事项，在法律范围内，要尽力到无能为力。

"在我的心底，永远滞留着一件反面案例。那是一件我亲眼见到而又无力阻止，当事人权益白白受损的案例。

"那是15年前，我还在市里的一家律师事务所当律师。和我关系非常好的长者律师，这里不宜透露其真名实姓，以下就称他为A律师吧。A律师接了一起外甥告舅舅的案件：一对绿洲县的农村子女，均已成年。哥哥张某大在农村务农，妹妹张某琴在外地上大学。其父母突然离世。哥哥不想务农，想在县城开服装店，没有资金，就把一家四口的20亩集体承包土地，按当时通行的价格，以一次性转让的形式流转给了同村的舅舅乔某，得款8万元，在县城租赁了一间门面开起了服装店。此事妹妹并不知情。妹妹上的是外省的一所职业技术学院。每到假期，学院都组织学生到附近开发区的工厂见习工作，妹妹每次都去，挣钱供自己上学，一直没有回来过。两年后，县里布局的红枣产业开始见效，每亩地的纯收入超过5000元。张某大的服装店一直不瘟不火，勉强维持生活。张某大想，自己家地里的红枣是父母生前辛辛苦苦种植的，还未见到收益就让自己给卖了，甚是后悔，于是找舅舅乔某想退钱要回土地。谁知其舅妈坚决不同意，舅舅乔某也无可奈何。张某大觉得自己吃了大亏，找到村长解决问题。村长看他是本村土生土长的孩子，现在又没有了父母，按现在的情况，他家的地确实卖得有点亏，就亲自出面调解，但最终无果而归。于是，村长告诉张某大，你去市里请个律师，和你舅舅打官司，村里支持你。张某大便找到了我们所，委托我前面说过的，和我关系非常好的长者A律师代理此案。张某大办完代理手续，给所里交了2万元的律师代理费后，就高高兴兴地回绿洲县去了。A律师代张某大向绿洲县人民法院对他舅舅乔某提起了诉讼，要求解除双方的土地流转合同，收回张某大家的20亩集体承包土地。法院开了一次庭便休庭了。第二次开庭，我因办理别的案件来绿洲县，那时我还没有能力买私家车，就搭了 A 律师的顺风车。在来绿洲县的路上，A 律师向我详细介绍了这个案件的情节，我听后心情十分沉重，对他说，这个案件不能这样硬着头皮往前推！照现在的事态，打下去，张某大败诉的概率非常大。如果他彻底败诉，就会彻底失去绿洲县红枣产业致富的机会。那个服装店是租的房子，他又没有经商的经验，一旦开垮了，他经商不成又成了失地农民，将来怎么过呀！没有父母约束，没有家庭温暖，舅舅这样，也没有亲情温暖，这样下去，这孩子将来很可能会走上歧途……

"A 律师说，村里很支持他，村长会亲自带着村民到法院替他作证。本案社会影响较大，张某大胜诉的希望还是很大的。

"我对他说，从诉讼实践来看，合同双方已经履行完毕两年多，若不是绿洲县的红枣产业成功了，张某大拿着 8 万元钱开服装店比种地强。现在的巨大反差在两年前是不可预见的。本案只凭张某大单独诉讼，即便有村里支持，也很难赢。应该综合全案，重新制定诉讼策略。

"A 律师问我，制定什么样的诉讼策略，可以稳赢不败诉。

"我说，没有稳赢不败诉的策略，但是此案有一半的必赢条件。这个案子，只要能赢一半，双方都想得通，社会效果和法律效果都会很好。

"A 律师又问，什么叫赢一半，你详细跟我讲一下你的高见。

"我说，高见不敢当，只是一个建议。张某大和他舅舅签的合同，双方都履行了，他要求法院撤销，风险非常大。但是，这个合同有个最大的漏洞，就是张某大的妹妹张某琴。他们家四口人的集体承包土地有 20 亩，每人 5 亩。他们父母有 10 亩地。其父母不在了，按照农村集体承包土地相关法律和政策，这兄妹二人可以继承。张某大与张某琴每人各有 10 亩地。妹妹张某琴这些年在外上学，没有回过家，哥哥张某大把地卖给舅舅的事她不知情。张某琴既没有在合同上签字，也没有给她哥哥出具授权委托书。她是年满 18 岁的大学生，有独立的民事权利，哥哥无权私自流转她的集体承包土地。现在最好是通知他妹妹张某琴，让她以具有独立请求权的第三人参加诉讼，这样至少能拿回来一半的土地。要是照目前的诉讼情况继续推进，哥哥张某大一旦败诉，就把妹妹张某琴也打包败诉了。若是不服，上诉被驳回，维持原判，这个案子就彻底坐实了，不光哥哥张某大的10亩地拿不回来，妹妹张某琴的那10亩地也别想拿回来。

"A律师沉思良久道，这样太麻烦了，还只能赢一半，我还得往这里跑好几趟。从上次开庭来看，对这个案子，我还是有把握的。合同一撤销，20亩地就回来了。再说，合同的相对双方是张某大和他舅舅乔某，我的当事人是张某大，是他委托的我。作为律师，我就事论事，在合同相对的法律关系范围内行使代理权，即便败诉了，也不是我不尽责，和我没有任何关系……

"我说，A律师，我的建议您考虑一下，这不是简单的民事诉讼案件输赢问题。能拿回来一半，既维护了合同的契约精神——张某大签的合同，他处分自己的权利，舅舅乔某依法获得，应该得到法律的维护，这也是对个人合法权益的保护，又维护了法律的公信力——对于妹妹张某琴，哥哥和舅舅私相授受处理属于她的10亩集体承包地，她以具有独立请求权的第三人参加诉讼，这10亩地一定能判给她，舅舅乔某是能够接受的。事后，张某琴可以把自己的地交予哥哥打理。张某大生活有了奔头，社会就和谐稳定了。

"A律师没有回应。

"A律师最终没有采纳我的建议。这个案件的一审、二审全都败诉了，妹妹张某琴也没有出现，20亩集体承包地彻底归舅舅了。张某大官司败诉了，在村里成为笑话，整个人一蹶不振。他更是无心经营自己的服装店，后来连房租都交不上，被房东清退了。

"后来，张某大精神也出了问题，因无钱医治，政府将他收到康复中心照顾……

"再后来，张某大的妹妹在南方一城市成家立业，回到绿洲县把他接到外地医治。经过三年的治疗和康复训练，张某大才逐渐恢复健康。但是，他的一辈子基本毁了……

"这件事对我的律师生涯影响很大。这起民事案件的代理律师没有医者仁心。我认为他是绝对的不尽责。虽然非专业人士看不出来，且从形式上看律师没有什么责任，但是这起案件的社会影响特别恶劣。如果当时 A 律师耐心一点，一切都会变得比现在好……

"从那以后，我要求自己在办案过程中，既竭尽全力地保护当事人的合法权益，也尽可能地顾及对方当事人的感受，尽可能地修复双方当事人的关系，不让这个案件的结案成为双方结仇怨的起点。我是这样要求自己的，也这样要求你们。作为社会重要工作者之一的律师，我们要知道自己的职责。我们其实也是治疗社会创伤的医生，而不是为甲方乙方拔河助力的帮手，更不是利用当事人矛盾火中取栗的推手。

"具体的做法：一是要充分认识到，我们的代理权是当事人给的，当他们和律师签下那份沉甸甸的《授权委托书》并支付律师代理费时，就满怀期待地把维护自己合法权益的希望寄托在我们身上了，我们应当认真研究案情，为有理有利地处理本案尽力到无能为力，这样才算对得起当事人的信任。二是要充分运用我们律师在化解当事人的矛盾中的巨大话语权。我们要怀着一颗医者的仁心，冲着化解当事人之间的矛盾去做工作，即便化解不了，也不能火上浇油，进一步激化矛盾，使这一社会伤口化脓溃烂，甚至变成永远治不好的溃疡。三是分阶段、有靶向地引导自己的当事人和当事人家里管事的亲属，一次又一次地给他们分析案情，做利害关系对比，一点一点地淡化矛盾，直到化解矛盾。最终案结事了，实现社会效果和法律效果双优。当然，有些刑事案件的矛盾是不可能化解的，但是，取得受害人亲属的谅解，便是咱们律师弱化矛盾、不扩大矛盾的工作方向。

"第三，律师必须有职业底线，守住心灵深处的高贵，修炼出自己的律者医心。不能见利忘义，不能为斗米折腰。一是要经常回想自己这个律师身份的来之不易。同志们，当律师的门槛有多高，相信你们有深切的体验。取得律师执业证之前要实习一年并经笔试加答辩合格。要想成为实习律师，首先就要经

律者医心

过国家统一的法律职业资格考试,取得法律职业资格证。这个证是公认的全国第一难考,报考的条件也很苛刻,最起码要有全日制大学法学本科毕业证和学士学位……咱们成为执业律师的历程虽有区别,但大致相同,从小学到高中毕业参加高考填报法学专业志愿,到经历大学四年的法学专业学习,足足16年的准备,只是获得了法考的报名资格,再经过不同的考试经历,有的人经过十年八年的重复考试,才如愿过关……千辛万苦才跨入律师职业的门槛,这张小小的执业律师证是多么来之不易,难道不值得珍惜吗?二是把遵守法律和遵守职业道德作为底线,将守法和守德作为心灵深处最高贵的信仰,并且坚决守住这份心灵深处的高贵。有的人怀着拿人钱财替人消灾的心态,不顾法律和道义,不惜采取指使当事人找人作伪证、使用虚假证据,甚至指使当事人威胁对方证人、对方当事人等等方式去达到自己当事人的目的;有的人为了不当利益,被对方当事人收买,背叛自己的当事人,千方百计使自己的当事人败诉;还有一种更可恶,为了接上案子对当事人哄哄骗骗,甚至给当事人打包票,不实事求是地跟当事人分析案情,律师代理费到手了,出庭应诉敷衍了事,有的案件虽然胜诉了,但并没有实现当事人的诉讼目的,有的案件理所当然地败诉了,为了给当事人交差,迅速甩锅,将矛盾转移,不惜诋毁法院处理不公正,甚至指使当事人去上访,把不明真相的当事人带歪,由此走上上访的不归路……作为律师,采用这些失德甚至违法的行为,违背我们寒窗苦读、在各类高校接受法学专业的系统教育再经历法考脱颖而出的天之骄子应该有的职业操守。如果律师的执业行为和社会流氓混混儿一样,那绝对配不上'律师'这一称呼。老百姓有句话,'淹死的都是会水的'。律师惩戒纪律和共和国法律,最终会给这样的败类一个客观的评价。好律师、大律师在当事人心目中的地位不是自己封的,而是靠恪尽职守、爱惜名声如同爱护生命、从心灵深处守护职业操守、锻造出正直善良的高贵品德而形成的。所以,一个好的律师首先要有植根于心灵深处的高贵品德,然后始终不渝地守护这份心灵深处的高贵,修炼出自己作为律师的一颗医者仁心,即我常说的'律者医心'。

"其次，用好律师的执业语言。这一点今天我只向大家提出来，点一下，不作为公开课的授课内容。律师的执业语言大概分为两类：一类是在庭审以及与司法机关工作人员案件交流过程中使用的专业语言，也就是常说的法言法语。和专业人士用专业语言，好沟通，也容易体现律师本人的专业素养，得到人家的尊重。另一类是在与不同的当事人谈案交流过程中使用的通俗语言。在与当事人交流的时候，你用专业语言，人家可能听不懂，或者听懂了也不能完全理解。这时，我们要把专业语言通俗化，让人家既听得懂又完全理解，有利于掌握案情，更好地给当事人提供法律服务。

"这些东西都是我从事律师工作多年以来的感悟，没有刻意整理成课件，内容结构也没有培训机构那些专家教授讲的那么严密，只是座谈式地和大家交流分享而已，也算是我给你们做的培训。希望大家听了以后，对如何做一名合格的律师有所认识。当然，路是自己一步一个脚印走出来的。你们年轻人大都比较反感有人对你们说教。我要特别申明一下，今天我的这堂课绝对不是在对你们进行说教，而只是一个老律师在给你们讲自己过去的执业见闻。作为前浪，我希望对你们后浪有所启迪。"

王主任话音刚落，会议室里响起热烈的掌声……

王主任伸手示意大家静一静，会场立即安静下来。

夕阳从窗外斜射到会议室，窗台上的一排月季花开得正旺，在阳光下显得更加鲜艳动人。在月季花的映衬下，靠窗位置摆放着的一排较为高大的黄金榕，显得更加青翠欲滴。虽然初冬的大西北已经冰封大地，但会议室里的暖气、花木、斜阳却烘托出春意盎然的感觉。

王海仁主任道："我和你们讲这些东西，对四位新同志是第一次讲，对其他人员已经是老生常谈了。王铁帆、程雪风已经当实习律师四个多月了，你们俩说一说自己有哪些体会和进步。"

王主任话音刚落，王铁帆和程雪风就相互交换了一下眼神。

王铁帆道："主任好！各位师兄和同学好！自从6月中旬进入略为所以来，

无论在工作上还是在生活上,我都感受到了律所上下情意满满的关心和照顾,体会到了同事间的相互关心、相互支持,有一种家的感觉。进步当然是很大的啦。王主任和几位师兄用真实案件带着我们练手,这几个月,我初步了解和基本学会了律师行业一系列法律文书的写作方法。这些都是实际操作,是在学校里没有机会接触的东西。在主任和几位师兄的指导下,我开始学习写起诉状、答辩状,编制证据目录,整理代理词和辩护词。由于能力欠缺,我书写法律文书不深刻,大都停留在表面做文章,从证据里不能总结出一语中的的观点,不能将当事人提供的证据的威力发挥到最大。如果不能突破这种能力缺陷,理论知识学得再好也无法为当事人讨得公平正义。我担心自己将来会愧对当事人的授权委托!今天听了王主任的培训课,我对律师职业有了更为深刻的认识,加上这一段时间的实践体会,说实话,我一下子没有了以前的那种自信了。我必须一步一个脚印地跟着老师进行实践学习,使自己早日具备独立办案的能力。"王铁帆说完,看向王海仁主任。

王海仁主任对他点点头,然后对程雪风说道:"程雪风,你也说一说吧。"

程雪风道:"王主任,我的情况和铁帆的情况是一样的,现在我也感到彷徨,没有了以前的那种自信了,担心自己不适合干律师。我也必须一步一个脚印地跟着老师进行实践学习,使自己早日具备独立办案的能力。"

王海仁闻言,微微一笑,道:"不错,不错!这是成长中的问题。你们现在的情况十分正常,相比四个月前,已经进了一大步了。毕竟你们没有社会实践经验,对各行各业那些导致纠纷产生的环节不了解、不熟悉,也不明白其中的道道。今后要多接触当事人,慢慢了解各行各业是怎么运作的。只有知晓那些基本运作过程,才能切实把握各行各业当事人纠纷产生的原因,分门别类地运用你们掌握的法律专业知识去对照他们的问题进行判断。这样一来,谁是谁非,你们就有最基本的判断了。有了这个判断能力,再把文案做到自己满意了,你们就基本具备独立办案的能力了,也就逐渐成为可以独当一面的律师了。"

第三章　律者的正道

　　王铁帆和程雪风闻言甚是高兴。他俩站起身来，齐声道："谢谢师父，我明白了！"

　　王海仁笑了笑道："你们叫我师父，不是不可以，只是这样叫不规范。按照《律师法》相关法律法规规定，实习律师需要由一名符合条件的律师当指导老师。我们是从事法律专业工作的人员，既然法律法规都这样规定了，我们之间的关系就按规定来。叫指导老师太过书面，简化一下，你们就依法叫我王老师吧。叫师父没有法律依据，虽然法无禁止皆可为，但那样太江湖，与律师执业的严谨不符……"

　　王海仁的一番话幽默诙谐，条理清晰，法理了然，引得一阵哄堂大笑……

　　接着，王海仁对刘冰冰和金海嫱道："小刘和小金，前一段时间律所把你们当文员使用，同事们对你们二人都十分认可，今天就不要你们谈体会和进步情况了。虽然本次主观题法考的成绩还没有出来，但是我对你们俩有信心。从现在开始，略为所就把你们俩当作实习律师用了。王铁帆、程雪风你们要多和她们两位进行文案方面的交流，让她们俩把前一段时间耽误的东西早点补上来。另外，你们四人还要多和绿城所的那三位引进大学生交流。等你们都执业后，只要你们还在绿洲县，还在略为所，他们将会是和你们在法庭上对抗最多的长期对手。"

　　刘冰冰、金海嫱也站起身来，齐声道："谢谢王老师，我明白了！"

　　王海仁笑道："活学活用，你们俩是好苗子，跟你们的两位师兄把这几个月落下的差距补起来，重点是法律文书方面的欠缺。另外，章泽军、李伟豪、成丰阳你们三人策划弄个模拟法庭，多搞几个场景案例，或者干脆就把我们接的案件中，案情复杂的用来模拟开庭。军队有兵棋推演，我们律所搞模拟开庭，也许对案件的正式开庭大有好处。还可以把我们这边的当事人叫过来参加，让他们体会到我们是如何尽责的。简单的，让实习生扮演原告和被告代理人对抗；疑难的，你们留出一人扮演独任审判法官，其余两人分到实习生中带着他们参与庭审对抗；有必要的话，偶尔与绿城所联办几次。他们所的那个小伙子赵雨挺机灵，互相切磋，共同提高，没有坏处。"

执行副主任章泽军道："好的，主任。会后我们会做一套详细的方案，以后本所承办重大复杂的疑难案件，于开庭前先在所里的模拟法庭进行推演，推演后再修订出正式出庭用的文案，使重大案件的出庭文案更加精益求精。这既是对当事人负责尽责，也是本所工作机制上的创新。并且，我们要将这种方式制度化，成为我们略为所特有的大要案开庭前的文案准备方法。"

王海仁点了点头道："这样很好。咱们略为所现在力量开始壮大，你们这些师兄辈的律师，要一如既往地发挥'传帮带'的作用。这四位985的好苗子，我十分看重，局里的领导和政法口的领导也很关心他们的成长。你们要多向新同事传递正能量，别让他们沾染歪风邪气。还有，小王、小程、小刘、小金，你们四人要认真品味我前面几点授课内容。会后我把今天的授课提纲发到所的微信群里，你们按每一点各写一篇实习体会。本来实习生每月都应该有一两篇实习小结，这也算有料了。"

培训会结束，大伙儿随王海仁主任纷纷离开会议室，一个个都显得精气神十足，对略为所的发展充满了信心……

本年度主观题法考的分数终于公布了，主观题总分180分，A证分数线是108分。在自己和同事们的期待中，金海嫦考了126分，刘冰冰考了123分，两人均以高分通过考试，即将获得国家A级法律职业资格证书。消息发到略为所群里，立刻得到所有同事们的点赞。王海仁主任一连点了7个"强"的表情包，并将两人法考的成绩单图片进行隐私内容处理后，发到了他的朋友圈里，还配上文字："本所两名同事通过法考，可喜可贺，深感荣光！"

在人才公寓里，绿城所的赵雨、张娜和杜海军都应邀来到了刘冰冰和金海嫦的公寓。这次法考，赵雨拿到了C证，杜海军通过了A证，以引进人才名义进入绿洲县法律服务行业的7人，全部获得通往执业律师的通行证。王铁帆和程雪风正在厨房里忙着做大西北人的拿手菜手抓羊肉、大盘鸡、大盘鱼，为他们庆祝法考成功。

第三章 律者的正道

席间，祝福满满。作为压轴发言的王铁帆道："我有一份精神礼物要送给大家，物质礼物要送给金海嫱律师……"

未等王铁帆把话说完，刘冰冰愠道："铁帆师兄偏心！什么给我们精神礼物，给金师姐物质礼物，你不是要……要向金师姐表白吧？你个闷骚男，你憋多久了？平时也没有发现什么蛛丝马迹呀！"

刘冰冰一阵起哄，弄得王铁帆满脸绯红，金海嫱也感到有点突兀。她壮着胆子，拿出女汉子的刚强，蓦地大笑道："哈哈哈……铁帆师兄，你意欲何为？"

王铁帆镇定下来，对众人道："前些日子，我和主任去省城开庭，偶遇一位知名书法家，我向他求得一幅好字，打算作为今晚庆功宴的精神加菜。为了展现惊喜，这个事儿只有王主任知道，我连雪风兄弟都没有讲。因为这幅字与大家都有缘，所以是给大家的精神礼物。"

赵雨跟着起哄道："既然与我们都有缘，为啥把这物质，应该就是这幅字了，单单送给金女侠呢？你这律政侠侣之心已经被小刘律师一语中的了吧？"

向来文文静静的张娜，几杯红酒喝得满脸通红，也起哄道："好一个律政侠侣，赵雨你挺有文采的嘛！铁帆师兄，需要我们现场见证你对金女侠的表白吗？鲜花呢？戒指呢？"

杜海军一脸正经地说道："大家别想歪了。从铁帆师兄的严谨来看，绝不是你们想的那个场景。那个场景绝对是唯有、只有、仅仅有，具备独一无二的相对性，怎么会把精神礼物分享给大家，把物质礼物送给金海嫱师姐呢？"

程雪风向杜海军鼓掌道："哇！海军兄弟这分析问题的能力太让我佩服了。以后法庭相见，要小心此人啊！"

一顿七嘴八舌的调侃后，大家开始好奇王铁帆求来的这幅书法作品的内容。宴会现场一下子安静下来，一个个把目光聚焦在王铁帆脸上……

王铁帆道："这幅书法作品，从内容来看，意境高远，气势磅礴，记下内容必将终身受益；从形式来看，字体苍劲有力，不愧出自名家之手。我只有一个要求，大家要随我认真朗诵一遍。朗诵过后，我点到谁，谁就得起来背诵一遍。背诵正确，大家共同干一杯。要是背诵错了，自己罚酒一杯。大家认为如何？"

众人齐声道："好好好！"

王铁帆展开一个装裱精美的卷轴，上面是一首古体诗：

胡杨

枯木逢春发新芽，

苦碱黄沙木不凋。

人生悟得胡杨道，

三千春秋写天骄。

众人随王铁帆一字一句地朗诵一遍后，王铁帆对略为所的三人使了个眼色，三人含笑不语。绿城所的三人对此诗赞不绝口……

王铁帆道："今天是个好日子。大家不负韶华，我们一起来绿洲共圆一个律师梦，都以胡杨不屈不挠的精神在领悟自己的人生之道，希望能书写自己的天骄，对不对？"

众人齐声道："对！"

王铁帆道："大家知道这首诗的作者是谁吗？"

略为所的人这次没有抢王铁帆的话。绿城所的人纷纷道："难道不是铁帆师兄你写的吗？"

王铁帆道："我一个生瓜蛋子，可没有这么高的领悟能力。这是一位曾经在绿洲县戍守边疆6年的老兵写的，他就是金海嬅的父亲！"

现场响起热烈的掌声。王铁帆双手将卷轴递给金海嬅，金海嬅起身双手接过，眼里闪烁着幸福的泪光。她向大家举起酒杯……

绿洲县一下子增加了7名实习律师，全县律师人才翻了一倍，司法局的郑局长自然十分高兴。他以考察调研的名义到绿城所和略为所，在这两家所召

第三章　律者的正道

开座谈会，对引进的大学生取得的成绩和进步进行了表彰，两所的新人深受鼓舞。

光阴似箭，日月如梭，一年的实习期很快结束了，王铁帆、程雪风成为略为律师事务所的专职律师……

半年后，刘冰冰、金海嫱两人要到市里进行笔试和答辩。答辩结束后，金海嫱将作为这批新律师的代表发表演讲。主任王海仁作为金海嫱和刘冰冰的指导老师，也要陪同参加笔试和答辩。

县司法局的郑局长十分重视，亲自把市司法局、律协的安排转达给王海仁主任，要求略为所和金海嫱认真应对，写好演讲稿，演讲出新时代律师的精气神来，为绿洲司法增光添彩。

一切都如愿而来。金海嫱的入职演讲以《律者医心》为题目，从律师是社会治理的医生，要用医者的仁心去服务社会、服务当事人、为社会疗伤的角度，诠释了在依法治国的大潮流中，律师作为重要的参与者的执业责任感。她的演讲获得与会同行和专家学者的高度评价。

由此，这批莘莘学子怀着自己的梦想，全部正式成为新时代的执业律师……

第四章
败诉豁免权

大漠戈壁的春天的确来得晚一些。南方也许已经进入初夏了，而这里春意正浓：在春日的和风里，桃红柳绿、绿草如茵，河面、湖面碧波荡漾、鸳鸯戏水……比起南方各种花的香，这里更有特色的是沙枣花的香。沙枣树是大漠里耐碱、耐寒、耐干旱的树种，是常见的防风林木。它粗壮的树干被风吹扭得弯弯曲曲的，树皮被风沙吹打得布满皱褶，密密匝匝带刺的枝条上，扁平状、灰绿色的树叶倔强地生长着。沙枣花开了，米黄色的，一长串一长串的，香气浓郁，像打翻了无数个味道浓烈的香水瓶，让人闻了有一种被香味熏醉了的感觉。花香飘得很远，是真正的十里香。

在略为所的办公室里，王铁帆正与金海嫱讨论着从窗外飘来的沙枣花香。一阵突然的敲门声，打断了二人的交谈。二人同时向门口看去。办公室的门本一直开着，一对农民模样的中年夫妇正一边敲门，一边小心翼翼地看着二人。

金海嫱礼貌地问道："大叔大婶，你们有事吗？"

中年男子道："我们要打官司，想找律师，你管不管我们？"

金海嫱毫不犹豫地回道："管，当然管。大叔大婶，你们进来坐。"

王铁帆用当地方言招呼这对中年夫妇坐下，金海嫱给二人各倒了一杯水。二人接过水，一饮而尽。他们太渴了，进门的时候嘴唇发白。金海嫱连忙给他

第四章 败诉豁免权

们把水添上。二人双手握着纸杯,不停地说着"谢谢"。

等到二人静下来,金海嬶看了王铁帆一眼,示意他来问当事人的情况。王铁帆点了点头,用本地口音问二人:"你们有什么事情?现在可以跟我们说一说了。"

那中年妇女闻言,哭诉道:"呜呜呜……呜呜呜,我的……我的孩子打工受伤了,严重得很。老板不想管了……呜呜呜……我们该咋办?"

王铁帆道:"大婶,您别哭,也别着急。现在关键是让我们弄清情况,然后才能帮助你们。您要是知道全部情况,就慢慢对我们说清楚。您要是说不清楚,就让大叔来说。"

那中年妇女闻言,便压抑住哭声,轻轻地抽泣着。

那中年男子连忙接话道:"我姓石,石头的石。这是我婆姨,姓李。我们是本县农民,家住绿洲镇林园村,离县城三里地左右。孩子名叫石伟,学习成绩一般,高考又考得不好,高中毕业就没有再上学。两个月前,他自己在县城附近的三二五国道边找了一个工作,是给一家叫作宏站物流的托运部接电话,还用电脑录货运单,一个月工钱3000元。托运部老板叫黄小兵,是他和石伟谈的。我看不是什么危险的重活儿,离家又近,吃住问题都能在家里解决,不用在外边花钱,对家里还能有个照应,比他跑到外地打工强,就同意他去了。干了两个月了,托运部一次工资也没有发。他找老板要过工钱,老板说等干满3个月一起发。他和老板还吵嘴了,干得也不开心。我叫他别干了,他说等拿上工钱后就不干了,现在不干,老板肯定不给钱。我看他开始想事情了,就没有管他,让他去锻炼锻炼。"

金海嬶打断老石的话道:"大叔,我问一下,那个托运部和您孩子石伟签订劳动合同没有?"

老石满眼茫然地问:"什么合同?我没有听说过。我没啥文化,不懂。我们农村干活儿给工钱,都是事前讲清楚,干活儿就行,不搞合同那些。他们签没签合同,石伟也没有给我讲过。"

王铁帆道:"石大叔,您把您知道的先讲完吧。等您讲完了,不明白的我们再问您。"

老石继续讲道:"三天前,石伟受伤住院了,医院还抢救了,现在脱离危险了,但不能吃饭,不能说话。医生说这几天给他输液挂点氨基酸,要是明后天情况好一点,就可以喂点流食。会不会失忆、啥时候能说话,还没法确定。事情发生的经过,老板不对我讲,他手下的工人也不说这件事。我从他的邻居那里打听到了一些情况。那天中午装车时,托运部有两名装卸工回家吃饭去了,还没有回来上班。车主要赶时间,很着急,托运部老板就叫石伟帮忙装车。刚出学校不久的小伙子,没有装车的经验,在装车时拉东西没有拉上去,被东西一带,从车上摔下来,头上、腰上、内脏都受了伤。医生把检查的片子、诊断书给我们,我们也看不懂。受伤后,是托运部的老板和两个工人把石伟送到县医院的。老板打电话说石伟受伤了,在医院抢救,叫我过来签字。我接到托运部老板的电话时,孩子他妈在地里干活儿没有回家,我给她打了个电话,就自己先到县医院了。医生问了一下我和伤者的关系后,就让我签字。我啥也没有问,只想救孩子,就快速地签字了。现在托运部的老板回市里了,打电话他不接,我们不知道该咋办。村里的干部说,这个事情自己解决不了,要找律师才行。村干部知道你们,推荐我们来这里,我们就找来了。你们看看现在该咋办?"

王铁帆对金海嫱道:"金律师,基本情况已经明确了,这个案件可能是一起人身损害赔偿纠纷案或者工伤赔偿纠纷案。具体情况还得看受伤的原因,还有石伟与托运部是否签订劳动合同。赔偿数额还得看医疗终结后的评残等级。要是人身损害是人为造成的,有可能还涉及故意伤害犯罪的问题。你先问吧?"

金海嫱点了点头,向老石道:"医生给您的片子和诊断证明带来了吗?拿给我看看。"

老石道:"带来了,在外面的电动车后备箱里,我马上下去拿来。"

第四章　败诉豁免权

说罢，老石急匆匆地下楼去了。

金海嬬对老石妻子道："大婶，事发当天，石伟在医院抢救时，您去医院了吗？"

老石妻子道："那天是阴天，比较凉快，我在枣树地里除草，回来得比较晚。老石接到电话后，他先去了医院，我去的时候，石伟已经推到手术室了。托运部老板交了2万块钱，就再也没有出现过。现在，他电话也不接，呜呜呜……"说罢，老石的妻子又哭了起来。

金海嬬往她的纸杯里添了一些茶水，随手给她抽了一张餐巾纸，对她道："李大婶，您别哭了，哭是解决不了问题的。看来您不了解情况，您也就别说了，多喝点热水，等石大叔把医院的材料拿上来，我们先看看石伟伤得严不严重，然后再决定，到底该怎么做，该怎么帮助你们。"

李大婶再次停住哭声，办公室里突然安静下来……

没过几分钟，老石手里提着个手提袋回到办公室。他从袋子里掏出一张X线片和一张《绿洲县人民医院入院诊断书》，递给王铁帆。王铁帆交给金海嬬，道："你出自医学世家，你先看看，不明白的还可以远程咨询权威专家。"

金海嬬没有推辞，接过材料认认真真地看起来。《绿洲县人民医院入院诊断书》的诊断结论下面写道：1. 右颞骨损伤，脑震荡；2. 右侧骨第二、三肋骨骨折，骨折形成尖锐物刺伤肝脏，致肝脏出血；3. 脾脏轻度破裂出血。

看后，金海嬬没有吭声，拿着那张《绿洲县人民医院入院诊断书》到隔壁办公室给江城的专家打电话去了。

王铁帆对老石道："大叔，我问您几个问题。您清楚的就告诉我，不清楚的就说不清楚，好不好？"

老石神情萎靡，一直张望着金海嬬出去的方向，似乎没有听清楚王铁帆的话。王铁帆耐心地重复了一遍刚才的问题，老石这回听明白了，回应道："好的，你问吧。我知道啥就对你说啥。"

王铁帆道："在医院交的那2万元住院费是以谁的名义交的？"

老石道："是以石伟的名义交的。"

王铁帆道："是转账还是现金？"

老石道："交的是现金，看不出来是谁的钱。"

王铁帆道："托运部老板黄小兵对这件事情到底是什么态度，您和他谈过没有？"

老石道："我和黄小兵只是在医院打了个照面。当时我在医生办公室签字，他说他去交钱。他交了2万块钱的住院费后，就离开了。刚开始打电话他还接，多的话不说，只说让石伟在医院里好好治疗，然后就匆匆忙忙地把电话挂了。"

王铁帆道："您到那个宏站物流托运部去找过他没有？"

老石道："这几天我每天都去，他不在店里，工人都不和我说话。"

王铁帆闻言，心中升起一股不明的怒火。他明白，这是托运部想逃避法律责任，故意给受害人家属设置障碍。该如何破局呢？王铁帆陷入了沉思：这个案子办起来很难。如果用工单位不配合，按照现行的劳动仲裁制度和对应的民事诉讼程序，案子可能经历两次劳动仲裁、两次行政确认、两个行政复议、两起民事诉讼、两起行政诉讼。两次劳动仲裁指的是一开始确定劳动关系的劳动仲裁和最后确定赔偿金额进行工伤赔偿的劳动仲裁。这两起劳动仲裁最终都可能引起两起民事诉讼，每一起民事诉讼都可能经历一审和二审，从劳动仲裁立案到二审结束，一起案件大约要一年的周期。中间还有两起行政确认，一次是工伤认定，一次是工伤鉴定，这两起行政行为可能经历两起行政复议案件和两起行政诉讼案件，从申请认定或鉴定到行政诉讼结束，每起都至少需要一年的时间。这样一来，这个案子从现在接手到最终确定的赔偿金额生效，至少需要四年时间。金额确定后，用人单位如果不主动支付赔偿金，案件再进入人民法院的执行程序，石伟最终拿到赔偿款可能要五年左右的时间。最困难的是，双方没有签订劳动合同，目前没有证据证明石伟与托运部存在劳动关系。如果黄小兵和托运部否认此事该怎么办呢……

第四章　败诉豁免权

正在这时，金海嬬打完电话回来了。

她对王铁帆道："石伟伤得不轻。我确认了，这边的医疗条件目前完全可以应对，康复期可能需要半年以上，康复后伤残等级可能在八级偏上。如果是故意伤害，损害情况属于重伤偏轻，完全构成故意伤害罪了。目前最重要的是弄清他受伤的原因。如果是工伤，就向劳动监察大队报案，确认劳动关系；如果是人为伤害，就抓紧向公安机关报案，进入侦查阶段。"

王铁帆道："你和老石谈谈，先按照正常律师收费标准计算费用、办理委托手续。我去跟主任说一下，看看这个案件能否给予他们法律援助，免除律师代理费。"

说罢，王铁帆忧心忡忡地朝王海仁主任办公室走去……

王铁帆向王主任详细介绍了石伟案件的情况，并决定接手这个案件。即使要经历五年才能结案，他也要帮助石家讨回公平正义。只是他希望所里能将本案作为一起法律援助案件，不收石伟的代理费。

王海仁主任听后笑了笑，道："铁帆啊，你的话我听明白了。这类案件的难度特别大，也特别耗费时间，还会搭上多趟差旅费，最终结果如何，非常难料。你的工作热情和对当事人的怜悯之心我非常清楚，但此事你的决定太草率了。现在你先去把两件事情给我做好了，然后我们再做决定。其一，你认真研究，书面理清本案的难点，找出应对方法，所里开专门会议研究，我们要对类似问题研究出一整套法律应对措施；其二，你把当事人叫过来，我亲自和他们聊聊。"王铁帆闻言甚喜，径直回办公室去了。

王铁帆回到办公室，发现老石和他妻子已经离开了。他有些焦躁不安，问金海嬬："金律师，他们怎么走了？"

金海嬬道："他们没有走呀！"

王铁帆急切地问："那他们人呢？"

金海嬬高兴地回道："他们已经签单了。本案的诉讼标的预计得 45 万元。工伤赔偿加停工带薪就得要 35 万元，医疗费陪护费等加起来应该不少于 10 万元，所以我按总标的金额45万元和他们谈案件代理费，案件代理费算下来4万元，另算差旅费1万元，综合律师代理费5万元。他们两口子非常乐意，以法定代理人的名义签订《民事诉讼代理合同》了。现在他们去银行取款交钱了。这个案子谈得还挺顺利。"

王铁帆闻言，脸色十分凝重，对金海嬬道："金律师啊！你手下留点情行不行呀？我刚才不是跟你说了，我去跟主任说一下，看看这个案件能否给予他们法律援助，免除律师代理费吗？"

金海嬬不解地回道："你不是也说了，让我和老石谈谈，先按照正常律师收费标准计算费用、办理委托手续吗？我一算，他俩都不还价，立刻就答应了，我就和他们办了委托手续。我不知道我错在哪里了，你这么埋怨我。再说，他这种情况也不符合法律援助的条件呀。"

王铁帆顿觉自己失态，连忙给金海嬬赔礼道："金律师，对不起，是我刚才态度不好。王主任让我书面理清本案的难点，找出应对方法，所里要召开专门会议研究。另外，主任让我把老石两口子领过去，他要亲自和他们聊聊。"

金海嬬安慰道："应对办法我们一起来想。只是这个案件要经历的诉讼环节特别多，而且特别复杂，所里不管派哪个律师出马，都是有成本的。咱们都是聘用律师，又不是合伙人，要求所里不收费，按法律援助对待，十分不妥。我想主任并没有答应你这个要求，是吧？所以，他决定亲自跟当事人谈谈。"

王铁帆有点受挫地点了点头，什么也没有说。

金海嬬道："这个事儿，你就别坚持法律援助了。我把你善良的想法都告诉老石夫妇了，他们不同意，称自己家里有25亩红枣地，家庭经济条件不错，请得起律师。你要尊重当事人的意见，对吧？"

王铁帆长吁一声，道："我只是看到他们就想起自己的父母曾经讨薪无助的样子，产生了同情之心，并不是想损失所里理所应当的合法收入。"

金海嬬默默地看了王铁帆一眼，转过身给老石拨电话。很快，电话那边传来老石的声音。他小心翼翼地问道："金律师，您，您好！我正在银行柜台办

第四章　败诉豁免权

律师代理费转账呢，您，您有什么吩咐？"

金海嫱道："石大叔，您还没转账吧？没有转就别转了。您的律师代理费，所里给您免了，不用交了。"

老石没有回应。金海嫱的电话里传来"请输入密码""请再一次输入密码"的电子提示语音。

接着，又传来"转账成功"的电子提示语音。

然后，老石说话了。他憨憨地回道："金律师，这里人多，太嘈杂，您刚才说啥，我没有听清楚。律师代理费已经转完了。我，我和老伴儿马上把交款单送到您办公室去。"说罢，老石便挂断了电话。

王铁帆看着金海嫱道："金律师，主任都还没有见到老石夫妇，也没有说给他们免除律师代理费，你怎么就擅自做主了呢？"

金海嫱面带微笑地回道："这不是你的意思吗？我按照你的意思办，你又要指责我呀？"

王铁帆脸憋得红红的，不知道该怎么回答，心里想："这个案子的综合律师代理费可是5万元，金海嫱擅自做主免收，主任和合伙律师肯定不同意。她要是受到批评，不就是我害了她吗？"

这时，在门口徘徊了好一阵子的刘冰冰进来了。里边发生的情况她看得十分真切，略带挑衅地对王铁帆道："咋的啦？你一边想做英雄，另一边又害怕我们嫱嫱律师受批评啊？"

王铁帆不知道怎么回答，只一个劲儿地喝着热开水……

金海嫱有点心疼地看了他一眼，没有吱声，转头对刘冰冰道："冰冰律师，你回你自己办公室去吧，当事人马上就要来了。"

刘冰冰道："这是要赶我走呀？好吧，趁当事人还没来，我给这个木头大王说明白点。哈哈哈……你看他，闷着头一个劲儿地喝开水，嘴唇都烫熟了呢。"

金海嫱道："你快走吧，哪有那么容易就烫熟了。"

刘冰冰一边往门口走，一边说道："金海嫱，你个重色轻友的家伙！我说

057

你现在这么抠门，这两个星期你谈成好几笔代理费在 2 万块钱以上的案件，一次客都舍不得请，现在居然要用 5 万块钱去给当事人交律师费，竟是为王铁帆这块烂木头……烂木头……哼，我不理你们了。"

王铁帆一下子明白过来，抬头看向金海嬿，道："金……"

金海嬿尴尬地笑了笑，连忙阻止道："你别说……我……先前确实是这样想的。这个案子不符合法律援助的条件，你要所里利益受损，在主任和合伙人那里都不好交代，我就打算自己出钱替老石交律师代理费，你也不用为难了，没想到让刘冰冰一下子就看出来了。"

王铁帆挠了挠后脑勺，向金海嬿赔礼道："金……对……对不起，我压根就没有往你这里想。我只想自己怎么把这件事情处理好，这个……这个刘冰冰怎么就能一下子看出来呢？"

金海嬿莞尔一笑道："这个……你去问她吧。也许……也许她就是我肚子里的蛔虫吧。"

王铁帆明白金海嬿的好意，眼里闪过一道愧疚，红着脸不敢正视金海嬿，道："谢谢你！为了照顾我的感受，你这么舍得。以后不要这么傻了哈，我也会正确处理个人对当事人的情绪。既然石伟的案件不符合法律援助条件，老石又积极地把律师代理费交了，我们就顺其自然吧。晚上……晚上我请客，帮你堵一堵刘冰冰的嘴。"

金海嬿道："本姑娘乐意奉陪。但是，当事人马上就要到办公室了，还让不让他们去见王主任呀？"

王铁帆道："还是让他们去见一见王主任吧。如果王主任要定法律援助，给他们退费，那就是所里合伙人会议的事情了，我无权过问。目前来说，既不会让你破费，也不会损害所里的利益。现在我们要做的是，不但要想办法把这个案子办好，还要办成一个标杆性的案件。"

金海嬿道："这个案子难啊！有你这个足智多谋的主任得意门生在，越难的案子就越能办成疑难案件的标杆，你加油！我也会帮你想一想。但是，你可

第四章　败诉豁免权

别指望我能想出什么好点子哈！"

王铁帆道："没事，还有主任和师兄们呢！主任刚安排我书面理清本案的难点，找出应对方法，所里要开专门会议研究。你也要想出几条措施来。要解决的不是个案问题，而是对类似问题研究出一整套法律应对措施，形成略为所解决这类案件的一整套规范模式，今后遇到这类案件，不管是哪种难度的，都能为当事人顺利地解决问题。"

金海嬬道："今晚好好宰你一顿。吃饱喝足，睡个好觉，明早我一定能想出几条来。"

正说话间，老石夫妇气喘吁吁地回到王铁帆和金海嬬的办公室。老石对二人道："王律师、金律师，用人单位不配合，石伟这个案件不好办，拖的时间会很长。我们的亲戚在市里问过好些律师了。案子交给你们，我们放心。你们不要太有压力。我们没啥文化，但是我们讲道理。不管将来办出什么结果，我们都不怨你们，我们能够理解你们。你们是靠办案子讨生活的，我们不要法律援助，也不需要减免律师费。你们需要我们配合的，我们会全力配合。"

王铁帆道："石大叔、李大婶，我们主任要见一下你们。"

老石道："如果主任是为了给我们减免律师费，我们就不见了。案子交给你们了，我们老两口信得过你们，就不见领导了，领导很忙。需要我们做什么，就随时打电话通知。这是交款单，我们走了。"

老石起身，将律师费交款单递给金海嬬，领着老伴儿离开了。

王铁帆对金海嬬道："我去给主任汇报一下石伟案件的新情况。你去定一个最有纪念意义的饭店，想叫谁，你都叫上。我也要吃饱喝足，睡个好觉。明早我一定能想出几条办案措施来。"

金海嬬看着王铁帆学自己说话的模样，白了他一眼，出门找刘冰冰去了……

王铁帆来到主任王海仁办公室，详细汇报了当事人已经交纳全额律师代理费等情况。

王海仁认真听完后，对王铁帆道："铁帆啊，你刚才告诉我，要给石伟案做法律援助，对你这种想法和同情心，我是支持的。本来想让当事人家属过来，我了解一下情况，跟其他合伙人通个气，然后再做决定。没想到人家拒绝法律援助，坚持交费，还表示不管将来办出什么结果，都不怨你们，称能够理解你们，这说明什么问题呀？"

王铁帆被主任突然这么一问，丈二和尚摸不着头脑，不知道怎么回答。他犹豫片刻，勉强答道："这……这说明老百姓信任我们略为律师事务所……"

王海仁笑道："你说得对，但又不完全对。老百姓对咱们略为所的信任只是听说而已。这么多年了，绿洲县就这两家律所，小有名气很正常，名声在外嘛……但是，更重要的是当事人和当事人的亲属与我们的律师接触后，被律师的真诚和务实的工作作风，还有广博的专业知识打动了。他们明白自己在干什么，有些钱花出去了，心里才踏实。你和小金律师今天谈案打动了当事人亲属，人家认定了你们，害怕不收钱就是拒绝他们，所以他们火急火燎地把律师代理费包含差旅费全部都交齐了，觉得你们不会拒绝代理石伟的案件了，心里现在踏踏实实的了。这样看来，律所的名气要占一定的比例，你和小金的真诚和能力占主要成分。"

王铁帆没有接话，心里想："听主任这话，我和金律师似乎是在套路石伟父母。我们只是纯粹地了解了案情，给他们讲清了案件的风险和难度，没有展现出什么专业水平和能力呀……我们只是想帮他们，难道无意间成了做局？这样的话，我和那些哄哄骗骗的不良律师有什么区别呀……"

想到这里，王铁帆对王海仁道："王主任，我们什么都没有想，只是觉得他们不容易，甚至觉得他们有些可怜，那种无助的样子就像我的父母当年向包工头讨薪无果一样，所以，我产生了恻隐之心。帮助这类人，也是我选择当律师的初衷。听您这么一说，好像我们……我们……"王铁帆没有把那两个字说出口。

王海仁犹豫了一下。他明白王铁帆想什么，道："铁帆啊！别人被我表扬都会十分开心，你为什么心事重重呢？"

第四章　败诉豁免权

王铁帆吞吞吐吐地回答道:"王主任,我和小金本意是帮石伟及其亲属。我们这一唱一和,是不是无意间成了套路人家呀?"

王海仁正色道:"你知道骗子为什么要用套路吗?"

王铁帆理直气壮地回道:"我怎么知道?我又不是骗子!"

王海仁道:"你们俩都是好样儿的,当然不是骗子。你们是真情流露,是真心的。骗子是模仿你们这种真情流露,是演出来的,所以是假的,那才是套路呢。"

王铁帆有点不知所措,定了定神,向王海仁道:"王主任,我们这次的好意变成了营销。我以后会注意,不会再给当事人造成这种被营销的感觉。"

王海仁突然变得有点严厉起来,正色对王铁帆道:"以后谈案务必真心真意对待当事人和当事人的亲属。你们今天做得很好,不但得到了当事人的认可,当事人还授予你们一项特殊权力了。"

王铁帆闻言顿觉蒙圈,问道:"主任,我不明白,石伟家属授予我们什么特殊权力了呀?"

王海仁道:"他们授予你们'败诉豁免权'了。"

王铁帆道:"'败诉豁免权'?没有听说过呀!这是什么新理论、新名词,在学校老师没有讲过呀。"

王海仁道:"这不是什么新理论,而是我对律师高质量服务、当事人及其家属谅解回馈的总结,字面意思而已。如果要解释的话,可以解释为,因为律师向当事人及其家属提供了让他们信服的专业服务,他们对办案律师和律师事务所高度信任,对案件的是非曲直和诉讼风险也十分明白,还没开打就主动表示,不管案子将来办出什么结果,都不怨律师,能够理解律师。就是说,先给律师吃定心丸,即便将来案子败诉了,也能够对律师的工作表示认可。不像有些当事人,官司输了就找律师闹腾。这便是'败诉豁免权'。"

王铁帆道:"原来是这样。可当事人及其亲属越是这样,越让我感到不安,害怕辜负人家的这份信任,心理压力油然而生。"

王海仁道:"铁帆,你是个善良的好律师苗子!你一定要牢记你今天说过的话,守住你心灵深处最高贵的东西——对当事人的真诚和对法律的敬畏。一直坚持下去,你的成就不可限量。过不了几年,你就能超越我,最终会成为大律师。"

王铁帆道:"我一定牢记主任的话,坚持原则,尽心尽力地保护自己当事人的合法权益,不负主任的信任和期望。"

王海仁沉思片刻,对王铁帆道:"铁帆,既然当事人那么信任你们,以后你和金海嫱律师办案,需要减免律师费的,就在委托合同中把我的名字挂上。我会在合伙人会议上把这件事作为一项特殊许可,交给你俩。这个就叫'减免代理费豁免权'吧。你看如何?"

王铁帆道:"多谢主任信任!我一定慎用这项权利。真的需要时,我会向您汇报的。"

王海仁又道:"今天下午这个案件,你想减免或者按法律援助走都行,你自己决定。简单写个情况说明,拿过来我批个字,你就可以帮石伟亲属办理退费手续。你回去吧。"

王铁帆道:"王主任,我和金律师商量过了,既然当事人信任我们,主动交了律师代理费,就不退了。我一定把案子给石伟办好,今天就开始查类似案例,研究本案的破点,尽快整理出详尽可行的办案方案报给您,请您定夺。"

王海仁道:"我也在研究。我们争取总结出工伤案件处理的全能应对措施,形成略为所解决这类案件的一整套规范模式。今后遇到这类案件,不管是哪种难度,都能为当事人顺利地解决问题。今天不早了,你下班休息去吧。"

王铁帆高高兴兴地离开了王海仁办公室。其他律师都下班了,他掏出被设置成静音的手机一看,上面有金海嫱发来的三条微信消息未读,连忙点开,都是聚会的具体地点和催促他快点……

王铁帆来到聚会地点。这是绿洲县新开的一家西餐厅,装修华丽,灯光雅致,从地板到墙面,从餐桌到窗帘,还有服务生的装扮,都透出欧洲风情的典

第四章 败诉豁免权

雅。每桌都有一个插着玫瑰花的精致花瓶，一进门，就能闻到一股淡淡的玫瑰花的气息。

王铁帆一进门，远远地看见金海嬗一个人坐在西餐厅的卡座里等待着，不见整天与金海嬗形影不离的刘冰冰，也不见自己的好兄弟程雪风，自然也没有看到绿城所的赵雨、张娜、杜海军等人。王铁帆觉得有点奇怪，快步走到卡座，坐在金海嬗的对面。

未等王铁帆开口，金海嬗道："王大律师，你怎么姗姗来迟？牛排都热两次了，七分熟都热成大块牛肉干了，你赶快吃吧。"

王铁帆乐呵呵地对金海嬗道："今天我最期待的事情就是被你宰一顿，为什么手下如此留情？"

王铁帆一边说，一边准备对那块热过的牛排下手，却被金海嬗止住。金海嬗向服务生招了招手，服务生来到他俩的卡座前，十分礼貌地问道："请问先生小姐，有什么需要我服务的？"

金海嬗道："给他重新上一份牛排，七分熟，再上一瓶你们店里最贵的红酒。"

服务生道："小姐，我们店里最贵的红酒是2000年的干红，每瓶价格1200元，您确定要上吗？"

金海嬗道："上呀！上两瓶。你们店里最好的白酒是什么？"

服务生道："我们店里最好的白酒是本地产的10年年份沙漠精酿，688元一瓶，您需要上吗？"

金海嬗犹豫了一下，嘴里无意间念叨着："688元，顺发发，好呀，又顺又发！那就来一瓶2000年的干红和一瓶10年年份的沙漠精酿。"

王铁帆道："金律师，你要把红酒和白酒混着喝呀？那样会喝醉的，而且会醉得很严重。"

金海嬗道："怎么啦，刚才还说今天你最期待的事情就是被我宰一顿，才上两瓶酒，你就心疼了呀？告诉你，红酒混白酒叫'火上浇油'，喝醉了站都站不起来。谁叫你迟到这么久！今天就给你一点点小小的教训。"

金海嫱表现出故意宰王铁帆的样子，可是王铁帆显得毫不心疼，还不时流露出难以掩饰的兴奋神情，镇定自若地对金海嫱道："随你了，反正今天我高兴。只要你高兴，想怎么宰，就怎么宰吧。但是，你不能喝醉了。吃完饭，我还有好事要告诉你。"

金海嫱见他迟到，窝着一肚子火，想气气他，没想到他毫不在意。金海嫱瞬间气消了。见王铁帆跟捡到了宝似的，金海嫱反而有些好奇。

她矜持了好一会儿才问道："王大律师，你迟到这么久，不给我一个解释吗？"

王铁帆道："不做解释。我要给你们做一次新法学理论报告。我今天下午和王主任聊到刚才，王主任的理论创新和观念创新让我耳目一新。我今天真是捡到宝了。等吃完饭，我详详细细地给你们三个报告一番，大家都会有巨大的收益。吃透了王主任的这些新理论，我们可以提前成熟三到五年。"

金海嫱突然起身离开座位，快步往吧台方向走去。没过多久，她拎着一个醒酒器和两只红酒杯高高兴兴地过来了。

王铁帆道："你让服务生弄呀，你亲自去拿这些干吗？还有，刚才点的10年年份沙漠精酿呢？"

金海嫱微笑着道："我在吧台一口气喝完了。"

王铁帆道："金律师什么时候酒量成海量了？能一口气喝完一整瓶白酒，你骗人吧？要是我没有猜错的话，你这醒酒器里装的也不是2000年的干红，那瓶10年年份沙漠精酿也被你退了吧？"

金海嫱笑盈盈地回道："放你一马，你还不谢恩，还嘴贫啥？"

王铁帆随即抱拳道："小生多谢小金公主嘴下留钱之恩。小生有不敬之处，望小金公主海涵！"

金海嫱被王铁帆的滑稽言行逗笑了，终于忍不住问道："你刚才说，王主任的理论创新和观念创新让你耳目一新，你捡到宝了，是怎么一回事儿？说来

第四章 败诉豁免权

听听。"

王铁帆道:"嗯……不说不说。我刚才说了,等吃完饭,我详详细细地给你们三个报告一番。现在他们俩都不在这里,我不说。"

金海嬅闻言,瞪了王铁帆一眼,随即向服务生招了招手。服务生应招而到,金海嬅一字一句地说道:"两瓶10年年份……"

未等金海嬅把话说完,王铁帆急切地喊道:"小金律师,我……我现在就给你单独做报告。"

正在这时,刘冰冰带着程雪风还有绿城所的赵雨、张娜、杜海军撩开纱帘,从隔壁的大卡座包间闯了出来。

杜海军带头起哄道:"王铁帆!做报告!王铁帆!做报告!"

其余的人也跟着起哄道:"王铁帆!做报告!王铁帆!做报告!"

王铁帆闻言顿觉紧张,感到在这大庭广众之下,把王主任和自己的谈话和盘托出,甚是不妥。当然,王主任这么好的服务理论,让广大律师掌握,定会造福当事人及其亲属。不过,要是不良之徒将它用于套路百姓,那就得不偿失了。

王铁帆灵机一动,心想:"金海嬅对我的爱意十分明显,只是自己家世微弱,担心配不上她,一直装傻充愣,故作不解风情。今天既然被架到火上了,不如探探底,看是不是自己对她大大咧咧的性格产生了误解。"

于是,王铁帆连忙道:"做什么报告呀?老王我就向你们一起报告了吧。我和一位师妹天天在一起,担心哪一天她离开我远嫁他乡。刚好下午王主任找我聊案子,我想让他给这位师妹做个媒,不管她看上谁,只要不离开绿洲县,和大家一起共事就行。各位,努力加油啊!"

王铁帆说得轻松自在,好像不关自己的事一样,轻轻松松地把话题转移开了。他这么一搞,大伙儿反而蒙圈了。

赵雨道:"帆哥,你别装了。金姐姐不就天天和你在一个办案组,还是一个办公室的吗,你是担心她远嫁吧?那你加油啊!除了你,我们谁还入得了金姐姐的凤眼啊？"

金海嫱猝不及防，在众目睽睽下羞得脸通红，不知道说什么好。这时，早有准备的程雪风给王铁帆递过一束鲜艳的玫瑰花，故作深情地说道："帆哥！兄弟只能帮到这里了，剩下的话和剩下的事情就要靠你自己了。"

王铁帆接过玫瑰花，面向金海嫱单膝跪下道："金……金海嫱师妹，我喜欢你。我要追求你，我发誓会一辈子对你好！"

金海嫱接过王铁帆的玫瑰花，羞得脸红红的。杜海军道："女侠也会脸红啊！帆哥，她答应了，你的求婚戒指呢？"

金海嫱害怕王铁帆尴尬，白了杜海军一眼。正在这时，王铁帆从西装口袋里掏出一个红盒子，小心翼翼地打开，将一枚硕大的钻戒取出，递向金海嫱。金海嫱高兴地伸出右手，王铁帆贴心地给她戴在无名指上。全场响起一阵阵热烈的掌声。

刘冰冰高兴地喊道："王铁帆师兄，你这是在向金师姐表白，祝贺你们！服务生，给大卡座上酒上菜，我们今晚吃牛排，喝'火上浇油'，祝贺我的闺蜜和师兄！"

刘冰冰道："好你个铁帆师兄，隐藏得真深啊！随身带着定情信物，一直在等待机会呀！"

王铁帆凑到她耳边，悄悄说道："还有一个人也买了同款钻戒，也随身带着，在等待机会呢。你准备好了没有？"

刘冰冰蓦地害羞得脸通红，心扑扑地跳。

王铁帆看了程雪风一眼，随后对大伙道："现在是大家见证奇迹的时刻了。有请程雪风先生和刘冰冰女士。"

程雪风从座位下的包装袋子里拿出一束鲜艳的玫瑰花，面向刘冰冰单膝跪下道："冰冰师妹，我喜欢你。我要追求你，我发誓会一辈子对你好！"

刘冰冰接过程雪风的玫瑰花，羞得脸红红的。赵雨道："这娃娃脸也会红呀！红起来更好看了！风哥，她答应了，你的求婚戒指呢？"

第四章　败诉豁免权

刘冰冰童真地看着程雪风，程雪风从西装口袋里掏出一个红盒子，小心翼翼地打开，将一枚硕大的钻戒取出，递向刘冰冰。刘冰冰道："原来你早就心怀……心怀戒指啊！"她本来想说程雪风心怀不轨，为了不让他难堪，硬生生地说成"心怀戒指"。

程雪风憨憨地笑道："在下是心怀冰冰，一直在等待时机。"

刘冰冰闻言，高兴地伸出右手，程雪风贴心地将戒指给她戴在无名指上。全场再次响起一阵阵热烈的掌声。

是夜，众人将酒桌的气氛一次次推向高潮。赵雨的顺口溜逗得大伙儿乐翻了。赵雨道："沙漠精酿兑干红，说话有权威！干红加沙漠精酿，人生可重来！沙漠精酿干红兑，越喝越富贵！"

至此，王铁帆与金海嫱、程雪风与刘冰冰的恋爱关系正式确立。

王海仁主任得知此事，甚是高兴，心想："略为所和绿洲县终于可以留住这两对律师界的金童玉女了……"

第五章
办案辅助线

求婚成功次日,两位男主角王铁帆和程雪风照着往常的样子去律所上班,金海嫱开着车和刘冰冰早就在人才公寓大门口的停车场等他们俩了。

一上车,金海嫱就问道:"你昨天说要做报告的事,是你临时换了议题吧?你不是要给我们三个人做报告吗?而且是关于王海仁主任法学理论创新和观念创新的报告。我知道你昨晚不太想说,宴会上就没有问你。等宴会结束后想问你,又太晚了。现在你可以给我们三个人做报告了吧?"

王铁帆道:"这个报告我必须给你们三个人做,你们一定要好好吃透。王主任的这个创新理论要是彻彻底底融入律师工作中,你们有可能得到当事人及其亲属的彻底信任,获得案件的'败诉豁免权'。"

三人闻言,立即条件反射般异口同声地问道:"什么'败诉豁免权'?我们从来没有听说过。"

王铁帆拿着架子和腔调,对三人道:"此乃师门秘籍记载的大律师内功心法,你们当然没有听说过,中外的顶级法学家也都还没有涉及这种心法呢!所以,我说是王海仁主任独有的法学理论创新和观念创新,没有问题吧?"

金海嫱和程雪风闻言没有吭声。刘冰冰白了王铁帆一眼,冲着王铁帆道:"哇!好你个没良心的铁帆师兄,我整天都在帮你张罗着找媳妇儿的事情呢,你却在主任师父那里吃独食、得真传。说好的给我们三人做报告，你现在却在我们面前端架子、卖关子。我们不听你的报告了，你就把它烂在肚子里吧。我们自己找王主任讨教去，还要问他为什么偏心，为什么对我们不公平对待，还要告诉王主任，你恃宠而骄，拿主任私下教你的秘学在我们面前显摆。你看王主任会怎么表扬你，哼！"

王铁帆闻言有点急了，又立即冷静下来，一言不发，就像没有听过刘冰冰说的话一样。

等着看热闹、坐收渔翁之利的金海嫦和程雪风没有等来预想的结果，有点蒙圈了。二人对视一眼。金海嫦也忽略刘冰冰刚才的话，对王铁帆道："帆哥，我问你的问题，你还没有回答呢。"

王铁帆道："等他们俩下车后，我单独告诉你。"

程雪风终于说话了："帆哥，我可没有得罪你呀！"

王铁帆冷哼一声道："哼！你家媳妇儿刚才威胁我、恐吓我、诋毁我、挤对我，往我心口捅刀子……妻债夫还，所以，你有责任。"

程雪风道："帆哥！你这样说的话，就是有点矫情了哈！冰冰年龄小，咱们从来都不和她计较。你就别卖关子了。"

王铁帆道："这样不是不行，但是，有个事情我一直没有搞明白，你必须先告诉我。"

程雪风道："好，兄弟知无不言，言无不尽。"

王铁帆道："昨天，我和嫦……金律师在西餐厅，你们怎么突然出现了？"

程雪风道："这个你就得好好感谢你的冰冰师妹了。她昨天下午听到你和海嫦师妹想帮助那对中年夫妇，被人家拒绝免律师代理费，而且，为满足你的同情心，海嫦师妹差点自己替当事人亲属交5万元律师代理费的事情，后来你去王主任办公室了，安排海嫦师妹订餐厅座位请我们吃饭，结果海嫦师妹打电话定的是西餐厅的情人卡包，根本就没有叫我们。冰冰认为昨晚海嫦师妹希望你向她表白，又担心你可能只会傻傻地去吃顿饭，使海嫦师妹不开心，就让我去帮你买花。我们定了你们那个情人卡座隔壁的大包间，把绿城所的赵雨他们三人也叫上了，分批进入。你们俩心无旁人，只有彼此，根本就没有发现我们。等你嚷嚷着要做报告的时候，我们觉得时机成熟了，一块儿哄将住你们了。昨晚帮助你成功表白的功臣是你的冰冰师妹。人家出钱出人又出力，你还给她戴那么多侵犯你人权的大帽子，还告诫我要妻债夫还，说我有责任。你是大哥，你要我承担什么责任呢？我一力承担就是。"

王铁帆闻言，立刻觉得对不起刘冰冰，转过身，诚心诚意地对刘冰冰道："冰冰师妹，对不起！我王铁帆错怪你了！"

刘冰冰嘟着嘴，闷了片刻，灵机一动，回道："可以原谅你，但不是你一个人的错呀！"

王铁帆诧异地看着刘冰冰道："就是我的错呀，还能怪谁呢？"

刘冰冰道："你刚才不是告诫我男朋友程雪风先生妻债夫还，说他有责任吗？现在你犯错误了，你家海嫱就没有责任了吗？"

金海嫱大大方方地向刘冰冰道："冰冰，昨天谢谢你。你和雪风真的有心了。以后你俩就是我的娘家人。"

此言一出，王铁帆顿觉心里暖暖的，感动得情绪快要失控了。这时，程雪风出来解围道："帆哥，你可别感动得一塌糊涂。你是咱们四个人的主心骨，大家都向着你、想着你。这辈子咱们四个人就是劈不开的兄弟姐妹，你以后可别再飘了哈！"

王铁帆有点愧疚地看了看三人，几度欲言又止。金海嫱连忙转移话题道："铁帆，你的好奇心被摔碎了吧？你也别找抱抱了。现在该你满足我们的好奇心了。你把主任传你的所谓师门秘籍记载的大律师内功心法，中外顶级法学家也都还没有涉及的法学理论创新和观念创新给大家讲一讲吧。你刚才提到的那个'败诉豁免权'确实有点让人耳目一新。"

刘冰冰蓦地大笑道："哈哈哈……我们的大才子今天被将军将成这样，原来'泰囧'是这样演绎的。本师妹今天原谅你了，你就做报告吧！"

第五章　办案辅助线

"做报告"三个字,从昨晚之后,已经成了王铁帆的代名词。刘冰冰这一起哄,引得车厢里众人发出一阵阵会心的笑声……

于是,王铁帆就把王海仁主任以昨天接待石伟案为例,剖析律师与当事人及其亲属真情互动的事说了一遍,说明律师只要真心诚意服务当事人,得到人家的信任和托付,即便败诉了,当事人也会通情达理地接受败诉结果,消化社会矛盾。当事人及其亲属认可办案律师之后,知道律师会为他们争取合法利益而尽责,委托时就主动承诺,即便败诉也能接受,对律师的努力表示认可和理解,这便是当事人及其亲属给予办案律师的"败诉豁免权",也是他们对办案律师的最高信任。

三人听完后顿觉醍醐灌顶。刘冰冰道:"原来,人和人之间以诚换诚、以心换心就是这样的。王主任真是以一颗医者的仁心在履行律师的职责,为社会消化矛盾、愈合创伤。看来,律者医心应该是每个律师的工作态度。不,应该是一种职业信仰。以后即便不挣钱,甚至赔上差旅费,我也要为当事人及其亲属去争取他们的合法利益。谢谢铁帆哥哥给我们做了这么好的报告!"

金海嫦白了刘冰冰一眼,道:"冰冰,你现在还觉得'做报告'这三个字很打趣吗?"

刘冰冰道:"回嫦姐的话,师妹再也不敢了。恭喜嫦姐和帆哥确立恋爱关系,师妹和雪风祝贺你们成为律政侠侣!"

金海嫦道:"行啊!你这妮子,今天就开始替程雪风做主了呀!"

程雪风连忙接话道:"海嫦师妹,冰冰从今天起就做得了我的主,而且享有惹事豁免权!"

金海嫦笑道:"冰冰,你可别被雪风给宠坏了哈!"

刘冰冰道:"嫦姐,宠坏总比气坏好!帆哥也会宠你吧?"

王铁帆连忙接话道:"那是必须的,只是……"

程雪风道:"帆哥,只是什么呀?"

王铁帆道:"只是我家嫦嫦行伍家庭出身,从来都以女侠的形象出现在江湖，中规中矩，不太好宠呀！"

刘冰冰和程雪风没想到这种话能从王铁帆的嘴里说出来，差点被他的话和他的傻样儿逗得笑岔了气……

金海嫱从小独立，被这三人你一言我一语地这么一说，不由得脸色绯红。她理了理思路，对王铁帆道："铁帆师兄，我可是正常女子，虽有侠骨，但也有柔情。以后你给我的待遇，绝不许比程雪风给冰冰的低。你不会，就去学着点！哦，也不用学，你只要像你对当事人那样掏心掏肺地对我就行了。记住，从昨天你给我戴上戒指那一刻起，我就是你一辈子的当事人。不过，我不授予你败诉豁免权。"

王铁帆道："我乐意！只要咱们家嫱嫱高兴，我就两个字，'乐意'。"

金海嫱开着车子，已经在绿洲县城绕好几圈了。上班时间快到了，她对大伙儿道："昨晚让冰冰破费了，今晚我来请客，大家继续'火上浇油'。现在快到上班的点儿了，我们先上班，没有说完的话，今晚再说。"

回到办公室，王铁帆和金海嫱迅速开启工作模式。他们准备启动石伟案件的前期工作。

王铁帆对金海嫱道："金律师，这个案件我已经有了一些想法。我们俩先商量一下吧？"

金海嫱疑惑地看着王铁帆，王铁帆笑了笑道："嫱嫱，我想征求一下你的意见，以后在办公室我们相互以律师相称，你不会生气吧？"

金海嫱是个不会矫情的女汉子，一听甚是乐意，不假思索地对王铁帆道："可以。不，必须这样。私下的称呼和情绪我俩都不许带到办公室来，以免破坏律师和律所的形象。好了，你说说你的想法吧。"

王铁帆道："这个案子大概率是工伤。我们按照常规，应该先向劳动监察大队报案，由劳动监察大队去落实石伟受伤的经过。现在受害人石伟不能说话，宏站物流托运部负责人黄小兵又玩人间蒸发，下面的工人被他打过招呼，劳动监察大队去调查，定会无功而返。他们一旦无功而返，整个案件就可能陷

第五章 办案辅助线

入僵局。"

金海嬅问："那该怎么办，你刚才不是说有一些想法了吗？"

王铁帆道："是的。现在的情况看起来对我们不利，实际上却给了我们一个解决案件破点的大机缘。"

金海嬅道："都快成死局了，还有什么机缘呢？"

王铁帆道："现在受害人没有醒过来，宏站物流托运部负责人黄小兵拒绝出面澄清事实，下面的工人又守口如瓶，我们完全有理由认为石伟受伤可能是被殴打所致。为了弄清石伟是不是被故意伤害，我们可以持诊断证明向公安机关报案求助。"

金海嬅问："报案有用吗？"

王铁帆道："当然有用啦！石伟之前因为拿不到工资，跟黄小兵吵过架。如果是故意伤害，按公安机关调查案件的规律，黄小兵就是第一嫌疑排查对象。只要黄小兵被公安机关传唤，你猜他最有可能对警察叔叔怎么说呢？"

金海嬅道："他说他不知道，什么也不说，咋办？"

王铁帆笑道："那才好呢！他越不说，警察叔叔就越不放过他。很快，他手下的工人就会接二连三地被传唤。"

金海嬅道："传唤了又会怎么样，他要还是什么都不说呢？"

王铁帆道："没关系，他的工人肯定会说石伟是在宏站物流托运部装货时从车顶摔下来的，但是，警察叔叔不会全信，必须等石伟醒来确认。石伟一时醒不过来，警察叔叔就会在黄小兵这里寻找突破口，传唤他。他不说话，他在局子里喝茶的时间依法可以从早上九点熬到下午五点，整整八个小时。他会思考很多平常没有想过的问题。他甚至会想，万一石伟从此醒不过来，他跳进黄河都洗不清了。他会越想越害怕。最终，黄小兵会说出石伟受伤的原因和经过。不过，他要是一开始不说，后面即便和工人说的一样，警察叔叔也不会相信，还是要等石伟醒来为他洗白。这样，就会出现两种向好的情况。"

金海嬅听到这里，高兴得跳了起来，一个劲儿地向王铁帆伸大拇指，并

073

道:"你这招真的太厉害了。黄小兵一旦承认石伟是在宏站物流托运部装货时从车顶摔下来的,我们依法调取这份笔录,即刻向绿洲县劳动仲裁委员会申请确认劳动关系仲裁,这个案子就能进行下去了。这个案子的破点你真的找到了。铁帆你真棒!"

王铁帆道:"才不止这一点收获呢!我说了,案件会有两种向好的情况,你只说了一种。不错,这一点你找得还挺准。那另一种向好是什么呢?"

金海嫱想了想,愁眉苦脸地回道:"铁帆师兄,你就别逼我了,直接告诉我吧。"

王铁帆道:"另一种向好是……"

正在这时,程雪风推门而进,对王铁帆道:"帆哥,王主任叫你,让你现在去他办公室。"

王铁帆看了金海嫱一眼道:"你在这里好好想想,或者跟你雪风师兄探讨探讨,我先去见王主任。"

金海嫱道:"想就想。你别忘了,程雪风师兄也是政法大学的高才生哟!我们现在就探讨探讨。等你回来,我们就可以行动了。"

于是,金海嫱对程雪风道:"雪风师兄不要走,我们探讨探讨。这会儿冰冰在忙什么呢?"

程雪风道:"刚才一进办公室,内勤小廖就找她核对这个季度的立案数据,现在应该没有什么事吧。"

金海嫱道:"那你把她叫过来,咱们一起分析分析这个案子。三个臭皮匠还能顶一个诸葛亮呢!我不相信,咱们三个政法大学A照高才生,还顶不了他一个王铁帆。"

程雪风给刘冰冰发了一段微信语音:"你嫱嫱师姐出状况了,快到她办公室来。"

程雪风微信语音发出不到五秒钟,刘冰冰就闪电般出现在金海嫱的办公室里。她一进门,愣住了,冲着程雪风道:"你发个语音还用词不当。我嫱嫱姐

第五章　办案辅助线

姐不是好好的吗，出什么状况了？铁帆师兄才刚刚进王主任办公室，嫱嫱姐姐就守不住寂寞了呀？"

金海嫱白了她一眼道："这是上班时间，办公室里不要扯那些没这没那的。我是把你们请过来分析案情的，咱们一起超越王铁帆。"

于是金海嫱就把石伟案的前前后后给大伙儿说了一遍，同时又把王铁帆的思路细细地讲了一遍，问道："王铁帆说这个案子有两种向好，那么，另一种向好是什么呢？"

刘冰冰和程雪风闻言，同时拍手叫绝。程雪风道："真不愧是铁帆师兄！他居然用数理逻辑解决法理问题。他中学时代的数学没有白学，几何证明题没有白做。这么绝的办法，他也想得出。"

金海嫱道："什么数理逻辑、几何证明题，我问你另一种向好是什么？"

程雪风道："另一种向好很明显，就是这个案子经过这么一弄，黄小兵定会放弃侥幸心理，回归理性，希望石伟尽早康复，还他一个清白。由石伟亲自证明黄小兵没有伤害他，黄小兵才能彻底洗脱嫌疑。黄小兵会以心换心。此案最终可能协商调解，达成司法调解协议，以司法确认的形式结案。兵不血刃地化解了社会矛盾，也给石伟伸张正义了，这真是高明呀！"

金海嫱道："哦！我终于明白另一种向好是什么了。那你刚才说的什么数理逻辑、几何证明题与这个案子是什么关系呀？"

程雪风道："你不知道，王铁帆从来就没有中规中矩地把一个案件当案件来办。他总说打官司其实就相当于做一道几何证明题。证据充足的，就像几何证明题里给的条件充足，题就简单，容易做出来，同理，这样的官司就好打。相反，证据少的，就像几何证明题里给的条件少，题就难，不容易做出来，同理，这样的官司就不好打。一般来说，解几何证明题难题的做法主要有两种，一种是反证法，另一种是作辅助线。你们这个案子，铁帆充分利用了石伟未醒来、黄小兵想逃避责任不澄清事实的情况，成功地作向公安机关报案这一条辅助线，把一个被动的案件变得主动了。"

刘冰冰道:"这样好是好,会不会涉嫌报假案呀?"

程雪风道:"石伟未醒来,黄小兵想逃避责任不澄清事实,工人又守口如瓶不敢作证。石伟受伤是事实,要弄清石伟受伤的原因,向公安机关报案理所当然,不是报假案。在工伤和故意伤害罪两种情况面前,黄小兵自然会承认工伤的事实。你们只需调取公安机关询问的笔录,即便黄小兵不愿和解,这个案子也已经变得十分简单了。何况黄小兵的不诚信会引起警察叔叔的高度怀疑,即便他和工人说石伟是工伤,警察叔叔也不会立即排除他故意伤害石伟的嫌疑,唯有石伟醒来才能替他洗白。要洗白总是需要诚意的吧,故而,此案就毫无悬念地被你们化解了。"

金海嬗道:"雪风师兄真棒,不愧为政法大学的高才生。"

刘冰冰闻言在一旁乐得合不拢嘴,一脸的幸福感。

金海嬗道:"冰冰,你男朋友这么优秀,你可不要拖后腿哟。"

刘冰冰不紧不慢地说道:"其实吧,嬗嬗刚才一说,我就猜到了八九分,只是我想矜持一点,不说出来罢了。我家雪风说的嘛,嗯,八九不离十,基本正确,但是,还有点不全面。"

金海嬗、程雪风闻言,同时睁大眼睛,诧异地看着刘冰冰。刘冰冰略带挑衅地对二人道:"怎么了,你们刮眼睛了呀?"

程雪风不解地问道:"我们没有刮眼睛啊,干吗要刮眼睛呀?"

刘冰冰道:"对本姑娘刮目相看呀!"

金海嬗道:"你让我们看什么呢,难道你真的搞明白了吗?"

刘冰冰道:"嗯!我也不谦虚了。雪风刚才分析的部分完全正确,几乎和我想的一样,只是具体的实施步骤,他没有说出个一二三来。我现在问你们,对于这个案子,当务之急,第一步该干什么?"

此言一出,惊得程雪风和金海嬗面面相觑——这还是天天在大家面前咋咋呼呼、似乎永远长不大的刘冰冰吗?

金海嬗吃惊地问道:"冰冰,这还是你吗,我怎么就看不出来呢,你啥时候变得这么厉害了？那你说说，我们现在第一步该干什么？你要是说对了，以后我叫你师姐。"

刘冰冰扳着手指头道："咱们金女侠今天是真的急了，一连提了三个问题，还下了一个赌注。不过，师妹我不跟你赌。如果我不小心当上你的师姐，就没有人关心照顾我了，我还得照顾师妹，这对我来说，太不划算了。"

金海嫱道："那你要怎样？你说吧，有什么要求我都依你，只要王铁帆回来前你告诉我就行了。哼！我就不能让他压我一头。"

刘冰冰道："既然金师姐想听，那师妹我就告诉你吧。目前要做的就是替石伟父母写好报案材料，让石伟父母领你们去一趟医院，亲自确认一下石伟的伤情状况。这个方案最好是在石伟恢复意识前实施。不然，会有报假案的嫌疑。"

金海嫱闻言心里甚喜。她看了看程雪风，程雪风点了点头。金海嫱随即向刘冰冰竖起大拇指，道："你们先忙自己的案子去吧，我要写报案材料了。"

这时，王铁帆高高兴兴地回到办公室，对三人道："尔等能否窥破我办理此案的天机？"

程雪风和刘冰冰在一旁笑而不语。金海嫱道："你给石伟父亲打个电话，一会儿我们随他去一趟医院，确认一下石伟的伤情状况。如果没有什么变化，就让老两口去公安机关报案。报案材料我马上就写好。"

王铁帆闻言有些吃惊，随即镇定下来，对金海嫱道："那这个案子你准备怎么结案？"

金海嫱平静地说道："两种结案方式：一是报案后，等待公安机关的调查，如果不是故意伤害，我们调取公安机关的笔录申请劳动仲裁；二是利用黄小兵希望石伟替他作证洗白的心理，尽量化解双方的矛盾，进行司法调解，以司法确认的形式结案。怎么样，王大律师，这样处理，你满意否？"

王铁帆随即伸出大拇指，对金海嫱道："金律师高明，小生佩服得五体投地。就按照你的方案来办吧。我刚才把你的大致意思给王主任汇报过了，他同意这个方案,要求必须先确认石伟的情况再抓紧落实。如果石伟已经清醒,确认自己是装货物时从车上摔下来的,要立即停止报案,不许违规操作。"

金海嬛大笑道:"哈哈哈……还是王大律师的辅助线作得好!我们以后要紧跟你的办案思路,也学着把数理逻辑用到法理逻辑中,开创一种全新的律师办案理念,作出一条条神奇的办案辅助线,创造出一个个不战而屈人之兵的谈判条件,作为双方达成民事调解的平衡点,从而解决问题,化解当事人之间的矛盾。我说得对不对呀?"

王铁帆看了程雪风一眼,道:"嬛嬛说得太好了。看来雪风律师当老师的水平也相当高啊!这么生僻的理论,在不到一节课的时间里,你就教会了我家嬛嬛。"

刘冰冰道:"铁帆师兄的办案逻辑创新功不可没,我们都是受益者。再说,嬛嬛和我都这么冰雪聪明,又有石伟案的实例操作,学起来当然容易了。谢谢铁帆师兄!"刘冰冰说着向王铁帆伸出大拇指。

程雪风亦伸出大拇指道:"铁帆,这两天我们的理论跨越太大了。你和王海仁主任创造了为当事人真诚服务的'败诉豁免权'理论,现在你自己悟出的数理逻辑与法律逻辑相通的辅助线办案法也开始在疑难案件办理中大显神威。我们有你,真是不负此生啊!"

金海嬛也十分高兴,道:"大家都在夸你,你可别飘起来了。既然现在这个案子的实施方案已经敲定了,那我们就开始行动吧。理论再好,还要看执行落实的火候,稍有纰漏,就会落得个画虎不成反类犬。这是第一次检验你的辅助线理论,可不要……"

说到这里,金海嬛变得小心翼翼起来,担心自己工作出现疏忽大意,使来之不易的胜算局面落空,既辜负了王铁帆的辛勤谋划,又辜负了石伟父母的信任。

程雪风看出了她的心思,对她道:"海嬛师妹别担心,这个案子不会有意外。出现任何状况,我们都共同集思广益解决。你俩忙吧。冰冰,我们回办公

第五章　办案辅助线

室去吧。"

程雪凤和刘冰冰刚刚离开办公室，石伟的父母老石和李大婶就赶过来了。

王铁帆安顿二人落座并倒上热茶，然后关切地问道："石大叔，石伟醒过来没有，能不能说话，能不能吃饭？"

面对王铁帆的一连串问题，老石长长地叹了一口气，说："还没有醒过来呢，自然是不能说话，也不能吃饭了。医生还是在给他输液、打氨基酸。刚才我们还在病房守着，医生说他生命体征平稳，病情十分稳定，应该很快就能醒过来。具体啥时间醒过来，医生无法确定。"

王铁帆又问道："你们联系黄小兵没有？"

老石道："昨天我俩从你们这里回去就给他打了3次电话，他不接。早上在医院，我又给他打了不下10次电话，他还是不接。"

王铁帆道："金律师正在写报案材料，写好后念给你们听一听，如果有遗漏或不真实的地方，就说出来，好修改一下。"

老石道："好吧。怎么报案呀？"

王铁帆道："石伟受伤昏迷不醒，宏站物流托运部的负责人出事后就离开了绿洲县。你们的儿子石伟因讨要工资和黄小兵发生过争执，现在石伟的伤情是干活摔的还是被人为伤害的，也就是老百姓常说的被打的，谁也说不明白。现在只有向公安机关报案，由公安机关来确定到底是什么情况。如果是干活摔的，就按照工伤进行赔偿；如果是被打的，就由法医验伤，随后追究打人者人身伤害赔偿责任，伤害程度达到犯罪标准的，依法追究其刑事责任。"

老石和李大婶闻言，激动得流出了眼泪。老石连声道："好好好！王律师、金律师，就按法律程序来，我们听你俩的。"

金海嫱很快写好了报案材料。材料内容简洁明了，她写道：受害人石伟在黄小兵经营的宏站物流托运部从事文员工作，将近3个月，一直未领到工资。出事前两日，石伟为讨薪与黄小兵发生争执。石伟受伤后经绿洲县人民医院诊断为：1.右颞骨损伤，脑震荡；2.右侧骨第二、三肋骨骨折，骨折形成尖锐物刺伤肝脏，致肝脏出血；3.脾脏轻度破裂出血。事发后，黄小兵将石伟送到医院，交了2万元医疗费后便离开绿洲县，从此不接受害人家属电话，也未告知石伟遭遇伤害的原因，无法排除石伟遭受故意伤害的可能。为保护公民的人身安全，现依法向绿洲县公安机关报案。

虽然没有提及黄小兵是嫌疑人，但报案材料中的两条线索已经明确指向了他。线索一，黄小兵是石伟的雇主；线索二，二人为拖欠工资发生过争执。况且，石伟受伤就医至今昏迷不醒的事实存在，受伤原因不明，完全符合公安机关的报案条件。黄小兵将毫无悬念地在第一时间被传唤，而且嫌疑最大。

王铁帆看后，赞许地点了点头，还向金海嫱伸出了大拇指。念给老石夫妇听了后，他们都认为报案材料的内容实事求是。随后，金海嫱打印出来两份让二人签字、按手印，一份留档，另一份准备让老石夫妇递交公安机关。

一切准备就绪，王铁帆对金海嫱道："金律师，你就在这里上班。我和石大叔李大婶去医院看看石伟，再核实一下具体情况。"

金海嫱道："你去吧。早点儿回来，今天的事情还很多呢。"

……

暮春的绿洲县生机盎然，即将开败的沙枣花仍然坚强地释放着醉人的芳香。在暖风加浓郁花香的熏绕之下，血气方刚的年轻人最容易打瞌睡。

翌日，金海嫱去绿洲法院开庭去了，王铁帆一个人坐在办公室里。他瞌睡兮兮的，正想打几把电脑游戏解解闷，突然，电话铃声响了……

王铁帆一看是座机，连忙接听："喂，您好！这里是略为律师事务所，有什么可以帮您的吗？请讲。"

电话那头传来熟悉的声音："王大律师，你好！我是绿城所的赵雨呀！我刚刚接了一起刑事案件，我的当事人叫黄小兵，是本县宏站物流托运部的负责人，听说受害人家属找的是你和金律师。我想和你沟通一下，看看咱们怎么妥善处理此事。"

王铁帆道："赵律师啊！我的当事人躺在医院不省人事。受害人石伟在黄

第五章 办案辅助线

小兵经营的宏站物流托运部从事文员工作，将近3个月，一直未领到工资。出事前两日，石伟为讨薪与黄小兵发生过争执。石伟没过两天就受重伤，伤情你知道吗？"

赵雨道："我听说了，绿洲县人民医院诊断结论是：1. 右颞骨损伤，脑震荡；2. 右侧骨第二、三肋骨骨折，骨折形成尖锐物刺伤肝脏，致肝脏出血；3. 脾脏轻度破裂出血。从法医学角度来看，已经构成重伤级别了，是挺严重的。"

王铁帆道："你那个当事人黄小兵太不像话了。事发后，他将石伟送到医院，交了2万元医疗费后便离开绿洲县，从此不接受害人家属电话，也未告知石伟遭遇伤害的原因，还与手下的工人订立攻守同盟，就像什么事情都没有发生一样。现在石伟的伤情到底是工伤，还是因为讨薪矛盾导致黄小兵挟私报复对石伟实施了故意伤害，没法说清。但是，石伟受伤的事实是不容置疑的。为保护公民的人身安全，只有报案，由绿洲县公安机关调查处理了。"

赵雨道："王大律师，这个案子确实是工伤。我的当事人黄小兵就是个法盲，看到石伟伤成那样，就想躲避。不，准确地讲，他是想逃避责任。没想到，这下反而说不清楚了。他已经按照公安机关的传唤通知，昨天下午到案接受调查了。他的工人也去了，一致证实石伟是装货时从车上掉下来的。但是，石伟尚未苏醒，黄小兵无法排除故意伤害石伟的嫌疑，可能要立案。一旦立案，黄小兵可能就要被刑拘，这该怎么办呢？"

王铁帆道："你告诉黄小兵，如果是他故意伤害了石伟，既然做了，就站直了接受法律的惩罚。如果是工伤，自己的员工兄弟为他工作，都伤成这样了，他就应该正确面对，拿出老板责任人应该有的态度。你可以带着黄小兵去公安局，不要听他的一面之词，去调阅一下案卷。如果立案了，你可以申请给他办个取保候审。如果警方有关于受害人亲属方面的顾虑，我会想办法做一做石伟父母的工作。你再告诉黄小兵，我们当律师的不会去害人，他现在要有正确面对问题和解决问题的态度才行。"

黄小兵其实就坐在赵雨的面前，赵雨是开着免提给王铁帆打的电话。他听完王铁帆的话，羞愧万分，对赵雨道："赵律师，我真的错了。王律师说得对，我要正确面对问题，要真心诚意地解决问题，配合你们把事情处理好。主办警官告诉我了，他们今天要上个会，大概率会以故意伤害罪立案。希望你能帮着申请取保候审。"

赵雨和黄小兵办理了刑事案件公安阶段的委托，收取律师辩护费1万元；还办理了石伟工伤赔偿的民事委托，收取律师代理费3万元。黄小兵按委托合同约定，向绿城律师事务所交纳4万元的律师费后，跟随赵雨律师往绿城县公安局阅卷去了。

……

一切正如王铁帆所预想的那样，公安机关迅速传唤了黄小兵与宏站物流托运部的工人。黄小兵详细地陈述了石伟受伤的经过，承认拖欠石伟前两个月的工资共计6000元，并且没有跟石伟签订劳动合同。石伟的工作岗位是文员，主要任务是接电话、在电脑系统录入运单和给客户打印运单。那天因为装卸工回家吃饭去了，驾驶员急着赶路，才临时让石伟顶班装车。石伟是因为没有装车经验，抬装货物时从车上摔下来受伤的，属于工伤。黄小兵看到医院的诊断，担心赔得倾家荡产，跑回家转移财产去了。他根本没有殴打，也没有指使他人殴打石伟。但是，石伟现在没有醒来，公安机关仍然不能排除黄小兵故意伤害石伟的嫌疑。由于石伟的伤情属于重伤偏轻，达到刑事案件的立案标准，公安机关仍然决定对黄小兵涉嫌故意伤害犯罪一案进行立案调查，同时，允许其办理取保候审。

黄小兵取保候审后，提心吊胆地过着日子，每天都要跑到医院去看看石伟，并对石伟的父母嘘寒问暖。石伟的父母刚开始十分不待见他，随着相处的次数增加，逐渐对他和颜悦色了。石伟的病情很快好转，只是说话有些困难，头疼晕眩。公安机关的办案人员来过好几趟。医生称石伟脑震荡较为严重，最好等石伟康复一段时间再问他，现在他存在记忆障碍。

第五章　办案辅助线

一日，赵雨找到金海嫱，对她说："金律师，黄小兵和他的哥哥找我聊了，为表诚意，他们决定按照工伤赔偿标准，先予赔偿石伟的损失。因为没有签劳动合同，黄小兵愿意双倍支付拖欠的工资。石伟的住院费用，他全部承担。石伟住院期间的陪护费、营养补助费按照3个月算。石伟住院和康复停工留薪，按12个月算工资。你看如何？"

金海嫱道："赵律师，工伤鉴定和工伤赔偿按照法律程序，都是要等到受害人医疗终结才进行的。现在石伟的伤情是工伤所致还是故意伤害所致尚且不能定论，先予赔偿也没有法律依据，我们如何办理呀？"

赵雨道："金律师，石伟的伤情是工伤所致还是故意伤害所致，从法律层面来讲，黄小兵和他的宏站物流托运部都得赔偿，是吧？同等伤情，工伤赔偿要比人身伤害赔偿高一些。《民法典》规定，当事人有权处置自己的民事权利，既然早赔偿晚赔偿都得赔偿，还不如早点赔偿了有利于矛盾的化解。"

金海嫱道："如此说来也有道理。对赔偿事宜我们可以走司法调解，然后经绿洲县人民法院做个司法确认。但是，本案是工伤还是故意伤害还没确定，你方自愿按照工伤赔偿，如果最终确认为故意伤害，黄小兵即便赔偿了，我方也不能否认故意伤害的事实呀。"

赵雨闻言甚喜，眉开眼笑地对金海嫱道："哎呀，金大律师，我们没有那么多要求。赔偿金额按工伤赔偿计算，可以不写工伤赔偿，也可以不搞司法确认，我们这方诚心诚意地写个付款承诺书，石伟父母替他把赔偿款收上就行了。今后，若认定为工伤，他们收受这笔赔偿理所当然，就算赔偿提前到位了；若认定为故意伤害，黄小兵也算主动赔偿受害人损失，争取获得当事人谅解。所以，无论哪种情况，黄小兵主动赔偿，主动解决问题，消除对社会造成的不良影响都是积极的，也是正确的。他既然主动要求改过自新，金律师你们也应该给他一个机会，是吧？"

金海嫱闻言，顿时对赵雨伸出大拇指，赞道："赵雨，赵律师，你真行呀！你这种超凡脱俗的攻坚能力和饱含法理、情理的语言水平，深深地打动了我，我看行。不过，我还有一些工作要做。我做通石伟父母的工作后，复印一套石伟的病历给你。你去市里找一家司法鉴定机构做一个伤残等级预先鉴定，我们也找一家做预先鉴定。目前肯定出不了鉴定报告，我们双方各出一个专家意见就行了。"

赵雨道："多谢金大律师成全，我就不见帆哥了。我这个C证，见到他说话都没有底气。那天我接下这个案子后，都不敢来见他，最后鼓起勇气给他打了一个电话。我知道他今天要开庭，就赶紧过来找你。你不但人美心善，而且跟你说话我没有压力，所以就造次登门来了。现在公事谈完，谢谢嫱姐。兄弟就此别过。"

金海嫱把赵雨送到楼下，道："赵律师，你非常专业，解决问题的能力比我强，以后别这样说自己，再见。"

金海嫱看着赵雨离去时谦恭的神情，不由产生一阵无名的酸楚，心想："我们不但要与当事人真诚相待，对那些和我们一样，靠法律知识谋生的C照律师、法律工作者也要给予应有的尊重。"

送走赵雨，金海嫱被路边的花香吸引，站在花坛边全神贯注地欣赏蜜蜂采花，突然被人从身后蒙住双眼，立刻明白是王铁帆开庭结束回来了。

金海嫱道："哎呀！街上这么多人，王铁帆快放开！"

王铁帆放开手，笑道："嫱嫱，你怎么知道是我呀？"

金海嫱道："生物感应，你听说过吗？要不是我已经感应到是你，我一个过肩摔，早就把你扔到花坛那边了。"

王铁帆做了个鬼脸道："多谢金女侠肩下留情。"

金海嫱道："别贫嘴了，你回来得正是时候。走，回办公室，我有重要事情给你讲。"

二人回到办公室，金海嫱将赵雨说的事复述了一遍。王铁帆听完后问道："你觉得我们现在应该怎么办？"

金海嫱道："当然是让石伟父母先领赔偿款，给黄小兵一个主动改正错误的机会了！"

王铁帆向金海嬬伸出大拇指道："金律师真棒！这个案件就这么和和美美地结案了多好。你给主任打个申请，把那 1 万元的差旅费给石伟父母退了，因为这个案子不用出差了。不过，赵雨这小子还是很机灵的，能千方百计地为他的当事人说和。"

金海嬬向王铁帆描述了赵雨因为自己是 C 证，不太自信，觉得低人一头的心理状态，要王铁帆以后善待他。

王铁帆道："金大律师教训得对，以后我们和 C 证律师、法律工作者打交道，一定要谦和客气，给足人家面子。"

一个月后，石伟康复出院，向公安机关证实，其是在装车时，从车上摔下来受伤的。

黄小兵涉嫌故意伤害罪案被撤案。

第六章
疑案悬赏

夏日的绿洲县像一块绿色的宝石。几代人长年累月种植的防风林，是这块被戈壁和沙漠环绕的绿洲的边线。高大的杨树林和密密匝匝的沙枣林相间，高低搭配，成为一排排守护这块绿洲的前线卫士。防风林内的农田之间，城乡道路两边又是一圈层一圈层的内防风林，把绿洲县绿化成了风沙难以逾越的森林家园。成片的红枣林正在坐果，数十万亩油菜花海散发出馥郁的芳香，无边无际的麦田麦浪翻滚，正在闪耀着丰收的金色光华。戈壁滩野放的牧民赶着牛羊，唱着西北牧歌，每日在戈壁与绿洲之间来来往往，好不悠闲……

随着西部大开发步伐的加快，一条条进出绿洲县的省道公路、国道公路、高速公路、铁路都在紧锣密鼓地施工，驻扎在绿洲县城的各类项目部、施工队数不胜数。大项目的带动使绿洲县的经济一年一年地迈上新的台阶，而各类经济纠纷也层出不穷。

不管天气多么炎热，绿洲县城内到处都有荫凉之地。"前人栽树，后人乘凉"，这句话在绿洲县体现得淋漓尽致。

一天早上，王铁帆和金海嬉来到办公室，王铁帆忙着开窗户交换一下室内闷热的空气，金海嬉忙着擦桌子、拖地、泡茶水……随着空调呼啦啦地响起，房间内的温度逐渐降下来。空气交换好了，王铁帆关好窗户，坐在办公桌前，打开电脑，准备开始一天的工作。

金海嫱的手机信息铃声响了。她拿起手机看了一眼，放下手中的活计，擦了擦手，对王铁帆道："我的快递到了，送到宿舍楼下去了。我赶过去拿一下，一会儿就回来。"

说罢，她便火急火燎地出门下楼了。

王铁帆正打算追上去嘱咐她几句，刚到门口，就被执行副主任章泽军叫住了。章泽军道："铁帆，王律师，你到我这里来一下。"

王铁帆来到执行副主任章泽军办公室，见程雪风和律所合伙人李伟豪也在办公室。他们正在那里愁眉苦脸地研究着一份刚刚领回来的判决书。李伟豪嘴里还在不停地抱怨着："这么显失公平的工程结算，法院怎么不支持我们的诉讼请求，判我们败诉了呢？"

章泽军道："你俩别抱怨了。接手案件时对诉讼风险估计不足，开庭前对证据材料研究不够深入，对方的代理律师是三年蝉联全省十佳律师的汪徐岸大律师，你们败给他，不算亏。我把铁帆给你们请过来了。大家群策群力，一起想想该如何应对。"

程雪风和王铁帆坐在沙发上没说话。

李伟豪道："一审我们输了，还能有什么好办法？我们都知道当事人确实太亏了，800多万元的工程款，490万元就结算了。但是，毕竟是他亲自在结算单上签字了，这怪得了谁呢？我们按照显失公平的原则，要求对工程款重新结算，法院认为双方对工程已经结算并签字认可，不同意重新结算；我们提出对当事人所干工程量进行估价，法院仍然认为双方对工程已经结算并签字认可，不同意对工程量进行估价。唉！我是想不出什么好办法来了。"

章泽军道："那你觉得我们现在该怎么办，难道就这样认了？"

李伟豪道："哎呀！师兄，不认的办法是啥？难道你能想出好办法来？现在唯一的出路就是上诉，但是上诉的结果与现在一样，百分之百会被驳回，维持原判。这样折腾来折腾去，还会让当事人白白搭进去上诉费和二审的律师代理费。不信的话，我们打个赌，谁要是能把这个案子翻过来，我送他两对'火上浇油'。"

章泽军道："都这会儿了，你还打什么赌？什么是'火上浇油'呀？"

李伟豪道："'火上浇油'是目前绿洲县比较时髦的名词，就是用10年以上年份的沙漠精酿和2000年产的干红兑着喝。一对'火上浇油'将近2000元。干脆这样吧，我不赌了。我用两对'火上浇油'，也就是两瓶2000年产的干红和两瓶10年年份以上的沙漠精酿悬赏，仅限于我们所里的律师，谁要是能把这个案子翻过来，这4瓶大酒就归谁。我李伟豪用我的人格和我的律师资格证做保证。"

章泽军闻言，急得大汗直流。他道："我让你解决问题呢，你却在这里惑乱军心。你个李伟豪真够意思。你知道不，这个案子这么一输，你师兄我也要经济崩盘，一夜回到解放前。"

此言一出，办公室里立刻安静下来。李伟豪道："师兄，这个案子和你有什么关系呀？"

章泽军道："事已至此，我就不再隐瞒了。这个当事人江枫杨，是我姑姑的孩子，我的亲表哥。他为人还是诚恳稳重的，没想到这次被那个贪婪的项目经理算计了。这个工程是二八一国道水毁路段改建工程，是个稳赚不赔的活儿。项目经理李怀敏是挂靠沙洲市八行路桥工程有限公司中的标。八行路桥工程有限公司实际上不参与项目的经营管理，项目施工方的管理人员全都是李怀敏自己的人。江枫杨组织民工和机械设备，以他自己的绿洲机械服务部的名义承包了项目的土石方工程。他干这个工程把我姑姑家里的老底子全都投进去了。在工程中期没有钱投入了，我姑姑缠着我老爸，逼我老爸让我拿钱帮江枫杨。我瞒着你嫂子，把这些年的积蓄90万元全部借给了江枫杨。要是就这样认输了，我和我姑姑家的老底子赔光了不说，江枫杨还会背负100万元左右的外债。我的经济状况真是一夜就会回到解放前。回头你嫂子要是知道了，还不得和我闹腾呀？"

第六章　疑案悬赏

李伟豪道:"师兄,你当时不是说,是你给我们介绍的熟人的案子吗?你还让我和程雪风共同代理,律师代理费还实打实地收,350万元的诉讼标的,按照3.5%的综合费率,全额收了12.25万元的律师代理费呀!江枫杨都这样了,这个律师代理费应该也是你自己掏的腰包吧?"

章泽军道:"别的当事人还不都是实打实地掏律师代理费吗?轮到我当然也不能例外了,何况我还是律所合伙人呢!"

李伟豪道:"师兄,你这就见外了啊!我现在就去找王主任给你把律师代理费全部退了。"说罢,李伟豪起身就向门外走去。

章泽军道:"伟豪,那几个律师代理费算什么?现在我是请你们来商量对策的,不是来商量退费的。"

李伟豪终于安静地坐下来,像个泄了气的皮球,斜靠着沙发侧边的扶手,一言不发。

这时,章泽军、李伟豪的师弟成丰阳律师开庭回来,来章泽军办公室串门,看着屋子里的气氛不对,就向程雪风问明了原委。

向来乐观的成丰阳在弄清原委后,笑着对章泽军道:"哎!师兄,多大的事情嘛!不要垂头丧气的。只要是事实,咱们就要相信法律,相信公平正义。常言道,正义也许会迟到,但绝不会缺席。我们这边确实吃亏了,不符合民事法律关系中应该有的公平原则。问题是,我们应该如何向法官和法庭展示出来,揭穿结算不公平的本质,从而改弦更张,重新算账,让案件回归本来面目,让这个江枫杨拿到他该拿的工程款。"

李伟豪道:"成师弟,你别站着说话不腰疼。你这话是说我和程雪风没有吃透案件,没有向法官和法庭展示出来证据,揭穿结算不公平的本质,才导致的败诉?"

成丰阳道:"目前只有两个可能,一个是这个案件铁定该输,再怎么折腾都白搭;第二个可能……第二个可能……唉!"

说到这里,成丰阳停了下来,不说了。

李伟豪急了，道："第二个可能是什么呀，成师弟？"

成丰阳道："豪哥，你自己想吧，我不太敢说。"

李伟豪道："你说，说啥我都不生气。"

成丰阳道："第二个可能就是你们的诉讼方向错了，没有把握到证据和案件的关键点，无法引起法官对本案结算是否公平的重视，导致败诉。除了这两种可能，再没有第三种可能了。"

李伟豪闻言急了，但很快把情绪压制下来。

众人细细想来，成丰阳的话没有问题，要么江枫杨本来就该败诉，要么李伟豪和程雪风的诉讼方向错了。到底属于哪一种情况呢？对于第一种情况，几人都知道江枫杨被那个八行路桥公司的项目经理李怀敏坑了，第一种情况自然是不成立的。难道真是李伟豪和程雪风的诉讼方向错了？但是，他们错在哪里呢？

房间内安静了好一阵子。李伟豪道："各位师兄师弟，我李伟豪还是刚才的话，我悬赏两对'火上浇油'，也就是两瓶2000年产的干红和两瓶10年年份以上的沙漠精酿，谁要是能把这个案子翻过来，这4瓶大酒就归谁，我李伟豪用我的人格和我的律师资格证做保证，绝不食言。宣判后48小时内兑现。因为绿洲县要是没有货，我要从外面调货，所以要加一个'48小时内兑现'的条件。"

成丰阳道："豪哥，你就提前准备好你那两对'火上浇油'吧，揭黄榜的人有了。"

李伟豪问："谁？"

成丰阳朝王铁帆方向给李伟豪递了一个眼神，李伟豪朝成丰阳眼神所示方向看去，王铁帆正全神贯注地默默阅读着那份败诉判决书。

李伟豪小声对成丰阳道："这小子二审出战吗？他还是有可能赢的。我的悬赏依然有效。"

李伟豪是个阅历丰富的青壮年律师。他虽然心里不相信王铁帆能将这个案

第六章　疑案悬赏

子翻过来，但是嘴上还是留了一点点余地。

成丰阳道："豪哥，铁帆师弟前一段时间将解几何题的数理逻辑与诉讼用的法理逻辑相融合，自创出一套破解疑难诉讼案件的综合思维方法。他把诉讼案件看成一道几何证明题，用解几何证明题作辅助线的方法思考诉讼案件的破点。你这个案件真的可能被他翻过来，你的那两对'火上浇油'真的有主了。"

李伟豪道："但愿如此。我李伟豪绝不食言。"

一直没有说话的程雪风道："帆哥，你把判决书都看了好几遍了。你看这个案子有没有解呢？"

王铁帆道："能把双方的证据都从法院调出来，容我慢慢琢磨一下吗？反正今天才宣判，还有15天的上诉期呢！不过，刚才成丰阳师兄分析得有道理，我想看看双方的证据，尤其看看对方的证据和案件事实衔接的关键点有无破绽。目前我们这边用泛泛而论的公平原则去否定江枫杨自己签字的结算单，肯定是没有用的，毕竟一个有完全民事行为能力的当事人，有权处分自己的民事权利，既然是处分，那便是个人心甘情愿的事情，公平原则在这种情况下是管不着的。"

李伟豪闻言甚喜，道："铁帆，我觉得你说得有道理，说到我心里最痒的地方了。当时我们以显失公平为由起诉，目的就是重新算账。也想过，这样法院不一定同意。但是，对于法院不同意我们该怎么办，我们没有想法，也没有应对办法。你这下把问题说透彻了。你那句'毕竟一个有完全民事行为能力的当事人，有权处分自己的民事权利，既然是处分，那便是个人心甘情愿的事情，公平原则在这种情况下是管不着的'很经典，希望你能想出破解之法，打败对方那个三年蝉联全省十佳律师的汪徐岸大律师，给师兄出口恶气。我悬赏的'火上浇油'再追加50%，就是3瓶2000年产的干红、3瓶10年以上年份的沙漠精酿，共6瓶大酒，算是师兄交学费了。等你赢了，也教教我那个数理逻辑，还有用辅助线打官司的方法。"

王铁帆道："豪哥多虑了，不必当真。这个案子肯定要上诉。至于怎么上诉、上诉后怎么应对，还得认真研究一下在一审时对方拿出的证据和我方拿出的证据，以及对方律师的代理意见、证据目录中他的证明事项等等。你们是本案的代理律师，比我方便，去调一下卷吧，调回来我们一起研究。"

李伟豪精神倍增，对程雪风道："雪风，走，咱俩去法院调材料。"

说罢，李伟豪拉着程雪风风风火火地出门了。

王铁帆对章泽军道："章主任，您别着急，这个案子未必彻底输了。我想问一下江枫杨，他分包土石方工程的经过，还有结算单形成和签字的详细过程。麻烦您帮我约一下江枫杨，我想亲自问他，不知道可不可以？"

章泽军道："完全可以！你什么时候想见他，我就让他什么时候来。现在你忙不忙？不忙的话，我现在就让他过来。"

王铁帆道："既然见他这么容易，那就先不见了。等李律师和程雪风律师调卷回来，我看完材料后，对案子再熟悉一点，问题想得再细一点，我们再约见江枫杨，那样效果会更好一些。"

章泽军道："铁帆，这个事我就拜托给你了。我现在已经乱了方寸，大脑也不听指挥。上诉你来办，律师费照掏。"

王铁帆道："一切等准备工作做完再说吧。"

王铁帆回到办公室，金海嬬神神秘秘地把门关上，对王铁帆道："铁帆，你知不知道今天是什么日子呀？"

王铁帆被问得丈二和尚摸不着头脑，摇了摇头，道："回夫人的话，小生着实不知，请夫人明示。"

金海嬬嗔道："谁是你的夫人？八字才刚刚起笔呢！我可以提示你一下，那是一个高校毕业季的夏天，在咱们政法大学杏林大道小礼堂，难道你忘了吗？"

王铁帆道："那算什么日子？就是快毕业的日子呗，有什么大惊小怪的啊！看你那认真的样子，好像是结婚纪念日。"

金海嬬略带愠怒，快速伸手拿捏住王铁帆的一只耳朵，道："你个没良心的烂铁帆、臭铁帆，那个重要的日子难道你真的没有印象了？我就帮你好好回

第六章　疑案悬赏

忆回忆……"

王铁帆连连告饶道："亲爱的，你放……放开手。我好像想起来了，被你一揪耳朵，记忆便模糊了。你放开手，我详细地告诉你，要不要得嘛？"王铁帆冒出了江城土话，金海嫱一听乐了，就放开了那只揪着耳朵的手。

王铁帆道："嫱嫱，我真的没有印象了。咱们毕业快四年了，这些年来谁也没有提过，也没有纪念过什么重要的日子。今天你突然搞这么一出，我一头雾水，彻底蒙圈。我现在满脑子都是章主任、李伟豪、程雪风他们刚刚败诉的那个案子。你刚才一出门，我就被章主任叫过去了。我刚回办公室，你就神秘兮兮地回来了。你就告诉我一下，是什么被我们遗忘的纪念日，好不好呀？"

金海嫱看着王铁帆傻乎乎的样子，又好气又好笑，不打算再为难他了，便慢悠悠地说道："那我就告诉你吧！这个日子嘛……"

正说话间，一阵急促的敲门声响起，金海嫱便悻悻地去开门。门一开，刘冰冰就蹿了进来，对二人道："这大白天的，还是上班时间，你们关着门卿卿我我，成什么体统啊？"

金海嫱道："你买那么贵重的礼物，不在办公室卿卿我我，跑来打搅我们干吗？"

刘冰冰噘着小嘴，道："程雪风那个臭东西不在办公室。我打电话，他居然不接。我受你蛊惑，陪你疯狂，辛辛苦苦攒钱，给他买这贵重的礼物，这可是最新款的M60型折叠宽屏手机，兴冲冲地回到办公室，给他庆祝'风帆定律'诞生四周年，结果扑了个空，真是热脸贴了个冷屁股。你倒好，和王铁帆关着门庆祝上了……哼！两个重色轻友的家伙。"

王铁帆闻言，知道是怎么回事了。他不动声色，故意压低嗓子，面带愁容地说道："程雪风他们现在有十万火急的重要公务。他们今天收到判决书，一个案子败诉了。现在李伟豪律师和他去法院调卷去了，准备研究如何上诉的问题。这个案子能否通过上诉来扭转败局，关系到章主任的全部身家。我们都愁成一锅粥了，你还在想着你的那点儿小资情趣、风花雪月。今天是程雪风执业以来最困难的一天，你得好好关心他。"

王铁帆看似在说刘冰冰，似乎也是在敲打金海嬷。

刘冰冰道："哎呀！嬷嬷，你看我俩今天办的是什么事情啊！人家都不领情。看来你也是热脸贴了个冷屁股呀！我现在心理平衡了。那我回自己办公室去了，不打搅你们俩了。"说罢，刘冰冰向门外走去。

金海嬷道："冰冰，你回来。"

刘冰冰道："干吗呀，让我留下来看你们秀恩爱吗？"

王铁帆道："你们俩今天到底怎么了？貌似都买了礼物，想要给我和程雪风惊喜，结果都把自己弄得闷闷不乐。冰冰师妹，你就说一说，今天是个什么日子，值得你和嬷嬷要去买礼物给我和程雪风过纪念日似的。"

刘冰冰看了金海嬷一眼道："他真的不知道？你也没有给他讲？"

金海嬷道："我刚才正要说的时候，你火急火燎地敲门进来了。然后，就听你在这里当怨妇、倒垃圾啰。"

刘冰冰道："王铁帆，你和程雪风两个都是没心没肺的货。我和海嬷从跟随你们到绿洲县来学习到考上证，再从实习到慢慢学着干律师，现在都有了一定的独立办案能力，而且我们当初想实现自己创造小康生活的愿望终于实现了。面对如今这些成果，我们俩感谢你和程雪风，因为在毕业前夕，在母校杏林大道的小礼堂，在就业指导老师张国文教授的就业指导课上，你们俩爆出了使人耳目一新的就业构想。张教授把你们的这种就业构想命名为'风帆定律'，那天是6月6日。前些年我和海嬷没有提，是因为我们的收入勉勉强强，办案底气不足，也不知道这条路到底能不能走下去、能走多远。现在我们两个目标都实现了，业务也熟练了，确定这条路能走下去了，当律师也是我们喜欢的工作，所以，我想回报你们俩。为了纪念'风帆定律'的命名日，我和嬷嬷也将6月6日定位成我们的人生启航日。以后，每年的6月6日这天，我们都要像过节一样过我们四个人的这个值得珍视和纪念的好日子。甚至，我希望它未来也是我们两家人共同纪念庆祝的好日子。所以，我和海嬷10天前就开始在网

第六章　疑案悬赏

上抢购最新款的M60型折叠宽屏手机，准备送给你们两个没良心的……"

说着说着，刘冰冰激动得眼泪花子在眼圈里打转。王铁帆连忙起身道歉："海嬉、冰冰，你们有心了。你们就别……别和我们两个大大咧咧，不，没心没肺的男人计较了。听你们这一说，我非常高兴。不能光是你俩买礼物给我和程雪风庆祝那个'风帆定律'的命名日，我现在知道你俩终于实现自己的小康目标了，我俩也要各自买礼物给你们庆祝。我同意，以后，每年的6月6日这天，我们都要像过节一样过我们四个人的这个值得珍视和纪念的好日子，而且，它也将成为我们两家人共同纪念庆祝的好日子。"

金海嬉和刘冰冰交换了一下眼神，道："铁帆师兄，你刚才的表现，我和冰冰很满意。看来，你和雪风师兄还是有良心的。今年我和冰冰是主办方，礼物我们买的是双份，给自己也买了。明年你和雪风师兄是主办方，照此每年交替下去，礼物加晚餐全部包干，你看怎么样？"

程雪风道："当然没有问题啦！"

三人正说话间，程雪风推门进来了，手里还抱着厚厚的一沓材料。他走到王铁帆办公桌前，十分谦恭地说道："师兄，帆哥，这是江枫杨土石方工程款纠纷的全套材料，我和李律师去法院全部调回来了，现在交给你，希望你调集你最优秀的脑细胞，突破此案。刚才李律师和我都走到你办公室门口了，隐隐约约听到这两位师妹在找你兴师问罪，一口一个没良心的王铁帆，李律师以为里面在演……在演，唉，我不说了，总之，他觉得你可能不方便，有很多想求你帮我们的话，他不能在拿到材料的第一时间向你讲，只能由我代劳了。"

金海嬉闻言，用复杂的眼神看了看刘冰冰。刘冰冰这次没有炸毛，而是走到程雪风跟前，小声问："风哥，刚才李律师说我们在演什么呀，说得不会很难听吧？"

程雪风不痛不痒地回道："他说得倒不是很难听。不过，瞧他的表情，他心里想的，肯定好不了，要是说出来，你们可能要戴面纱了。"

刘冰冰闻言急了，压低声音凶道："你是故意气我的吧？李律师怎么会把我们想得那么不堪呢？你说说，他原话是怎么说的？到底说了里面在演什么？"

程雪风今天着实没有心情跟她们斗嘴，直截了当地说道："他原话说，你听，这里面好像在演二女争夫。我进去她会尴尬，你们是同学，进去劝劝吧，两位美女别把对方脸抓花了。"

金海嬅和刘冰冰闻言，脸红到了脖子，一个个羞得无地自容……

程雪风看她们这样，用温和而又严肃的口吻道："行了，李伟豪律师不了解我们之间的事情。你们俩今天完全出于好意，我在门外都听到了。不过，这办公室就是办公的地方，以后，关于情感问题，不管是同学情还是爱情，都别在这里掰扯，会让同事们误解的。再说，我和李伟豪律师办这个案子出了大问题，简直输到姥姥家去了。明明知道当事人亏大发了，我们虽然于心不甘，但根本找不到突破口。令人痛苦的是，案子输得这么彻底，我们连为什么都说不出个一二三来。"

说罢，程雪风神情呆滞地坐在沙发上。

刘冰冰看着程雪风快要干裂的嘴唇，连忙从包里掏出一瓶水递给他。程雪风接过水瓶，说了声谢谢，便迫不及待地打开瓶盖，一口气将水喝完。然后他用手背擦了擦嘴，自言自语："太渴了，出丑了。大夏天的，别笑话一个饥渴的人。"

金海嬅和刘冰冰闻言，再也无法掩饰礼节性的克制，房间里蓦地迸发出女高音的阵阵狂笑声……

办公室里，唯一没有在意发生的这一切的人是王铁帆。他从程雪风手里接过那一沓材料后，似乎忘记了金海嬅、刘冰冰、程雪风三人的存在，快速地翻阅着手中的材料，脸上阴晴不定。他一会儿面露喜色，一会儿神情严肃……

稍许，王铁帆将那一沓材料收起来，对程雪风道："雪风，一个案子的输赢说明不了什么。你有这份对当事人遭遇不公的怜悯之心，就已经是个负责任、有担当的好律师了。成丰阳师兄说得对，是他分析的第二种情况，对这个案子，你们诉讼方向确实错了。等我和当事人江枫杨谈过话之后，办这个案子的思路就能形成。放心，我现在有一点点把握了。"

程雪风闻言从沙发上弹射般站起来，对王铁帆深深地鞠了一躬，道："铁帆师兄，我替李律师和当事人，不，还有章泽军主任，先在这里谢谢你啦！"

刘冰冰和金海嫱知道，这次败诉对自尊心特别强的程雪风来说，打击非常大。她们交换了眼神，不再调侃他了。

刘冰冰道："帆哥，那就拜托你了。"

程雪风道："帆哥，破点在哪里，你告诉我。我一直想不通，困惑得很。"

王铁帆道："雪风，我是得益于上午成丰阳律师的提示。看了你拿来的材料，我确实看出了一点问题。但是，现在我的想法还不成熟，许多疑点需要见到江枫杨，一点一点地核实之后，才敢下结论。你赶快从这个案子里撤离出来，别再瞎想，也不要操心，彻彻底底地交给我就是了，也别天天让我给你汇报情况，好不好？"

程雪风有点失落，道："好吧。我从这个案子里撤出，一切有劳铁帆师兄了。哦，李伟豪律师说了，他悬赏给你的'火上浇油'，绝不食言。"

刘冰冰看了金海嫱一眼，道："李律师居然为了维护当事人的合法权益，给铁帆师兄悬赏'火上浇油'？一对'火上浇油'可是一瓶干红加一瓶沙漠精酿，要是带年份的，这一对就得将近2000块钱呢！李律师真是豪气，真不愧为豪哥！"

程雪风道："冰冰，你太小看豪哥了吧。人家豪哥要凑六六大顺，悬赏给铁帆师兄的可是三对'火上浇油'，就是三瓶2000年产干红和三瓶10年以上年份的沙漠精酿，共六瓶大酒呢！"

王铁帆道："不要当真。要是当真了，我王铁帆成什么人了？何况要招揽瓷器活儿，还得有金刚钻。你们看，我有金刚钻吗？没有嘛。现在说正事儿。雪风，从现在开始，我们要好好当客人，接受嫱嫱和冰冰的安排，隆重庆祝她们用了四年的打拼，终于实现了自己创造小康目标的好日子。还有，四年前的

6月6日，是张国文教授给我俩提出的就业构想命名为'风帆定律'的日子，今年由她们两个发起人主办，明年我俩主办。以后，每年的6月6日这天，我们都要像过节一样过我们四个人的这个值得珍视和纪念的好日子。而且，它也将成为我们两家人共同纪念庆祝的好日子。"

又是一个烂漫的狂欢夜。这几个青年用激情燃烧着青春，尽情放歌。他们和她们不靠父母，凭着专业素养和自己对未来的判断，一步一个脚印，每个脚印留下的都是无悔和无愧。

在友情与爱情的呵护下，程雪风受创的心灵得到了慰藉……

次日，金海嫱像往常一样开着那辆商务车，拉着三人去上班。四人刚到楼下，遇到正从办公楼出来，准备外出的王海仁主任。王海仁主任与四人打过招呼后，对王铁帆道："铁帆，章主任给你说过的那个事情，你好好琢磨一下。我现在要去参加一个会议。等我回来，找你们四个一起过来聊聊。以后疑难案件你们都要参加。女律师要发挥出心细的天生优势，从证据里查找对当事人有利的蛛丝马迹。这个案子你们要好好研究，必须在二审翻过来。"

王海仁说罢，未等四人回应，就自己驾车匆匆忙忙地离开了。

刘冰冰道："铁帆师兄，我们三个就是你的啦啦队，你好好研究吧。这种疑难案件嘛，只能由你来攻坚了。海嫱，你没有看出来吗？"

金海嫱道："看出什么来呀？"

刘冰冰道："你没有看出，王主任刚才是想单独给铁帆师兄压担子，谁知我们四个是群居动物，啥时候都同进同出，高情商的王主任不想落个厚此薄彼的名声，于是就顺带着把我们三个也给拉进来了，还说'女律师要发挥出心细的天生优势，从证据里查找对当事人有利的蛛丝马迹'。要是靠心细就能解决问题，章泽军律师、李伟豪律师和程雪风他们也不至于粗心到关键问题都没有看出来吧。"

金海嫱道："铁帆师兄，我今天要去法院复庭调解案件。你到时候告诉主任，算是给我请假了。"

第六章 疑案悬赏

刘冰冰道："铁帆师兄，我要去法院立案办事，一个是诉讼立案，另一个是两起案件申请诉前财产保全，早就提交过材料了，昨天才拿到诉前财产保全的保函。你也帮我给王主任请个假。谢谢啦！"

程雪风道："帆哥，你昨天说了，让我从这个案子里彻底撤出来。你说得对，要是还继续纠结这个案子，我可能要抑郁了。你也跟主任说一声，就实话实说吧。"

王铁帆道："好吧！这个案子，我王铁帆自己扛，你们就等着给我庆功吧！我会用'火上浇油'好好地招待你们。"

上班后，王铁帆来到章泽军办公室。章泽军见到王铁帆，犹如见到了救星。他连忙从冰箱里拿出一瓶凉凉的可口可乐递给王铁帆，并急切地问道："铁帆，昨天程雪风和李伟豪已经从法院把你想要的材料都调出来了，我复印了好几份，王主任、成丰阳和你都给了。王主任和成丰阳看了，没有看出什么破绽来。我一直想给你打电话，但又不想失望，就没有敢打。既然你来了，我想问问，这个案子还有翻过来的可能吗？"

王铁帆道："章主任，我昨天受到了成丰阳律师的启发。他从局外，用战略思维的眼光看问题，看得十分到位。只要这个案子不该输而又确实输了，就说明是我们诉讼的方向错了。我今天给您吃个定心丸吧，这个案子大概率能翻过来。但是，我对您说的话，您不能再告诉任何人。您把江枫杨叫过来，不要在律所，我们在外面约个茶馆包间，我要从他那里核实几个问题。您看这么安排行不行？"

章泽军闻言大喜，道："一切都按铁帆师弟的要求来办。"

章泽军和王铁帆来到绿洲县城郊的一家名为"云水涧"的茶楼。在顶楼包间，章泽军点了三杯顶级的"三炮台"和几样茶点。点好茶水茶点后，章泽军便给江枫杨打去电话。

章泽军开着免提，只听电话那头的江枫杨说话小心翼翼的，显然他很怕章泽军。他用十分恳切的语气对章泽军道："喂，表弟，你好！终于盼到你的电话了。你让我这两天别乱跑,说是找了高水平的律师来破解我这个案子,我都没敢出门,一直在家里等你的电话呢。那个厉害的律师找到了吗,我去哪里找你们,什么时候去?"

章泽军忍住心里对这个表兄的反感,平静地回道:"你现在打个车,到绿洲县城郊这家叫'云水涧'的茶楼来,我和王律师在顶楼等你。你快点儿,别让人家等得太久了。"

电话那头的江枫杨道:"好好好!我马上到。"

过了一会儿,服务生便将正宗的'三炮台'和几样茶点端上来了。章泽军道:"铁帆师弟,请喝茶。"

王铁帆道:"章主任别这么客气。趁江枫杨还没有到,我告诉您,对这个案子,我有自己的想法。对方的代理律师是三年蝉联全省十佳律师的汪徐岸大律师,人家有他独到的办案方式和能力。打官司犹如两军对垒,自古'骄兵必败,哀兵必胜'。我们这次就平平淡淡地上诉,上诉的破点不要说透,简简单单六个话头便带过。证据强大而且一审又胜诉的对方律师,只要我们不用新话题去刺激,对一审那些老生常谈的话题,他不会太在意,会觉得上诉只是走程序,没有新意,大概率会产生骄傲轻敌情绪,甚至把我们当成菜鸟,按一审的经验应对我们,此乃我的'骄兵之计'。如果对方是这样,二审我奇兵突袭,打他一个措手不及,创造一个调解机会,我们适当让点儿步,这个事情可能调解成功,拿回300万元到320万元。这个案子做了诉前财产保全,调解后对方会很快付钱,这个案子就结了。我说这话的意思是,现在我们能够突破这个案子的事,千万别在外面声张,对江枫杨,更不能讲。王主任刚才说要开个专题讨论会,我看还是免了吧。这个事儿您去给主任说。"

章泽军道:"好的,我按你的要求去办。不过,铁帆师弟,你能不能告诉我,你的破解之法是什么?"

王铁帆犹豫了一下,道:"章主任,您就别问了。等二审开庭前半小时,我会把新的证据目录、代理意见发给您,您一看就明白了。"

第六章　疑案悬赏

正说话间，王海仁主任给章泽军打来电话，道："泽军呀！你和铁帆到哪里去了？我早上出门前给他们都安排了，说等我回来，大家开个会，讨论一下江枫杨那个案子上诉的事情。你快到我办公室来一趟吧！我现在有时间，我要好好了解一下这个案件的具体情况。你给的材料，我看了两遍，还真没有发现什么破绽。你要给铁帆说得具体一点。这种疑难案件我们遇到的不太多，按照我们已有的经验可能不太行，最后的大主意还得铁帆拿。"

章泽军道："王主任，我正和铁帆在外面约见江枫杨呢！铁帆有几个问题要找江枫杨核实，他们俩没见过面，所以，我得亲自把江枫杨叫过来，让他们俩见面。"

王海仁道："好吧！那会就先不开了。你就按铁帆的想法，先带他弄清案情再说吧。"

章泽军等王海仁主任挂断电话后，对王铁帆道："如你所愿，主任今天不开会了。我回去后再告诉他你的想法。这个案件，所里就不开讨论会了。等你得胜归来，给全所做一次专题讲座吧。"

王铁帆微微一笑，道："但愿如此吧。"

第七章
细节决定成败

  云水涧茶楼的顶楼包间，四面都是窗户，四面都是风景，透过每一面窗户，都可以鸟瞰窗外无边无际的翠绿枣园。金灿灿的油菜花开得正旺，微风吹来，整个茶室里都浸润着油菜花的浓香。麦田里的滚滚麦浪，频频地向人们昭示着丰收的希望……

  章泽军与王铁帆二人正说话间，江枫杨到了。章泽军向王铁帆点了点头，道："好吧！我不问了，一切都按你的要求来办。"

  江枫杨见到章泽军心里发怵，站在靠包间门口处，不敢往茶桌跟前坐，也不敢说话。

  章泽军看了他一眼道："表哥，你不要颤颤巍巍的样子，我又不吃你！我今天请来王大律师，就是为了破解你这个案子。你不要紧张，先喝口茶，然后大家聊一聊。"

  江枫杨闻言顿觉释怀。他感激地看着章泽军道："表弟，这次是老哥我拖累你了。你放心，我就是去卖器官，也要把你的钱一分不少地还给你，不会让你着难的。"

  章泽军道："你扯远了。卖什么器官？那是犯法的！我相信王律师能把这个案子给翻过来。"

第七章 细节决定成败

未等江枫杨搭话，章泽军就向他简要地介绍了王铁帆，随后道："表哥，王律师要问你几个问题，你必须如实告诉他。"

江枫杨道："我知无不言，言无不尽。"

王铁帆道："江老板，您首先给我介绍一下这个公路项目工程的具体情况。简单地说，就是这个项目是怎么回事、具体干什么，以及您知道的那些关于工程造价的数据情况。"

江枫杨道："二八一国道在绿洲县城外45公里到55公里处，共计10公里。因为前年沙漠里发大水，这10公里道路地势较低，被洪水淹没，水洼持续到去年初夏才消失，到去年年底才具备施工条件。原定打桩架设公路桥梁跨越，但是，修建10公里的公路桥梁成本太高，而且新的高速公路项目正在踏勘论证过程中，公路主管部门综合专家小组的意见决定，不再架桥，而是修路，开挖三米筑底基一米，碾压夯实后在底基上用土工布铺盖，然后在土工布内用混合戈壁料垫压路基，同时焊接土工布，将整段路的路基用土工布封包起来，路基边坡用开挖土方回填，拍压结实，固定土工布外侧，每隔200米设一个过水涵洞。因这段路属于沙漠公路工程技术观察路段，暂时不做柏油路面。项目中标金额两个亿，每公里造价2000万元，合到每米是2万元，四车道，路面宽度12米，实际路面宽度13.6米，路基底座宽度16米，路基底部到路面4米到5米不等，隐蔽地下2米，地上露出2米到3米不等，因地势而定。去年10月初这个项目共分为路基标和路面标两个标开标，包工头也就是项目经理李怀敏挂靠沙洲市八行路桥工程有限公司参与竞标而且中标，项目施工周期6个月，从去年10月10日到今年4月10日，这就是这个项目的基本情况。"

王铁帆道："您在这个项目中具体干了哪些活儿、怎么算账，您的费用应该是多少？"

江枫杨道："我承包了4公里的路基土石方工程，签订了《路基土石方工程合同》，仅限于土工布内装填混合戈壁料部分，全都是借土填方，其他我没有参与。我组织了30辆双桥自卸车、6台挖掘机装运混合戈壁料，在路基上，我有两台大型铲车在平料和碾压路基,从取料场到卸料场口32公里,到我承包段的终端最远距离38公里,卸料场口到终端综合折算距离为一公里,综合运距为35公里,一公里运费一元,返空不计费,每立方米混合戈壁料综合单价为35元,我干了4公里,就是4000米,按路基的最低高度4米算,路基是梯形,梯形的横切面上底为13.6米,下底为16米,则梯形面积是59.2平方米,也就是一米路基压实后的土石方是59.2立方米,按4000米算下来,我干的土石方工程总量是236800立方米。按照35元每立方米的单价计算,我的工程款为828.8万元。"

王铁帆问:"您这些数据签到合同里了吗?"

江枫杨道:"当然签到合同里了!我是用我的绿洲机械服务部个体工商户营业执照和他们签订的合同。当时他们盖的是项目部的章,不是法人公章,我表弟说不行,项目部没有法人资格,没有签订合同的权力,我坚持要公司盖章,他们就把合同带到沙洲市的公司把章子盖好后带过来了,您应该看过我们签的合同了。这个合同是我表弟看过的,合同写得很全面,没有什么问题。但是,合同没有办法约定具体的土石方量,只能约定单价,然后按照实际方量计算总额。我表哥在合同上加了工程的承包范围,是靠绿洲县进口起点往沙洲市方向4公里土工布内土石方拉运自卸装填,固定了我的工段。项目经理对这句话一直很不乐意,说我算计他。"

王铁帆道:"您这个签订合同的机会是怎么来的?"

江枫杨道:"项目部经理李怀敏以沙洲市八行路桥工程有限公司名义,在绿洲各大微信群里打诚招土石方施工队的广告,我刚好有自卸车和挖掘机,就给他们的联系人打了一次电话,然后到他们租赁的办公室去就谈成了。"

王铁帆道:"您和他签结算单是怎么回事?"

江枫杨道:"我的机械和车辆配合得好,我管理得也很紧凑,4公里的路基,我是最先完工的。我本来可以比预计的提前一个月完工,但项目经理李怀敏总是找碴子,合同约定每月结一次账,或者每完成5万立方米结一次账,他

第七章　细节决定成败

结账从来都是磨磨蹭蹭、推三阻四的，我就减少了15辆自卸车和3台挖掘机，放慢工程进度。他看到我的车少了，非常不高兴，问我是咋回事。我说：'咱们说好的按合同结账，你不准时结账，那些车子拿不到钱，就去矿山挣现钱去了。他们拉矿石，油钱矿山出，拉一车矿石就结一车的钱。我也想留下他们，但是，没有钱，留不住呀！'李怀敏说，他想想办法，先把大头给我结了。我一高兴，还专门请他客了。请完客，我还给李怀敏买了5万多块钱的玉器。他说，我很会办事，让我放心，这几天就给我结个大几百万元。我很高兴，就告诉他，我已经借遍所有的亲戚，弄不到钱。只要能把前面的账给结了，那些车子就会回来。李怀敏说这样很好，包在他身上。第二天晚上，李怀敏叫我带上公章到他的办公室，说他尽了最大的努力，只能先给我付490万元，其余的，干完了就全部结清。他还说，公路局执行办公室很快要拨付第二批项目款，至少有6000万元，我再有半个月就完工了，刚好赶上这笔钱到账。我说，好好好！李怀敏就拿出两张结算单，让我签字盖章，双方各持一份，说这是部分结算，我签字盖章后，明天一上班，钱就进账了。次日早上一上班，钱果然就进账了。我对李怀敏顿生好感，立刻召集车辆，干了不到半个月，我的工段就全部完工了。全部工程三天后就完工了，就等着公路局的专家组来检查验收了。

"大约在4月3日，不，就是在4月3日那天早上，我到项目部去找李怀敏，想算账。他很客气，叫我回去把运单票拿到项目部，他安排有专人和我对接。我便把所有车辆的土石方运单票用一个纸箱子装着拿过去了。我到项目部后，有一个自称是公司派来的吴姓财务总监接待我。我平时在项目部没有见过他。他告诉我，李总上工地了，由他负责给我结算。我相信了，直接把装运单票的纸箱子放在桌子上，交给了吴总监。吴总监立即安排两名财务人员计票加方量，进行决算。我在旁边玩手机，又接了几个租用工程机械的电话。后来，吴总监说，你要是忙的话，就先忙你的事情去，这边算好了通知你签字就行了。由于好多项目部都是这样算账的，我没有多想，就回自己的办公室了。等到下午天黑了，项目部都没有给我打电话。我觉得情况不妙，就专门过去看了一下。财务室没有人，我隔着玻璃门往里面看了看，我装运单票的那个纸箱子还在财务人员座位旁边的凳子上，我心里踏实了，问值班的管理人员，财务人员和领导去哪里了，人家说公路局搞工程验收的专家组来了，都去工地指挥部了，等验收的专家组走了以后才能正常上班。

"一连四天过去，我再去找李怀敏，他装着什么都不知道，还说工程款早就给我结算完了，还有什么钱呢？我一下子傻眼了。多次协商无果，报案也没用，人家说这是经济纠纷，得去法院诉讼解决。于是，我找到我表哥，他安排李伟豪律师和程雪风律师办我的案子。昨天判下来了，判决书您也看到了，输了。现在我也不知道该怎么办？"

说到这里，江枫杨伤心得号啕大哭……

王铁帆道："江老板，事情到了现在，哭是解决不了问题的。现在您好好想想，您进账的那490万元的具体日期是哪一天，一审的时候你们到银行调取进账单了没有？"

江枫杨道："签结算单是今年的3月14日晚上，490万元是3月15日上午进账的。开庭的时候对方举证了汇款单。我们这边的律师没有说，也没有去银行调取，我手机上有进账信息。"

说着，江枫杨打开自己的手机信息，道："王律师，您看，这是3月15日上午10点51分的进账信息。"

王铁帆道："您是从什么时候开始增加车辆拉运土石方的？"

江枫杨道："3月15日上午工程款一进账，我就开始打电话。中午左右，我以前减少的车辆就全部归位了，撤走的3台挖掘机也到位了。实际上，当天中午就全面复工了。"

王铁帆道："您具体是什么时候完工的？"

江枫杨道："3月28日，我的施工队最后完成路基的土工布封包。我的工段在进口处，别的工段平常要过路通行，所以，我必须是最后一个完成路基的施工队。在整段路的路基用土工布焊接封包起来后，项目部自己雇用机械，将路基边坡用开挖土方回填拍压结实以固定土工布外侧。3月底,也就是3月31日,工程就全部竣工了。项目部以沙洲市八行路桥工程有限公司名义给公路局打竣工报告的日期,写的就是3月31日。"

王铁帆道:"怎么能够证明您的工段是3月28日完工的?"

江枫杨道:"项目部没有给我出东西。不过,我的车队驾驶员都能够证明是3月28日完工的。"

王铁帆道:"他们用什么证明?"

江枫杨道:"他们都有每车过磅的运单票,上面写有车号、时间,时间精确到几点几分,还盖有项目部的红章。"

王铁帆道:"那运单票呢?"

江枫杨无奈地回道:"被李怀敏安排项目部诓走了。"

王铁帆道:"运单票是过磅的电子单据还是手工单据?"

江枫杨道:"运单票是项目部专门印制、由项目部安排专人在料场进口过磅后填写的单据。我拿单据跟项目部结账,车队驾驶员拿运单票和我结算。我收票的时候,给驾驶员都打了欠条,他们才把运单票交给我。"

王铁帆道:"您还有什么东西能够证明,在3月15日,那笔490万元工程款到账后,您还在项目工地上继续施工,或者证明您一直施工到3月28日?"

江枫杨道:"证明这个很重要吗?我听不懂。王律师,您能不能说得详细一点?"

王铁帆道:"这个太重要了,是帮您将这个案子翻过来的一个非常非常重要的条件。您想想,如果有证据证明在3月15日,490万元工程款进账之后,您还在工地上继续干活,这说明那490万元最多只能算前面的工程款,甚至只是对前面总体工程量中的一部分进行了结算,无法说明是对您前面工程量的全部结算,更不能证明是对您整个工段工程量的结算。这个案子,仅凭结算单判您败诉,就站不住脚了。二审推倒原判,改判您赢,也不是不可能的。"

江枫杨闻言大喜道:"王律师,您救救我。您说找什么,我都去找,只要能够帮我翻案。"

王铁帆道："在你们施工过程中，项目部会经常组织各工段负责人开会，还有项目部技术人员或者甲方的监理每天都会到工地上去监督，去催促赶工，强调安全生产等等，您仔细想一想，他们给您留下过什么文字性的东西没有？或者双方都要签字的材料之类的东西，最好是项目部或沙洲市八行路桥工程有限公司盖章的。"

江枫杨想了想，兴奋地从座位上站起来，道："王律师真是神人啊！就在快完工前，项目部给我们每个工段都下达了《施工进度任务书》，盖有项目部的公章，还让我们当场签字了，李怀敏也签字了。还有每周签一次的《施工安全周责任书》，用来应付安全生产检查的，项目部盖有公章，李怀敏也签字了。"

王铁帆道："这些东西您一审没有提交给法院吗？"

江枫杨显得十分着急，道："没有。一审在组织证据时，想着这些都是日常管理本来就该有的东西，与债权债务扯不上关系，对案子没啥帮助，所以就没有拿出来。再说，一审的两个代理律师也没有问这些。"

王铁帆道："江老板您别急，也别去想二审的事。您现在就回去办两件事情：第一件事，把您手头与该工程有关的全部文字材料，全部找到；第二件事，抓紧给所有驾驶员打电话联系，让他们仔细找一找，看有没有漏交的运单票。要是有一张3月15日之后的运单票，对于这个案件来说，那可就是十分珍贵的宝贝证据了！弄好后，您给我打电话。我今天和您说的二审可能要用的方法和证据，不要对任何人说，这可是您这个案子的核心机密。"

章泽军一直在旁边，一边喝茶，一边仔仔细细地听着王铁帆和江枫杨的对话。他自始至终都没有说话，听到这里，心中甚觉踏实。他明白，王铁帆二审的破解思路已经十分清晰。看到江枫杨对王铁帆充满希望又似乎带着几分疑惑的样子，他心中顿时产生些许不快。

章泽军担心江枫杨误事，便十分严肃地对他道："表哥，你不要东想西想，

第七章 细节决定成败

王律师是我请来帮你翻案的,他说什么,你就照做;他问你要什么材料,你就去找来得了。"

江枫杨对章泽军十分敬畏,听他这么一说,便低头道:"好好好!我一切都按王律师的要求去办。"

王铁帆看出,江枫杨既兴奋,又带着几分隐忧,便道:"章主任,您不要压着江老板。江老板,您也不要紧张。您好像有问题想问我。想问什么,您就问吧。"

江枫杨转头看了章泽军一眼,章泽军朝他点了点头。

江枫杨用求救般的眼神看着王铁帆道:"王律师,那我就说了哈。我这个案子,在一审中的主攻方向是要求法院认定结算单按照490万元结算显失公平,想推翻结算重新算账。实际上,在一审中,我们这边等于已经承认那个结算单是总结算,在开庭的整个过程中都没有提那个结算单是对部分工程量的结算。不过,当时即便提了,也没有证据。我想问的是,在现在这种情况下,我们到二审法院,又反过来,说那个结算单是对部分工程量的结算,法院会不会相信啊?这个案子还能翻过来吗?"

王铁帆笑了笑道:"您不是都说了吗,一审之所以没有提那490万元的结算单是对部分工程量的结算,是因为当时即便提了,也没有证据。这说明您心里明白证据多么重要,有了证据才能说话。照这个道理,我们现在要是把证据找到了,二审不就敢大张旗鼓地说,那490万元的结算单是对部分工程量的结算了吗,对不对呀?"

江枫杨闻言,茅塞顿开,展露出劫后余生般的喜悦,对王铁帆和章泽军道:"王律师,表……表弟,我现在就去办好这两件事。看来,成败就在此一举了。"

说罢,江枫杨便转身健步如飞地离开了……

章泽军显得十分焦虑地对王铁帆道:"铁帆师弟,我想问你,要是江枫杨回去什么东西都拿不来,这个案子还有希望吗?"

109

王铁帆道："章主任，通过今天和江枫杨的交谈，我没有发现对这个案子有新的不利，反而有意外的收获。即便他什么也找不来，也不过意外收获落空而已。我在李律师和程雪风他们俩从法院调回来的证据材料中，已经发现可以重新算账的破点了。我说过，等开庭前，我把文案发给您就可以了。"

章泽军又道："即便重新算账，那些运单票也已经被项目经理李怀敏诓骗走了，怎么能够算出实事求是的工程款数额来呢？"

王铁帆不慌不忙地说道："首先，从合同中可以确定江枫杨施工的工段位置和分包土石方的具体内容，那段4公里长由土工布包封的土石方全部都是江枫杨拉运自卸碾压的工程方量。我看过庭审笔录，被告方认可这4公里借土填方都是江枫杨干的，只是这一工段的原始路基高，用土石方较少，所以通过过磅的重量再折合成方量，其总方量为14万立方米，按照每立方米35元的单价，工程款总额就是490万元。只要没有第三方参与这4公里工段的施工就很好，您帮他把关的这个合同写得很好，其中一条写道：'在乙方分包的工段内，仅由乙方车队和铲车进行借土填方作业，只要甲乙双方未书面解除合同，该工段完成的借土填方工程量归乙方所有，甲方与任何第三方签订的借土填方合同均不能对抗本条款。'这一条写得太好了，杜绝了对方指鹿为马，把水搅浑。这样一来，对方在法庭上便不得不承认这段路的借土填方工程量全部都是江枫杨干的。只要能重新算账，那么，该给江枫杨的工程款，除了调解时我们让点步外，一分钱都不会少。"

章泽军似懂非懂，继续问道："铁帆师弟，就算能重新算账，并且这4公里工段也是江枫杨干的，但没有了运单票，请你告诉我，这个总工程款怎么算得出来呢？"

王铁帆笑了笑道："看来真是当局者迷，旁观者清！章主任，您想想，对方难道不用江枫杨的工程量向公路局结算工程款吗？最简单的办法就是向人民法院申请调取这段工程的借土填方总量。项目部上报的工程决算方量肯定比江枫杨的实际方量多得多。这个方量一旦被法院认可，江枫杨收获的工程款就比预想的还要多。另外，我们还可以申请人民法院向公路局调取江枫杨工段的施工图和预算书，那上面记录的借土填方部分的方量和中标的工程款金额都会比我们要的还多。"

章泽军恍然大悟，拍了一把王铁帆的肩膀道："师弟，还是你心思缜密，工作踏实。唉！我干了这么多年的律师，一直都是就事论事，从来没有像你这样将案情了解得如此细致入微。王主任真有眼光，一直说你有大律师的潜质。师兄我今天真的长见识了。你给我答疑解惑了。案子交给你，师兄我现在放心了。程雪风和李伟豪调回的材料，我看了无数遍，怎么也找不出重新算账的破点。既然你已经找到了，我也就不急着问你了，就等着二审开庭前看你的文案了。"

王铁帆道："章主任，我们回办公室吧。现在就等江枫杨的回复了，看他能够给我们带回来多少收获。他的收获多少，决定着我在二审办理此案收取律师代理费的多少。最好是他能给我一个顶格收取律师代理费的机会。"

章泽军闻言，心中甚是困惑。这个案子一审收费标准不高，但是总体金额不少，是自己硬掏的。这二审要是按照疑难案件顶格收费，那得交多少钱啊！自己从哪儿去凑呢？按常理来讲，自己毕竟是所里的合伙人，而且是执行副主任，自己已经给大家讲了江枫杨这个案子与自己的关系，所里应该多少考虑一下自己的情面，少收一点费用吧？何况一审的律所办同一案件的二审，一般是减半收费的……

想到这里，章泽军略显失态，道："好……好好……一切都按师弟你的想法来办。顶……顶格收费，我……我同意。"

章泽军的表情和说话语气让王铁帆心里明白，他对自己报出的收费标准有看法，只不过隐忍不发，没说出来罢了。

王铁帆不想让这位师兄背着沉重的心理负担。他面带笑容，看着章泽军疑惑的眼神道："章主任，您可别想多了。这个案子和您的关系我已经十分清楚，而且感同身受，我怎么忍心再让您掏那么多的律师代理费呢？"

章泽军闻言，丈二和尚摸不着头脑。不过，他十分信任王铁帆，瞬间转忧为喜，心中的那份沉重和悲凉立刻消失，急切地问道："铁帆师弟，你这话是什么意思？"

王铁帆道："我刚才说了，我们要等江枫杨的收获多少来决定我在二审办理此案收取律师代理费的多少。他的收获越多，我们翻案并打败对方的机会就越大。我说过，本案我和对方玩'骄兵之计'，我们这边只要保密工作做得扎实，在二审我们发起全面攻击，抛出涉案工段借土填方的工程量明细和中标价格，抛出对方给公路局上报的工程总决算明细中涉案工段的内容，再抛出对方自己中标和不实际施工，非法转包分包工程牟取暴利，涉嫌违反《建筑法》和与甲方业主（也就是公路局）建设工程施工合同违约的问题，其赚取的差价应当列为非法所得等等，使案件出现大逆转，这种局面一旦形成，章主任，您觉得对方最想做的事情是什么呢？"

章泽军想了想，道："当然是拿出解决问题的诚意和我们协商，最终搞定我们，和我们达成和解啰！"

王铁帆道："所以，江枫杨带回来的收获越多，我们的把握就越大。这笔费用，让那个挂靠沙洲市八行路桥工程有限公司的不良商人李怀敏来出。所以，我们收费就得顶格收。出庭时向对方主张权利是要讲证据的。谈判时，我们向对方出示案件代理合同，出示江枫杨支付律师代理费发票和银行转款凭证，对方心里再痛，也得把这个小钱给掏了。否则，案子打到最后，他们的不确定因素太多，全线溃败的可能性很大，最终可能得不偿失。"

章泽军高兴地对王铁帆道："好的，铁帆师弟，我现在就回去凑律师费。一定要顶格收取，算出来是多少就收多少，不抹零。"

二人高高兴兴地离开了云水涧茶楼……

王铁帆回到办公室，刚刚坐下，金海嫱就递来一杯温温的茶水，道："铁帆师兄，你外出谈案辛苦了，喝杯茶解解渴。"

王铁帆毫不犹豫，拿过来就猛喝一口，道："这茶水的温度刚好，谢谢你，

第七章 细节决定成败

嬛嬛！不，谢谢你，金律师。"

金海嬛似笑非笑地看着王铁帆道："王律师，你消失了一上午，回来后我热茶伺候，你不准备对我说点儿什么吗？"

王铁帆道："我……我和章主任……"

王铁帆话还没说完，刘冰冰便将办公室门推开，故意迈着猫步，笑眯眯地走了进来，后面紧跟着程雪风。

刘冰冰进来后，示意身后的程雪风把门关上，程雪风顺手关上了门……

刘冰冰走到王铁帆办公桌旁，斜靠在办公桌上，道："铁帆师兄，现在开始讲故事吧，我们也想听。"

未等王铁帆开口，程雪风道："帆哥，我刚才在楼梯上碰到章主任了。他哼着小曲，带着舞步上楼梯，我从来没有见过他如此开心。难道，难道你把我和李律师败诉的案子突破了？能不能给我讲讲破点在哪里呀？"

王铁帆一抬头，见金海嬛、刘冰冰、程雪风三双眼睛都在满怀期望地看着自己，难为情地对三人道："这个案子的破点确实找到了，但是这个破点比较脆弱，还要靠在法庭审理过程中向对方巧妙地提问，趁对方没有防备，问出问题的真相，才能达到理想的效果。这个案件的成败关系到章泽军主任的全部身家。得在这次二审庭审的机会里，使问题逆转，才能彻底解决问题。所以，对于本案的破点，现在还不能说。万一出现什么纰漏，会给大家带来麻烦，影响到章主任和我们几个的关系。不知道你们能不能理解。就算我是按照律师职业纪律，保护当事人案件的秘密吧！等到了该解密的时候，我会绘声绘色地给大家做报告。"

刘冰冰闻言甚是兴奋，道："好吧！我理解你。你只要别烂在肚子里就行。不过，大家都听到了，这是铁帆师兄第二次做报告。上次做报告有'火上浇油'，这次也必须有，对吧？"

未等王铁帆说话，程雪风接话道："好吧，帆哥，我能理解，先别说了。冰冰你想多了，只要帆哥翻了此案，'火上浇油'足足有三对呢！这次和上次不一样，这次可是合伙人李伟豪律师的悬赏。凭李律师的万丈豪情，只要案子翻过来了，帆哥想不要都不行。"

金海嫣莞尔一笑，道："我也理解，职业纪律不能破。我们期待你用这个案子的胜诉来书写王铁帆办案传奇。"

案子平平淡淡地上诉了。章泽军把情况给王海仁主任汇报后，王主任甚是欣慰。他没再过问此案，也没有找王铁帆谈话。他在静静地等待王铁帆创造奇迹。律所的同事们日常上下班跟往常一样平静。

江枫杨不负王铁帆的期望，找到了两份《施工进度任务书》，日期分别在3月17日和3月24日，还找到了两份《施工安全周责任书》，日期分别在3月17日和3月24日，上面盖有项目部和绿洲机械服务部的公章，李怀敏和江枫杨都在各自的公章下面负责人的位置签了字。另外，江枫杨从车队三名驾驶员那里找回来了26张漏交的运单票。其中，日期在3月15日以前的运单票20张，3月25日到3月28日的运单票6张。王铁帆甚感喜悦。他不动声色，默默地排列证据、准备文案，等待着总攻时刻的到来……

初秋的大西北天高云淡，广袤的大地上，戈壁深深，沙漠宁静，牧者悠闲，日头看似暴热，但已经远远不及先前那般能掀起滚滚热浪了。艳阳下的微风，总是能够给人们带来一丝丝清凉。正是瓜果飘香的季节，田野上到处洋溢着丰收的喜悦。果园里，红枣正在上糖，颜色从青到泛白，然后由泛白变黄，逐渐变成红色。紫色、红色、绿色的葡萄，在阳光下散发出甜甜的果香。挂满枝头的梨子，从绿色渐渐变得微黄，还被秋日清霜打上了标志成熟的红点。还有那犹如蜜疙瘩的甜瓜，铺满瓜田，香飘悠远。

绿洲机械服务部及其负责人江枫杨不服绿洲县人民法院的判决，向沙洲市中级人民法院提起上诉一案，开庭的日子终于到来。庄严的法庭上，合议庭法官身着法袍，气势威严。沙洲市八行路桥工程有限公司的代理人李怀敏信心满满地坐在被上诉人的位置上，坐在他旁边诉讼代理人位置上的便是三年蝉联全省十佳律师的汪徐岸大律师，他也是他们一审的代理律师。再看上诉人这边，

第七章 细节决定成败

江枫杨装着无精打采的样子坐在上诉人的位置上，坐在他旁边诉讼代理人位置上的是王铁帆。王铁帆今天将发型做了改变，显得更加青春年少，无论怎么看，都像一个在校大学生，虽然年轻帅气，但没有一点律师该有的成熟干练。

李怀敏看到江枫杨的出庭阵容，不由得露出奸猾的笑容，对旁边的汪徐岸律师小声道："汪律师，你看对方找来个小娃娃，一看就是刚出道的毛头小子，怎么能是您的对手呀？"

汪徐岸向对面瞟了一眼，小声回道："估计对方没有钱请经验丰富的好律师吧。不过，我们不能掉以轻心。一会儿就正式开庭了，不要乱说话。记住'后生可畏'这四个字的含义。"

李怀敏回道："汪大律师看得长远，说得有理。我一定谨言慎行，少说话，不给您添乱。"

他嘴上唯唯诺诺地应和着汪徐岸，心里想："我花大价钱请的大律师，结算单签字盖章了，运单票被我收了，一审我也赢了，二审你连好律师都请不起，找一个生瓜蛋子来凑数，看你能翻起多大的浪花。后生未必真可畏。"

法庭的旁听席坐得满满当当，一边是李怀敏项目部的人员以及其他几个工段的分包人等，另一边是江枫杨的几个亲友以及略为所的金海嫱、刘冰冰、成丰阳三人。为了配合王铁帆的"骄兵之计"，章泽军专门交代了，李伟豪和程雪风不要参加旁听。

书记员庭前准备工作做完后，宣布全体起立，请法官入庭。二审合议庭的三名审判法官从法庭侧面的办公室鱼贯而出。他们在审判席依次坐定后，书记员报告此案准备完毕，可以开庭。审判长示意大家坐下，然后"当"的一声敲响法槌，宣布开庭……

按照程序，先由上诉方陈述上诉的请求和理由。王铁帆平平淡淡地把上诉状宣读了一遍，提出撤销一审判决，依法改判，支持上诉人一审的诉讼请求，或发回一审法院重审。

接着便是被上诉人一方的汪徐岸律师答辩。在答辩中，汪徐岸律师强调，被上诉人将进口处往沙洲市方向的4公里借土填方路基土石方工程分包给上诉人是事实,但双方对全部工程量已经结算完毕,并由双方签字盖章,确认工程款总额为490万元整,被上诉人已将此款全部支付完毕,对此,一审过程中上诉人并未否认,只是称按照490万元结算显失公平。那么,请问上诉人,工程结算单是不是你方签字盖章的?被上诉人是不是按照结算单的金额支付的工程款?你是不是收到了该笔工程款?你收取该笔工程款时为啥不说拿这笔钱不公平?很显然,上诉人是看被上诉人付工程款一把到位,太容易了,拿到钱后便产生了多要的错误想法,多次找到被上诉人提出不合理要求,被拒绝后无理取闹,滥用民事诉讼权,纠缠滥诉。最后,他请求二审法院依法驳回上诉人的诉讼请求,维持原判。

随后,法庭根据双方表述的事实和理由归纳总结出本次庭审的两个争议焦点:其一,涉案的工程结算是不是双方真实的意思表示,应不应该重新结算;其二,一审认定的事实是否错误。法庭询问双方是否同意法庭归纳总结的焦点,是否有补充事项。

李怀敏和汪徐岸闻言甚喜。他们明白,只要这个结算单上的签字盖章是真实的,那它就是双方真实的意思表示。既然结算是双方真实的意思表示,自然就不应该重新结算了。不重新结算,案件的审理结果定然是驳回上诉,维持原判。第一个争议焦点如果坐实了,那么,一审认定的事实就不会是错误的了,第二个争议焦点也就是多余的了。庭审经验丰富的汪徐岸律师见局势如此有利,自然要给合议庭留好印象,未等上诉方说话,便向法庭说:"被上诉人没有意见。"

王铁帆道:"上诉人要求,在第一个争议焦点中加一项,结算单是不是对全部工程量的结算。到本案举证阶段,上诉人会出示新证据来证明,结算单不是对全部工程量的结算,请法庭允许。"

审判长迅速和两位侧边的法官交换了意见,十分严肃地问王铁帆:"上诉人代理人,你方确有新证据向本庭出示吗?"

王铁帆道:"是的,到举证阶段,上诉方有新证据出示。"

审判长道:"好,本庭同意上诉方代理人的意见,将第一个争议焦点变更为:涉案的工程结算是不是双方真实的意思表示,结算单是不是对全部工程量的结算,应不应该重新结算。请书记员记入笔录。现在请上诉方,围绕本案争议焦点,向本庭出示证据。"

王铁帆出示的第一组证据是双方签订的《路基土石方工程合同》,双方的质证意见与一审大同小异,对该证据的合法性、真实性、关联性,对对方的主张均予以认可。庭审平稳地进行着。

王铁帆出示的第二组证据是被上诉人在项目部大门上悬挂的宣传条幅照片,上面的红底白字条幅上清晰地写着"热烈庆祝二八一国道水毁工程项目3月31日全面竣工"。落款为"沙洲市八行路桥工程有限公司"。王铁帆称该证据证明被上诉人中标的二八一国道水毁工程项目于3月31日全面竣工。双方均予以认可。

接着王铁帆出示第三组证据:工程结算单。

王铁帆道:"上诉方向法庭出示的第一组证据是结算单。此证据来源于双方的结算。该结算单记载的是对14万立方米借土填方工程量,按照每立方米35元的价格,计算出的工程款金额490万元,并由双方签字盖章确认。该证据证明:这份结算单只是对14万立方米的工程量进行了结算,不是对上诉人全部工程量的结算。"

汪徐岸质证道:"该结算单名为《工程结算单》,就是对全部工程量的结算。上诉人向被上诉人提供拉运土石方的运单票,经双方汇总后,计算出总方量为14万立方米,按照每立方米35元单价,算出的总工程款就是490万元,正如上诉人的代理人所说,已由双方签字盖章确认。所以,该证据证明,这个结算是对上诉人全部工程量的结算。被上诉人对此证据质证完毕。"

终于等到汪徐岸亲口说出来,这个结算是对上诉人全部工程量的结算了。

汪徐岸质证完毕,王铁帆立即道:"审判长,我请求补充。"

审判长表示同意后，王铁帆道："大家请看，这份《工程结算单》没有制表日期，双方签字盖章时也没有签写日期。"

此话立即引起全体合议庭法官的关注，汪徐岸和李怀敏也没有先前的自信了，快速翻看着手中的《工程结算单》复印件。

王铁帆故意顿了片刻，估摸着法官和被上诉人都看明白了，才接着说道："二八一国道水毁工程项目的竣工日期是今年的3月31日。结算单的签写日期在31日之后，说明工程完工，结算就是对全部工程量的结算；结算单的签写日期在3月31日之前，说明是工程未完工期间，那么，结算的日期应该发生在工程竣工日期以前，这时怎么可能对还未施工完成的工程量进行结算呢？很显然，这个结算单就是对部分工程量的结算。被上诉人代理人称这个结算单是对上诉人全部工程量的结算不能成立。由于该结算单没有签订日期，无法证明是对全部工程量还是部分工程量的结算，所以，一审法院认定事实错误，对上诉人所施工完成的工程量依法应当重新算账。"

此言一出，法庭上下一片哗然。审判长急忙"当"的一声敲响法槌，厉声道："肃静！肃静！"

金海嬅和刘冰冰茅塞顿开，相互道："这么大的一个漏洞，我们咋就没有发现呢？铁帆捂了这么久，今天终于把这个雷炸响了。你看，那个十佳律师慌了吧？"

接着，王铁帆向法庭一连出示了三组证据：

一是被上诉人给上诉人于3月15日汇款490万元的汇款单。证明：第一，3月15日工程还没有竣工。工程没有完工，不可能对全部工程量做结算。第二，按先结算后付款的常理，结算的日期应该发生在3月15日之前，不能涵盖3月15日及以后的工程量，那么，这个结算单就是对部分工程量的结算。所以，应当重新结算。

二是举证两份《施工进度任务书》，日期分别在3月17日和3月24日，两份《施工安全周责任书》，日期分别在3月17日和3月24日，上面加盖有

第七章　细节决定成败

项目部和绿洲机械服务部的公章，李怀敏和江枫杨都在各自的公章下面负责人的位置签了字。证明：3月17日和3月24日，被上诉人还在催促上诉人赶工，这期间还在不断产生新的工程量，所以，工程结算单就是对部分工程量的结算。

三是举证三名驾驶员漏交的26张运单票。其中，日期在3月15日以前的运单票20张，3月25日到3月28日的运单票6张。证明：这个结算单就是对部分工程量的结算。

所以，应当重新结算。

王铁帆一浪高过一浪，层层推进，汪徐岸和李怀敏在证据面前，自是无言以对。汪徐岸道："按照谁主张谁举证的原则，即便重新算账，上诉人也应当拿出运单票，和我的当事人计算工程量和工程款。"

李怀敏闻言，本来犹如死灰的脸色又恢复了正常，心里想："你们的运单票绝大多数已经被我收掉了，就漏了26张，即使现在算账，看你们如何加出总数来。"

这时，王铁帆道："请求法庭出示上诉方申请贵院向公路局调取的涉案工段借土填方的工程量明细和中标价格，以及被上诉人给公路局上报的工程总决算明细中涉案工段的工程量和工程款数额。"

法庭将调取的证据出示后，王铁帆道："二审法院调取的这两份证据证明：

"第一，被上诉人给工程发包方公路局提供的，关于涉案工段4公里工程的方量是上诉人完成的，在今天庭审第一组证据的质证意见中，以及一审的质证意见中，被上诉方均予以确认，那么，被上诉方给公路局所报的工程量就是上诉人完成的工程量。

"第二，被上诉人中标和不实际施工，非法转包分包工程牟取暴利，涉嫌违反《建筑法》和与甲方业主（也就是公路局）建设工程施工合同违约的问题。支付合理费用后，被上诉人赚取的差价应当列为非法所得，由人民法院依法予以没收。"

此言一出，法庭再度哗然，李怀敏本来转阳的脸色再度阴沉下来。

他见情况不妙，立即问汪徐岸道："汪律师，我们现在该怎么办？"

汪徐岸沉思片刻道："现在调解结案，是你唯一的出路。该给人家的，你一分都少不了了；不该给的，你也得大方点，息事宁人。两害相权取其轻，你懂吗？国家三令五申禁止工程层层转包或非法分包。若是错过调解机会，法院硬判，你的差价真的有可能被列为违法所得，予以没收。你调不调解？"

李怀敏道："他说的不对，我自己也干了呀！开挖路基壕沟、垫基础、铺土工布，还有护坡回填，那都是我自己干的呀，怎么能说我违法分包呢？"

汪徐岸道："有了这些东西，我细细质证一番，可以让法官不盯上你，帮你争取一个调解机会。我再问你，调不调解？"

李怀敏无可奈何地说道："不调解也没有办法呀。"

汪徐岸随即质证道："对法院调取证据材料的证据合法性、真实性、关联性被上诉方予以认可，对上诉人代理人的主张不予认可。我的当事人有自己的机械设备和施工队，只是借土填方需要雇用大批量的自卸车辆，所以才与其签订《路基土石方工程合同》，并不存在违反《建筑法》的行为，也不存在违反与甲方签订的建设工程施工合同违约的问题。"

合议庭的法官自然也看出了被上诉人的心思，知道汪徐岸能坚守的阵地越来越小了。在汪徐岸发表质证意见后，审判长和两侧的法官小声商量着什么。随后，审判长便宣布休庭。休庭前，审判长道："如果有可能，你们双方可以自行协商。大家休息20分钟后再继续开庭。被上诉方两名代理人，你们来合议庭办公室一下。"

王铁帆走下代理人席位，走向庭外的花园，金海嫱和刘冰冰犹如追星族一般迎了过来。

金海嫱一手向他竖着大拇指，另一手挽住他的胳膊，犯花痴般啧道："铁帆，你真棒，我佩服得有点儿害怕你了。没想到你心细如发，抓住本案如此多的细节。我今天真正领悟到了'细节决定成败'这句话的含义了。你是怎么发

第七章 细节决定成败

现这些细节的？"

刘冰冰跟着道："是呀，铁帆师兄，你是怎么发现这些细节的？"

王铁帆悄悄对二人道："其实很简单，只要你在脑子里详详细细地播放这个案子形成的具体经过，就能发现那些细节。"

刘冰冰站在金海嫱的对面，伸手挽住王铁帆的另一只胳膊，对金海嫱道："嫱嫱，我现在拉的是师兄，你别吃醋哈！"

金海嫱半开玩笑半当真地回道："冰冰，以后当着我的面可以，背着我可不行。"

刘冰冰道："小妹明白。"

刘冰冰回头对王铁帆道："铁帆师兄，今日一战，你必定封神。我已经把你的全部攻略发给程雪风和李伟豪律师他们了。他们二人犹如醍醐灌顶。李伟豪律师已经在给你准备悬赏的奖品了。"

王铁帆道："还没有出结果呢，你们起什么哄呀？"

刘冰冰和金海嫱对望一眼，道："铁帆师兄太小瞧我们了吧。难道我们看不出这个案子已经胜券在握了吗？我和嫱嫱虽不如你心思缜密，但是不需要动用本姑娘的专业知识，只看那个十佳大律师汪徐岸和李怀敏两人最后的表情，就知道胜负已分。说不定法官正在给他俩做调解工作呢！以本姑娘不太丰富的律师经验来看，这个案子今天定会调解结案。帆哥，师妹我说得对不对？"

金海嫱道："'冰冰'的'冰'真是'冰雪聪明'的'冰'。我和你想的一样。"

三人聊得正欢，书记员出来对王铁帆道："王律师，审判长叫你和江枫杨一起过去，有事情找你们。"

江枫杨是个很识趣的人，刚才见两位美女律师找王铁帆律师聊天，便走得远远的……

王铁帆和江枫杨跟着书记员来到审判长办公室，合议庭的法官都在场，还有汪徐岸和李怀敏坐在沙发上。见二人进门，他俩将目光看向二人，脸上露出略带尴尬的笑容，眼神里透露出丝丝不安与无奈。

审判长面带微笑，道："王律师，你们请坐！"

王铁帆回道："谢谢！"便平静地坐在他们对面的沙发上，江枫杨也挨着王铁帆坐下了。

审判长道："通过我们做工作，被上诉方同意与你们调解。看看你们有些什么要求。"

王铁帆毫不迟疑，道："我们上诉方同意和解，并非调解。我们的要求是：第一，支付剩余的工程款338.8万元；第二、一、二审诉讼费、保全费、保险公司担保保险费共计11.2万元由对方承担；第三、一、二审律师费共计34万元，由对方承担；第四，额外赔偿上诉方误工损失6万元。四项合计整数390万元。"

汪徐岸道："王律师，我们是有调解诚意的，但是，你们的调解金额不能大于你们上诉的标的金额吧？"

王铁帆道："汪律师，我说的是'和解'。如果这个案子发回重审，我们可以增加诉讼请求，是吧？"

汪徐岸连忙道："好吧！审判长，我们同意上诉方的和解意见，付390万元。案件走和解结案，和解书按上诉状的要求出，超出部分写不进去，我们额外支付。今天我们当着法庭的面，把390万元全部付完，此案彻底了结。"

审判长与合议庭成员相互交换了眼神，向汪徐岸点了点头……

再次回到法庭，双方握手言和。

汪徐岸律师对王铁帆道："小王律师，真是'后生可畏'啊！老夫佩服，佩服！"

王铁帆也十分礼貌地向汪徐岸回礼致意。

第八章

守护金融

沙洲市又称梨城，特产香梨驰名中外，在《山海经》里被称为人参果。眼下正是香梨成熟的季节，满城梨果的香味甚是醉人。

办完法院的和解手续，王铁帆和刘冰冰坐上金海嫦的商务车离开沙洲市中级人民法院。

金海嫦道："亲爱的！今天本宫要好好犒劳你。我们先去找一家海鲜酒楼，吃顿好吃的。"

王铁帆闻言，脸皮唰地一下变得绯红。这是金海嫦第一次这么称呼他，他被这一突然的称呼，弄得不知所措……

刘冰冰道："恭喜师兄被金师姐叫'亲爱的'。"说话间，她举起手机，"咔咔咔"连拍数张照片。

金海嫦温柔地问道："哎呀！冰冰，你在干什么呀？"

刘冰冰道："我要留下你们爱情史上的伟大转折。师姐，你是不是还有别的项目犒劳师兄啊？"

金海嫦愠怒道："冰冰，你今天说话过分了啊！"

刘冰冰朝着王铁帆伸了伸舌头，不再说话。

车子停在一家名叫"南海鲜"的酒楼楼下，服务员笑盈盈地迎上来，问道："先生、美女，请问你们订座了吗？"

金海嬗道："六六六包间，现在上菜。"

服务员道："好的，美女请稍等。"

说罢，服务员带着三人来到六六六包间门口。

王铁帆道："嬗嬗，你咋订这么高档的饭店？这也太奢侈了吧！"

刘冰冰道："嬗嬗姐，你来真的啊？你什么时候订的包间？"

金海嬗也学着刘冰冰的样子，伸了伸舌头道："哼！你不知道的事情还多着呢！"

金海嬗走到六六六包间门口，轻轻地敲了三下门，便退站到了楼道的侧边，对王铁帆道："铁帆师兄，你推门进去吧！"

王铁帆道："女士优先，你们俩先请！"

金海嬗道："今天你是主客，你先进。"

刘冰冰见二人推来推去，便道："你们跟特务对暗号接头似的。别推了，我先来。"说罢，刘冰冰将六六六包间的房门推开，走了进去。

只听到李伟豪大声喊道："香槟开启，迎接英雄！"

话音刚落，"砰砰"两声气体喷出瓶口的声音响起，接着便是刘冰冰发出的尖叫声。走在前面的刘冰冰以为真的要喷射香槟酒，下意识地躲避，把自己手里的矿泉水弄洒了，蓝色的连衣裙上半身被浇出一片大大的荷叶来……

门口处彩花缤纷，顿时看不清里面的人。只听里面同时响起高亢的男声部："恭喜铁帆凯旋！耶——！"

金海嬗拉着刘冰冰整理衣服去了。

随着缤纷的彩花飘散而落，王铁帆从门开处，看见包间里坐着王海仁、章泽军、李伟豪，而成丰阳和程雪风则站在门边，手里还各自拿着一根喷射后的彩花筒。

李伟豪迎到门口，给王铁帆来了个结结实实的拥抱，道："兄弟，谢谢你给哥哥长脸了。"

第八章 守护金融

章泽军也迎过来，拍了拍王铁帆的肩膀，道："兄弟，你保全了哥哥的身家，大恩不言谢啊！"

成丰阳和程雪风伸出大拇指，齐声道："一战成名，恭喜！恭喜！"

王铁帆不停地回应致意。

王海仁起身上前，与王铁帆握手祝贺。

王海仁道："铁帆今天扭转乾坤，反败为胜，非常了不起！我们早就来到沙洲市了，本来要去法庭旁听的，一来害怕破坏你的'骄兵之计'诉讼策略，二来害怕你因为我们旁听而分心，影响你的发挥。今天海嫱给我们传递了庭审现场的一些消息。主要情况我们都知道了，遗憾的是没有在现场见证你与全省十佳律师的对抗。待会儿给大家好好谈谈开庭情况。"

王铁帆平静地回道："王主任，都是您教导得好。我只是怀着一颗医者的仁心，本着安抚良善、教育奸恶、康复社会创伤的原则，还原事实真相而已。我并非争强好胜，以打败对方为乐。在庭审中，我只是全神贯注地做完了我的功课。现在我脑子里一片空白，您就别为难我了。"

王海仁道："好啊！今天我们重点是为你庆功。等回绿洲县后，你还是要好好准备一下，跟大家全面分享你这次给社会疗伤的过程和心得，以及你办理这个案子的思路和过程。让大伙儿都长长见识，体会一下细节是怎么决定成败的，好不好啊？"

王铁帆道："好的，一切都按主任的安排办。"

说话间，服务员已经开始陆陆续续地上菜了。金海嫱陪刘冰冰整理好衣服后，已经回到了包间。

刘冰冰道："海嫱师姐，主任他们都来到沙洲市，在这里给铁帆师兄摆庆功宴的事，你是不是早就知道了？"

金海嫱道："是呀！豪哥安排的，专门让不告诉你。要不然，就没有你那一声尖叫了，也就没有惊喜可言了。"

刘冰冰道："见你刚才敲门的样子，我就感觉里面会有我们自己人。但是，这个念头只一闪而过。你们不是故意捉弄我的吧？"

金海嬅道："王主任在这里坐镇呢！今天重点是庆功，没有人捉弄你。只是你急着冲进门，帮铁帆师兄剪了彩而已！"

众人听着二人的对话，发出阵阵爽朗的笑声。

这时，成丰阳律师从门外拎着个用彩纸包裹的礼品箱进来，对众人道："见证奇迹的时刻到了，下面有请李伟豪先生兑现悬赏。"

李伟豪起身来到成丰阳面前，接过礼品箱道："我李伟豪自师从王主任以来，当了十几年的律师，除了王主任，我还没有服过谁。今天，我彻彻底底地被王铁帆征服了。下面我兑现我的悬赏，三对'火上浇油'，请王铁帆先生收下。"

王铁帆起身推辞道："李律师，豪哥，悬赏就算了，我不能收。我当时也不是为了悬赏才接这个案子呀！"

王海仁道："什么悬赏，什么'火上浇油'？听着怪吓人的。"

章泽军贴耳小声对王海仁道："王主任，别打断他们。等他们先进行完，一会儿您就知道了。"王海仁点了点头，不再作声。

成丰阳对王铁帆道："铁帆，豪哥从来都是一言九鼎。他诚心诚意地准备礼品，兑现悬赏，你不收就会驳了他的面子，这可不是我们大西北儿子娃娃的做派哈。赶快接过来，我们一会儿可以共同享用嘛！庆功酒，庆功酒，没有酒怎么行呢？"

王铁帆闻言，双手从李伟豪手中接过礼品箱子，高高举起，大声道："谢谢豪哥悬赏！今天，大家一起分享'火上浇油'。"

章泽军道："铁帆，今天这个庆功宴是我给你摆的，我是最大的受益者。今天庆功我们喝香槟酒。我这两瓶香槟酒也不比你的'火上浇油'差。刚才本来要开香槟酒喷射迎接你进门，害怕把包间里的装修给人家弄脏了，所以，按照你成丰阳师兄的建议，改用喷彩花迎接你了。你看那个小方桌上的酒杯都摆好香槟酒塔了，只差从塔顶往杯子里灌注香槟酒了。把杯子全部加满就可以开

第八章 守护金融

饭了,下面请你和王主任一起倒香槟。"

在大家的鼓舞和王海仁主任的邀请下,王铁帆鼓足勇气,和王海仁主任共同举起开好的香槟酒瓶身,缓缓地往酒塔顶部的酒杯里灌注香槟酒。刘冰冰、程雪风、金海嫱等人高兴地忙着拍照……

一浪高过一浪的祝酒,将主角王铁帆喝得酩酊大醉。

绿洲县昼夜温差大,初秋凌晨的绿洲县是寒凉的。

次日凌晨五点多,酒劲已过的王铁帆早早醒来,见金海嫱、刘冰冰、程雪风三人在自己和程雪风共住的人才公寓沙发上靠着睡得呼呼响,不忍叫醒他们,连忙拿来自己的薄被子给靠在一起的刘冰冰和金海嫱盖上,又顺手拿了一件程雪风的外套给他盖上。

王铁帆给自己倒了一杯热开水,一口气喝完,身体瞬间变热,全身毛孔开始冒出细密的汗珠。刚刚酒醒后的他,立刻觉得身上有了力气,便轻轻地来到书房,打开电脑,整理江枫杨一案的心得。

天亮了,金海嫱第一个醒来,看见自己身上盖着昨晚她给王铁帆盖上的薄被子,知道他酒已经醒了,还关心自己,给自己盖上了被子,心里暖暖的。她发现王铁帆书房透着微弱的蓝光,知道他在电脑前写东西。

金海嫱蹑手蹑脚地来到书房门口。王铁帆已经发现她了,小声道:"早上好!金律师!"

金海嫱并未停住脚步,反而大步来到王铁帆跟前,从身后圈住他的脖子,深深地亲吻了王铁帆的脸颊,小声道:"亲爱的!早上好!"

说完,她担心被刘冰冰和程雪风看到,便闪身离开王铁帆的书房。

金海嫱打开客厅里的大灯,喊道:"起床了!"

刘冰冰站起身来,学着金海嫱的腔调道:"亲爱的!早上好!"还向她抛了个眼神。金海嫱知道自己刚才亲吻王铁帆的事被刘冰冰发现了,正待回应,程雪风也从沙发上直起身来伸了个懒腰。为掩饰自己的羞涩,金海嫱说了声"我跑步去了",便快速离开了王铁帆和程雪风的公寓房间……

早餐后，四人和往常一样，共同乘坐金海嫱的商务车往略为律师事务所去上班。上车后，坐在后排的刘冰冰道："哇，这么昂贵的'火上浇油'昨晚居然没有拿下车，万一被小偷光顾，不但车窗受损，三对'火上浇油'六瓶大酒也会不翼而飞呀！"

程雪风道："昨天男的大都喝麻了，成丰阳律师和我还勉强能撑着。王主任的车和金律师的这辆都是请代驾从沙洲市开回来的。从南海鲜酒楼下来时，李伟豪律师还算清醒，把这礼品放到我们车上后，和章泽军律师一起坐王主任车走了。王主任要成丰阳律师和我照顾好铁帆，照顾好两位美女律师。我们是坐这辆车回来的。我们几个人把铁帆弄到公寓，成律师就回家了。我们三个担心铁帆出问题，一直在沙发上休息，直到天亮，所以，都没有想起这些酒的事情来。既然没有被小偷光顾，说明这东西就应该是铁帆的。"

王铁帆道："三对'火上浇油'就是六瓶大酒，将近6000元大钞呢！敢光顾拿走的，那可就不是小偷了，在绿洲县也算一起盗窃案了。还有，敲烂了车窗，是故意毁坏他人财物。涉及两个罪名，最终按照盗窃罪加重，这可就不是小事了。幸好绿洲县百姓富庶，治安好，不然，我们就把贼人给害了。这东西拿着真是烫手呀！大伙儿给我想个办法，看看怎么还给李伟豪律师。"

程雪风道："铁帆哥，这件事你就不要再去翻了。李伟豪律师一言九鼎，你再推辞，他会非常生气的。他还要向你学习你的数理逻辑的辅助线打官司的方法呢！"

刘冰冰道："雪风说得有道理，我看此事就到此为止。"

金海嫱道："雪风师兄说得有理，咱们待人接物要有策略，不要这么硬生生地顶回去。来日方长，我们总会有机会给李律师补回去一些，礼尚往来嘛。"

王铁帆道："好，在下遵命就是！"

四人走出停车场。

一阵晨风吹来，清清凉凉的，带着瓜果的甜香。路边的树林发出沙沙的声响……

第八章 守护金融

这时，王铁帆的手机响了，一看是王海仁主任打来的。

王主任在电话那头先关心了大家酒醒的情况，顺带表扬了王铁帆昨天办案成功，然后道："你们四个人到办公室处理好内务后，等我通知，然后在小会议室集中。今天县商业银行的董事长有重大案情需要我们所提供法律支持。我先见一下他，看看是什么情况。你们四个人除了开庭的情况外，一律参加。我马上就到所里了。"

王海仁昨天夜里酒醒后想了很多。他需要逐渐给这几个年轻人让出一些优质资源，提供更好更大的机会，使他们有更好的发展。

早上一起床，法律顾问单位绿洲县商业银行的行长溪善融便打来电话："王主任，我遇到一个紧急情况，要见你。"

王海仁道："我马上去你办公室见你，上门服务嘛！"

溪善融道："这个情况比较复杂，不能在我这里说。我去你办公室找你比较合适一点。"

王海仁道："好吧！我等你。"

王海仁想："能让老金融家感到头疼的事，肯定不是小事，一定是疑难杂症。不如趁这个机会练练兵，让这帮年轻人参与进来，早点接触金融行业的法律事务。"

于是，他给王铁帆打了个电话。

程雪凤闻言甚是高兴，小声对几人道："各位，看来王主任是把我们当成重点来培养了。我听成丰阳师兄说过，能涉及金融业务，那是律师业务发展的一个标志性的高峰。绿洲县的六家银行，有四家都是王主任的法律顾问单位。王主任对这四家银行的法律业务都是亲力亲为的，收入颇丰，从来没有让我们的三位合伙人师兄参与过。如今他让我们四人参与金融业务，这可是我们的造化了。"

王铁帆闻言甚喜。

金海嫱对刘冰冰感慨道："冰冰，我们一直都是在银行的柜台外面和银行

129

打交道。我从小就觉得银行柜台后面很神秘，曾经想象过，钱是不是就在银行柜台后面印出来的呢？今天终于有机会了解一下银行内部的情况了。"

四人在办公室等了大约一个小时，内勤通知他们开会。四人来到小会议室，王主任亲自关上门，对四人道："几位年轻律师，执业这几年，各种类型的案件你们办了很多，但是金融案件你们涉足甚少，甚至可以说，你们都没有接触过，因为银行聘请法律顾问和办案律师都有他们自己的一套。比如，律所要进他们省级机构的备案库，做法律顾问的律师也要在他们的备案库里备案。银行的案件一般不直接委托，需要进行招投标。大案可以个案招投标，小案件进行多案打包招投标。只有备案的律所才有参加招投标的报名资格。中标之后，银行一般不会先付律师费，律所反而要向银行缴纳履约保证金，然后再从银行领取涉案证据，进行诉讼准备。所以，你们身边的律师朋友，能独立参与银行案件办理的人比较少。"

说到这里，王海仁顿了顿，喝了一口茶道："昨天我们在市里为铁帆胜诉庆功，我想了很多。这些年，我一直是自己殚精竭虑地办理四家银行的法律事务，没有让章泽军、李伟豪、成丰阳三人参与。因为一个律所、一名律师能拿下银行的业务，那是其行业地位的标志性象征，我不允许出任何纰漏。我自己把着，早就感到身心疲惫。人是相互影响的，鉴于以铁帆为首的你们四人应该是一个优秀的团队，不，我要把你们打造成一个默契的专家团队，成为我们所的尖端力量，所以从现在开始，我要带领你们逐步踏入更深的领域。今天，咱们就从金融领域开始起步。"

王铁帆闻言，举手请求发言。王海仁道："铁帆，你有什么话要说，是不是有什么顾虑呀？"

王铁帆点了点头，道："王主任，您刚才说的这些情况我们都有所了解。章律师、李律师、成律师比我们入门早，又是本所的创始人和合伙人，我担心的是，您这样操作，会不会影响我们两组律师之间的关系呀？"

王海仁大笑道："哈哈哈！铁帆是个仁义的小伙子。你这一点考虑得很好。

第八章 守护金融

告诉你，我这样操作，一定会影响你们之间的关系，但是，绝不会出现你所担心的那种情况。你们相互间的关系反而会更加紧密，情谊会进一步加深。告诉你们，这个想法是前些时候我们开合伙人会议时成丰阳律师提出来的，章泽军和李伟豪两位律师也赞成。我一直觉得条件不成熟，就把这件事情搁置下来了。刚才我说了，人是相互影响的，这几年你们办案成绩斐然，而且都是零投诉，锦旗挂满了会议室，加上王铁帆昨天的胜诉，我觉得时机已经成熟了。现在，你们还有顾虑吗？"

四人齐声道："没有了。"

王海仁道："既然思想包袱问题已经解决了，我们就言归正传。刚才绿洲县商业银行的溪善融行长来找我，说到一个十分棘手的问题。咱们县上极力扶持，准备用来上市的漠蓝果业股份有限公司，下面我就简称它为'漠蓝股份'吧。政府试图扶持漠蓝股份做大做强后，稳固绿洲县以红枣产业为主的林果业发展，保稳农民增收致富。这个漠蓝果业注册资本一亿元，注册资本金全部为实缴到位。公司的股东包括9个国有股东和两个民营企业的法人股东。国有股东为沙洲市国资委下属的国有投资公司、沙洲市内的8个县的8家国资委下属的国有投资公司。这9个国有股东各出资500万元，各占5%的股份；国资股共出资4500万元，占45%的股份。民营企业法人股东为沙洲大漠果品销售有限公司，出资3000万元，占30%的股份；沙洲白鑫商贸集团有限公司，出资2500万元，占25%的股份。漠蓝股份的董事长由出资最多的股东沙洲大漠果品销售有限公司董事长许良芝担任，总经理由第二大股东沙洲白鑫商贸集团有限公司的董事长白鑫鑫担任。这便是漠蓝股份的资本结构、股东结构和公司管理层的总体情况。下面，问题来了。"

王海仁主任扫视了大家一眼，继续道："为确保今年秋季果品收购资金充裕，漠蓝股份向县商业银行申请贷款8000万元，4000万元为固定资产抵押贷款，另外4000万元约定以回收的果品质押。先期放贷4000万元已经到位。但是，现在出现了一个比较麻烦的问题：这4000万元贷款到账后，这两家民营企业股东已经将贷款资金分批转出，最终进入个人账户。这是他们要撤资走人、把烂摊子留给银行和政府的架势。现在银行非常被动，进退两难：一是贷款合同没有到期，启动法律程序不具备时间条件；二是以借款人漠蓝股份改变借款用途构成违约为由，貌似可以提前解除合同，收回借款，但是他们汇出的每笔款项的用途都是付果品款。如果这两个大股东抽走资金，漠蓝股份公司就可能破产。虽然漠蓝股份用厂房库房等固定资产做了抵押，但是要变现还贷非常难。这就是我今天叫你们来的原因，目的是让你们动动脑筋，看看如何使银行脱困。"

程雪风道："王主任，县商业银行和漠蓝股份签订的借款合同、抵押担保合同还有放款的手续复印件能不能给我们看一看？"

王海仁道："可以，刚才溪行长给我带来了复印件。你们可以拿去研究，但不能拍照，不能网传。总之，要保密。"

金海嬬道："王主任，这4000万元被撤资转出去的有多少，转出的账户与这两个民营企业股东有关联吗，资金流向的材料有没有？"

王海仁道："都转走了，包括这4000万元贷款和企业账户原有的资金600万元。现在漠蓝股份账面资金不到500万元，钱都转给了个人账户。账户的开户人都是漠蓝股份董事长和总经理的至亲和挚友。"

刘冰冰道："他们转这么多钱，属于大额开支了，不开股东会或者董事会吗，其他股东知道吗？"

王海仁道："他们化整为零，每笔金额都不大，没有达到上会的条件，表面上看起来很正常，没有引起其他股东或董事的注意，实际上是在瞒天过海地转移资金，以达到撤资的目的。"

王铁帆静静地听着，没有提出任何问题。王海仁满怀期望地看着他，温和地笑了笑，道："呵呵！铁帆啊，你一句话都没有说，对这个案子，你有什么想法呢？"

王铁帆道："主任，问题不在于我有什么想法，而在于银行有什么要求。

第八章 守护金融

他们是要咨询建议呢，还是要委托我们纠正借款人的错误，正确履行借款合同呢，还是要我们提前把这笔贷款给追回来？只有雇主的目的明确了，我们才知道做什么呀！"

王海仁道："敞亮！铁帆是个爽快人！谈案子就应该这样谈。我前面说过，现在县商业银行行长溪善融发现了这个风险，想化解但不知如何下手，还不敢透出风去，怕闹得漠蓝股份公司内讧。县委和县政府对漠蓝股份满怀期待，不希望发生负面影响。如果银行点燃这根导火索，就会被卷入风暴漩涡，破坏经济发展的后果无法估量。所以，溪行长都没有让我去找他，而是到所里来和我密谈。只要你们能想出比较妥善的办法，避免这4000万元贷款发生风险，我就能跟商业银行把代理合同签下来。现在略为律师事务所成立这起案件的攻关小组，王铁帆任攻关小组的组长，刘冰冰任小组的机要秘书，涉案文件材料由刘冰冰负责从我这里领取保管，金海嫱、程雪风为小组成员。这个案件，你们直接对我负责，不得向小组外的任何人透露有关此案的内容。"

四人领命而去。

王海仁一个人默默地坐在小会议室桌前思考："我为银行提供法律服务这么多年，这类案件从来没有遇到过，也没有积累的先例，一时真没有什么好办法。不过，这些年轻人思考问题的路数和我们这代人不太相同，他们你一言我一语，东问一下西问一下，这个案子似乎很接近破点了。但是，破点在哪里呢？嗯，既然已经成立攻关小组了，那就让他们年轻人去攻攻关吧……"

刘冰冰从王海仁主任那里拿回一个厚厚的文件袋，拉上程雪风，直奔王铁帆和金海嫱的办公室。程雪风关上门，对大家道："我们现在把材料全部过一下吧。过完材料再想办法，如何？"

刘冰冰道："铁帆师兄，组长，我觉得在办公室里，人来人往的，这么多材料，在这里过会泄密。不如我们溜回宿舍，关上门，大家一页一页地过，一个标点符号都不放过，这样肯定不会泄密。"

王铁帆笑道："你们俩意见不统一。我们来个举手表决，如何？"

金海嬛和刘冰冰笑着点了点头。

王铁帆道："同意刘冰冰意见的举手？"

程雪风第一个举起手来，接着其余三人也纷纷举手。

王铁帆又道："同意程雪风意见……"

未等王铁帆把话说完，程雪风便打断他，道："别别别！冰冰现在是我们小组的机要秘书，保管秘密的，我收回我刚才的话。"

刘冰冰乐呵呵地对大伙儿道："那，那我们现在集体翘班，回宿舍去过材料，研究案件？"

王铁帆看着金海嬛，金海嬛道："我们还是等下班回去再说吧！所里就7个律师，李伟豪和成丰阳两位师兄今天上午在县法院开庭，章泽军律师参加县司法局的一个活动去了，我们一走，就剩下王主任、内勤和财务人员，万一来几个咨询的或者回访的当事人，主任一个人肯定接待不过来。再说，主任第一次给我们托付重任，我们更应该好好表现，既什么都不耽误，还要把事情办好。所以，我认为，我们翘班不太合适！"

刘冰冰闻言，未等他人开口，便道："嬛嬛说得有理。我们还是各就各位，好好上班，等下班以后再过案子的材料吧！"

众人都表示同意，各自回归岗位。

中午下班，金海嬛开车拉着大伙儿回到人才公寓楼下。还未下车，刘冰冰便对众人道："今天中午本律师请客。外卖已经点好，是绿洲县最火爆的加肉红烧牛肉面，每人配有一份小菜，外加一个纯牛肉夹馍，马上就送到。我们直奔铁帆师兄和雪风的公寓，吃完饭立刻过案件材料。因为这个案件是咱们主任都无从下手的难题，我太好奇了，想亲自见证你们创造奇迹，也对你们办好这个案件充满了信心。为了节约吃饭时间，提高工作效率，同时，今天是一个值得庆祝的日子，我请大家吃一份怀旧的牛肉面套餐，回味一下咱们到绿洲县时金伯伯请我们吃的第一顿早餐，以表怀旧和庆祝。今天真的不一般，是咱们正式执业以来，第一次涉足金融业务，标志着我们在律师业务领域的一次重大提升。我提议，以后，我们的每一次进步，都必须吃牛肉面套餐，以怀旧的方式庆祝。你们觉得怎么样？"

众人闻言，觉得有理。王铁帆道："冰冰现在长大了，变得有心有肺有想法了，也值得庆祝。"

金海嬅闻言，感触良多，眼圈微红，轻声对刘冰冰道："谢谢你，冰冰。你这么一说，我好想回江城一趟，去陪我父母几天。"

程雪风道："海嬅说得对。等我们攻克了这个案子，大家一起去一趟江城，我们上门提亲去。人家是丑媳妇见公婆，帆哥，咱俩来个帅女婿见岳父岳母，如何？"

程雪风一席话逗得大家哄堂大笑。金海嬅和刘冰冰同时出手揪他，二人边揪边问道："谁是丑媳妇，谁是丑媳妇？"

程雪风疼得大喊："铁帆，救命呀！帆哥，快救我！"

王铁帆道："雪风兄弟，你就忍着点吧。在这个问题上为兄也不敢造次呀！"

众人说说笑笑地下车上楼……

一进门，刘冰冰就喊道："你们这房子又闷又热。都秋天了，比夏天还闷热，都是因为你们俩不开窗户透气，还把窗帘拉得这么严实。你俩这是在积攒什么'伏'气呀？两个大男人……"

未等刘冰冰说完，程雪风接话道："我的大小姐，你长长脑子好不好？这是秋老虎，中午的太阳比盛夏的太阳还要猛呢！我和帆哥晚上开着窗户睡觉，早上上班前把窗户关好。屋里总比外面凉快一点儿吧？你嫌热，把空调打开不就行了！客不嫌主，你懂不懂？你看人家嬅嬅多有礼貌，你怎么就……唉！"

王铁帆看到二人脸色大变，连忙圆场道："趁着饭还没有送来，我们先做准备工作。雪风，你去书房拿几张打印纸，给我们每人发两张。刘冰冰，你把主任给你的材料按照时间顺序理一理。我们吃完饭就开始把全案材料过几遍。我有一个要求——也是和大家分享自己的办案经验，那就是，过材料时，把每份材料的时间节点、相关主体、主要内容都简明扼要地做出摘要记录。然后，我们对照自己的摘要记录就可以分析案件了。"

说话间，王铁帆一边开空调，一边从沙发旁的纸箱里给大家拿水。

金海嬬道："这么好的办案阅卷方法，你怎么不早一点儿告诉我们？有了这个阅卷摘要记录，写文案就不需要来来回回翻案卷了。我每次做文案，都快把案卷封皮翻烂了。"

王铁帆微笑着一边给大家发饮品，一边夸奖程雪风道："还是雪风体贴细致，一大早就把矿泉水买来了，这不，刚好可以用来招待你们俩了。"

金海嬬接过自己最爱的"凉白开"，追问道："你还没有回答我的问题呢！"

王铁帆笑道："这种阅卷的方法，我也是近期才领悟出来的。以前我写文案，也来来回回地翻案卷。今天分享给大家也不晚呀。"

说话间，程雪风已经给大家每人发了两张打印纸和一支碳素笔，刘冰冰正安静地给手里的材料按照时间先后顺序排队。

牛肉面送来了，大家赶紧接过来，风卷残云。饭后，四人立刻进入工作状态。

大伙儿将全案材料过了一遍又一遍，一个个边过案件材料，边做摘要记录。材料大概分为三大部分：

第一部分是贷款申请、审批、借款合同、抵押担保合同。这组材料归纳为，借款金额为人民币 8000 万元，借款用途为漠蓝股份以公司办公场所、厂房、库房等固定资产作为抵押担保，向绿洲县商业银行借款 8000 万元人民币作为秋季收购红枣的流动资金。

第二部分是绿洲县商业银行按照借款合同约定，于当年 7 月 26 日向漠蓝股份账户转入首批借款 4000 万元的借款借据和银行进账记录。

第三部分是漠蓝股份董事长许良芝和总经理白鑫鑫签字批准的付款记录，从 7 月 26 日到 8 月 7 日，共 92 笔，每笔均为 50 万元，共计 4600 万元，分别转给了 20 个个人账户，最少的个人账户有 3 笔 50 万元资金进账，最多的有 6

笔 50 万元资金进账，一般都在四至五笔。付款用途均为订购红枣。最后一笔转款的日期为今年的 8 月 7 日。

案情梳理清楚后，刘冰冰将全部材料收好装进文件袋，然后放进自己的包里，对大伙儿道："各位，材料都看清楚了，按照王主任的保密要求，我就收好了。大家好好想想，我们应该怎么把这 4000 万元给银行弄回来。"

程雪风道："我看呀，这个漠蓝股份的董事长许良芝和总经理白鑫鑫的行为已经涉嫌挪用资金罪，应该报案，依法追究其刑事责任。在办理刑事案件过程中提起附带民事诉讼，把漠蓝股份的钱要回来，然后再还给绿洲县商业银行，我们的任务就完成了。"

金海嫱道："这个漠蓝股份公司是一个混合制企业，大股东沙洲大漠果品销售有限公司占 30% 的股份，二股东沙洲白鑫商贸集团有限公司占 25% 的股份，其余是 9 个国有股东，国有股东为沙洲市国资委下属的国有投资公司、沙洲市内的 8 个县的 8 家国资委下属的国有投资公司，这 9 个国有股东各占 5% 的股份，国资股总共占 45% 的股份。按照这个比例来算，许良芝和白鑫鑫转移走的 4600 万元中，属于国有资产部分金额为 2070 万元。如果把这 2070 万元国有资产与民间资本分开，今天是 10 月 21 日，按这个时间点计算，再过 5 日，许良芝和白鑫鑫就开始逐步涉嫌挪用公款罪、挪用公款转化贪污罪和挪用资金罪三项罪名，数额都属于特别巨大。不过，混合制企业的国有资产问题该怎么处理，我还没有翻看法律条文和司法解释，只是把我想得到的、沾点边的意见都说出来了。"

刘冰冰道："我赞同嫱嫱的意见。这两个家伙这么干，撤资跑路，漠蓝股份一定会爆雷，上市就别想了，企业还会一蹶不振，甚至会垮。这可是咱们沙洲市和绿洲县重点扶持的林果业龙头企业呀！它一垮，支撑红枣产业发展的公司加农户构架就会落空。没有了收购加工红枣的大企业，光靠外来游商收购、本地人馈赠亲友的消费，红枣销量和价格都会大打折扣，不但会减少种枣农户的收入，甚至会造成红枣大量滞销，伤及农民，影响社会稳定。所以，我们应当用又快又具有惩罚性的法律手段,将许良芝和白鑫鑫这两个家伙绳之以法,为绿洲县的红枣产业发展打好保卫战。这不也是铁帆师兄和雪风师兄回大西北的初衷吗?"

金海嫱道:"冰冰前面的分析,我十分认同。目前的证据很充分,要想把这两人绳之以法十分容易。但是这样一来,漠蓝股份公司就可能真的垮了。这个公司要是垮了,吃亏的是绿洲县的枣农,失败的是绿洲县红枣产业发展的战略布局。枣农需要的是红枣产业持续发展,不仅仅是处置许良芝、白鑫鑫二人一消心头之恨。所以,我们办理此案,需要慎之又慎。"

金海嫱的一席话,立刻影响到了众人的情绪。此时,大家明白此事一旦处理不当,后果将非常严重,也更加明白溪善融行长为什么那么小心翼翼、王海仁主任为啥要求严格保密……

程雪风道:"单从本案的案情来看,漠蓝股份的董事长和总经理掌控这家混合制企业,利用职务便利,以化整为零的形式把4600万元公司资金转给个人,这个案子并不复杂。不管是按照挪用公款罪也好,是按照挪用公款转化贪污罪也好,还是按照挪用资金罪也好,目前看,按任何一个罪名,都正在逐步达到3个月的法定时间范围。也就是说,许良芝和白鑫鑫的犯罪还没有全部完成,他们二人还有可以争取和挽救的余地。只是这事该怎么启动,从哪里下手呀?铁帆,还是你来拿个主意吧。"

随即,众人将目光看向王铁帆。

王铁帆道:"大家说得都很好,现在我们基本上把案情梳理清楚了。刘冰冰和嫱嫱的一席话,把这个案子的社会影响也提出来了。我看现在,至少目前,我们对这个案子的认识还不是很成熟。我们要从社会效果和法律效果两个方面去分析权衡,如何处理才能既不伤枣农又不伤企业,还能保信贷资金的平安,化解银行的这一波金融风险。通过今天中午过证据,我们只能算刚刚触及案件的本质,还不够全面,至少对以许良芝、白鑫鑫为代表的两大法人股东在绿洲县红枣产业发展得这么好的情况下,为啥要撤资,又为啥要用这种违法

第八章　守护金融

的方式撤资，有什么苦衷，等等，还不了解，对于处理方案，现在还不是确定的时候。此事关系到绿洲县全县枣农的利益、漠蓝股份企业的生死存亡、县委县政府对绿洲县林果业产业发展的战略期望，我们不能出一点差错。我们需要在全面了解案情的情况下，深思熟虑，然后站在预防和医治社会创伤的政治高度，提出靶向有效的无创疗法。我们暂时就到这里。嫦嫦，接下来你和冰冰想法弄清以许良芝、白鑫鑫为代表的两大法人股东为什么要撤资。雪风，你单纯从法理上去好好论述一下许良芝、白鑫鑫二人行为的性质。大家都在网上查一查同类型的案件。我们集思广益，今天晚上再开一次讨论会，看看有什么新的认识和发现。现在离上班时间还有40分钟，大家各自回房小睡一会儿。"

散会后，四人各自休息去了。

第一次过材料的会议结束了，四人均感责任重大，没有了刚刚接到任务时的兴奋。看来，要护卫金融，就要和那些精明奸猾的高智商的人物斗智斗勇，每当轮到律师出场时，就已经是棋慢一招。尽管如此，维护当事人的合法权益和捍卫公平正义毕竟是律师的天职，愈合社会伤口，把事情处理得社会效果和法律效果全优，才是律师的担当和追求。

第九章
护农医商

入秋后的绿洲县，昼夜温差大，晚上气温一般低于 20 摄氏度。

是夜，月光如水。中午的炎热已经荡然无存，一丝丝的凉风，带着瓜果的甜香，在县城的楼宇间穿梭，千家万户的居民在满城的香气中安然入眠……

夜已经很深了，人才公寓王铁帆和程雪风的宿舍里，灯还亮着。王铁帆带领着略为所的攻关团队，正在认认真真地研讨着漠蓝股份挪用信贷资金撤资案。

他们一个一个地陈述着今天下午的收获。

第一个发言的是程雪风。他从涉案的法理情况汇报道："今天下午，我认真查找了涉案行为的相关法律和司法解释。如果漠蓝股份的 9 个国资股东所在的国资委给许良芝、白鑫鑫出具了授权经营国有资产的委托手续，那么，今天中午金海嫱所说的许良芝和白鑫鑫涉嫌挪用公款罪、挪用公款转化贪污罪和挪用资金罪三项罪名就可能成立。从 10 月 26 日开始，挪用的第一笔款项满 3 个月，就逐步都能构成犯罪了，而且数额都属于特别巨大，这几个罪名和对应的资金数额都是独立的犯罪，依法应当数罪并罚。如果案发，许良芝和白鑫鑫必将面临十分严重的刑事法律后果。"

金海嫱道："程雪风大律师，挪用公款罪、挪用公款转化贪污罪和挪用资金罪这三个罪名都能构成吗？"

第九章 护农医商

程雪风道:"从目前来看,至少能构成一个或两个。首先,如果9个国资股对应的国资委给许良芝和白鑫鑫授权经营国有资产,那么,他们二人将公司自有资金600万元和信贷资金4000万元中2070万元的国资部分,化整为零分散转移给内定的亲戚朋友,大概率会被判定为直接据为己有,这样就不会考虑挪用公款罪,也没有3个月的形成期限了,就直接按照贪污公款处理了。在这种情况下,就只有贪污罪和挪用资金罪两个罪名了。其次,如果9个国资股对应的国资委没有给许良芝和白鑫鑫授权经营国有资产,那么,这4600万元都属于公司资产,这二人的行为就只能构成挪用资金罪一个罪名。最后,还有一个新情况……"

刘冰冰闻言,急切地问道:"什么新情况?你快说。"

程雪风喝了一口水,慢悠悠地说道:"这个新情况很重要,可能是压垮许良芝和白鑫鑫的最后一根稻草。"

金海嬗和王铁帆认认真真地听着,刘冰冰不耐烦地嗔道:"程雪风,你长本事了是吧?不许卖关子,哼!"

程雪风摆了摆手,接着道:"大家想一想,那20个个人账户的主人。许良芝和白鑫鑫怎么就冒天下之大不韪,把弄到手的4600万元打到他们卡上?这20个人,一定是许良芝和白鑫鑫左思右想才选择的人,绝对是二人亲戚朋友中关系最好、最值得信赖的人。"

刘冰冰道:"废话,信不过,谁敢把这么多钱转到他们的个人账户上啊,拿着钱跑路了怎么办?"

程雪风伸出大拇指道:"冰冰说得有理。你反过来想一想,如果这20个账户的主人,因此成了许良芝和白鑫鑫犯罪案件的共犯,至少是涉嫌窝赃犯罪,那么,许良芝与白鑫鑫如何向这些至亲和挚友以及他们的亲属交代呢?"

刘冰冰乐道:"哦!本姑娘明白了,你是说单独搞许良芝和白鑫鑫,他们也许会死扛。如果把替他们收钱的20个账户的主人一锅烩,这20个人一旦出事,他们俩不但钱保不住,自己与这20个至亲和挚友还都会身陷囹圄,最终得不偿失，这便是压死这两峰骆驼的最后一根稻草。雪风师兄，你还挺聪明的嘛，这么难的问题你都想到了。"

金海嬅道："雪风律师这个点子很好，我咋就没想到呢？大家想一想，许良芝和白鑫鑫的目的不就是把这4600万元弄走吗？现在一旦案发，牵连到这20个接收赃款账户的主人，这些钱大概率能追回来，或者大部分能先追回来，他们撤资的想法基本会落空。另外，这20个账户的主人必将列为许良芝和白鑫鑫犯罪案件的共犯，或者按照涉嫌窝赃犯罪归案。这样一来，这两个家伙钱没有捞着，一大帮至亲和挚友全被他们害了，这样的后果，他们二人承担不起。帆哥，我看应该抓住许良芝和白鑫鑫两人的这个心理，我们启动非诉讼手段，力促二人悬崖勒马。只有保障漠蓝股份的健康发展，才能保住绿洲县枣农的长远利益，也能保障这4000万元银行信贷资金的安全。我们也能顺利达到办案目的。"

刘冰冰道："这样好是很好，但是，办了这么重大的一起非诉讼案件，我们的代理费怎么收，应该向谁收呀？"

程雪风道："当然是按规定收，找绿洲县商业银行收了。"

刘冰冰又道："谁去收？"

程雪风和金海嬅转头看着王铁帆，同声道："铁帆去收！"

王铁帆道："今天中午过了证据以后，雪风刚才提出了他研究的理论问题和延伸出的新情况，大家都进行了积极的发言和精彩的分析。现在我们听一听冰冰和嬅嬅的任务完成情况吧。"

刘冰冰嘟着小嘴道："我和海嬅下午想了一些侧面介入的办法，重点是想摸清许良芝和白鑫鑫转移资金的原因，就像铁帆说的那样，看他们是不是有什么苦衷。我们怎么做的，暂时保密。目前还没有什么消息，以后也不一定有什么消息。"

程雪风道："冰冰呀，你这是什么话，那不是等于你们两个什么也没有做吗？"

第九章　护农医商

金海嫱闻言道："雪风你今天在理论上有所突破，我们承认你当居头功，但你可不能飘了哈。这个案子的保密性极高，不能弄出任何风吹草动，以免闹得不可收拾。我和冰冰商量了，即便完不成任务，也不会去惊动许良芝和白鑫鑫，造成负面影响。"

程雪风道："二位大律师，请原谅我一时失言。我给你们买了俄罗斯进口的大冰激凌，我现在去拿。"说罢，程雪风快步过去打开冰箱，拿出四盒冰激凌分给大家……

金海嫱高兴地接过冰激凌，道："谢谢雪风！"

刘冰冰道："看在冰激凌的份儿上，本姑娘就原谅你了！"

四人边吃冰激凌，边思索着案情，还不停地开着玩笑。窗外一阵阵的秋风带着清凉和瓜果的香味吹进来，十分凉爽怡人……

忽然，刘冰冰道："帆哥，今晚就你还没有发表高论，你可是我们团队的主心骨呀！咱们不能吃了冰激凌就去睡觉吧？这样的话，明天大概率会跑肚肚的哟！"她的话惹得大家哄堂大笑。

王铁帆笑了笑道："谢谢三位队友。今天中午我们初步理清了案情，今天晚上我们找到了案件的破点，也初步理清了办案的思路。现在还有两个问题需要落实。第一个是老问题，在绿洲县红枣产业发展得这么好的情况下，许良芝和白鑫鑫为啥要撤资，又为啥要用这种违法的方式撤资，他们有什么苦衷？第二个问题是，银行的目的是什么，是确保信贷资金安全运行，继续由漠蓝股份使用这笔贷款，并且继续履行借款合同，按时发放剩余的4000万元，还是想要解除与漠蓝股份的借款合同，收回已经发放的4000万元借款，剩下的4000万元借款不再履行了？这两个问题中，第一个搞清楚了，有利于我们有的放矢地制定非诉讼方案；第二个弄清楚了，决定着我们非诉讼方案的内容和难度，也决定着我们办理此案的经济待遇。我们第一次涉足金融案件，必须办案效果和经济收入双赢，让王主任放心地给我们让出一块领地，也让溪行长认可，从此，在金融行业开辟出我们的一席之地。我们就从这个案件开始，从绿洲县商业银行开始。"

金海嫱道:"铁帆,你这番话说得倒是在理,但是,我感觉你今晚不在状态,也不像你平常逻辑严密的说话做事风格。"

程雪风道:"我觉得他说得挺好的呀!目标明确,思路清晰。嫱嫱是不是有强迫症,对你未来老公要求这么高!"

金海嫱道:"虽然他把重点问题和案件的办理方向归纳出来了,但明天乃至近期的一些细节问题没有提到。比如,我们什么时候给王主任汇报,能不能要求溪善融行长再提供一些信息或证据,这些问题铁帆都没有提到呀!要在平常,他绝对不会这么疏忽大意。铁帆,你今天为什么会犯这么低级的错误呢?"

王铁帆道:"知我者,嫱嫱也。今天中午我没有睡好午觉,下午接待了三拨当事人,争争吵吵的,大脑高强度运行,晚上吃完饭我们又聊案子,我的大脑要罢工休息,我也没有办法呀。"

王铁帆的话引得众人哄堂大笑……

金海嫱道:"身体要紧,今晚就到此为止吧!大家赶紧睡觉!"

说罢,金海嫱带着刘冰冰向王铁帆和程雪风道了一声:"晚安!"随即,二人离开王铁帆和程雪风的公寓。

次日清晨,阳光明媚,微风轻拂,带来阵阵花香和瓜果的香味。金海嫱还跟往常一样,开着她的商务车带三人上班。

一上车,刘冰冰十分兴奋地对众人道:"各位,我突然产生一个非常重要的想法,大家想不想听?这可是关系到每位的根本利益,还有今天可能发生的,我们与绿洲县商业银行的代理费谈判呢。"

王铁帆道:"冰冰,你又在打什么鬼主意?不妨说出来听听。"

金海嫱道:"对呀!你别卖关子了,说出来听听!"

程雪风道:"肯定跟挣钱和花钱有关,不听也罢!"

刘冰冰道:"你个死程雪风、烂程雪风,你想当铁公鸡,是吧?你看我不

第九章　护农医商

给你上早点……"说着，她就从前座转身去揪后座的程雪风。

王铁帆道："冰冰，坐好，前面有执勤的交警。"

刘冰冰闻言才安静地坐回原位，悻悻地说道："等下车后，本姑娘再给你上早点吧！"

王铁帆道："你把欺负程雪风说成上早点，这早点就是早饭，意思是，你以后欺负程雪风就是家常便饭呀！告诉你，家暴可是犯法的。"

刘冰冰朝王铁帆做了个鬼脸。

程雪风道："你把你的想法说出来吧，只要有道理，我一律答应！"

刘冰冰道："好！我的想法是，这次这么大标的的案子，要好好和商业银行的溪行长谈。这次的代理费我们用来买车。我们坐嬷嬷的车三年多了，应该给她换一辆新的。咱们不能忘恩负义，白蹭人家三年的车，你们说是吧？"

金海嬷嬷道："不可！冰冰，你这话就见外了哈。"

程雪风道："买，必须买！一定要买一辆好的。这辆车是我们的前程车，它带着我们踏上了律师之路；这辆车是我们的功臣车，它载着我们一路成长。这些年嬷嬷给我们当驾驶员，自己加油，车也开旧了，我们若无动于衷、心安理得，那还配做嬷嬷的朋友吗？"

刘冰冰道："雪风说得好！这才是大西北汉子该有的样子！"

程雪风道："冰冰，我真没想到你会有这么珍贵的想法，你在我心目中的形象蓦地变得高大了很多很多！你真是个有心有肺的好女人，将来我娶到你，真是太有福气了！我以后还要对你更加好些，你毕竟不会是白眼狼，只要我对你好，你也一定会对我好，是吧？"

刘冰冰道："那是当然，毕竟你这话糙，理不糙嘛！"

王铁帆一路沉默不语。程雪风有点激动，对王铁帆道："帆哥，你为啥不说话？你蹭了几年车，心安理得呀？告诉你，这事儿你要不同意也不勉强，我自己掏钱也得给嬷嬷买一辆新车。"

王铁帆闻言，放声大笑道："哈哈哈……哈哈哈哈……你让我说什么呀，

145

你想让我欺负你吗?"

程雪风傻傻地说道:"欠了债就得还。我们两个山村里出来的愣娃,自从和嬷嬷做了同事,一下子就过上了天天上下班都有小车接送的日子。我们现在条件好了,本来就该回报海嬷,何况银行这单4000万元的案件办好了,收入定然不菲,买一辆好车回报嬷嬷不应该吗,怎么能算你欺负我呢?"

刘冰冰笑道:"雪风师兄,有时候你就是傻里傻气的,这么简单的事情都不明白,难怪每次谋划案件时,你都比铁帆师兄稍逊一筹。你好好想一想,嬷嬷和铁帆很快就是一家人了,买给嬷嬷的车,不就是铁帆师兄的车了吗?铁帆师兄不吭声,是不想给自己争利益,当然就是不想欺负你了!"

程雪风道:"哦!原来如此。但是,这车必须买,不算谁欺负谁,只是谁和嬷嬷在一起得福报而已,理所当然,心安理得。不过,我有一个想法,这辆商务车和我们太有缘,我们以后要将它收藏陈列起来,还有我们来大西北的点点滴滴,都是值得记忆的,将来用来教育我们的子子孙孙,成为我们两家人共同的精神财富,你们觉得怎么样?"

金海嬷道:"买车的事还是算了。首先,我自己要用车,你们坐不坐我的车,我的开销都是一样的。现在你们要把好钢用到刀刃上,多攒一点钱,以作成家之用。毕竟大家都不想靠父母,几乎是白手起家,底子薄。车子只是个代步工具,新一点儿旧一点儿,没有什么关系。这辆车我们再开个三五年没有什么问题。"

王铁帆道:"嬷嬷这话说得在理,所以你们俩不要觉得过意不去。你们抓紧攒钱,早点儿结婚,我还等着抱侄女呢!"

程雪风道:"为什么不是抱侄子,而是抱侄女呢?"

王铁帆道:"你家冰冰那么强势,你又那么体贴,Y染色体出现的几率不高,所以我抱侄女的概率非常非常大。"

金海嬷扭头瞪了王铁帆一眼,道:"听铁帆律师这话的意思是,我很弱势,你不体贴啰?"

第九章　护农医商

王铁帆连忙摆手笑道:"我只是想跟雪风开个玩笑,不想招惹你哈!不过程雪风刚才那句话说得很有道理,这辆商务车和我们太有缘,我们以后要将它收藏陈列起来,还有我们来大西北的点点滴滴,都是值得记忆的,将来用来教育我们的子子孙孙,成为我们两家人共同的精神财富,我非常赞同。"

刘冰冰道:"给嬶嬶买车这事儿没啥好商量的,受益的是我、程雪风、王铁帆三个人。我和程雪风没有意见,现在票数是二比一,王铁帆同不同意就不重要了。目前要解决的是这笔钱的来源问题。我刚才说了,就用商业银行这次的代理费来买车。大家别东拉西扯的了,马上就到办公室了,我们能不能商量一下,如何结算到绿洲县商业银行的代理费。该怎么谈,溪善融行长好不好打交道呀?"

王铁帆道:"诸位不必担心,山人自有妙计。我倒想听听,冰冰你想从商业银行收多少代理费呀?"

刘冰冰道:"我不知道,当然是越多越好啦!要是按照律师费的收费标准来收,那就多了去了,人家商业银行会给吗?帆哥,你打算怎么跟他们谈,想要多少代理费呀?"

王铁帆道:"代理费肯定不能太少,先按照文件标准谈。毕竟是王海仁主任的法律顾问单位,一般法律顾问单位都有优惠协议,大概是按照收费标准的60%到70%收费。"

一旁的金海嬶闻言,有些矜持不住了,道:"你就算给大家听一听,看看这次能有多少代理费呗!"

王铁帆道:"冰冰,你把手机计算器打开,我报数据你计算。"

刘冰冰道:"好嘞!"

王铁帆道:"我们办理的案件标的金额为4000万元人民币,按照最新的律师服务收费标准,计算公式:律师代理费＝标的额 × 本级费率＋本级速算增加数。本级费率为2%,那就是4000万元乘以2%,等于80万元,加上本级速算增加数27.2万元,总数为107.2万元。再按法律顾问单位优惠约定,就按

60%进行计算，你现在乘以0.6，算一下是多少。"

刘冰冰高兴地叫道："哇，一个案子有这么多的律师费呀！64.32万元！可以给嬗嬗买一辆大奔了！"

金海嬗道："大奔可能买不起吧。"

刘冰冰问："为什么呀？"

金海嬗道："还有两个问题要考虑：第一，这个案件是王海仁主任的案件，不能把王主任排除在分配之外吧？第二，这么大一笔钱，除了所里的分成及给商业银行开发票要上税，我们领钱也得交很高的个人所得税吧？这样一来，我们四个人分得的代理费加起来也就30万元多一点，多不出多少，怎么买得起大奔呢？我看，买车的事就算了。"

程雪风道："这跟这次能挣多少代理费没有关系。我们的收入状况越来越好，这个事不给你办漂亮了，我心里这道坎过不去。"

王铁帆笑道："嬗嬗，你就别坚持了。雪风是一个知恩图报的性情中人。我和他一样，要不是我们俩要人财合一，我的调门比他还高。也别买大奔了，这车是嬗嬗爸爸的，嬗嬗爸爸是个环保主义者，就买一辆嬗嬗爸爸心仪已久的国产电动汽车吧！这样一来，新买的车算不到我和嬗嬗的共同财产里，也不算我欺负雪风和冰冰小两口了。"

金海嬗闻言，羞得满脸通红，道："你个王铁帆，谁要跟你人财合一了，我和你哪门子的共同财产？"

刘冰冰和程雪风闻言，心中甚喜，同时向王铁帆伸出大拇指。刘冰冰感叹道："帆哥做事总是这么恰到好处，不偏不倚。我什么时候处理问题能达到帆哥这个水平，那就太好了。"

程雪风道："冰冰这话说得到位。只要你把王铁帆处理的事情一个一个地摘要下来，摘要十几篇后，就能够摸出门道来了。"

刘冰冰道："好像你已经学会了一样！"

程雪风道："大差不差吧。常言道，近朱者赤，近墨者黑。我和铁帆从上

第九章　护农医商

大学到现在，做了8年的舍友了，不知道是变赤了，还是变黑了。"

刘冰冰和金海嫦异口同声："变黑了！哈哈哈……"

一切平静下来，金海嫦道："铁帆做事公平公正，确实让人无话可说。你们说买车，那就买车吧！买车必须算我一份，我们四个人平均出钱来买。这辆商务车就是我们四个人的公车了，我也享受了，这样才公平。否则，我就不答应。"

王铁帆第一个响应，道："必须这样，不然我也不答应。"

程雪风看了刘冰冰一眼，刘冰冰点了点头，道："好吧，我同意。只是这样嫦嫦还是吃亏了。这几年养车、加油、买保险全都是嫦嫦出的钱。"

金海嫦有点生气地大声道："冰冰，想继续做姐妹，这事儿就不许再提了。我没有吃亏，这辆商务车从江城开出来时，我爸就已经开了两年多了，现在买新车给我爸，已经非常好了。"

四人终于达成一致。金海嫦开着商务车绕县城一圈，停到略为律师事务所楼下的停车场。他们迎着晨风，踏着朝阳，各自提着自己的公文包，向办公室走去……

金海嫦和王铁帆来到办公室，王铁帆忙着打扫卫生，金海嫦给他泡了一杯胖大海，道："你昨天没有休息好，今天别喝浓茶和咖啡，喝一杯胖大海，排一排毒，养眼又养肝。"

王铁帆微笑道："谢谢你，金律师！养眼就不用了，我每天看着你就很养眼，你比胖大海的功效好得多。"

金海嫦闻言白了王铁帆一眼，嗔道："你把我和胖大海混为一谈，就觉得你很高大了吗？不是作践自己吗？"

王铁帆道："口误！口误！金大律师勿怪！勿怪！"

正在这时，刘冰冰进来了，对二人道："帆哥，嫦嫦姐，那个绿洲县商业银行的溪善融行长，一上班就到王主任办公室坐下来了。刚才王主任亲自出来叫我通知一下，20分钟后，咱们四人到小会议室等他。帆哥，你代表我们攻关小组做主旨发言。一定要好好表现，把这个案子拿下来哈！"

王铁帆道："必须拿下来。而且，今天一定帮商业银行把目标和诉求给他们整明白了。更重要的是，要确定代理费用，拿到代理合同，你说是吧，冰冰律师？"

刘冰冰伸出大拇指道："帆哥一语中的，师妹我无话可说。祝你马到成功！不，祝我们马到成功！"

20分钟后，四人集中在小会议室里。

稍许，王海仁主任神情焦虑地走了进来，对大伙儿道："攻关小组的同志们，这个溪行长一上班就来我这里诉苦来了，要我拿出切实可行而又不爆雷的方法来有效地化解这场绿洲商业银行从未有过的金融危机。我从昨天一直思考到现在，也没有想出什么好办法来。你们拿到材料已经整整一天了，大家畅所欲言，谈谈各自的看法和见解吧。"

金海嬬、程雪风、刘冰冰三人交换了一下眼神，心照不宣地把担子压到王铁帆身上。

刘冰冰第一个开口道："报告主任，我是您任命的攻关小组机要秘书。昨天接到任务后，组长王铁帆带领我们过材料，仔细分析每一个细节，现在有了初步的应对方案。下面由攻关小组的组长王铁帆律师向您报告。"

王海仁闻言甚喜，道："好呀！把这个难题交给你们攻关，看来真的非常正确。铁帆律师，那就由你说一说具体方案吧。"

王铁帆道："主任，初步的方案确实已经有了，在我向您报告这个案件的初步解决方案前，我想知道，昨天我提出来的问题，您和溪善融行长谈好了没有？"

王海仁道："你昨天说的问题我都记下了，是不是银行有什么要求，他们是要咨询建议，还是委托我们纠正借款人的错误，正确履行借款合同，还是要我们提前把这笔贷款给追回来，对不对？"

王铁帆微微一笑，道："对，就是这些问题。"

第九章　护农医商

王海仁笑道:"铁帆,你心里想的不仅仅是这些问题吧?应该还有两个问题,第一是绿洲县商业银行办不办理委托,委托办理此案的律师代理费怎么计算,对不对呀?"

王铁帆笑着抓了抓后脑勺,道:"确……确实是这样想的。但是,这个绿洲县商业银行毕竟是王主任您的法律顾问单位,我们只是想一想,没有别的意思。"

王海仁道:"你个王铁帆,敢想不敢说。昨天我还夸你敞亮,今天怎么就扭扭捏捏的?我明确告诉你们,对这个案子,溪行长的要求是帮助许良芝和白鑫鑫纠正错误,把被转移撤资的 4600 万元,至少把其中属于银行的 4000 万元贷款给追回到漠蓝股份的账上,真正用于今秋马上就要开始的红枣收购,确保信贷合同的继续履行,保障绿洲县红枣产业的持续发展。律师服务代理费按照正常标准算,标的按 4000 万元全额计算,不按法律顾问合同的优惠打折,但要确保 8000 万元的信贷合同平稳履行。算下来,律师代理费 100 万元要出头了吧?这是咱们略为所这些年代理的民商案件中标的最大的一宗了。"

刘冰冰道:"不按法律顾问合同优惠打折,律师代理服务费总额是 107.2 万元。"

王海仁道:"我要把你们带进金融领域,逐渐让出我的一些法律顾问单位。这个案子先不考虑诉讼代理,那样就爆雷了,鱼死网破了。目前只能走非诉讼代理,以医学上的微创无痛疗法,确保有效治愈这个社会伤痛。大家只管干活,我会帮你们把代理合同签好。这次的律师代理服务费,我个人分文不取,除了按规矩从营收总额中扣除所里分成的 20% 外,全部归你们。但是,你们要把事情办漂亮,一定要实现银行的这几项诉求。"

王铁帆道:"谢谢王主任的信任!谢谢王主任给我们介入金融行业的锻炼机会!更谢谢王主任给我们第一次能触及过百万元律师代理费的挣大钱的机会!"

王铁帆说到这里,大家哄堂大笑……

王铁帆继续道:"报告主任,我们决定以非诉讼方式向许良芝、白鑫鑫二人发律师函,向其表明二人行为的性质,指出其行为的严重后果,要求其限期纠正错误,将转移出去的4600万元返回到漠蓝股份的账户上。"

王海仁问:"你们还有什么困难?"

王铁帆道:"现在只剩下两个问题需要弄清楚,受保密要求限制,我们不好四处取证,害怕行动中会泄密。

"第一个问题是,漠蓝股份的9个国资股对应的国资委是否给许良芝和白鑫鑫授权经营国有资产。如果授权了,那么,他们二人将公司自有资金600万元和信贷资金4000万元中的2070万元国资部分,化整为零分散转移给内定的亲戚朋友,从7月26日开始到8月7日分92笔转出,到10月26日就逐渐涉嫌挪用公款罪、挪用公款转化贪污罪了;如果案发,被判定为直接据为己有,就不会考虑挪用公款罪,直接按照贪污公款处理了。如果9个国资股对应的国资委没有给许良芝和白鑫鑫授权经营国有资产,那么,这4600万元都属于公司资产,这二人的行为只能构成挪用资金罪一个罪名。

"第二个问题是,在绿洲县红枣产业发展得这么好的情况下,许良芝和白鑫鑫为啥要撤资,又为啥要用这种违法的方式撤资,他们有什么苦衷,会不会是正常的资金调动?不要等我们忙活半天,却闹出一个大乌龙来。

"这两个问题弄清楚了,《律师函》今天下午就可以起草完成。"

王海仁道:"这两个问题已经不是问题了。第一个问题我早就清楚,漠蓝股份的9个国资股对应的国资委全部都给许良芝和白鑫鑫授权经营国有资产了;第二个问题也很确定,他们嫌林果业加工、储存、销售营运成本高,挣钱太慢,想撤资出去搞房地产开发,不是什么正常的资金调动。"

四人闻言甚喜。王铁帆道:"主任放心,这样的话,我们就可以放手去干了,争取一周之内解决问题。"

王海仁闻言,面色反而显得十分凝重,严肃地说道:"铁帆,你们四个确信,就凭一张不痛不痒的律师函能够使许良芝、白鑫鑫这二人改弦更张吗?你

第九章 护农医商

们要搞清楚,这俩人可是久经商场考验的老油条,不是轻易能够被吓唬住的,也不是轻易就会屈服的。你们要是没有杀手锏,这个律师函不会有什么效果。你们一定要慎之又慎啊!"

王铁帆和攻关小组成员交换了一下眼神,四人会心地笑了。

王铁帆道:"报告主任,我们还真的找到了杀手锏。下面请程雪风律师汇报一下。"

程雪风道:"报告主任,我们决定以非诉讼方式向许良芝、白鑫鑫二人发律师函,向其表明二人行为的性质,重点表述其牵连的那20名个人账户的户主,将被牵连作为共犯处理或者涉嫌窝藏赃款犯罪。他们能将这么多钱打给这20人,说明这20人是他们最信得过的至亲和挚友。如果他们不屈服,一旦案发,这20人都将承担相应的刑事责任,司法机关会全力追缴赃款,这二人最终不但落得自身人财两空,还会拖累20名亲友锒铛入狱。如此大的压力,他们不屈服的办法是啥呢?再说,现在纠正了错误,就当什么都没有发生,他们俩的名声财富都不会受影响。这二人既然是久经商场风雨的老油条,当然懂得什么可以为、什么不可以为。这也是我们挽救他二人、和平化解这次金融危机的最后机会。对这个案子,我们攻关小组充满信心。"

王海仁闻言沉默不语,用两手大拇指托着下巴,双胳膊肘支撑在会议桌边,双眼向上看着小会议室的天花板,似乎忘记了大家的存在。刘冰冰、金海嫱、王铁帆、程雪风四人不敢吭声,目不转睛地看着王海仁,看着他表情的不断变化:在沉默中,他紧锁的眉头渐渐舒展开了,严肃的表情渐渐变得轻松,转而露出喜色……

王海仁思索良久之后,情不自禁地一巴掌拍在桌子上,自言自语道:"好!好办法!精准打击,一举打中要害,不损银行,不损股东,不影响当地党委和政府对红枣产业发展的战略布局,更重要的是,枣农利益有了可持续的保障,也挽救了许良芝、白鑫鑫以及替他们窝赃的20位至亲和挚友。这样一来,所有的问题都解决了,真正实现了化干戈为玉帛。后生可畏!后生可畏呀！"

刘冰冰带头道："王主任英明，大家鼓掌！"

一阵掌声，把王海仁从忘我的沉思中惊醒过来。他似乎感觉到了自己的失态，连忙喜笑颜开地对四人道："四位辛苦了！这个攻关小组真是务实高效呀！这个破点选得非常准、狠、好！据了解，许良芝和白鑫鑫把这4600万元巨款分散到他们的亲友个人账户上后，这些钱至今还趴在那些个人账户里，没有进一步转移。不过，这也能理解，主要有两个方面的原因：一方面是，这么多钱，往哪里放对他二人来说都不安全；另一方面是，走出这一步后，他们心里不踏实，就像雪风律师刚才说的那样，害怕最终不但落得自身人财两空，还会拖累20名亲友锒铛入狱。从犯罪心理学来讲，他们是心存恐惧的。这个方案我非常赞同，就这么定下来。你们还有什么困难和问题吗？"

王铁帆道："没有了。我们前面的疑点，王主任都说明白了，现在就准备起草《律师函》。同时，我们要酝酿一下，如何在不造成任何负面影响的情况下，将《律师函》送达给许良芝和白鑫鑫。最好能争取到和他们交流沟通的机会，帮他们分析利害关系，阐明事情任其发展下去的严重后果，力劝二人，回头是岸。"

王海仁道："既然大目标已经定了，具体的操作你们就按照你们的路数，商量着去办吧。我的任务是去跟绿洲县商业银行把代理合同签回来，当好你们的后勤部长。我等着你们成功的好消息。"

王铁帆道："谢谢王主任信任，我们绝不会让您失望。"

王海仁道："那就好！我相信这事准能成。金律师，今天怎么了？就你一句话也没说。我看这次去送达《律师函》和说服许良芝和白鑫鑫的重任干脆由你来承担，如何？"

金海嬬露出吃惊的表情，道："谢谢王主任的信任。不是我不说话，而是我们团队的同事们给您汇报得太精彩了，我也听得很入神。您安排我去送达《律师函》和说服许良芝和白鑫鑫，我好好准备一下，争取胜利完成任务！"

第九章 护农医商

王海仁道:"这是我个人的建议哈!具体怎么办,我前面已经说了,按照你们自己的想法去做就是了。我之所以提出这个建议,有两个理由:其一,女同志比较有亲和力,海嫱律师是女律师,个人的律师综合素质也很过硬,说话能把握分寸又不失威慑力,作为和平使者,有天生优势;其二,海嫱律师从小练武术,有特警气质,对许良芝和白鑫鑫的威慑力会更强一点。更重要的是,万一这二人不配合,遇到什么紧急情况,凭海嫱的身手不至于吃亏,安全撤离是没有问题的。你们必须把各种风险因素都考量进去。"

金海嫱闻言,惊愕地伸了伸舌头,调皮地说道:"哇!主任是想让我去打架呀!"

王海仁道:"小金律师理解错了哈!我是说,你文武双全,既能用专业知识说服挽救许良芝和白鑫鑫,还能凭借自身实力避免冲突安全撤退。当然,我们会随时做好接应你的安全工作。"

金海嫱道:"谢谢主任关心。没关系,我此行要说的,对许良芝和白鑫鑫而言都是不敢见光的,谅他们不敢声张,所以,顺利完成任务的概率大于99%。再说,许良芝和白鑫鑫是两个心里只有钱的油腻大叔,没有什么战斗力,即便有几名保安,也不会有什么危险性,我还是对付得了的,至少安全撤离没有任何问题。这个任务我接了。"

王海仁道:"好!金律师文武双全,有勇有谋,我放心了。铁帆,你们还是要做好接应金律师的预案,确保万无一失。"

王铁帆道:"好的,王主任,我们一定把这件事情办得妥妥帖帖,给您和绿洲县商业银行交一份圆满的答卷。"

王海仁道:"最后,我再给你们吃个定心丸——商业银行的非诉讼代理合同和委托手续半小时后我就会给你们办好,漠蓝股份被许良芝和白鑫鑫分散转移出去的款项全部回到原账户后,你们就可以到财务室申请开具发票,让商业银行支付代理费。还是那个话,这一单代理费,我分文不取,全是你们的。"

刘冰冰高兴得眉飞色舞,再次带头鼓掌道:"耶!主任万岁!"

会议室里响起热烈的掌声和欢呼声。

王海仁伸出双掌，不停地做出向下按压的动作，道："大家安静……大家安静……不要嚷嚷。别忘了，保密！"

现场立刻安静下来。王海仁道："大家要注意，这个案子不但现在要保密，而且在和平解决以后，还要长期保密。大家切记！"

……

翌日上午，按预定计划，刘冰冰驾车，王铁帆、程雪风陪同金海嫱来到漠蓝股份办公楼下。金海嫱独自下车往办公楼里走去，其余人则留在楼下的车上等待接应她。

今天，金海嫱特意换了一双平跟软底皮鞋，身着职业西服，齐耳短发在微风中轻轻飘动，充满了青春朝气和活力，显得格外精神。

自从金海嫱走进这幢办公楼，刘冰冰就在车上焦虑不安。程雪风一言不发，目不转睛地看着楼门口。王铁帆一会儿搓手，一会儿搓脸，不停地翻看手机，看有没有金海嫱发来的信息，还时不时地向楼门口张望，看有没有动静。大约过了一小时，金海嫱在两名不停赔笑的中年男人的陪同下神情自若地走出漠蓝股份办公楼。程雪风正要打开车门，被王铁帆制止住了。看到那两名身材微胖、头发稀疏的中年男人，车上的人都明白，他们定是许良芝和白鑫鑫。看到他们对金海嫱恭谦有礼的样子，三人会心地笑了。

金海嫱上车后，刘冰冰迅速驾车开出了漠蓝股份的大院。他们开出一段路后还远远地看到，许良芝和白鑫鑫还在向车子挥手。

汽车里，刘冰冰、程雪风、王铁帆一个个不停地对金海嫱嘘寒问暖。金海嫱道："幸不辱命。各位放心，被许、白二人转移出去的4600万元，今天就能全部回到漠蓝股份账户。"

金海嫱脸上没有成功的喜悦，说罢，还长叹一声。

刘冰冰道："金大律师，你一战成名，为何叹息？"

金海嫱道："许良芝和白鑫鑫和我们的父亲年龄差不多，辛辛苦苦大半辈

第九章　护农医商

子积攒了一些财富，这次差一点人财两空、银铛入狱，真会一步不慎，全盘皆输啊！他俩对我们释放的善意充满感激，不停地问我，钱还回来，会不会还有麻烦。看他们着急、后悔又惊恐的样子，我说，还没有满 3 个月，今天是 10 月 23 日，还有 3 天，还来得及纠正错误，中止犯罪行为。只要将转出的款项还回来用于红枣收购和公司经营，没有人过问这件事，他俩的股份和职务就都不会受影响，就跟什么都没有发生一样。他们闻言甚是欣慰，从表情看，充满了一种劫后余生的庆幸。通过这个案子我深切地体会到'律师是社会的医生'这种职业理念的重要性。我们这次行动，挽救医治了商人，护卫了枣农的长远利益，保护了银行信贷资金的安全运行，护卫了金融。我们师从王海仁主任是今生最大的荣幸，我们来大西北太正确了！"

车厢内，响起热烈的掌声……

第十章
喜聚江城

深秋的绿洲县遍地金黄，戈壁滩的胡杨林变得金黄，护卫绿洲县城的防风林变得金黄，街边的风景树变得金黄……

绿洲县的天空是蔚蓝的，偶尔飘过几朵洁白的祥云，还有一行行的大雁悠闲地摆出各种阵形向南飞行。一尘不染的空气里，偶尔飘来一缕缕枯叶干草被秋水灌溉后浸泡出的清香。天气渐渐变凉了。此情此景，不由得勾起远离家乡的游子对亲人的思念之情……

四人早晨照常出门上班。公寓楼前的大树上，几只喜鹊上下翻飞，叽叽喳喳地叫个不停。

程雪风道："帆哥、嫱嫱、冰冰，你们看，一大早门前就有喜鹊报喜，今天定会有好事发生！"

刘冰冰道："雪风师兄，没看出来，你还有点儿神棍的潜质呀！不过，你这话我还是很爱听的。如果今天真的有好事发生，我……"

程雪风道："你说完呀，你想怎么样？"

王铁帆兴奋地问："冰冰，你想怎么样？公开讲一下呀！"

金海嫱道："铁帆，人家小两口的事儿，你起什么哄？"

刘冰冰眼珠一转，向众人伸了伸舌头，道："等有好事发生了再说吧。要

第十章 喜聚江城

是没有什么好事发生，又该怎么样呢？"

……

上班后，打扫完办公室卫生，金海嫱来到刘冰冰和程雪风办公室。二人见金海嫱来串门，非常高兴。

刘冰冰道："稀客呀！一般都是我去你和铁帆办公室叨扰，金大律师很少来我办公室串门哈！看你心事重重的，有什么心事呀？"

金海嫱想家、想父母了，本来想找刘冰冰和程雪风聊聊天，舒缓一下思乡的情绪，正待脱口而出，高情商的她，忽然想起程雪风和刘冰冰那日坚持要给自己父亲买车的事，便立刻把想说的话咽了回去，笑着对二人道："没有什么心事呀。昨晚可能落枕了，脖子酸酸的，不舒服。我想让你陪我去一下城西那家叫'恒顺堂'的中医馆针灸一下，怎么样？"

刘冰冰道："好呀！我也想找个中医开点儿药，帮我调理一下。我这段时间老做梦，睡眠质量不好。走，我们现在就去。"

二人正待出门，王海仁主任刚招的实习生卢文远敲门进来了。卢文远对他们道："程律师、金律师、刘律师，王主任一上班就出去了，他刚打电话给我，要我通知你们三位还有王铁帆律师，20分钟后到小会议室等他，他有重要的事情找你们。"

刘冰冰道："卢师弟，王主任说是什么事情了没有呀？"

卢文远显得十分歉疚地回道："刘师姐，对不起！主任没有说是什么事，我也不好问，就负责传个话而已。"

刘冰冰道："谢谢你啊！我们知道了。"

卢文远报以微笑道："刘师姐太客气了，不用谢。我走了，我还要去隔壁通知王铁帆律师。"

说罢，他离开办公室，并将房门轻轻关上。

20分钟后，王铁帆、金海嫱、程雪风、刘冰冰四人应通知来到略为所的小会议室。稍许，王海仁主任乐呵呵地走进来。他进门后轻轻地把小会议室的门

159

关上了。

王海仁坐到主位上，对大伙儿道："今天给大家带回来一样好东西，大家请看！"

说话间，王海仁从公文包里掏出一张转账支票，向大家展示。展示片刻后，他将支票递给王铁帆，道："你们传着看一看，不要声张。这次漠蓝股份的案件办得非常漂亮，被转出的4600万元已经全部回到漠蓝股份的公司账户里了。我把你们好好地推介了一番，绿洲县商业银行和溪善融行长非常满意，对你们的工作能力和工作效率都非常认可。这不，代理合同约定的律师代理服务费107.2万元今天全额支付了。属于你们四人的，含税总额为85.76万元。"刘冰冰正要鼓掌欢呼，被王海仁示意止住了。

王海仁道："铁帆，待会儿你把支票交到财务室，后面的事情你们自己解决，我就不参与了。我前面说过，这个案子的代理费创收全部都是你们四个人的，按税收政策和所里的财务制度处理后办理领款就行了，我不参与分配。几点纪律我要说一下：第一，这个案子已经结了，咱们要为当事人保密，既是依照职业道德按受托银行的要求而保密，也是为绿洲县红枣产业的健康发展而保密，更是为广大枣农的利益而保密；第二，这个案子的成功，不要搞任何形式的庆祝活动，以免泄密；第三，这么大一笔律师代理服务费，我从业多年，也没有经历过几次，大家要低调，以免招人嫉妒，引起不必要的关注。大家能不能理解？"

王铁帆等异口同声道："能理解。"

王海仁又道："另外，前一段时间所里太忙，十一长假和中秋节你们都没有放假。今天是星期五，我给你们四人放9天假，到下下个星期一正常上班就行了。铁帆和雪风可以陪同海嫱和冰冰去江城待几天，看一看你们未来的岳父岳母，为提亲做准备！你们今天就可以出发，回头我会安排财务给你们每人预支一笔钱。铁帆、雪风，你们到了江城，不要显得寒酸，有什么困难，给我打电话。等你们回来，我会逐步将金融方面的法律业务交给你们来处理。"

第十章 喜聚江城

王海仁刚刚说罢,他的手机铃声响了。他示意散会,便接打着电话匆匆离开了。小会议室的四人,看着王主任离开的背影,百感交集。王海仁对他们而言,亦师亦父亦友,是他们涉足律师行业的贵人……

四人离开小会议室,纷纷向章泽军、李伟豪、成丰阳三位合伙人打招呼道别。三人纷纷表示,王海仁主任在合伙人会议上给他们打过招呼了。

三位师兄把他们送到办公楼下。

章泽军道:"你们路上慢一点,注意安全。有什么需求随时给我打电话,千万不要客气。"

李伟豪道:"铁帆、雪风,这次去江城上门求婚,只许成功,不许失败。就像铁帆的办案思路一样,一定要提前想好预案,画好辅助线,不要有任何差池。回来后,豪哥给你们庆功!"

成丰阳道:"铁帆、雪风,我提醒你们,小金律师、小刘律师就是你们俩最好的辅助线,她们俩又是闺蜜,既可以单线使用,也可以双线使用。先把一家攻下来了,这家的家长还可以作为第三条辅助线帮助搞定另一家的家长。这一路上你们四人好好策划一番。等办喜事时,师兄我给你们包大红包。"

刘冰冰和金海嫦闻言,面带娇羞,心中甚喜。

四人回到人才公寓的宿舍收拾一番,又到绿洲县的农贸市场买了几大包干果礼包塞到商务车的后备厢,便往江城方向出发了。

金海嫦和刘冰冰一路兴高采烈,不停地寻找机会下车拍路边的风景。程雪风一路心事重重的样子。

王铁帆问程雪风道:"雪风,咱们这回去江城,主要任务是去见女方家长。按照咱们的文化传统,这次要是能过女方家长这一关的话,下次就可以带上父母亲,促成双方家长见面定婚期了。这么好的事情,你为何心事重重的样子呢?"

程雪风看了看金海嫦和刘冰冰,支支吾吾不说话。

刘冰冰道:"雪风,我父母挺好的。你是不是丑女婿不好见岳父母呀?看你扭扭捏捏的，不像咱们大西北的儿子娃娃了。"

程雪风红着脸对王铁帆道："帆哥，你的情况比我好得多。冰冰的父母我从来没有见过，可嫱嫱的爸爸和咱们都是老朋友了，你当然没有压力。万一冰冰的父母不待见我，我该怎么办？"

刘冰冰气鼓鼓地说道："你个死程雪风，怎么能把我的父母想得那么不好？你不要担心，我刚才回宿舍收拾东西时，已经给我爸妈打过电话了，他们已经开始给你张罗好吃的去了呢！"

程雪风闻言甚喜，道："多谢夫人关照！"

刘冰冰瞪了程雪风一眼，道："你现在放心了吧？成丰阳师兄说的那些辅助线大都用不上。我爸是中学的政治老师，曾经也有一个律师梦。他参加过律考、国家司法考试，现在的法考也参加过，但都没有考过。他知道你和帆哥都是政法大学的高才生，还知道当年的'风帆定律'，我也是用'风帆定律'说服他们让我来大西北的。我妈妈是中学的数学老师，还是几何问题的辅助线高手。我和她聊过帆哥用数理逻辑办理律师业务的事。你和帆哥在我父母那里已经是传奇人物了。我一直没有告诉大伙儿我家的情况。你们可能想了好多次，只不过没有问出口而已，这些我都感觉得到。现在告诉你们了，程雪风应该吃定心丸了吧？"

程雪风闻言甚喜，对冰冰道："多谢夫人美言！我现在就十分迫切地想赶快到达江城，立刻见到我亲爱的岳父岳母！"

刘冰冰娇嗔道："现在这么称呼还不准确，每个称谓前面都应该加个'准'字。等哪天"准"字去掉了，才能这么称呼。"

程雪风高兴得像个孩子，连忙允诺道："谨遵准夫人之命！"

二人的对话，引得车厢内响起一阵笑声。

稍许，程雪风哼起了小曲儿。王铁帆却两眼看向窗外，好长时间不说话。

程雪风道："帆哥，你也有心事啊？是不是担心你从未谋面的准丈母娘不待见你呀？"

第十章 喜聚江城

王铁帆道:"雪风啊!你的情况现在好了,而我的情况有些难以预想了。嫱嫱她妈妈是医生。我听说医生大都有洁癖,我可是自小在大西北农村玩黄泥巴长大的愣娃,生活习惯上比较粗放。我担心稍不注意就踩到了未来丈母娘的红线。你已经稳稳成为冰冰父母心目中的传奇人物,人家都帮你张罗好吃的去了,一到便是姑爷待遇,而我……我突然想起了韩愈的两句诗来。"

程雪风道:"帆哥,你想起韩愈的哪两句诗呀?"

王铁帆道:"你看,我们的前方已经可以看到秦岭山脉了,韩愈当年被贬为潮州刺史,前去赴任,越过秦岭,心情忐忑,写下了'云横秦岭家何在?雪拥蓝关马不前'。我现在有点儿这种忐忑。兄弟,看来你帆哥我这一关没有你那一关好过呀!"

金海嫱笑道:"你不是常说自己是铁打的帆船吗,怎么害怕我妈妈了呢?我看你呀,还不如木船结实。"

程雪风道:"嫱嫱,你就别恐吓帆哥了。把你妈妈的情况给我们讲一讲,看看帆哥这一条辅助线该怎么画。"

金海嫱道:"我的妈妈是世界上最好的妈妈,永远怀着一颗医者的仁心,乐观、宽容、谦让,总是把最好的情绪带给身边的人,啥时候都是乐呵呵的。铁帆,你放心吧,出发前我也给爸爸妈妈打过电话了,平时我和老爸也没少说你的好话,我妈心里早就认可你了。我妈这几天正好休假,也说要去买些好吃的回来招待你呢!待遇不会比程雪风在冰冰家的差。我妈的确很讲卫生,爱干净,但她没有洁癖。只要你像平常一样讲究卫生,就没有问题。"

王铁帆道:"太好了!原来我亲爱的准丈母娘这么好,那我也太有福气了。嫱嫱你放心,我绝对不会给你丢人。"

金海嫱道:"我和妈妈探讨过王主任律者医心的理念,她说我能遇到这么好的导师太幸运了。妈妈说我们是同行,她救治的是身体有病的人,而我们救治的是社会的创伤。作为医生,有一颗仁者之心难能可贵,而我们作为律师,倡导为社会和谐负责,拥有一颗医者的仁爱之心,真是太高尚、太有格局了。

她说跟这样的人共事是幸运的,因此,我一个人在绿洲县工作,她非常放心。再说,我经常在电话里把你办的那些疑难案件讲给我父母听,他们对你化解社会矛盾、妥善处理纠纷的智慧非常认可。你在我爸妈那里,也是传奇人物。你就放心吧,我敢保证,你去我家不会受委屈。我老爸是做政工的,现在手里正遇到一些棘手的问题,等见面以后,他还要请教你呢!"

程雪风和刘冰冰向金海嫦伸出大拇指。刘冰冰道:"帆哥,你看我们这位外冷内热的冰山美人多贤惠!你真是捡到宝了。"

正说话间,刘冰冰的手机铃声响了。她点开一看,尖叫道:"哇,所里给我的银行卡打了15万元耶!我第一次收到这么多钱,王主任真是太好了!王主任万岁!略为所万岁!"

接着金海嫦、王铁帆、程雪风的手机铃声也相继响起……

原来,王主任在他们出发后安排财务人员先给每人预支15万元,确保他们这次江城之行手头资金充足。

程雪风道:"王主任真是个知冷知热的好领导,我今天好开心!"

王铁帆道:"大家把钱先拿着花,所里的财务人员会代扣代缴税费的。雪风,我们选择回到绿洲县当律师,不但干对了行,而且跟对了人,还带回了当年政法大学一冷一热的两朵班花。现在咱俩在校友和同学中,真的算得上事业爱情双丰收了!"

金海嫦和刘冰冰看着二人得意的样子,心里既讨厌又欢喜!

刘冰冰笑道:"哈哈哈……我和嫦嫦也不差吧!当年政法大学的两大才子,纷纷成了我俩的'俘虏'。首先这两大才子为了我和嫦嫦的事业献出了家乡的资源,然后为了我和嫦嫦的爱情献身随我们来江城。这样看来,我和嫦嫦才是真正的事业爱情双丰收,今日带着你俩衣锦还乡,哈哈哈……哈哈哈……"

程雪风闻言,嬉笑道:"程雪风愿意做'俘虏',但是,希望我的准夫人冰冰按照国际公约善待'俘虏'哈!"

王铁帆道:"我不做'俘虏',我是嫦嫦终身相伴的亲密战友。相信我的准

第十章 喜聚江城

夫人嬛嬛会善待自己的亲密战友的！"

四人一路欢歌，次日中午时分即将到达江城。

王铁帆对程雪风道："雪风，我俩商量一下，我们是先订一家酒店，把嬛嬛和冰冰的家长一起请到酒店吃顿饭，大家聚一聚，然后再各回各家呢，还是我和嬛嬛先送你俩呢？"

未等程雪风开口，金海嬛道："当然是先送他俩去冰冰家，然后咱俩回家。今天你俩是男方客人上门，理应由女方家接待。铁帆你懂不懂传统？你要这样就是嫌弃女方家了哈！"

王铁帆道："我不是这个意思。对不起，我好心差点儿办坏事，你这帽子我可承受不起。我立即纠正错误，收回我刚才说的话。到江城了，一切都由你俩做主得了！"

金海嬛道："这还差不多。告诉你俩，按照江城的习俗，先见女方父母，父母没意见了，改天还要见七大姑八大姨，那时就要到酒店摆大桌子了，男方就得出出血了。到时候既不能让不开眼的亲戚胡作非为，又不能抠里巴嗦、小里小气地让人家看不起。到时候，冰冰你可得给程雪风站好台，别让亲戚中有些别有用心的人宰雪风。江城不比绿洲县，好一点的酒店，一顿饭下来，几十万元也是常有的事。"

刘冰冰道："谢谢嬛嬛提醒。我妈说过了，千万别让亲戚有点菜、点酒水的机会。提前跟酒店说好，包桌不加菜。有人要加菜，酒店会礼貌地告诉他们，菜还没有上完，浪费会被曝光罚款。酒水男方请客用红花郎，女方请客用女儿红。红酒饮料也可以和酒店定好，捣乱的亲戚没有机会。"

程雪风道："冰冰的攻略做得真细致。铁帆，常言道，家有贤妻是一宝啊！我俩赚大了。"

金海嬛道："在江城，中档偏上一点的酒店，订四五千一桌的酒席已经非常丰盛了。绿洲是小县城咱就不说了，这样的宴席就算放在沙洲市都算顶级的了。咱们都是靠辛苦工作挣钱的，没有必要铺张浪费。现在捂好钱袋子，好钢用在刀刃上，将来过日子用钱的地方多着呢！城市越大，人越现实，钱越显得重要。一旦出现经济危机，除了自己的父母，很难有人帮忙。"

王铁帆道："嫱嫱，我没有想到你对生活有如此深刻的认知。以后我把我自己和我挣的钱都交给你打理，你就是咱王家的当家人了。"

金海嫱道："你可是未来的大律师，会赚很多很多的钱，你让我管，真的放心呀？"

王铁帆道："当然放心了！只要我们身体好，心术正，这辈子注定不会缺钱花。即便现在清零了，辛苦一点，多办几个案子，最起码不会为一日三餐发愁吧？何况嫱嫱你是我今生认定的、唯一的、亲密的战友！"

金海嫱闻言，甚是高兴。她含笑不语，认真地开着车。

刘冰冰道："帆哥，你今天第二次说'亲密的战友'这个词了。这个词我从字面意思是能听懂的，它还有什么别的意思没有？"

王铁帆笑道："这是人生哲理，你和程雪风慢慢地体会吧！"

程雪风道："傻冰冰，帆哥调侃你呢！我知道是什么意思，但是，现在不能告诉你。"

金海嫱闻言，对王铁帆道："铁帆，听程雪风的意思，你这'亲密的战友'是贬义词吗？你现在就说给我听听？"

王铁帆道："不是贬义词。意思是咱俩非常亲密，亲密到你占有我、我也占有你的程度，难道不是吗？"

金海嫱娇嗔道："死铁帆，你真不害羞，这样的话也能说！"

程雪风道："帆哥真是大才！冰冰，我不做俘虏了，我也要和你做'亲密的战友'！"

车厢内，爆发出阵阵欢乐的笑声……

一切都有条不紊地进行，按照传统的程序一步一步走下来，程雪风得到了刘冰冰父母和亲戚的认可，王铁帆得到了金家父母和亲戚的认可，两对年轻人正式确立了恋爱关系。离家太久，刘冰冰和金海嫱需要多陪陪父母，程雪风、

第十章 喜聚江城

王铁帆自然也各自跟随,趁此机会各自在未来的岳父岳母面前好好表现……

他们各自在家里待了好几天。一天早饭后,金海嫱对王铁帆道:"铁帆,既然我们回到江城了,今天就去政法大学看看老师吧。"

王铁帆道:"好呀!这个问题我想了好几天了。我想让你多陪陪你父母,所以一直没有提。你今天要是不说,我打算等到临回绿洲前去看看大学的老师,尤其是想看看张国文教授。"

金海嫱道:"那我现在联系冰冰和雪风,咱们一起去。"

说着,金海嫱便给刘冰冰打电话。金海嫱说明意图,刘冰冰十分高兴,满口答应下来。正在这时,金海嫱听到电话那边传来程雪风的声音。程雪风从刘冰冰手里拿过电话道:"嫱嫱,我们当年和张国文教授是有约定的,你把免提打开,让帆哥也听一下我说的话。"

金海嫱道:"好的,铁帆听着呢!"

程雪风道:"帆哥,我们去学校看张教授不太妥当,不如把他约出来,请他吃顿饭,然后送一点我们绿洲县的土特产。"

王铁帆道:"你刚才说我们当年和张国文教授有约定,是什么情况?我咋就想不起来呢?"

程雪风道:"好你个贵人多忘事的王铁帆。你们忘了当年在杏林大道的小礼堂,张教授对咱们说'你们口袋里有了钱,到江城来请张国文同志吃个饭,出手就是人均数百元的大餐。老张我不经你们师娘同意,根本不敢抢着买单。吃完了,嘴巴一抹,老张我只能对王铁帆同学说一声,谢谢啦!'。你俩想起来了没有?"

隔在电话两头的刘冰冰和金海嫱激动起来,异口同声道:"对对对!张教授当年就是这么说的。"

程雪风道:"帆哥,你说这是不是张教授和你的约定?你就打电话约一下他吧。我们也不让你单独请客,咱们四个人一起 AA,你看怎么样?"

王铁帆道:"好你个程雪风,这才刚刚确定了恋爱关系,就精打细算地过起小日子来了。行了，你和冰冰一起当嘉宾吧，这个客，你帆哥我请了。我现在就给张教授打电话。等约好了，我通知你俩。"

程雪风调侃道："帆哥，不行吧。张教授当年约的可是人均数百元的大餐！他再带上师娘、小师妹，加上我们四个，你这顿饭得花销好几千元了吧？这样一来，你家嬗嬗可能要给你准备礼物了。"

金海嬗连忙问道："雪风师兄，你说的话我听不懂。请张教授吃个饭，我还要给铁帆准备什么礼物呀？"

程雪风道："搓衣板呀！他一顿饭花那么多钱，你不心疼呀？你一心疼钱，不得给他送搓衣板做礼物呀！"

金海嬗道："这才几天不见，你和冰冰就掉到柴米油盐缸里去了。在你俩确定恋爱关系之际，我郑重地送你们一句话。"

刘冰冰道："嬗嬗别生气！是不是程雪风惹着你了？他是开玩笑的哈，你可别当真。"

金海嬗道："我没有生气，而是要和你们分享一句话：'会挣钱只是小本事，会花钱才是大本事。'会挣钱只是一种重复的劳作，会花钱才会春风化雨，花开富贵。花钱的本事比挣钱的本事深奥得多。雪风师兄，你的搓衣板定律在我这里永远永远都用不上。"

程雪风道："嬗嬗说得太对了！这句话我一定要牢记在心里，拓宽自己的视野和格局，好好向你和帆哥学习。"

金海嬗道："我也不会啊！你学什么呀？"

程雪风道："我们四个人里，你是最有资格做师爷的。当年大学毕业我们坐你的车从江城到绿洲县，在绿洲县，我们三人蹭你的车快四年了，包括这次从绿洲县回到江城，车和油都是你个人负担的。我们在办漠蓝股份的案子时就讲好了，等这个案子的律师代理服务费下来，买一辆车置换你爸爸的这一辆商务车。现在我们该兑现承诺了。"

金海嬗道："这个事你就别再提了。我给我爸爸讲了，他不接受，还把我

第十章　喜聚江城

教训了一通,说我自己一个人也得用车,拉不拉你们几个,费用是一样地花。我们要是以这个为理由给他买一辆车,他会生气的。"

程雪风道:"你个金大律师,刚才还在给我讲会花钱的理论呢,轮到实际问题就不行了。我们何时说过要给你爸爸买一辆车了?我们是说,你爸这辆车我们用了四年,是我们四个人的功勋车、创业车,对我们四个人而言意义重大。现在大伙儿条件好了,我们自己买一辆车跟你爸爸置换,这有问题吗?"

王铁帆在一旁笑道:"雪风花钱的学问大长了哈!同样一件事情,你换个说法,就貌似非常有道理了。这个事我支持你,等会儿我亲自跟我准岳父谈。谈好了我们一起去逛汽车城。"

程雪风道:"好的,我和冰冰等你俩的电话。"

放下电话,王铁帆在江城大酒店订了一间包间,随即给张国文教授发了一个信息:"张教授,我是您的学生王铁帆。我和程雪风、刘冰冰、金海嫱来江城了,想看望一下您,想去学校又担心您在上课。我们订了离学校较近的江城大酒店26楼6号贵宾厅,为您举办家宴。今晚6点请带上师娘和孩子赴宴。学生王铁帆、程雪风、金海嫱、刘冰冰恭候您及家人光临!"

很快,张国文教授打电话过来了:"铁帆啊!你们几个都回到江城了吗?我看到你发的信息,心里很激动啊!江城大酒店太贵了,我们找一个家常菜饭馆坐一坐,好好聊一聊就行了。一晃你们都到了买房结婚的年龄了,别铺张浪费。"

王铁帆道:"张教授,没关系,酒店的定金都交了,退不了。只要今晚您带着师娘和孩子赴宴,我们就很荣幸了。"

张国文道:"铁帆,我女儿正上高三,住校,不回家。晚上我和你师娘一定准时到。谢谢你们还记得我老张哈!"

联系好张教授,王铁帆和金海嫱来到书房,见金父正在用毛笔书写那一首几人都熟知的诗《胡杨》。金父书法功底非常深厚。见他悬腕挥毫、笔走龙蛇,写得十分投入,王铁帆和金海嫱二人站在门口静静地欣赏着,不敢打搅……

直到金父流畅地写完这首诗的结尾一句"三千春秋写天骄",金海嬛和王铁帆才鼓掌进入。金父笑着道:"嬛嬛、铁帆,你们看看我这行书写得怎么样?这首诗是当年我送你们去绿洲县时,给你们留的赠言。现在你们在绿洲县的事业蒸蒸日上,老夫每每想来,心中甚感欣慰。当时没有纸笔,只是口述一番。这几年我苦练书法,也算小有成绩。我今天要把这四幅字写好,拿去装裱了,给你们四人每人赠送上一幅,算是弥补一下当年的遗憾吧!"

王铁帆道:"金伯伯,我们四个人有一件事要和您商量……"

老金道:"铁帆,你还叫我金伯伯吗?"

金海嬛上前揪了王铁帆胳膊一把,王铁帆连忙改口道:"爸爸,我们四个人想合买一辆车,和您置换您一直留在绿洲县的那辆商务车。大家都觉得这辆车我们用了四年,是我们四个人的功勋车、创业车,对我们四个人而言意义重大。现在大伙儿条件好了,我们四个人想共同出钱买一辆车和您置换……"

金父神情严肃,道:"这是同一件事情,只不过换了一个说法,还是要给我买一辆车。我不要你们小孩子凑钱给我买车。这要是说出去,别人会笑话我老金的。"

金海嬛道:"老爸,这不一样。我们是买一辆车换您这辆商务车,因为这辆商务车对我们四个人而言有特殊意义。换了之后,您的这辆商务车就不再是您的了,而是我们四个人的共同财产了。"

金父闻言,严肃的神情变得温和了许多,道:"既然这辆车对你们而言有特殊意义,我送你们得了,还换什么换?"

王铁帆详详细细地把程雪风的意思表达了一遍,明确表示,四人拒绝接受金父送车就像金父拒绝接受四人送车一样。

金海嬛道:"老爸,您不是正在给我们书写您的这一首《胡杨》吗?这首诗可是我们扎根大西北的精神力量之源。既然您希望我们有战胜苦碱黄沙的精神,我们就应该自食其力。您不是没有私家车吗?您出行不方便,我们舍不得把这辆商务车留下。这次我们四个人办一个涉及金融的案件,律师代理服务费

第十章 喜聚江城

有 107.2 万元。大家条件好了，您就像西北儿子娃娃一样，爽快一点，就说我们买一辆什么车跟您换，您才同意吧？"

正在这时，金海嫱的母亲进来了。她道："嫱嫱、铁帆，你们就别为难你爸了。你们小辈买新车换他的这辆老爷车，他才不会占你们的便宜呢。"

王铁帆求救似的对金母道："妈妈，您不知道这辆商务车承载着我们四人多少回忆。我们现在条件好了，不能无条件地占用这辆车。都是代步工具，跟爸爸换一辆车而已。"

金母道："老金，孩子们现在都出息了，又这么念旧情，就同意他们换车的提议吧。就买一辆电动汽车吧，我们小区就能充电，还不用大老远地去找加油站加油了。"

金父勉为其难地说道："好吧！你们每人出 5 万元，多的我自己出，等于这辆商务车在我送你们去绿洲县时，就归你们了。"

王铁帆道："爸爸，您这样吃大亏了！这辆车现在也值 20 万元以上吧？当年商务车开到绿洲县几乎是新车呀！我们打算给您买一辆大奔呢。"

金父道："铁帆，不要再说了。我一个军职政工干部，开大奔你觉得合适吗？海嫱妈妈说得对，买一辆电动汽车，响应国家节能减排的号召。再说，小区里充电非常方便，还省了加油站排队之苦。"

金海嫱和王铁帆只好同意。两人来到金海嫱的房间，关上门，立即将消息告诉了刘冰冰和程雪风。

电话那头，程雪风道："金伯伯真是太便宜我们了。"

刘冰冰道："嫱嫱，今晚的宴会把我俩的父母都邀请上吗？"

高情商的金海嫱笑道："你个死丫头，咱俩的父母本来就在邀请之列呀！张教授夫妇都是咱们政法大学的老师，你父母是本市重点中学的老师，我父母在部队当军医，其实也是做事业岗位工作的，他们一定聊得来。"

刘冰冰激动地说道："还是嫱嫱想得周到，我这就告诉我爸爸妈妈去。不过，嫱嫱你也一定要把金伯伯和白阿姨邀请上哈！我们俩交往这么多年了，咱

171

们两家的大人还不认识呢。以后我们不在江城，他们还可以走动走动，你说好不好？"

金海嫱道："冰冰说得对，我也马上把你和程雪风的邀请告诉我爸爸和妈妈。我保证把他们邀请到宴会上。"

王铁帆闻言也十分高兴。他十分自责地对金海嫱悄悄说道："嫱嫱，你情商比我高得太多。我考虑人情世故太不周到了，居然在请张教授吃饭的问题上忽略了咱爸妈和冰冰的爸妈。以后你得多辅佐我呀！"

金海嫱莞尔一笑，看着旁边一脸愧疚的王铁帆道："好吧！我现在就辅佐你一下。我俩现在去请咱爸咱妈吧。"

五点半左右，刘冰冰和金海嫱各自率领家人来到江城大酒店26楼预订的宴会厅。从明亮的落地窗向外看，江城江景和都市风光一览无余。伴着夕阳的余晖，忙碌了一天的江城渐渐地由喧哗进入静谧。华灯初上，形如巨轮的江心半岛慢慢揭开了它的神秘面纱。城市轮廓依稀可见，一盏盏灯次第点亮，星星点点，若隐若现，整个城市变成了一颗巨大的明珠。

夕阳终于沉落到江中。夜幕徐徐降临，霓灯璀璨，光谱辉煌。江边高楼的玻璃幕墙晶莹剔透，如晶莹的水晶屏风，光彩夺目。不断变换的璀璨光影，让人心旷神怡。沿江摩天大楼的亮化灯带直插云霄，宛若天上的星辰，又像在苍穹中相互眨眼嬉戏的精灵。晚秋的江水，被一场又一场的秋雨补给，江面上波涛汹涌，色彩斑斓的倒影随波跳动，就像跳动的音符。

江中的浮标小舟，沿江一字排开，为过往的江轮保驾护航。

远处环城高速公路上、跨江大桥上、市内主干道上、立交桥上，车水马龙。川流不息的车辆和灯光形成一条条定向流动的风景线，像是这座城市流动的血液……

张国文教授和夫人江教授准时到来，同学和老师不停地交流着分别这些年的心得。

张国文教授了解了王铁帆、程雪风、金海嫱、刘冰冰四人扎根绿洲县做律师的情况后非常开心。

王铁帆说:"我们主任王海仁是一个很有思想的人。他认为各类社会矛盾形成的诉讼及非诉讼案件都是社会的创伤、社会的病痛。咱们律师作为社会治理工作的参与者之一,就是医治社会创伤、社会病痛,化解社会矛盾的社会医生。作为社会医生的律师,要以医者的仁心来对待每宗案件和每位当事人,律者当有医者之心。律师事务所虽然不是医疗机构,但可以把它看作治疗社会伤痛的康复中心。"

张国文教授听后连忙从手提包里掏出笔记本和笔不停地记录着,记录得非常认真。在记录过程中,他时而眉飞色舞,时而热泪盈眶。

听完王铁帆的讲述,张国文教授道:"你们的王海仁主任乃大家也!他的这四项理论创新够我好好研究一年,写出一篇有分量的论文来了。今天张某受教了。"

刘冰冰道:"张教授,刚才铁帆师兄好像只讲了我们王主任说的三个问题,您怎么说有四项理论创新呢?"

张教授道:"你们看哈!第一,王主任将各类社会矛盾形成的诉讼及非诉讼案件定位成社会的创伤、社会的病痛。第二,王主任把律师定位成医治社会创伤、社会病痛,化解社会矛盾的社会医生。第三,王主任要求以医者的仁心来对待每宗案件和每位当事人,律者当有医者之心。这一点特别了不起,它为律师的职业道德进行了定位。第四,王主任称律师事务所虽然不是医疗机构,但可以把它看作治疗社会伤痛的康复中心。这便是将律师事务所定位为治疗社会伤痛的康复中心。这是多么有社会责任感、有家国情怀的一位律师从业者啊!你们能师从这样的律师、这样的律所主任,真是你们今生最大的福气。张某与他相比,一个如萤火之光,一个乃皓月之辉矣!"

刘冰冰道:"多谢张教授讲解!我现在对王主任的'律者医心'有了进一步的认识了。"

张教授道:"你们四个一定要吃透、领悟王主任对律师和律所的这四点定位，认真实践，将来不但能成为大律师，还能在法律事业上做出一番成就。我对你们四人还有一个要求，那就是你们还得把研究生上了。希望你们今年就报考我们学校的研究生。等你们入学后，我们再续师生情缘。"

刘冰冰父母、金海嬙父母对张教授的要求非常支持。王铁帆、程雪风、刘冰冰、金海嬙纷纷表示，一定要回母校深造。

晚宴由金海嬙主持。她将每一位参与者都照顾得十分周到。在觥筹交错中，经过一轮又一轮的相互交流，张教授夫妇、刘冰冰父母、金海嬙父母相互间都添加了联系方式。晚宴在十分融洽的气氛中结束了。

走出江城大酒店大门，面前便是江城著名的滨江公园。一场秋雨刚刚停歇，空气清凉湿润，晚风轻拂，十分惬意。

一行人来到江边，迎着晚风，散着步，看着夜景。晚秋的夜晚虽然透着几分凉意，但对酒后的众人来说，这种清凉却恰到好处。张教授家就在附近。众人与张教授夫妇道别后，便各自回家。

在回家的路上，王铁帆的电话响了，是王海仁主任打来的。他对王铁帆道："铁帆，我这边遇到了一个比较棘手的行政许可事项问题，是胡杨县市场监督管理局的事情，具体情况我就不给你讲了。你们回来时，绕道胡杨县，我会联系那边市场监督管理局的焦建国局长和你对接。焦局长是我的中小学同学。这件事情把他们搞得焦头烂额，向上面请示了，也弄不出一个妥善的办法来。他现在向我求助。我正在创作，没有精力。我给焦局长说过了，派你们四人过去攻克难关。我提前给你讲好，这个行政机关经费不多，律师代理服务费给不了太多，但事情你们还得全力以赴地办好。好吧，我就不打搅你们了，回来见！"

王铁帆道："好的，王主任。我们计划后天一大早出发回绿洲县。有了您的指示，那我们就先去胡杨县。"

第十一章
躺枪的行诉

次日，程雪风和刘冰冰早早来到金海嬬家，簇拥着金父换车。一行人来到江城最大的新能源汽车交易市场，每人出5万元，金父自掏12万元，买了一辆中档价位的国产新能源电动车。四人完成了心愿，心中感到无限快乐……

快乐的时光总是短暂的，很快到了四人返回绿洲县的日子。一大早，王铁帆和金海嬬就开着那辆商务车来到刘冰冰家小区的停车场，金父和金母开着昨天新买的新能源汽车也一起过来了。刘冰冰父母依依不舍地把她和程雪风送到车前，与金父金母寒暄着。

今天的天气格外晴朗，金色的阳光驱散了晚秋的清寒。微风轻拂，空气里沁润着菊花的清香。一片片黄叶犹如蜻蜓旋转着从枝头飘落下来，把地面铺得金黄金黄的，像金色的地毯。三三两两的环卫工人正在清扫着院落和街道，健身器材区、小区跑道上有许许多多晨练的居民。

金父从自己的新能源汽车后座拿出四个卷轴，对王铁帆、金海嬬、程雪风、刘冰冰四人道："这几天我紧赶慢赶地把这首咱们熟悉的《胡杨》写成了书法作品，装裱好了送给你们，每人一份。这几年你们在绿洲县的进步和成绩非常不错，老金我希望你们学习胡杨品格，发扬律者医心精神，造福一方，不断积累知识，磨炼意志，继续健康成长。"

四人接过卷轴，纷纷感谢金父的鼓励。

这时，刘冰冰的母亲把一直拎在手里的两大包东西，一包递给王铁帆，一包递给程雪风，微笑着对他们道："两位准姑爷，这是我自己做的一点江城口味零食，你们带在路上吃。冰冰和嬗嬗就有劳你们多照顾了。"

王铁帆和程雪风双手接过包裹，连连道谢。

金海嬗对四位长者道："爸爸妈妈你们和叔叔阿姨约好，等叔叔阿姨放了寒假，你们四人一起来绿洲县住一段时间。绿洲县的冬天特别好过，家家户户都有暖气，虽然外面冰天雪地，但是屋内温暖如春，非常舒服。我们住的人才公寓房子很宽敞，住得下你们。"

刘冰冰也在一旁央求父母寒假去绿洲县。

四位长者对看一眼，高高兴兴地答应了……

行李装车完毕，刘冰冰、金海嬗纷纷与父母相拥道别，程雪风、王铁帆二人也纷纷与两家父母道别，不停地表示，请四位长者放心，会照顾好冰冰和嬗嬗。四位长者甚是欣慰。

汽车启动了，四位长者不停地向他们挥手。车内的四人挥手间，鼻子不时感到阵阵酸楚……

车辆在导航的指引下开出江城，在高速公路上向大西北奔驰。

一路欢声笑语不断……

傍晚时分，导航语音提示：前方道路直行通往绿洲县，到绿洲县 65 公里；向右通往胡杨县，到胡杨县 38 公里。

大伙儿下意识地看了一下手机时间，傍晚 6 点 50 分。这个时候江城夜幕早已降临，而大西北夕阳正浓。夕阳的余晖洒落在原野上，广袤的原野升起层层暮霭。金黄的胡杨叶子在秋风中摇曳，成片的芦苇随风轻舞，灰白色的芦花跟随着渐渐变得干枯的芦苇秆摇动，在夕阳下荡起层层明晃晃的波浪，格外抢眼。在江城，人们在这个时间早已下班，在这边，下午下班的时间是七点半。也就是说，王铁帆等四人到达目的地还不到下班时间。

第十一章　躺枪的行诉

王铁帆道:"冰冰,向右去胡杨县。"

刘冰冰道:"帆哥,你确定?"

王铁帆道:"确定。王主任前天交代的任务,我们今天必须去胡杨县城。这两天害怕影响你们的心情,我就没有告诉你们。"

程雪风道:"帆哥,什么任务呀?"

王铁帆道:"新业务。这次大家要提前把《行政许可法》《行政复议法》《行政诉讼法》和相关司法解释学习一遍。这个领域我们还没有实践过呢。这些年办的案件大多是刑事案件和民商事案件,行政案件连咨询的都没有遇到过。今晚我们加班学习,明天一早与当事人联系。"

程雪风道:"帆哥,能说得具体一点吗?"

王铁帆道:"王主任的同学是胡杨县市场监督管理局的局长。他们遇到了一个比较棘手的行政许可事项问题。这件事情把他们搞得焦头烂额,向上面请示了,也弄不出一个妥善的解决办法来,现在向王主任求助。王主任忙,让我们去攻克难关。具体情况,等到了胡杨县,王主任会联系那边市场监督管理局的焦局长和我们对接。我也就知道这么多。具体的情况,等到胡杨县见了焦局长了解一下就知道了。"

程雪风道:"帆哥,没有必要先学习后见面。我们今晚先见面了解一下情况,反正他们今天又不会问我们要答案。了解清楚情况后,我们再回来学习研究,或许等不到明早上班,我们就想好了应对策略了呢!何况……何况……唉,不说了。"

王铁帆道:"雪风,你怎么变得婆婆妈妈的了?去了一趟江城,你怎么就像成了两个人。你'何况'个什么呀,快说。"

程雪风道:"好了,就你是男子汉,我婆婆妈妈,那我就不说了。虽然我不说了,但是嫱嫱和冰冰也知道该说什么。你问她们俩吧。"

金海嫱、刘冰冰默不作声,假装什么都没听见。

王铁帆连忙赔笑着对金海嫱道:"嫱嫱,雪风说的我搞不懂,你能告诉我,他到底想表达什么意思吗？"

金海嫦不作声，伸出右手食指指了指嘴巴，又双掌相合，在左脸颊和右脸颊上各贴了贴。

王铁帆道："嫦嫦你饿了、困了吗？我问你程雪风啥意思，你给我摆这两个造型，答非所问呀。"

金海嫦笑道："聪明绝顶的铁帆师兄，以前我觉得你知冷知热，去了一趟江城，你就成神仙了吗？这么不食人间烟火。"

王铁帆一脸茫然地问道："嫦嫦，你是啥意思？"

金海嫦严肃地说道："铁帆，你弄明白，我们是市场监督管理局焦局长请过来的。你不和他联系安排我们今晚的吃住问题，难道还要我们自己掏腰包吗？"

王铁帆闻言，脸一红道："对不起大家，我只想着如何攻关的事情，没有考虑咱们的吃住问题。怠慢大家了，今晚我请客赔罪。"

程雪风闻言甚是不满，大声道："帆哥，你今天不在状态。老想找不自在，是吧？"

王铁帆问："我又怎么了？"

程雪风道："胡杨县是我的家乡，真要我们自己请客，怎么也轮不到你来充大尾巴狼呀！即便我不发话，还有我家冰冰呢，她现在也是半个胡杨县人了，她也会安排大家吃饭，以尽地主之谊呀！"

正在这时，王铁帆的电话响了，是王海仁主任打来的。只听王主任问："铁帆，你们走到什么位置了？"

王铁帆道："我们快到胡杨县城了，马上下高速。"

王主任道："胡杨县市场监督管理局的焦局长在县政府的迎宾馆给你们订了四间客房，每人一间，还在宾馆二楼的宴会厅订了包间，要请你们吃饭呢。晚上你们边吃边聊。这个事情一定要帮他们当好参谋。你的电话我已经给他了，他会跟你联系的。"

第十一章 躺枪的行诉

王铁帆道："好的，王主任。我手机开着免提，您的指示大家都听明白了。我们会及时向您汇报情况。"

王海仁主任和王铁帆的电话刚刚挂断，一个陌生电话便打了进来。对方是一个厚重的西北男中音。他道："是王铁帆律师吗？我姓焦，叫焦建国，和你们王海仁主任是发小加同学。这次是我请你们到胡杨县来帮我们攻克难关的。"

王铁帆立即道："焦局长好！我们已经进县城，马上到迎宾馆了。王主任把工作任务安排给我们了，我们会全力以赴配合您的工作。"

焦建国道："王律师，你们先去迎宾馆吧台报胡杨县市场监督管理局的单位名称，每人出示身份证把房卡拿上。你们先去房间洗漱一下。我这边马上就下班了。下班后我带上单位知情的同事过去，今晚在迎宾馆二楼宴会厅戈壁滩包间请你们吃饭，顺便聊一聊，让你们掌握一下情况。"

胡杨县城干净整洁，虽不及绿洲县城繁华，但街道两边也高楼林立。街道上车水马龙，人来人往。四人入住迎宾馆一楼。稍稍洗漱之后，熟悉这里的程雪风兴致勃勃地带领大家走到院中观赏景色。他介绍，这个迎宾馆是政府接待兼对外营业的综合型宾馆，建筑风格很有特色，是当地少有的庭院式建筑。四座造型别致的小高层主楼围成一个巨型的四合院，院子顶部一个用于保温和采光的巨大的玻璃顶棚，把整个院子无形中变成了一个独特的保温暖棚。院内种植着各类树木花草，小桥流水边，摆放着休闲茶桌，供下榻的宾客聊天、谈生意。人工溪流清澈见底，成群的各色游鱼在水中嬉戏。院中花香阵阵，虽是晚秋，但院中的植物并不受外面寒流影响，生长得十分茂盛。

正在大伙儿被庭院风光吸引住了的时候，焦建国局长给王铁帆打来电话，说他们已经在包间等着了……

王铁帆一行来到二楼宴会厅的戈壁滩包间，见焦局长及随行共四人已等候在那里。除焦局长外，还有主管业务的刘斌副局长、法制科的何海龙科长、企业注册科的刘建军科长。

焦局长介绍完自己的同事后，对同事们道："同志们，这四位律师是我请来的帮我们攻克难关的法律问题专家。我们也是第一次见面，请王铁帆律师给大家介绍一下。"

王铁帆道："我们四人都是绿洲县的律师。这几位分别是金海嫱律师、刘冰冰律师、程雪风律师。"

菜上齐了，焦局长端起一杯茶水道："四位律师今天从江城回来，专程拐到胡杨县，大家一路辛苦了！今天是公务接待，我们按规定标准上菜，大都是我们胡杨县的特色菜，虽然不一定能吃好，但是希望大家能吃饱。公务接待不能上酒，请大家见谅。我现在就以茶代酒，欢迎大家来到胡杨县！感谢大家来帮我们破解工作上的难题！"

不喝酒的饭局结束得很快。焦局长吩咐服务员撤去餐具，端上来一些本地特产的水果，边请大家吃水果边对大家说："现在吃过饭了。上班时间会议多，人总是凑不齐，趁此机会，我们就把这个包间当会议室。我今天带来的人都是离这道难题最近的人。企业注册科的刘建军科长是直接面对这件事的人，法制科的何海龙科长是我们单位负责法制监督和法律专业知识支持的，刘斌副局长是主管企业注册登记的局领导。下面，就由刘科长把整件事情的经过，详详细细地介绍一下。"

刘建军科长道："事情是这样的：我们胡杨县是矿业大县，来这里投资开矿的人比较多。今年3月初，杜海洋、汪崇耀、毛利军三人在戈壁滩上发现一个蛭石矿，想办理该矿的探矿权。按当下的政策和《矿产资源法》的相关规定，办理探矿权首先要在矿藏所在地的市场监督管理局注册一个经营者的名称，个体工商户、合伙企业、有限责任公司都可以。三人商量后决定注册公司，并给公司取名为'胡杨县果沣矿业有限责任公司'。经系统查重后，确认该名称没有重复，可以使用，我们局就按照三名股东填写的《企业名称核准登记表》办理了企业名称核准。该企业名称核准表载明：公司注册资金100万元，杜海洋认缴出资40万元，股份占比40%；汪崇耀认缴出资40万元，股份占比40%；毛利军认缴出资20万元，股份占比20%。该《企业名称核准登记

第十一章 躺枪的行诉

表》手续办理完成后,我们窗口按规定给他们出具了《企业名称核准通知书》,通知书的内容和《企业名称核准登记表》大体差不多,通知书上记载的日期是今年3月28日。按照相关规定,《企业名称核准通知书》的有效期为6个月,6个月内股东不办理公司注册登记就自动作废,他人便可申请使用该企业名称。今年十一长假后,汪崇耀自己到政务大厅注册窗口递交《企业名称核准登记表》,以个人独资形式,要求核准'胡杨县果沣矿业有限责任公司'的企业名称。鉴于杜海洋、汪崇耀、毛利军三人共同申请并已经核准的《企业名称核准通知书》于9月28日已经过期,我们局于10月12日便将该名称核准给了汪崇耀。10月13日,杜海洋的妻子戚颖颖知道此事后,于10月13日来到政务大厅注册窗口也要求核准该企业名称。因该企业名称已经被汪崇耀申请并核准,戚颖颖的申请无法受理,她便在政务大厅大吵大闹,用剪刀顶着自己的喉咙寻死觅活。经大厅管理人员劝离后,她便四处上访,并向胡杨县人民法院提起行政诉讼,要求我们撤销汪崇耀的企业名称核准,受理并将'胡杨县果沣矿业有限责任公司'的企业名称核准给她。这便是事情的基本经过。按照焦局长的安排,我把涉及该企业名称核准的两次行政许可资料和依据的法律法规全部都复印了一套,是专门给你们准备的。"说罢,刘科长从手提袋里拿出一沓复印件资料递给王铁帆。

王铁帆接过材料,没有翻看,顺手转给了旁边的金海嫱。金海嫱和刘冰冰头挨着头地看了起来……

王铁帆笑着对焦局长一行道:"曾经共谋发财的三名准股东突然就不干了,事情没有表面上这么简单吧,他们深层次的矛盾焦点究竟是什么?"

刘斌副局长和焦局长对看一眼,焦局长向他点了点头,刘斌副局长感叹道:"专业律师果然不一般,一眼就看出了问题的关键。事情正如王律师想的那样,确实没有表面上这么简单。杜海洋、汪崇耀、毛利军三人共同申请并获得'胡杨县果沣矿业有限责任公司'的企业名称之后,他们做了两件事:其一,用核准的企业名称向自然资源厅提出了探矿权申报,探矿权不能以公民名义申报，前面刘科长已经说了，按《矿产资源法》的相关规定，办理探矿权申请首先要在矿藏所在地的市场监督管理局注册一个经营者的名称，个体工商户、合伙企业、有限责任公司都可以。三人获得名称核准之后，自然是'胡杨县果沣矿业有限责任公司'申报了探矿权行政许可。其二，杜海洋、汪崇耀、毛利军三名准股东虽然没有缴纳注册资金，但是几人私下凑了一些钱，对蛭石矿进行了前期初探和简易道路推压，花了将近50万元。据了解，三人在初探过程中请了权威专家，专家预言这个蛭石矿储量和品位非常高。现在花卉种植和绿色农业对高品位蛭石的需求量非常大，而且价格日渐上涨。此后，牵头的杜海洋向汪崇耀、毛利军两名股东要求增加自己的股份占比，他至少不低于51%，汪崇耀、毛利军两人不同意。由此，三人便产生了矛盾。杜海洋放话称，不同意他的要求，他就让这个矿烂掉。他们一直僵持着，直到企业名称核准过期都没有完成公司注册登记。"

王铁帆道："应该不仅仅是这些原因。既然'胡杨县果沣矿业有限责任公司'的企业名称核准过期了他们都没有完成公司注册登记，为什么现在又都来抢这个企业名称呢？"

焦局长一行皆满脸茫然。焦局长道："这些投资人的想法，我们作为企业登记注册机关，无法猜度呀。"

法制科的何海龙科长道："应该是他们几个人闹掰了，合作基础没有了，谁都不甘心就这样放弃了，都想各自注册，自己干吧。"

程雪风道："既然是自己干，注册一个什么名字的公司不行，非得争这个'胡杨县果沣矿业有限责任公司'的企业名称？"

刘斌副局长道："我们也不知道呀。这个事情我们上报地区局，地区局上报省局，都认为我们没有做错。而且，这种情况在全省数十年的企业注册工作中从未出现过。上面给我们两条要求：一是平息争端，息事宁人；二是请专业律师应对目前的困局。现在就看你们的了。"

程雪风道："焦局长，你们是按申请人要求办事，是促成企业诞生这种好

第十一章 躺枪的行诉

事的政府服务机关，不善于洞察人性的贪婪和自私。我们律师的思维方式可能和你们有差别，因为我们介入的都是当事人之间的矛盾。要解决矛盾，就要追溯矛盾的根源。所以，通过分析刘科长和刘副局长介绍的情况，这个矛盾的根源我们已经找到了。"

焦局长一行人闻言，十分吃惊地看着程雪风。

王铁帆十分高兴地对众人道："各位，我补充一下，这位程雪风律师毕业于江城985政法大学。更重要的是，他是你们胡杨县土生土长的山里愣娃！"

王铁帆的话引得大家哄堂大笑。焦局长高兴地说道："程律师原来是乡党啊！这么好的人才，没有留在我们胡杨县真是可惜啊！"

寒暄片刻，焦局长急切地问道："程律师，你刚才说通过分析刘科长和刘副局长介绍的情况，这个矛盾的根源你们已经找到了。这个根源是什么呀？你给大伙儿说道说道。"

程雪风道："这很简单。杜海洋、汪崇耀、毛利军三名准股东向省自然资源厅申请探矿权是以'胡杨县果沣矿业有限责任公司'名义申请的，采矿权批下来后，肯定要批给'胡杨县果沣矿业有限责任公司'了。虽然他们三人共同注册这个公司的行政许可事项废弃了，但是省自然资源厅的行政许可审批办理并没有停止。在这种情况下，谁再次获得'胡杨县果沣矿业有限责任公司'的企业名称核准，谁就能取得省自然资源厅批准的蛭石矿探矿权。故而，看似他们双方在争这个企业名称，实际争的是这个蛭石矿探矿权。目前是探矿权，最终就是采矿权了。由于企业名称的核准权在胡杨县市场监督管理局，所以，对于已经作废的这个企业名称，不管你们批给谁，也不管你们批还是不批，你们注定被卷入他们纷争的中心。"

焦局长一行闻言，茅塞顿开，纷纷道："原来如此！"

金海嫱、刘冰冰、王铁帆纷纷向程雪风伸出大拇指。

回味片刻，焦局长问道："雪风律师，你为啥说对于已经作废的这个企业名称，不管我们批给谁，也不管我们批还是不批，我们注定被卷入他们纷争的中心呢？"

程雪风道："焦局长，您看：如果你们批给一方了，另一方会告你们，闹腾你们，说你们乱作为；如果你们谁都不批，两边都会告你们，闹腾你们，说你们不作为。所以，不管你们批还是不批，注定被卷入他们纷争的中心。您觉得我说得对不对？"

焦局长闻言十分激动，道："看来真是这样。事情刚出来时，我还批评刘科长、埋怨刘斌副局长，怪他们批坏了呢。看来不是那样。正如雪风律师所说，这个企业名称不管批不批，他们注定要在胡杨县市场监督管理局身上找麻烦。既然办也办不得，躲也躲不得，那么就请你们安排律师为我们出战，这件事就靠你们拿主意了。你们今天一路奔波，早点休息。接下来的事，明天上班后有劳你们到我们单位去。我会议较多，明天一上班县上就有一个会，我必须参加。这件事就由刘斌副局长专门负责和你们对接。费用的事按律师收费的规定办，合同由刘斌副局长作为经办人和你们签，盖上单位印章和我的印鉴就成了。刘局长，一方面你要安排好王律师一行的生活，另一方面，他们需要了解的情况，你必须安排人员配合。"

王铁帆道："焦局长客气了。这件事的情况我们已经初步了解了，我们会进一步分析研究，找到妥善处理问题的办法。"

焦局长一行十分认可王铁帆等人的能力，在弄明白问题根源后，心中十分敞亮，希望能通过律师代理，早日平息这起争端。

与焦局长一行分别后，王铁帆、程雪风、刘冰冰、金海嫱四人集中到王铁帆房间。王铁帆道："各位，胡杨县市场监督管理局这档子事儿的基本情况我们基本清楚了，现在才九点半，时间还早，今晚辛苦大家加个小班，好好学习一下《行政许可法》《行政复议法》《行政诉讼法》和相关司法解释，我们对照相关规定仔细审查一下，胡杨县市场监督管理局给汪崇耀的企业名称核准有没有问题，这起行政诉讼我们如何答辩、如何应诉，后续问题如何处理。"

刘冰冰道："帆哥，一大晚上要我们加班学习，你也得画一画重点呀。模

第十一章 躺枪的行诉

仿使用一下你的话,我们来个靶向学习,或者大家分分工,能轻松又有效地针对问题,你觉得怎么样?"

王铁帆高兴地对大家道:"冰冰说得非常对。今天晚上,在我们和当事人方面的案情分析过程中,雪风律师表现得非常专业,分析问题非常到位。此案发生在雪风律师的家乡,就由雪风律师主办,冰冰律师为副主办,我和金海嬗全力配合。今晚我们不再探讨案情。行政诉讼案件我们是第一次接触,行政许可在行政诉讼中的占比更少。刚才焦局长讲了,这起案件在全省市场监督管理局系统这几十年来是第一次遇到,所以省内系统上上下下都不知道如何处理。市场监督管理部门是老牌的行政执法部门,有许多法学专业的前辈或者师兄师姐在其体制内工作。他们不是吃素的,可见此事的难度之大。对此大家要有清醒的认识。冰冰继续当攻关小组的秘书,把刚才刘科长给的材料一页一页地扫描一遍发给大家。纸质材料由你保管。等我们把法律法规、相关证据先吃透了,大家再进行讨论。现在就各回自己房间,洗漱一番,等冰冰把材料发完,开始加班学习吧。"

刘冰冰和程雪风向王铁帆道了一声晚安,便离开了。

金海嬗坐在沙发上,含情脉脉地看着王铁帆。王铁帆轻轻地关上房间的门,在金海嬗脸颊上亲了一下,道:"亲爱的,快回房间吧,刘冰冰肯定在门外偷听呢!"

金海嬗起身给王铁帆一个温暖的拥抱,也在他的脸颊上亲了一口,说了声晚安,便回自己房间去了。

次日早餐后,王铁帆要大家集中到宾馆后院讨论一下案情。四人在院子较为僻静的一个角落,围着一张茶桌坐下。座位四周盛开着月季、菊花,还有果实累累的茱萸,环境十分清幽……

王铁帆十分严肃地对众人道:"现在是9点钟,胡杨县和绿洲县一样,统一的上班时间是10点钟。我们先在这里讨论一下,大家先把事情搞明白,我们才能告诉人家该怎么做。早上刚起床,王主任就打电话给我,要求我们一定认真对待。今天每个人都要发言,冰冰律师做好记录。"

王铁帆话音刚落,刘冰冰道:"我认真地翻看了所有的证据材料和关于企业名称核准的相关规定。企业名称核准的有效期是6个月,在6个月届满前的最后一个月可以申请延期一个月。逾期没有申请企业注册,该企业名称核准就自然作废。作废以后就等于没有相关的权利人了,谁申请就应该核准给谁。所以,我认为,胡杨县市场监督管理局将已经作废的胡杨县果沣矿业有限责任公司企业名称,应汪崇耀的申请核准给汪崇耀,并无不妥。"

金海嫦翻开自己的手机笔记道:"反正都要发言,我也说一下我对这个案子的一些看法吧。我和冰冰的观点刚好相反。我认为胡杨县市场监督管理局应汪崇耀的申请,将'胡杨县果沣矿业有限责任公司'企业名称核准给汪崇耀的行政许可行为,违反法定程序,依法应当撤销。首先,从表面上看,胡杨县市场监督管理局将已经过期的胡杨县果沣矿业有限责任公司的企业名称核准给汪崇耀是没有问题的,因为过期了,任何人都有使用这个企业名称的权利。虽然过期了,但是不等于当初的行政许可事项不存在,既然有先行的许可事项,那么,再次作出许可时,前面许可事项的三名股东杜海洋、汪崇耀、毛利军就是利害关系人,按照《行政许可法》第四十七条规定:行政许可直接涉及申请人与他人之间重大利益关系的,行政机关在作出行政许可决定前,应当告知申请人、利害关系人享有要求听证的权利。申请人、利害关系人在被告知听证权利之日起五日内提出听证申请的,行政机关应当在二十日内组织听证。有了这条法律规定,那么,胡杨县市场监督管理局在给汪崇耀核准'胡杨县果沣矿业有限责任公司'的企业名称前,应当依法告知申请人汪崇耀、利害关系人杜海洋和毛利军。很明显,胡杨县市场监督管理局没有履行告知义务,想当然地认为作废就等于没有了权利人,既然没有了权利人,谁申请就可以许可给谁,没有依法向申请人汪崇耀、利害关系人杜海洋和毛利军履行告知义务,违反了法定程序。胡杨县市场监督管理局应当依法撤销已经发给汪崇耀的关于胡杨县果沣矿业有限责任公司的《企业名称核准通知书》,将行政许可程序回归到汪崇耀

第十一章 躺枪的行诉

的申请受理阶段,补充完成对申请人汪崇耀、利害关系人杜海洋和毛利军的告知义务,告知他们,本局拟给汪崇耀核准涉案企业名称的事项,以及各方的权利'申请人、利害关系人享有要求听证的权利。申请人、利害关系人在被告知听证权利之日起五日内提出听证申请的,行政机关应当在二十日内组织听证'。这个程序走完后,再作出准予核准或者予以驳回的行政许可决定。"

王铁帆道:"两种截然相反的意见出来了。雪风,你是这个案子正式委托后的主办律师,谈谈你的看法。"

程雪风面容有些憔悴,一看就是昨晚没有休息好。见王铁帆点名自己发言,他面带难色,道:"我的看法和海嫱律师大体相同。胡杨县市场监督管理局在给汪崇耀核准'胡杨县果沣矿业有限责任公司'的企业名称前,应当依法告知申请人汪崇耀、利害关系人杜海洋和毛利军。剥夺了利害关系人申请听证的权利,确实程序不合法,应当依法撤销。但是,即便撤销了,履行了告知义务,也组织了听证会,胡杨县市场监督管理局最终还得做出许可或者不许可的决定。不管做出哪种决定,这两家之一都会追着该局进行行政复议或者行政诉讼。我们接了这个案子,只能被动陪同应诉。这个案子最终怎么了结,破点在哪里,我看不透,也想不出来。"

王铁帆听了程雪风的话,笑道:"雪风律师,什么时候变得底气这么不足了?昨天和焦局长一行交流时,你分析得十分中肯,也说出了问题的关键。胡杨县市场监督管理局批给任何一方,另一方都会告他们,包括诉讼、信访乃至上访闹腾,说他们乱作为;要是两边都不批,两边都会告他们、闹腾他们,说他们不作为。所以,不管他们批还是不批,该局注定被卷入杜海军和汪崇耀利益纷争的中心,被纠缠着进行行政诉讼也就在所难免。既然在所难免,人家是原告,被告自然只能被动应诉。作为被告方的代理律师,我们当然只能陪同应诉了。你昨天说的和今天说的都是正确的。"

金海嫱道:"问题是,胡杨县市场监督管理局在给汪崇耀核准胡杨县果沣矿业有限责任公司的企业名称前,没有履行告知义务,行政许可程序确实违法，应当撤销纠正，对不对呀？"

王铁帆道："嫱嫱律师，你说的当然对。这个问题纠正了，就像你说的那样，先撤销汪崇耀的《企业名称核准通知书》，回归到受理审查阶段，履行告知义务，争议双方都会要求召开听证会。听证会开完后，胡杨县市场监督局就会面临两个选择：其一是作出行政许可决定，发给汪崇耀《企业名称核准通知书》；其二是驳回汪崇耀的企业名称核准申请。我问你，嫱嫱律师，这个时候胡杨县市场监督管理局该怎么抉择？"

刘冰冰接话道："这就难办了。发给汪崇耀《企业名称核准通知书》，杜海军要告状；驳回汪崇耀的企业名称核准申请，则汪崇耀也要告状。这个胡杨县市场监督管理局成了他们扯皮的受气包，看来是想躲也躲不掉了。"

金海嫱长叹一声道："看来不是纠正一个错误就能解决问题。这个案子真是诉讼无边，难以到岸呀！雪风师兄、冰冰律师，祝你们二人在这个案件的漫长应诉路上，多多保重吧！"

程雪风无奈地看着王铁帆，问道："帆哥，你的辅助线定律出神入化，你好好地想一个好办法，争取让胡杨县市场监督管理局早日从困境中脱离出来。"

王铁帆道："我是有一些想法，但是还不成熟。我们待一会儿去胡杨县市场监督管理局，先不提也不考虑后面怎么结束的问题，还是多听多了解，还要弄清胡杨县市场监督管理局给汪崇耀核准时是怎么认为的。他们不是请示了市局和省局吗，市局和省局对这个问题是怎么答复的，我们一定要弄清楚。然后，再适时由嫱嫱给他们讲一讲《行政许可法》规定的对利害关系人的告知义务。这个案子给他们爆了一个冷门，因为在企业取名这个阶段一般不会产生争议，只要不重名，符合企业名称的格式规范，也就批了。即使重名，再取一个合适的企业名称申请核准就可以了，纠结一个名字没有什么意义。所以，他们系统上上下下都不太会关注，在办理企业名称核准业务时，有可能要履行告知义务。对这个案子，我能给出的信息仅仅限于目前大家讨论的情况。等时机成熟了，我自会告诉大家一个妥善解决问题的方案。不能让两方纠缠着诉讼，一

第十一章　躺枪的行诉

方面浪费公共资源，另一方面，长期打官司还会影响这两个家庭的经济创造能力，减少他们对社会的贡献。既然我们接手了这个案子，就要想方设法解决问题、愈合社会伤口，消除这起矛盾。

"昨天，焦局长说杜海军已经向胡杨县人民法院对胡杨县市场监督管理局提起了行政诉讼，刘科长给我们的材料中没有看到起诉状，我们一会儿去人家单位，找他们拿一下。

"冰冰律师把代理合同填好，行政诉讼不涉及国家赔偿的，我们按件收费2万元。预计要到胡杨县来回四趟，把差旅费算上，待会儿和刘斌副局长把委托代理合同、委托代理手续办完。"

刘冰冰道："好的，铁帆师兄。我现在就填写委托代理合同和授权委托书。等我填好了，咱们就去胡杨县市场监督管理局。"说罢，刘冰冰从公文包里拿出代理合同开始认认真真地填写起来，大伙儿围着茶桌等待着刘冰冰。

在这个自然而然形成的办案团队里，王铁帆无疑是大家的主心骨。刘冰冰很快填写好了。一看还不到上班时间，王铁帆就让大家放松一下，不要太紧张。说罢，王铁帆在一边的空地上做起了运动。

金海嫱、刘冰冰、程雪风三人看到王铁帆遇事冷静、胸有成竹的样子，本来郁闷的心情变得开朗起来。

朝阳从院子顶部的玻璃天棚洒落下来，照得院子里暖洋洋的，应和着院中的花草树木，整个院子有一种春意盎然的感觉。

第十二章
破解行政诉讼

王铁帆、金海嬬、刘冰冰、程雪风四人走出迎宾馆，瑟瑟的秋风一阵阵迎面扑来，只穿了一件薄卫衣的金海嬬不由得打了一个寒战，接着就开始打喷嚏。王铁帆连忙脱下自己的西装外套给她披上。

刘冰冰道："嬬嬬，我们先回宾馆去穿件厚一点儿的衣服吧，我也觉得有点冷。现在是西北降温、感冒流行的季节，帆哥虽然给你送了温暖，但是你俩都可能感冒。"

金海嬬道："好吧，我们回去换衣服。铁帆，快把你的外套穿上，别冻感冒了。"说罢，把披在身上的西装拿下来递给王铁帆。

程雪风道："冰冰、嬬嬬，你们不要着急，现在人家刚上班，正在搞办公室卫生呢，我们等个十几分钟过去刚好。"

刘冰冰、金海嬬回宾馆换衣服去了。王铁帆对程雪风道："雪风，到胡杨县了，该带着冰冰回家看看了。我昨天就想说这件事，你俩一直没有说，我怕自己不了解情况，瞎起哄，闹出什么幺蛾子来。"

程雪风道："帆哥，我其实特别想请你们一起去我家坐坐。但我家离县城还有30多公里，现在正是农村挖红薯、挖洋芋的农忙季节，家里到处乱糟糟的，怕怠慢了你们。"

第十二章　破解行政诉讼

王铁帆道:"我家也是农村的。这几天爸妈正在打红枣、挖红薯、挖洋芋,家里自然也乱糟糟的,你怎么会怠慢我呢?"

程雪风道:"冰冰和嫱嫱都是大城市的千金,我害怕她们嫌弃。"

王铁帆道:"首先,我相信她们是不会嫌弃的。都到家门口了,你不邀请冰冰去你家,这样做肯定不对。她们去了要是嫌弃的话,咱们的爱情基础都会动摇。这样,今天中午去你家,我们从市场监督管理局出来后,就直接赶往你家。等回绿洲县后,再带上她们去一趟我家。你就放心吧,丑媳妇也好,漂亮媳妇也罢,总是要见公婆的。"

程雪风道:"好吧,就听帆哥你的。我现在就给我爸妈打电话说一下。"说罢,程雪风到一边给父亲打电话去了……

一行人来到胡杨县市场监督管理局,刘斌副局长配合着刘冰冰办完了委托代理合同和授权委托书等相关手续。随后,刘斌副局长叫来法制科的何海龙科长,向刘冰冰交接了杜海军行政诉讼的案件材料。

刘斌副局长对王铁帆一行道:"这个案子上上下下都很重视,我们到会议室再交换一下意见。你们掌握的情况越多,对办理这起案件就越有利。"说话间,刘斌副局长便将王铁帆一行引到自己办公室斜对面的小会议室。

王铁帆等人来到小会议室,该局科室级别的负责人大都被召集在这里了。刘斌副局长安顿王铁帆一行落座后,对与会人员一一进行了介绍。随后,他道:"我们胡杨县市场监督管理局这个把月的时间,都被核准胡杨县果沣矿业有限责任公司的企业名称这件事困扰着,局党组决定将专业的事情交给专业的人去做,于是便聘请律师团队来帮助我们局脱困解惑。今天召集各科室主要负责人来参会,一是大家将自己了解和掌握的情况告诉咱们的律师,以便他们掌握更多的情况;二是让大家学习学习,听一听律师是怎么分析这件事情的,开阔一下眼界,提高咱们的骨干力量在未来的工作中分析判断问题的能力。我们的人先讲一讲。注册科的刘科长,你先发言。"

刘建军科长道:"昨天,我已将涉案企业名称核准的行政许可的全套材料复印件提交给咱们的律师团队了，对事情发生的具体经过我也做了详细说明，我没有什么需要补充的了。对这起案件，我坚持前面开会时我的观点，根据企业名称核准的相关行政法规规定，企业名称核准的有效期是6个月，在6个月届满前的最后一个月可以申请延期一个月，逾期没有申请企业注册，该企业名称核准就自然作废。作废以后就等于没有相关的权利人了，谁申请就应该核准给谁。另外，申请企业名称核准没有什么门槛，只要不重名，符合企业名称的格式规范都可以。即使重名，重新取一个企业名称申请核准就可以了，纠结一个废弃的企业名称有什么意义呢？所以，我窗口服务人员一致认为，我们胡杨县市场监督管理局，将已经作废的'胡杨县果沣矿业有限责任公司'企业名称，应汪崇耀的申请核准给汪崇耀，并没有做错什么。但是，昨晚我听程律师的分析说，杜海洋、汪崇耀、毛利军三名准股东向省自然资源厅申请探矿权是以'胡杨县果沣矿业有限责任公司'名义申请的，那么，探矿权批下来后，肯定是批给'胡杨县果沣矿业有限责任公司'名下了。虽然他们三人共同注册这个公司的行政许可事项废弃了，但是省自然资源厅的行政许可审批办理没有停止。在这种情况下，谁再次获得'胡杨县果沣矿业有限责任公司'的企业名称核准，谁就能取得省自然资源厅批准的蛭石矿探矿权。故而，看似他们双方在争这个企业名称，实际上争的是这个蛭石矿探矿权，目前是探矿权，最终就是采矿权了。听了这个分析后，我昨晚一直在思考，我们给汪崇耀核准企业名称的行政许可行为似乎不妥，但是，我无论如何也想不出错在哪里。"

刘斌副局长道："刘建军科长说到的问题我也思考了，不停地自问，虽然争抢'胡杨县果沣矿业有限责任公司'企业名称的双方纠缠着我们不放，确实有两方的私心作怪的成分存在，但是，我们的工作就真的没有纰漏吗？可是，我们向市局、省局业务口汇报咨询过了，他们都说没有问题。从目前的社会影响来看，问题还不小。但是，问题出在哪里，我也没有想明白。"

法制科的何海龙科长道："我是负责单位行政复议和行政诉讼的。这个案子我和市局法制科的王科长联系过多次，他认为企业名称核准是企业注册登记

第十二章　破解行政诉讼

的初始阶段，名称核准后6个月内不申请注册，也不申请延期，到期依法就作废了。作废后，谁用都可以。汪崇耀按照法定程序申请企业名称核准，我们核准给他，既不存在程序上的错误，也不存在实体上的错误。所以，他说这个官司我们不会败诉。"

刘斌副局长对王铁帆道："王律师，你是咱们律师团队带队的，我们特别希望听一听你们对这件事的看法。这件事我们到底有没有错，错在什么地方，最终如何平息争端？这样一直被人家纠缠着闹腾，纠缠着诉讼，对我们的执法形象和政府机关形象都是严重的负面影响。我们需要解决问题，请你们分析分析。"

王铁帆道："好吧！听了刘局长这么坦诚的表达，我深刻地认识到咱们胡杨县市场监督管理局是一个依法行政、一心服务当地经济社会发展的优秀执法机关。就这起行政诉讼案件而言，我们确实存在程序上的错误，应该定性为'程序不合法'。"

王铁帆"程序不合法"五个字一出口，会场内胡杨县市场监督管理局的参会人员均露出吃惊的表情……

王铁帆就像没有看见他们的表情，继续道："既然我说程序不合法，自然会毫无保留地给大家交个底，说清楚为什么程序不合法。一会儿由金海嬅律师给大家做专题报告。无论这起行政诉讼案件的结果是输还是赢，都解决不了你们眼下的困局。因为杜海军和汪崇耀，谁拿到了'胡杨县果沣矿业有限责任公司'的企业名称核准，谁就能取得省自然资源厅批准的蛭石矿探矿权。

"由于企业名称的核准权在胡杨县市场监督管理局，所以，对于已经作废的这个企业名称，不管你们批给谁，也不管你们批还是不批，你们注定被卷入他们纷争的中心。你们这场官司要是打赢了，杜海军会上诉，没完没了地申诉。你们这场官司要是打输了，就要撤销汪崇耀的《企业名称核准通知书》，撤销了就会重新作出行政许可决定，新的行政许可决定不管你们如何做，都不可能做到双方都满意。只要有一方不满意或者双方都不满意，你们就不可避免地继续被诉讼、被信访乃至被上访。如何让争议双方彻底息讼罢访，我们正在酝酿应对措施，等酝酿成熟，形成具体的应对措施后，会向局里汇报。下面，我们请金海嬬律师，对贵局核准汪崇耀申请的胡杨县果沣矿业有限责任公司的企业名称，违反法定程序的事实与理由向与会者通报一下。"

金海嬬打开桌上的话筒，言简意赅地对众人道："胡杨县市场监督管理局应汪崇耀的申请，将'胡杨县果沣矿业有限责任公司'企业名称核准给汪崇耀的行政许可行为，违反法定程序，依法应当撤销。首先，从表面上看，胡杨县市场监督管理局将已经过期的'胡杨县果沣矿业有限责任公司'的企业名称核准给汪崇耀是没有问题的，因为过期了，任何人都有使用这个企业名称的权利。问题在于，虽然它过期了，但是不等于当初的行政许可事项不存在。既然有先行的许可事项，那么，再次作出许可时，前面许可事项的三名股东杜海洋、汪崇耀、毛利军就是利害关系人，按照《行政许可法》第四十七条规定：行政许可直接涉及申请人与他人之间重大利益关系的，行政机关在作出行政许可决定前，应当告知申请人、利害关系人享有要求听证的权利。申请人、利害关系人在被告知听证权利之日起五日内提出听证申请的，行政机关应当在二十日内组织听证。"

胡杨县市场监督管理局的与会人员闻言，不由自主地用手机搜索着《行政许可法》第四十七条，随即，会场内不停地传来叹息声。

刘斌副局长也从手机上认真地阅读着法律条文，对金海嬬道："金律师，你说的完全正确。我们天天喊按照法定程序办事，没想到这个法律条文里隐藏着这么个程序。我们忽视了。那该怎么办呢？"

金海嬬道："贵局在作出这起企业名称核准的行政许可过程中，没有依法向申请人汪崇耀、利害关系人杜海洋和毛利军履行告知义务，违反了法定程序。胡杨县市场监督管理局应当依法撤销已经发给汪崇耀的关于胡杨县果沣矿业有限责任公司的《企业名称核准通知书》。鉴于这起案件已经进入行政诉讼程序，我们主动撤销这起企业名称核准的行政许可决定，官司自然就输了，事

第十二章 破解行政诉讼

情就会回到原点。回到原点后,我们依法履行告知义务,随后利害关系人申请听证,我们必须组织召开听证会。听证会结束之后,我们必须在作出核准或者作出驳回两种行政许可决定之中选其一。不管我们作出哪种行政许可决定,都会再次被行政诉讼。"

参会的胡杨县市场监督管理局的众人闻言,发出阵阵叹息声。刘斌副局长道:"看来我们要被赖上了。这该怎么脱困呀?"

王铁帆道:"刘局长别急。我刚才说过了,如何彻底让争议双方息讼罢访,我们正在酝酿应对措施,等酝酿成熟,形成具体的应对措施后,会向局里汇报。现在我们暂时不要撤销给汪崇耀作出的行政许可。案子还有25天才开庭,10天之内我们会酝酿出正式的应诉措施,争取利用这起行政诉讼,彻底解决问题。"

刘斌副局长闻言甚喜。他宣布散会后,要安排午饭。王铁帆小声对刘斌副局长道:"谢谢刘局!程雪风家在咱们胡杨县的铁吾乡,我们现在出发,陪同他去看看他父母,中午就在乡里吃饭了。我们现在回宾馆把房退了,到铁吾乡看望程雪风父母后,就顺道回绿洲县了。案子的事你们就别操心了,10天之内,我们会再过来。"

刘斌副局长客客气气地把王铁帆一行送上车,挥着手道:"王律师、程律师、金律师、刘律师,再见!你们把房卡放到宾馆前台就行了。路上注意安全。"

四人辞别刘副局长,前往宾馆退房。刘冰冰好奇地问道:"铁帆师兄,你刚才和刘斌副局长咬耳朵,说的啥?我竖着耳朵也没有听到哪怕一点点风声。"

王铁帆道:"我说的这个事呢,主要与你有关,但是不想让你听到,所以特别小声。"

平常冷静少语的金海嫱像变了一个人似的,提高嗓门道:"什么话要咬耳朵说?我也想听一听,铁帆你就向大家公开吧!"

王铁帆转头看了看金海嫱,见她脸色比平常红润,显得更加光彩照人,便明白：嫱嫱现在还带着刚才发言的兴奋。她今天一语戳中了胡杨县市场监督管理局案件的要害，看着该局参会人员吃惊而又信服的表情，自然而然地收获到了成就感。心情好，脸色自然就好。

王铁帆道："嫱嫱今天可是点了胡杨县市场监督管理局这些精英们的死穴。看到他们吃惊而又信服的眼神，我都有点想笑。"

刘冰冰道："嫱嫱真棒！早上讨论的时候，你的话就把我惊吓住了。我看到了行政许可前应当向申请人和利害关系人履行告知义务这一条法律规定，可是，我学得太肤浅，没有悟出基于第一次三名准股东提出的企业名称核准作废后，该企业名称再次被人提出核准申请时，就对原准股东产生了行政许可法意义上的利害关系，行政许可机关就有了依法告知听证权的义务。"

金海嫱闻言心里美滋滋的。她转移话题，道："冰冰，铁帆还没有公开他和刘斌副局长说的悄悄话呢。"

刘冰冰一边开车，一边问："帆哥，你和刘斌副局长说什么悄悄话，还带上了我？"

王铁帆大笑道："哈哈哈……哈哈哈……常言道，丑媳妇总要见公婆，何况雪风兄弟这次从江城带回来一个高学历的漂亮媳妇呢！雪风，快给大家发出邀请吧！"

程雪风显得底气不足地说道："冰冰，你看，咱们已经到胡杨县了。这个迎宾馆离我家就30多公里，20分钟的车程。早上你和嫱嫱回房间换衣服时，帆哥问我要不要邀请大家一起去我家一趟，我一直很纠结。其实，在昨天从江城回来的路上我就想过了。但是，现在正是农村秋收的季节，家家户户都在挖红薯、挖洋芋，屋里屋外到处堆满红薯、洋芋，乱糟糟的，我怕怠慢了你们。更重要的是，你是在咱们确定恋爱关系后，第一次去我家，我们要是不提前准备好，就显得不正式，没有诚心。在帆哥提出后，我就立刻给爸妈打了电话，他们非常高兴，已经开始准备了。现在我邀请你以女朋友的名义去我家见我父母，也邀请嫱嫱和帆哥去我家做客。我们从宾馆退房后立刻出发。"

第十二章 破解行政诉讼

刘冰冰道:"这还差不多,我接受了你的邀请。不过,程雪风,我想说一说你,我刘冰冰是什么样的人,你不知道吗?农村就该有农村的样子。农忙时节屋里屋外到处堆满红薯、洋芋,乱糟糟的,怎么了?这不就是农村丰收该有的样子吗?你是不是想给我搞个形象工程,掩盖农村该有的样子,忽悠忽悠我呀?还是你现在有了成就,开始忘本了,对农村不自信了呢?"

程雪风闻言,理直气壮地回道:"我怎么会忘本呢?要是忘本,我就不跟铁帆回大西北了。"

刘冰冰道:"这才是我们认识的你嘛!你憋了两天,今天总算憋出个邀请来了。其实,在帆哥说王主任要我们来胡杨县时,我就在想去你家的事,就等你开口。你要是不吭不哼地随我们回绿洲县,我就不理你了。哼!"

程雪风见刘冰冰早就想随自己去农村家里,甚是欣慰,伸出大拇指,对刘冰冰道:"冰冰,你是个靠得住的好女孩!"

刘冰冰道:"那当然。"

从迎宾馆退房出来,金海嫱道:"冰冰,今天是你的大日子,我来开车,把你这个准新娘送到婆家去。"

金海嫱坐到驾驶室,刘冰冰道:"谢谢嫱嫱!咱们在县城转一转。程雪风,胡杨县你比我们熟悉,你指一下路,我们找个大一点的超市,给你爸妈买点礼物。"

程雪风道:"你就是我们家最好的礼物,不用买了。"

刘冰冰瞪了他一眼,道:"你想让我空手去你家出糗,是吧?"

王铁帆道:"冰冰说得对。嫱嫱,我们去雪风家串门,看望叔叔阿姨,也得买点礼物。"

金海嫱道:"必须的。你看着挑就行了。"

上午的超市顾客不是很多,王铁帆和金海嫱选了一些烟酒和补品。刘冰冰给程雪风的父母买了过冬的羽绒服和一些补品,给程雪风的妹妹程雪冰买了一部新款手机。四个人将大包小包的礼品放到车子后备厢,加上在江城带的东西，后备厢塞得满满当当的。

一阵寒冷的秋风扫过，树上的黄叶随风飘落……

刘冰冰对金海嬉道："嬉嬉，我感到脸上干干的，有点疼。嘴唇也感觉干干的。你感觉怎么样？"

金海嬉道："先前没有什么感觉，被这冷风吹了一会儿，我也感觉脸上有点干疼，紧绷绷的，不舒服。"

王铁帆道："你们快到车里去。这是霜风。你们没有听说过'冰刀霜剑'吗？这就是了。你们脸上白白嫩嫩的皮肤，被这风一吹会起皱褶、裂口子，我们这里叫'皴裂'，或者叫'皮肤皴了'。你们赶快擦点油，维护一下，严重了不但要脱皮，还会长疤痕。雪风，回你家的路你最熟悉。你拿上驾照快两年了，现在你来开车，让两位美女坐后面养护皮肤。"

程雪风坐到了驾驶室，对大伙儿道："大家坐好了。我开车的水平一直停留在农村开拖拉机的水平上，刹车减速没轻没重的，没有嬉嬉和冰冰开得平稳，大家坚持20分钟就到了。"

刘冰冰闻言，连忙道："等一等，我突然觉得自己还没有准备好。如果像帆哥说的那样，脸皴了，嘴唇也干裂了，那就丑死了。我们还是先回绿洲县把脸养好了再来，反正我们在10天之内必须来胡杨县，大家说对不对呀？"

金海嬉道："哎呀！冰冰，你别紧张。虽然我们的脸、手被霜风吹皴了，但还没有那么快变丑。现在擦了油，舒服多了，看不出。差十几分钟就要见到你未来的公公婆婆了，说不定两位老人一高兴，程雪风家的亲戚都在帮忙呢！现在我们撤退，你让人家多失望呀，而且还要被乡亲们笑话。所以，咱们必须去。"

程雪风道："你们俩的身段和气质，就算脸上抹了锅烟灰，在我们村也是美女，何况只是被霜风吹了一下，手上、脸上的皮肤还没有真正被吹皴呢。冰冰你放心，我爸妈还有我妹妹一定会喜欢你的。我给你们讲过，我妹妹程雪冰，今年大学刚毕业。她上的是师范大学，学的是汉语言文学。她的愿望是上

第十二章 破解行政诉讼

到博士毕业,留在省城大学当老师。目前,她正在家里学习,准备应对下个月的研究生考试。她跟你一样活泼,你们俩肯定聊得来。"

平常风风火火的刘冰冰,似乎在瞬间变成了一个颤颤巍巍的小女人,十分不自信地问程雪风:"你说的是真的吗?"

程雪风道:"我怎么敢骗你呢?我向你保证,这次我家要是对你招待不周,回到绿洲县,我任你惩罚。"

王铁帆道:"冰冰,别紧张。今天帆哥和嬗嬗做你的娘家人,我俩就是你的靠山,我俩就是你的底气。程雪风家人要是怠慢了你,我们三个人扭头就走。"

刘冰冰闻言,忐忑不安的心情一下子放松下来,轻声说道:"谢谢帆哥和嬗嬗陪我。等嬗嬗要去帆哥家时,我和雪风也一定陪着去。"

金海嬗高兴地说道:"好吧!今天我来跟冰冰学习一下,未来儿媳妇第一次上门怎么见公公婆婆和小姑子。铁帆,你妹妹好像也是大学毕业在家,对吧?"

王铁帆道:"我妹妹王蓉蓉也是今年大学毕业。她和雪风的妹妹一样,也是师范生,上的是咱们西北一所师范大学。我妹妹学的是数学,她想当中学老师。现在中学老师招考的门槛至少是硕士研究生,所以,我妹妹也在家里自学,准备应对下个月的研究生考试。我妹妹和你性格有点像,没有冰冰那么活泼。你们俩也应该聊得来。"

说话间,车子绕过一道戈壁大沙梁,道路下边不远是一条河谷,河中长年流淌着祁连山流下来的冰川雪水。沿河两岸是宽阔的原始胡杨林,现在正是胡杨叶黄叶落的季节,迎风一侧的胡杨树叶子大部分已经脱落,只有小部分还零零星星地挂在树梢上,坚强地对抗着凛冽的霜风;背风一侧的胡杨树叶子正黄,在蔚蓝色的天空下特别醒目,霜风吹过,发出沙沙沙的响声。许多野拍者正在河谷边架着相机野拍……

程雪风道:"这条河叫作胡杨河,是我们胡杨县的母亲河。胡杨县的农业

律者医心

都分布在沿河两岸，前面不远处有白杨树的地方，就是我们村。冰冰、嫱嫱，我们大西北和你们南方不一样，南方有竹林的地方就有人家，我们这里，有白杨树的地方就有人家。"

汽车沿着胡杨河边的乡村公路逆行而上，一拐弯便来到程雪风家所在的程家村村口。首先映入大家眼帘的是写着"小康社会示范村"的红底金字牌匾。进入村口大门后，商务车沿着平坦的柏油马路向前走。路面上一尘不染，路两旁的太阳能路灯，一个个挺直了身子，像忠诚的卫兵守护着村庄。再往前走，每隔100米左右就放置了两个不同颜色的垃圾桶，旁边贴着"垃圾分类，人人有责"的标语。没过多久，还看到一位老奶奶拎着垃圾袋，熟练地分类投放垃圾。

金海嫱惊讶地说道："看来垃圾分类的观念不仅在城市得到了普及，在我们的农村也深入人心了啊！"

汽车沿着柏油马路缓缓前行，路两旁是一幢幢小洋楼、小别墅，房屋的墙面洁白如雪，屋顶碧瓦朱檐，门口是红漆的柱子、金色的栏杆，金碧辉煌。每幢房屋前都有一个大院子，院内停着各式各样的小轿车。

刘冰冰道："雪风，你藏得很深啊！这哪里是农村呀，明明是高档别墅区嘛。"

程雪风道："我们小时候，村里可没有这么富裕。当时，住的只是一间约50平方米大的泥墙小平房。村里没有通电，点的是很暗的煤油灯。上学的路是泥土路，一下雨就变得坑坑洼洼。天黑了也没有路灯，一不小心就会摔得鼻青脸肿。"

过了一会儿，路过村里的健身中心，那里有一块健身场地，里面有人在打太极，有人在下象棋，有人在散步，健身方式多种多样。

王铁帆道："没想到经过这几年的发展，你们胡杨县农村的变化这么大！人们不仅物质生活水平提高了，精神生活水平也提高了，农村面貌真是焕然一新。"

第十二章 破解行政诉讼

车子停在了一道红色的大院门前，程雪风按了两下喇叭，对大伙儿道："各位，我家到了。"

话音刚落，大门开了，门口站着一个充满青春朝气的女孩子，她自然是程雪风的妹妹了。她后面站着一对衣着干净、面带喜色的中年夫妇，一定是程雪风的父母了。他们戴着围裙和袖套，应该是正在厨房里忙活，听到汽车喇叭声就跟着出来了。刘冰冰、金海嫦、王铁帆连忙下车与程雪风家人打招呼。看着程雪风父母期待的眼神，王铁帆戳了程雪风一下，同时把金海嫦拉到后边。

程雪风拉着刘冰冰的手，对父母和妹妹介绍道："这是我的女朋友，刘冰冰律师，是我大学同学，也是我工作单位的同事。"

程雪风的父母闻言喜滋滋的，连忙上前道："好闺女，你们一路辛苦了。"说话间，程母从围裙口袋里掏出一个大红包，双手递给刘冰冰。

刘冰冰被这情景整蒙了。收还是不收？她一时不知所措。

程雪风道："冰冰，这是我妈给你的见面礼，你快收下呀！"

刘冰冰双手接过，说了声："谢谢阿姨！"

程雪风小声道："你红包都收了，还叫阿姨？"

刘冰冰脸一红，改口道："谢谢妈！谢谢爸！"

正说话间，金海嫦和王铁帆从后备厢里拿出了刘冰冰给程雪风父母和妹妹的礼物。两位老人从刘冰冰手里接过礼物，高兴得合不拢嘴。

程雪冰接过礼物，高兴地对刘冰冰道："哇！出手这么阔绰啊！谢谢嫂子姐姐！谢谢！"

这时，院门外挤满了前来看热闹的乡亲，程雪风爸爸妈妈各自端出个大脸盆，里面装满了糖果和打开的纸烟，程雪风拉着刘冰冰，陪着爸爸妈妈给乡亲们发喜烟喜糖……

金海嫦从没见过这种场面和习俗，不停地举起手机拍摄。

……

一切终于安静下来，程雪风和妹妹程雪冰迎接大家到餐厅吃午饭。一桌丰盛的农家菜，是程雪风父母忙活一上午的成果。院子里打扫得干干净净，丰收的农产品在院子角落堆放得整整齐齐。

吃饭间，程雪冰道："哥哥、嫂子姐姐，你们不知道，今天听说你们和哥哥的好兄弟铁帆哥哥还有他的女朋友金律师要来，爸妈可开心了。爸爸下达了任务，爸妈负责室内卫生和做饭，院子里的活儿，全部落在我身上。我一看，这么大的工程量，怎么办呢？我连忙叫来我的小伙伴。他们很快就帮我完成了任务……嘿嘿！"程雪冰边说话，边用一双公筷给刘冰冰、金海嬬和王铁帆夹菜。

吃了一顿地地道道的大西北农家菜，金海嬬、刘冰冰十分高兴。饭后，金海嬬、刘冰冰要帮助收拾桌子，程雪风父母和程雪冰十分客气地拒绝了，什么也不让她们干。

下午要回绿洲县了，程雪风母亲装了一大包土特产塞到车里。四人与程家父母和妹妹程雪冰依依惜别……

次日清晨，金海嬬像往常一样开车带着王铁帆、程雪风、刘冰冰上班。来到办公室，程雪风、刘冰冰、王铁帆、金海嬬把从江城带来的小礼物纷纷送到每个同事的办公室，章泽军、李伟豪、成丰阳三位合伙人师兄，向他们表示祝贺。李伟豪道："你们两对新人终于确定恋爱关系了。今晚豪哥我要给你们摆酒庆贺，庆祝你们在爱情之路上迈出了关键的一步，全所同事都得参加。"

王铁帆道："谢谢豪哥。今晚我和雪风请客，咱们喝"火上浇油"。"

李伟豪闻言甚爽，道："铁帆兄弟乃性情中人，为兄喜欢。"

章泽军道："按照我们绿洲县的风俗，你们确定关系了，作为你们的师兄，我必须请你们到家里吃顿饭。我现在给你嫂子安排，今天中午去我家。"

成丰阳道："大师兄说得对，那明天中午去我家。"

李伟豪道："丰阳师弟，你当我这个二师兄不存在呀？明天中午去我家，你往后排期吧。"

成丰阳略带尴尬地笑了笑，道："好吧！我听豪哥的。"

第十二章 破解行政诉讼

大伙儿正在七嘴八舌地打趣着，王主任的助理过来对王铁帆一行道："王主任叫你们四个去他办公室一趟。"

王铁帆等向章泽军、李伟豪、成丰阳挥了挥手，向王海仁主任办公室走去。四人把从江城带来的小礼物送给王主任，王主任十分高兴，向他们问长问短，关怀备至。

王主任道："按照我们绿洲县的风俗，你们确定关系了，作为你们的主任，我必须请你们到家里吃顿饭。你们什么时候方便呀？"

王铁帆道："报告主任，章泽军、李伟豪、成丰阳三位师兄已经从今天排到后天了。今晚我们四人请您和全所同事吃饭。"

王海仁道："看来我请你们吃饭的档期要往后排了。不错，你们四人在所里人缘这么好，我很开心。你们就入乡随俗，客随主便吧。"

王铁帆道："报告主任，这是应该的。一方面，我和雪风有女朋友了，金律师和刘律师有男朋友了，这是我们所里的喜事，值得庆祝；另一方面，我们想请大家聚一聚，正式公开关系。"

王海仁道："不错，做人知深浅，做事有礼节，那就按你们的安排去张罗吧，我十分乐意参加。另外，你们把胡杨县市场监督管理局的案子说一说，我那个老同学为这事着急呢！他对你们的分析十分认同，但是，被人家纠缠着诉讼、信访、上访的日子很难熬。你们必须给他想出个早日脱困的办法来。"

王铁帆道："雪风，总体情况就由你来汇报吧。"

程雪风按照与胡杨县市场监督管理局讨论时的观点重述了一遍，王海仁听完，甚感欣慰。他道："雪风的分析非常精辟，一下子就说中了问题的关键。我一直纳闷，为啥几个合不到一起的准股东，对一个作废了的企业名称争得你死我活的呢？原来这个企业名称就是获取蛭石矿探矿权以及将来获得采矿权的钥匙。他们都想在原企业名称核准作废后，独立申请这个企业名称，然后去达到独吞蛭石矿探矿权以及将来采矿权的目的。这样一来，可是把我那老同学焦局长架到火上烤了。就如雪风所说的那样，因为胡杨县市场监督管理局掌握着这个企业名称核准的行政许可权，不管他们许可给谁，或者谁都不许可，都注定要被诉讼、被信访、被上访。"

王铁帆道："雪风的分析，焦局长一行非常认同，总算给他们找到了问题的根源所在。"

王海仁道："你们认真查阅焦局长他们的许可材料没有，他们的行政许可行为有没有违规或者不合法的地方，人家提出的行政诉讼有没有道理？"

王铁帆闻言向金海嬬看了一眼，对王海仁道："王主任，这个问题是金律师首先发现的，在胡杨县市场监督管理局也是她给出的咨询意见，这个问题就由金律师向您汇报吧。"

金海嬬把在胡杨县市场监督管理局讨论时的观点重述了一遍，王海仁听完，吃惊地说道："金律师，厉害呀！你这个细节抓得好。这个问题应该是市场监督管理系统的一个法律冷门。我以前参加过企业注册工商代理的牌照考试和培训，企业名称核准只是企业注册登记的初始阶段，这个阶段扯皮的问题几乎没有，股东扯皮大都是注册登记以后才会发生。杜海军的行政诉讼状里提到这个问题没有？"

金海嬬道："行政诉讼状里没有提到这一点，只是片面地要求法院撤销胡杨县市场监督管理局给汪崇耀关于'胡杨县果沣矿业有限责任公司'的《企业名称核准通知书》，受理杜海军关于'胡杨县果沣矿业有限责任公司'的企业名称核准申请，并予以核准。在事实与理由中，要求撤销的理由也没涉及胡杨县市场监督管理局给汪崇耀的行政许可行为程序不合法的表述。"

王海仁道："那胡杨县市场监督管理局自己撤销给汪崇耀作出的行政许可，重新告知利害关系人和申请人听证权事宜，纠正错误，补足法律程序行不行？"

金海嬬没有回答，看了王铁帆一眼，王铁帆道："胡杨县市场监督管理局即便补足程序，在听证程序结束之后，还得作出许可或者驳回的行政许可决定吧？如果补足程序后，继续核准给汪崇耀，那么杜海军仍然会继续诉讼、信访、上访；如果补足程序后，驳回汪崇耀的申请，那么汪崇耀又会诉讼、信访、上访。所以，单单靠纠正目前的一个违法程序问题，解决不了问题，不能使胡杨县市场监督管理局脱困。"

王海仁道："对啊！看来这是个死循环。你们得好好思考，想出一个切实可行的办法，从根本上解决问题，使我那老同学和他领导的胡杨县市场监督管理局早日脱困。"

王铁帆道："破解之法倒是有了，可是在法理上还不是很扎实。但是，也从法理上找不到不合适之处。"

王海仁急切地问道："铁帆，听你的意思是你已经想好了应对措施，只是在法理上还不太成熟，是不是？"

王铁帆道："是的，主任。"

王海仁高兴地说："好呀！你说出来，我们一起商讨一下。要是有可能的话，今天我们就把这事儿给定了。"

王铁帆道："雪风的案情分析已经十分清楚，这个企业名称就是获取蛭石矿探矿权及将来采矿权的钥匙。他们都想在原企业名称核准作废后，独立申请这个企业名称，然后去达到独吞蛭石矿探矿权及将来采矿权的目的。胡杨县市场监督管理局就成了杜海军和汪崇耀利益争夺的牺牲品。要破解这个困局，影响和干预探矿权审批是关键。"

王海仁道："如何干预探矿权审批？"

王铁帆道："我的想法是通过两种途径来干预：其一，胡杨县市场监督管理局将情况上报，由省市场监督管理局出面与省自然资源厅协调处理，告知省自然资源厅，用于申报胡杨县蛭石矿探矿权的企业名称'胡杨县果泮矿业有限责任公司'已经废弃，希望终止蛭石矿探矿权的行政许可审批程序；其二，借这次杜海军对胡杨县市场监督管理局提起的行政诉讼，我们作为被告方代理人，向胡杨县人民法院申请，将正在使用这个废弃而又有争议的企业名称进行探矿权行政许可审批的省自然资源厅，追加为本案第三人，参加这起行政诉讼，让省自然资源厅感受这起行政审批的复杂性和风险，从而自动终止该蛭石矿探矿权的行政许可审批。"

刘冰冰问："这样做，我们代理这起案件有什么作用呢？"

王铁帆道："很简单，他们争夺的目标本来就是蛭石矿的探矿权。我们这么一弄，这个蛭石矿探矿权的审批大概率就终止了，杜海军和汪崇耀两家争夺的东西就没有了，故而，要不要'胡杨县果沣矿业有限责任公司'的《企业名称核准通知书》都没有意义了。这样一来，胡杨县市场监督管理局的危机就解除了。"

王海仁闻言大喜道："好！就这么干。有什么困难吗？"

王铁帆道："就是向胡杨县人民法院申请，将正在使用这个废弃而又有争议的企业名称进行探矿权行政许可审批的省自然资源厅追加为本案第三人，参加这起行政诉讼，妥不妥当，我吃不准。"

王海仁道："我看你这个设计，非常好！申请追加省自然资源厅为第三人是我们的事情，追不追加是法院的事情，你尽管申请就行了。你这个设计布局非常有深意，不是要省自然资源厅承担什么责任，而是要他们来感受一下这起行政诉讼的复杂性，知道如果最终审批了这起蛭石矿探矿权的风险。因为申请审批的企业名称废弃了，他们自然就会终止这宗蛭石矿探矿权的审批。如此，我们促成息诉罢访的目的就达到了。"

大伙儿听了王海仁主任的一番分析，爆发出热烈的掌声。

当天晚宴，气氛十分热烈，王铁帆和金海嫱、程雪风和刘冰冰两对金童玉女公开了恋情，得到了同仁们的祝福……

三日后，程雪风和刘冰冰再次回到胡杨县，与胡杨县市场监督管理局沟通后，焦建国局长非常赞同律师团队的建议。于是，他们兵分两路，双管齐下：一方面，程雪风和刘冰冰代表胡杨县市场监督管理局向胡杨县人民法院申请追加省自然资源厅为该起行政诉讼案件的第三人；另一方面，焦建国局长亲自前往沙洲市市场监督管理局将情况上报，由省市场监督管理局出面与省自然资源厅协调，告知省自然资源厅，用于申报胡杨县蛭石矿探矿权的企业名称'胡杨

第十二章　破解行政诉讼

县果沣矿业有限责任公司'已经废弃，希望省自然资源厅根据实际情况，终止蛭石矿探矿权的行政许可审批程序。

事情进展得非常顺利。当日，胡杨县人民法院受理了程雪风和刘冰冰代表胡杨县市场监督管理局追加省自然资源厅为该起行政诉讼案件的第三人的申请。

经过省市场监督管理局出面协调，省自然资源厅以用于申报胡杨县蛭石矿探矿权的企业名称'胡杨县果沣矿业有限责任公司'已经废弃为由，依法终止了蛭石矿探矿权的行政许可审批程序。

……

离行政诉讼案件开庭不到一个星期了，正在办公室准备文案的程雪风接到胡杨县人民法院的电话。电话那一头，一个浑厚的男中音对程雪风说道："喂！你好！你是程雪风律师吗？我是杜海军诉胡杨县市场监督管理局行政诉讼案主审法官，我姓余。我打电话告诉你，这个案子杜海军撤诉了。我们同意撤诉。裁定今天寄给你。就这个事儿，再见！"

程雪风连忙道："好的，我知道了。余法官再见！"

听到是胡杨县法院的电话，刘冰冰一直凑在程雪风耳边倾听。在余法官挂断电话的那一刹那，刘冰冰高兴得尖叫一声，一把搂住程雪风，给了他一个激情的拥抱。

约莫过了半个小时，胡杨县市场监督管理局焦建国局长打来电话，道："喂，程律师，刚才杜海军、汪崇耀、毛利军三个人都到我这里来了，他们对前面的行为当面向我道歉，说是不应该把股东内部纠纷连累到市场监督管理局。他们现在想继续合作注册公司，按照以前那个作废的企业名称核准的内容来。现在自然资源厅因为申请人的企业名称作废，终止了蛭石矿探矿权的审批程序。如果他们三个人不合作，这个矿就彻底黄了，你看该怎么办？"

程雪风道："焦局长，您稍等一会儿。这是个新情况，我们律师团队要协商一下再给您回复。"

程雪风、刘冰冰拉上王铁帆和金海嫦来到王海仁主任办公室，程雪风向大家汇报了相关情况。

王海仁高兴地说道："好呀，这起行政诉讼以不战而屈人之兵收官，非常好！王铁帆的辅助线定律很有效果嘛。这两条辅助线画下去，我那老同学的头疼问题便迎刃而解了。这种四两拨千斤的工作方法，值得大家借鉴学习。现在杜海军、汪崇耀、毛利军看到这个矿要彻底黄了，急眼了。果真黄了，他们前面的投入就全部打了水漂。现在三个人摒弃私心，拟合作重新申请企业名称核准和企业注册来延续蛭石矿探矿权的审批，这是一件好事。他们承认了错误，如果能合作成功，既规避了损失，胡杨县也多了一个纳税户，打工人员还有了新的就业机会，我们应该支持。我常说律师是社会的医生，要有一颗医治社会创伤的医者之心，正所谓'律者医心'嘛！这不，程雪风和刘冰冰两位'医生'把他们的病给治好了，纠缠的各方今天都出院了，哈哈哈……"

说罢，王海仁大笑起来。

王铁帆道："那善后的事情我们怎么回复焦局长呢？"

王海仁道："剩下的事，你们四个就别管了。我担心我那老同学因为行政诉讼的事和这几个人较上真，去为难人家。我亲自和他沟通。这个问题解决好了，社会效果会很好。这人啊，心胸一定要宽广一些，要懂得放过别人，就是放过自己。有的人很较真，较真到连自己都不放过，最终把自己弄出毛病来……好吧！这个案子结了，我给你们攻关小组打满分，大家辛苦了！"

四人高高兴兴地离开王主任办公室，各自忙活去了。

第十三章
瓜王法务

　　绿洲县胡杨河上游东岸，小地名叫塔什东的地方，有许多颜色呈现微红的戈壁滩，是一片片看起来根本不适合农耕的砾石土地。有一位单独放羊的牧民在给牲畜取水的泉水附近生活，夏天吃从附近集市买的西瓜，随地吐西瓜籽。有的西瓜籽被风刮到潮湿的洼地里，不知不觉中长出一些西瓜苗来。牧民看到西瓜苗很稀罕，便在瓜苗附近施加一些牛羊粪便做肥料。西瓜苗得到水肥的充足供养，长得又粗又壮。过了一些时日，瓜藤上开出了很多金黄色的花，还结了许许多多的小西瓜。慢慢地，西瓜长得又大又圆，一根藤上有五六个大瓜。初秋，牧民估摸着西瓜已经成熟，就摘来吃。他发现西瓜颜色鲜红，吃起来又沙又甜又多汁，瓜香味特别浓，是记忆中多年前的味道。

　　这个牧民趁到集市买给养的机会，带了一些瓜回去给自己在街上开饭馆的姐姐。一天，两名在附近收购土特产的年轻商人来牧民姐姐的饭馆吃饭，看到堆在墙角的七八个西瓜，发现它们与市场上的西瓜大不相同，十分好奇。

　　这两人可不是一般的商贩，他们是兄弟俩，都毕业于西北的一所农业大学，对瓜果种植颇有研究，哥哥名叫吕四海，弟弟名叫吕志农。

　　哥哥吕四海看到这几个西瓜，惊奇地叫弟弟："志农，你快来看！这几个西瓜你是不是很熟悉？"

吕志农走过来把每个瓜都看了看、摸了摸，还轻轻地拍了拍，露出惊讶的神情，激动地对吕四海道："哥，奇迹呀，这是我们农大配方实验田里的西瓜呀！这可是天价西瓜呀，是用来研究的，不是用来吃的呀。因为研究所在全国都没有找到合适的土壤进行推广种植，所以，这么好的品种，只能在实验田的配方土壤里生长。没想到，今天在这个小饭馆大开眼界了。"

吕四海小声道："志农，我们先买一个西瓜尝尝。要是这西瓜能达到咱们农大配方实验田里那些西瓜的口感，我们就打探一下这些西瓜的产地，进行实地考察，不但要取土样、水样，还要现场选择不同地点，亲自采摘十几个西瓜，并将他们买下来作为检材，一起拿到农大去化验。要是化验结果都达标，以后我们就下订单专门收购这里的西瓜，建立固定的供销关系。"

吕志农道："哥哥好想法。光下订单收购恐怕还不太保险，不行我们就把地包过来自己种，雇用以前的瓜农给我们干活儿。他们既能收承包费，还能挣工资。我们统一种植技术标准，避免产品质量参差不齐。"

吕四海笑道："你说得有道理。不过，现在还不是考虑这些问题的时候。我们先吃瓜再说。"

吕志农找到饭馆女老板，道："老板，我们想买一个你地上的西瓜吃。一个西瓜多少钱？"

女老板道："你们是我店里的客人，挑一个切开吃就行了，不要钱。这是我弟弟给我送来的，不知道好不好吃。我这里有切瓜的刀。"女老板说着，便从抽屉里拿出一把瓜刀走进厨房，打开洗碗池的水龙头冲了冲，走到吕四海面前，递给他。

吕四海接过瓜刀，说了声："谢谢！"

他挑了一个看上去最差的瓜。女老板道："你们是客人，不要客气，挑一个好一点儿的瓜嘛！你怎么挑这堆西瓜里最差的一个瓜呢？看这个瓜的样子，可能还没有成熟呢。"

吕四海半开玩笑地说道："谢谢老板。不太熟的西瓜要嫩一点儿。嫩一点儿的西瓜有营养。"女老板笑了笑,到厨房帮忙去了。

吕四海切瓜的刀尖才刚刚刺破瓜皮一点点,西瓜就发出清脆的炸裂声,一股浓郁的瓜香扑面而来。那西瓜从刀尖处整齐地裂成两半,鲜红的瓜瓤带着瓜沙,水汪汪的,让人一看就流口水。

吕志农高兴地喊道:"哇!就是这样的!哥,就是这样的,和咱们农大配方试验田里长出的西瓜一模一样啊!"

吕四海切了一牙瓜递给吕志农,吕志农接过后迫不及待地吃了起来,边吃边感叹道:"好瓜!我从来没有吃过这么好吃的西瓜,又香又甜又沙,还有一点儿脆,真好吃!这西瓜要是销往内地市场,一斤得卖十几块,而且供不应求……"

吕四海没有在意吕志农说什么。他用瓜刀切了一个薄片,对着窗户透进来的光亮,认认真真地观察着,还不时地把西瓜的薄片凑到鼻子边闻一闻。良久,吕四海切了一牙瓜,一小口一小口地吃了起来。他一边吃,一边品味着这西瓜的香甜和余味,脸上露出十分满意的笑容。

吕志农小声对吕四海道:"哥,我们……"

未等吕志农说完,吕四海便给他递了个眼色,道:"咱们先吃饭。你看,老板已经开始上菜了。"

说话间,饭馆女老板端着刚出锅的大盘鸡出来了,问道:"两位贵客,西瓜的味道怎么样,嫩瓜有甜味儿吗?"

吕四海道:"这瓜非常好吃,是谁家种植的?能不能帮我们联系一下,我们想收一些,运回内地送朋友。"

女老板道:"你们先吃饭吧。现在已经过饭点了,就你们俩来吃饭。这西瓜是我放羊的弟弟送来的。他从哪里弄的,我不知道。他现在到街上采购物资去了,一会儿还回来,你们自己问他就行了。你们快吃饭吧,别饿坏了。"

吕四海和吕志农一边悠闲地吃着当地有名的美食大盘鸡配皮带面,一边聊着天,等待女老板的弟弟归来。女老板不时地侧耳倾听二人的谈话……

吕氏兄弟二人聊得正酣，从门外进来一个壮汉。他一进门，就冲着饭馆女老板道："姐，我东西都买好了。你给我做一大碗羊肉揪片子，多放点儿青菜和西红柿，我吃了就回塔什东去。"

女老板笑眯眯地看着弟弟，眼里充满了关怀，对他道："弟，我估摸着你快回来了，揪片子已经给你做好了。你洗洗手，快来吃吧。"说罢，女老板端着一大汤盆揪片子出来了。

那壮汉洗手后，正要坐到桌子边去吃饭，被女老板叫住。女老板对吕氏兄弟道："两位贵客，这是我弟弟。我们姓廖，我弟弟叫廖小军。他前些年搞牛羊育肥，牲畜生病，亏大本了。后来我们凑了点钱给他，他买了一些羊，自己在戈壁滩上放牧。几年下来，羊群变大了，欠的账也在一点一点地还。"

女老板话还没有说完，廖小军就插话道："哎呀！姐，这些人我都不认识，你在人家跟前说我的短处干吗？"

女老板严肃地说道："小军，你听好了，这两位贵客可不是一般的人。我一直在听他们说话。我不太听得懂，但是，我感觉他们可能会是你的贵人。他们看上了你给我拿来的西瓜，有话要问你。你把你知道的都告诉他们。要是他们将来在这里投资干大事，你也有机会跟着他们做点儿小事不是？你姐开饭馆还开着耳朵呢，有机会你可得把握住。"

吕四海和吕志农闻言面面相觑，心想："这饭馆女老板是个十分有心的人，不光开饭馆，还时刻关注着顾客透露出来的信息。"

廖小军很听姐姐的话，转身和吕氏兄弟握手打招呼。吕四海详详细细地询问了这些西瓜的来历，廖小军毫无保留地告诉了他们。廖小军还说："等我吃了这盆揪片子就带你们去我放羊的取水点。那个地方靠河边不到200米，在胡杨河的上游。河水有时断流，有时太大太猛，河岸边芦苇太密，不好取水，为了方便给牲畜喂水消毒，我打了一口压水井，水质非常好，很甜，直接喝都没有问题。还有些西瓜没有摘，你们可以亲自摘。"

吕氏兄弟闻言甚喜，饭后便随廖小军去了塔什东……

第十三章　瓜王法务

一个月后，吕志农从农大的研究所拿到了报告，终于破解了廖小军随意种植的西瓜好吃之谜：那一片带红沙土的戈壁滩富含硒、锌等微量元素，种植出来的瓜果又甜又有营养，加上绿洲县光热资源丰富，昼夜温差大，十分适合瓜果生长。

吕氏兄弟拿到检验报告后兴奋不已，迅速在当时的绿洲县工商行政管理局（现市场监督管理局）注册了绿洲县四海瓜园有限公司（简称"四海瓜园公司"），还注册了"四海"牌瓜果商标，随即向政府申请塔什东水土开发项目。

其实，绿洲县人民政府早就布局了塔什东水土开发项目，一是顺应国家三北防护林的总体布局；二是建设胡杨河上游水利枢纽工程，更大范围地解决绿洲县防洪抗旱和水力发电等问题。

吕氏兄弟的四海瓜园公司通过招商引资，获得了2500亩荒地的水土开发权，种植出了知名度很高的"四海"牌西瓜。"四海"牌西瓜在省内外市场的销售价格都能超过10元一斤。塔什东的西瓜亩产量超过5000斤，意味着一亩西瓜的产值在5万元以上。在政府部门的统一规划下，塔什东很快成了众多私人资金参与水土开发的热土。塔什东西瓜也成了地理标志性产品。起初，这里的种植户在吕氏兄弟的技术帮助下，纷纷与四海瓜园公司签订西瓜种植收购合同。种植户们都捞到了第一桶金。廖小军获批100亩荒地的水土开发权，在吕氏兄弟的重点帮扶下，两年便还清了所有债务，还在绿洲县城买了商品住房。塔什东种植西瓜，快速地富了一大帮人……

盛夏，正是塔什东西瓜成熟的季节，这片曾经寂静的土地一下子变得热闹起来。附近小镇的宾馆和招待所住满了收购西瓜的客商，小镇上的商贸、餐饮和住宿生意都火爆起来。廖小军姐姐饭馆的生意自然也很好，这姐弟俩成了整个小镇百姓口中的传奇人物。因为他们姐弟的原因，爆出了塔什东的戈壁滩能种出绝品西瓜的天大富贵，还引来了吕氏兄弟这样的农业专业的大学生老板，每每有记者来采访，他们姐弟俩都会被邀请。

和廖小军一样，塔什东的西瓜种植户依靠吕氏兄弟的种植技术帮助和全额收购，家家户户都挣到了钱。随着财富的增长，一些不甘于发小财的种植户也学着吕氏兄弟的模式注册公司、注册商标，小小的塔什东西瓜，很快冒出十几家种植销售公司、十多个商标品牌。周边的农户看到塔什东种植西瓜这么挣钱，纷纷放弃种植传统的经济作物棉花、胡麻，开始在自己的农村集体承包地里种植西瓜。虽然塔什东附近农户种植的西瓜不及塔什东的西瓜好吃，但比起国内其他产地的西瓜，还是要好吃很多。

在财富的吸引下，围绕塔什东西瓜种植的乱象逐渐出现了：一方面，部分外来商户想降低成本多赚差价，不收价格较高的塔什东西瓜，专门以相对较低的价格收购周边农户的西瓜来冒充塔什东西瓜，甚至私自印刷"四海"西瓜的包装箱，冒充四海瓜园公司的产品，在南方大城市销售，严重侵犯了四海瓜园的商标专用权和商业声誉；另一方面，随着外来收购西瓜的商贩蜂拥而入，许多与四海瓜园公司签订收购合同的种植户开始背弃契约精神，有的找吕氏兄弟，加价才交瓜，有的直接毁约，把西瓜卖给每斤比订购合同多加几分钱的外来收购商贩。除了廖小军和他的几家亲属坚守合同外，吕氏兄弟几乎收不到其他种植户的西瓜。

"四海"牌西瓜寻求法律保护刻不容缓，四海瓜园公司的两大股东吕四海、吕志农面对如此境遇，一时间心急如焚。

夏日绿洲县的清晨，空气微凉，没有闷热感，绿化带里鲜花盛开，蜂蝶飞舞。被前一天中午太阳炙烤得发蔫的树叶，经过一夜的休整，重新焕发出勃勃生机，绿绿的枝叶迎着晨风招展……

金海嫱像往常一样，开着那辆商务车带王铁帆、程雪凤、刘冰冰到所里上班。今天他们四人来得最早，略为律师事务所还没有开门。在办公室楼下，有两名体型健硕、愁容满面的男子，在等待着律所开门。

见到王铁帆等四人，二人中年长的一位连忙上前问道："你们好！请问你们是这家律师事务所的律师吗？"

王铁帆道："我们是这个所的律师。你们有什么事情吗？"

第十三章　瓜王法务

那位年长的闻言甚喜，道："我叫吕四海，这是我弟弟，名叫吕志农。我们是绿洲县四海瓜园有限公司的负责人，现在遇到点事情，想请律师帮忙解决。"

王铁帆闻言，连忙和他们握手，并带着十分的敬意说道："哦！四海瓜园公司，咱们县里的明星企业嘛！你们兄弟俩的创业故事经常被各大报刊和电视新闻报道，真是久仰大名，如雷贯耳呀！你们跟随我们上楼吧。到会客厅先喝点茶水，再慢慢说。"

……

在略为所的会客厅里，得到礼遇的吕四海与吕志农心情稍微舒缓了一些，但是仍然愁容满面。兄弟二人轮番向王铁帆、金海嬬、程雪风、刘冰冰诉说四海瓜园公司品牌被侵权、合同被摒弃、公司无法交货面临违约赔偿的遭遇。

两兄弟看上去都只有30岁出头，中等身材，一口四川话，脸上皮肤被塔什东的风沙和阳光打磨成古铜色。他们嘴唇发干，还带着微微裂开的结痂，都戴着近视眼镜，眼镜后面各有一双炯炯有神的眼睛，闪着熠熠的光，言行举止间，透出抹不去的书生气。刘冰冰给吕氏兄弟二人端来两杯凉茶，二人纷纷道谢。

刘冰冰道："看你们嘴唇都干裂了。这是我们自制的冰镇凉茶水，你们一边喝一边聊吧。"

王铁帆也道："小刘律师说得对，两位吕总，你们先别急，先喝点凉茶水，润润嗓子再继续说。"

吕四海看上去很着急。他喝了两口凉茶水，对王铁帆道："王律师，这次来我们有三个问题要和你们所谈。第一个问题是如何处理不良商贩私自印刷带有'四海'牌商标的包装箱。包装箱的尺寸、图案、版式全都是按我们公司正牌的包装箱一比一制作的，除了没有我们公司的出货批次封装条章、号码章之外，单从外表看，足能以假乱真。"

王铁帆问："你这第一个问题是正在发生的事情，还是以前发生的事情？"

吕四海道："这是正在发生的事情。这些商贩都跟随着我们，看我们在哪里打开了市场，他们就往哪里投放这些侵权的西瓜。如果西瓜是从塔什东收购的，不光是包装，连口感都和我们的正品完全一样。现在到内地市场就能抓到现行。"

吕志农补充道："我们四海瓜园公司的西瓜包装箱是请专业机构设计的，通过申请获得了外观设计专利。"

王铁帆道："这个问题比较容易解决，你们可以向市场监督管理部门报案，由他们依法查处。待市场监督管理部门查处以后，我们以此为证据，依法对侵权行为人提起民事赔偿诉讼，让他们赔偿损失。另外，打假维权要注意策略，切忌吹吹打打嚷嚷开，到时候消费者分不出真假，来个一律不买，你们得不偿失。"

王铁帆接着说道："这个问题就由有关部门去办吧，不能急于一时。你们的第二个问题是什么？"

吕四海顿了顿，继续说道："第二个问题是我们目前出现了最大的危机。为了保证西瓜的质量，让消费者花了高价，能吃到真正的塔什东红沙地西瓜，我们除了自己种植，还跟真正属于塔什东红沙地水土开发区域的种植户签订了《西瓜种植收购合同》。前些年这里还没有火起来，种植户们都非常守约。这两年我们公司以"四海"牌向内地开拓高端西瓜市场获得成功，和内地客户签订了巨额的西瓜交易合同。为了保障合同的完成，今年塔什东红沙地种植户和我们公司签约后，我们提供了西瓜种子、有机肥，还派有专业技术人员在田间进行指导管理。现在西瓜成熟了，要收瓜了，只有20%的种植户感激我们前几年的帮助，愿意履行《西瓜种植收购合同》；有40%的种植户要求提高收购价才交瓜；还有40%的种植户因为外来商贩每斤西瓜比合同价高了几分钱，就已经把西瓜卖给收西瓜的商贩了。对这些毁约的种植户的毁约行为，我们公司该怎么办？我们公司完不成给内地公司合同约定的交货数量，要支付巨额违约金，该怎么办？"

王铁帆问："吕总，您的第二个问题说完了吗？"

第十三章 瓜王法务

吕四海道:"说完了,就这个情况。"

王铁帆道:"各位律师,吕总所说的第二个问题,他已经把基本情况告诉大家了,大家从专业的角度,看看有什么需要问的没有?"

程雪风问:"吕总,您和种植户签订《西瓜种植收购合同》时给他们付定金没有,合同约定违约金没有?"

吕志农道:"我和我哥都是学农业的,不懂法律,这个合同是公司的会计写的。凡是和我们签订《西瓜种植收购合同》的种植户,我们都按照他的种植面积,每亩付了300元的订金。塔什东那边的种植户办的都是水土开发手续,每户最少都有100亩的种植面积,所以,最小的种植户我们也支付了3万元的订金。签约的种植户一共有61户,签约的西瓜种植面积8000亩,订金一共付了240万元。我这里有合同,还有种植户收到订金时打的收据。"

吕志农一边说,一边将一沓合同文本和一沓收据递给程雪风。

程雪风翻看了一下,连连叹息,连连摇头。坐在他两边的金海嫱和刘冰冰也凑过头来看,两人看后露出一脸无可奈何的表情。

王铁帆问道:"怎么回事?你们看了合同和收据,一个个变得像泄了气的皮球。"

程雪风道:"帆哥你看,我们看到的'订金'和听到的'定金',虽然 dìng 的发音相同,但是字不相同。'定'和'订'两个字,在法律上的意思可全然不同啊。"

王铁帆一看,合同约定的是,绿洲县四海瓜园有限公司在西瓜种植前,每亩支付种植方"订金"300元,种植户出具的收据上写的也是,收到绿洲县四海瓜园有限公司付"订金"多少多少元。

王铁帆看后愁眉紧锁。吕氏兄弟见这四个律师的表情如此,感到情况不妙。吕志农连忙问道:"王律师,这些合同和收据有问题吗?"

未等王铁帆发话,刘冰冰接话道:"当然有问题。问题还大了去了。给对方的惩罚性条款都变味了,难怪人家敢毁约。"

吕四海闻言，连忙问："小刘律师，请你说详细点。给对方的惩罚性条款怎么就变味了呢？"

刘冰冰道："你这个合同没有约定违约金，给对方的约束力不强。现在把'定金'写成了'订金'，'定金'的约束力也被解除了。"

吕四海道："是我把违约条款删除了。我没想在合同上做文章，想着这些种植户都是邻居，不会违约甚至毁约，没有必要把合同写得冷冰冰的。但是，我们的合同有'订金'条款呀。在普法课上，普法老师讲过，合同约定了'订金'，对方违约，不是要给下定的一方双倍返还吗？"

刘冰冰道："吕总，从发音上你说的都没有问题，但是，"言"字旁的'订'和宝盖头的'定'读音相同，在法律上的意思可不一样。只有宝盖头的那个'定'的'定金'才是你说的这种情况。可是，你这合同和收据上写的 dìng 金的 dìng 都是'言'字旁的'订'而不是宝盖头的'定'，对对方构不成法律上的违约双倍返还的惩罚呀。"

吕四海闻言，一脸茫然，喃喃自语："怎么会这样，怎么会这样呢？"

刘冰冰看到吕四海茫然的样子，突然感觉到自己的语言似乎太犀利了一点，语速和音频跟法庭辩论似的，不忍心再说什么，赶快示意金海嫱说话缓解一下吕四海郁闷的情绪。

金海嫱微微一笑，接话道："吕总，你们不要着急，先喝一点凉茶。你们听我给你们讲一下定金和订金的区别：宝盖头'定'的'定金'是规范的法律概念，是一种担保形式；而'言'字旁'订'的'订金'并非法律语言，没有明确的法律规定，在审判实践中一般被视为预付款。两者的法律效力也是完全不同的：如果买方交付的是'定金'，那么买方违约则定金将被卖方没收，卖方违约则必须向买方双倍返还定金；如果买方交付的是'订金'，那么不论哪一方反悔，卖方都只需原数退还订金。所以，这个合同对违约方没有多大约束力。"

吕四海听罢在一旁一言不发，神情失落。

吕志农道："金律师，我们公司和种植户毕竟签订了《西瓜种植收购合同》，虽然合同约定得不到位，但从法律上讲，我们公司是守约方，难道守约方得不到法律的保护吗？"

金海嫱再次微微一笑，道："这正是我要给你们说的第二个问题。你们的付出都能得到法律的保护，包括支付每亩300元的订金、西瓜种子钱、提供的有机肥料钱、专门派到田间地头指导管理的技术人员的费用。虽然你们没有约定违约责任，但是可以要求他们承担法定违约责任。"

吕氏兄弟闻言，眼神一下子变得有光彩了，不约而同地问金海嫱："什么是法定违约责任？"

金海嫱道："《中华人民共和国民法典》第五百八十四条规定，当事人一方不履行合同义务或者履行合同义务不符合约定，造成对方损失的，损失赔偿额应当相当于因违约所造成的损失，包括合同履行后可以获得的利益；但是，不得超过违约一方订立合同时预见到或者应当预见到的因违约可能造成的损失。现在你们要在违约后给你们造成多少损失上做文章了，否则，最多把你们支付的订金、西瓜种子钱、提供的有机肥料钱、专门派到田间地头指导管理的技术人员的费用要回来。"

吕志农闻言，两眼放光，道："金律师，我们公司有两大损失：一是目前有40%的种植户已经毁约，还有40%的种植户正准备毁约，一旦这80%的种植户都毁约，将会导致我们不能全额给内地的买家交货，要赔偿巨额违约金，这是短期损失；二是我们公司这次因交不了货而违约，好不容易打开的市场可能就没有了，这可是长期损失。"

金海嫱道："刚才吕总已经说过，有40%的种植户要求提高收购价才交瓜，还有40%的种植户因为外来商贩每斤西瓜比合同价高了几分钱，已经把西瓜卖给收西瓜的商贩了。已经把西瓜卖掉了的种植户已经构成违约，另外那40%没有把瓜卖掉的种植户，暂时还没有违约。"

吕四海道："你们律师能不能出面帮帮我们？从法律的角度去给那40%没

有把瓜卖掉的种植户做一下工作，争取把这40%的西瓜保留下来继续履行合同。这样的话，我们公司的损失就要小得多。"

王铁帆道："我们如果采取法律手段，甚至通过法院诉讼，你们公司愿意吗？"

吕四海道："愿意。这个事儿就交给你们了。我们公司必须跟这些不讲信用和道义的种植户打一场官司。不管输赢，我们都必须把他们送上法庭，让他们感受一下法治教育。输了也没有关系，我们公司毕竟为自己的权利抗争过，输了就算买了一个深刻的教训吧。"吕四海说得斩钉截铁，神情十分悲壮。

王铁帆道："我看了一下，你们要起诉的种植户有11户。他们11户的种植面积就有3200亩，都是相对较大的种植户。冰冰、嫱嫱，你们俩跟吕总把委托合同和委托手续先办了。雪风，你和我一起去给王主任汇报一下四海瓜园公司合同纠纷系列案。吕总，你们俩先办手续，一会儿我们回来告诉你们我们律所的方案。"

说罢，王铁帆和程雪风起身往王海仁主任办公室走去。

二人来到王主任办公室，王主任问："铁帆、雪风，你们和四海瓜园的吕总谈完了吗？"

王铁帆道："他们要谈三个问题，前两个基本谈完，其中第二个问题我觉得最为紧急，所以，就让刘冰冰律师和金海嫱律师先给他们办理代理手续，我和雪风过来给您汇报情况。"

王海仁道："吕氏兄弟所在的绿洲县四海瓜园有限公司，是咱们县里农业发展的明星企业，我县两大拿得出手的土特产，一个是绿洲红枣，另一个便是四海西瓜。市里省里都十分重视四海瓜园的发展，各级领导经常到该公司的种植基地调研。这种有巨大发展潜力的新公司上门求助，咱们一定要全力以赴地提供好法律服务，这也是咱们所拓展业务的机会。你们有什么问题吗？"

王铁帆道："没有什么大的问题。现在吕氏兄弟所在的四海瓜园公司出现了紧急情况，我们有一些应对的想法，但这样做社会影响面很大，不知道妥不

第十三章　瓜王法务

妥当,需要向您汇报。"

王海仁道:"你说来听听,咱们一起合计合计。"

王铁帆道:"近几年,吕氏兄弟的四海瓜园公司,充分利用绿洲县塔什东独特的戈壁红沙土种植西瓜,打造自己的'四海'牌西瓜向内地拓展营销,得到了内地消费者的认可,成功打开了内地果品消费市场。四海瓜园与面向中高端消费群体的内地经销商签订了巨额的《西瓜购销合同》,同时,四海瓜园公司也与绿洲县塔什东的西瓜种植户签订了《西瓜种植收购合同》,签订的种植面积为 8000 亩,并按每亩付了 300 元的订金。签约的种植户一共有 61 户,累计支付订金 240 万元。为了保障合同的完成,今年塔什东红沙地种植户和四海瓜园公司签约后,四海瓜园公司向签约种植户提供了西瓜种子、有机肥,还派有专业技术人员到田间指导管理。现在西瓜成熟了,要收瓜了,只有 20% 的种植户感激四海瓜园公司吕氏兄弟前几年的帮助,愿意继续履行《西瓜种植收购合同》;有 40% 的种植户要求提高收购价才交瓜;还有 40% 的种植户因为外来商贩每斤西瓜比合同价高了几分钱,就已经把西瓜卖给收西瓜的商贩了。因这些毁约的种植户的毁约行为,四海瓜园公司完不成与内地公司所签合同约定的交瓜数量,要支付巨额违约金,这只是一方面。另一方面,这次不能如数交瓜还可能使四海瓜园公司丧失商业信誉,从此断送了塔什东优质西瓜的前程。"

王海仁道:"问题这么严重啊!你能不能说得具体一点?"

程雪风道:"一是目前有 40% 的种植户已经毁约,还有 40% 的种植户正准备毁约,一旦这 80% 的种植户都毁约,将会导致四海瓜园公司不能全额给内地的买家交货,要赔偿巨额违约金,这是短期损失;二是,四海瓜园公司这次因交不了货而违约,好不容易打开的市场就没有了,这可是长期损失。现在要是能把正准备毁约的这 40% 的种植户留住,加上今年西瓜产量比往年高,四海瓜园公司自己还有 2500 亩瓜田,加在一起,勉勉强强能凑够内地买家的订单数量。问题是怎么能够把这 40% 的种植户留住,让他们不毁约呢?"

王海仁道:"这 40% 正准备毁约的种植户有什么要求?"

程雪风道："他们坐地起价，要四海瓜园公司加价。"

王海仁道："加价是能解决问题，但是坏了契约精神，以后签合同还有什么用呢？四海瓜园公司跟种植户签订的合同价格低不低？"

王铁帆道："我们绿洲县普通西瓜在市场上才卖一块二毛钱一斤，塔什东的西瓜，四海瓜园公司的收购价是六块八毛钱一斤，非常高了。我看了四海瓜园公司和内地买家的《西瓜购销合同》，到买方所在地交货价格是九块八一斤，每斤西瓜有三块钱的毛利，看起来不少，但是税收、包装、运输、冷库仓储、商业营运的成本也很高，还有四海瓜园公司签约后，向签约种植户提供了西瓜种子、有机肥，还派有专业技术人员到田间指导管理，这些费用加在一起是一个巨大的成本，所以，四海瓜园公司的收购价已经很高了。"

王海仁笑道："哈哈！铁帆，我知道你办案的办法多，尤其是你画的那个辅助线很厉害。你有啥想法？先说出来让我听一听。"

王铁帆道："我的想法是敲山震虎。"

王海仁吃惊地问道："谁是山，谁是虎？又怎么敲，怎么震呢？"

王铁帆道："已经把西瓜卖掉的那40%的种植户便是'山'，另外那40%正准备毁约的种植户便是'虎'。至于怎么敲？既然这11户，占40%的种植户毁约已成事实，那我们得用法律武器应对。现在我们立即向绿洲县人民法院申请诉前财产保全，把他们的存款按毁约损失保全冻结。我们把损失预估得大一点，冻结的资金金额也大一点，让他们刚刚到手的卖瓜钱，还没有焐热，就被法院冻结，形成一种巨大的危机感。账上没有钱的，就保全冻结他们在塔什东西瓜地的《国有土地所有权证》，并在塔什东水土开发区造成一定的社会影响，使毁约的这11户种植户危机感加重，从而影响那40%正准备毁约的种植户。随后，我们所里派出律师团队，上门给那40%正准备毁约的种植户一户一户地发律师函，阐明利害关系，劝导他们守约并且履约。这样完全可能将那40%正准备毁约的种植户从毁约边缘拉回来，从而彻底化解四海瓜园和内地买家之间的违约危机。"

第十三章 瓜王法务

王海仁看了看程雪风，问道："雪风，你觉得铁帆这样做行不行？"

程雪风激动地回应道："太行了！这种组合拳，只有帆哥想得出来。一般种植户只求财，现在全给申请财产保全冻结了，一冻结就是一年，他们又不太懂法律，那心态肯定是后悔加崩溃了。这对其他准备毁约的人肯定能起到敲山震虎的作用。"

王海仁道："铁帆，你们办事，我很放心。以后这些事情，你们自己做主就是了，不必向我请示汇报。"

王铁帆道："王主任，这个事情一旦实施，社会影响会很大，我们必须先给您汇报，让您心里有底。到时候事情发酵起来，相关领导知道是我们所在操盘，向您问起此事，您那时候一问三不知，怎么行呢？"

王海仁道："还是铁帆想得周全，我收回刚才的话。以后，你们认为需要找我沟通的问题，我随时欢迎。你们快去忙活吧，吕氏兄弟听了你们的方案，今天可以笑着回塔什东了。"

王铁帆和程雪风二人再次回到略为律师事务所的会客厅，吕四海和吕志农向他们投来期待的眼神。吕志农问道："王律师，你们商量出好的办法了吗？"

王铁帆把敲山震虎的方案给大家讲了一遍……

吕氏兄弟闻言大喜。吕四海激动得眼圈潮红，眼泪呼之欲出，哽咽着对王铁帆道："今天来找你们，我算遇到贵人了！看来我们四海瓜园公司有望解除危机了。"

刘冰冰兴奋得像个孩子，对王铁帆道："帆哥，你太有才了！每次遇到疑难案件，你都能想出好办法破局。你这招肯定灵验。"

金海嫦没有说话，微笑着向王铁帆伸了伸大拇指。

吕志农急切地问道："王律师，你们这个方案非常好。今天能不能实施，需要我们做什么？"

王铁帆道："今天要办可以，但是要挤占你们大量的资金。"

吕四海惊讶地问道："打官司还要挤占资金呀？"

223

王铁帆道:"因为我们第一步是向绿洲县人民法院申请诉前财产保全,申请财产保全需要向人民法院提供担保。我们常用的财产保全担保有两种方式:其一,向保险公司购买保险;其二,向办理财产保全的人民法院缴纳同等金额的现金作为担保金。比如你们要求保全冻结别人100万元的存款,就要向你们申请保全的人民法院缴纳100万元现金作为担保。万一将来官司败诉了,被保全财产的当事人要求赔偿,人民法院是应你们的申请采取的保全措施,当然要从你们缴纳的担保金里拿钱出来赔偿了。否则,人民法院就得自己赔偿。"

吕志农道:"那我们就买保险吧。"

王铁帆道:"买保险可以,我们现在就向保险公司申请。他们有一系列审批程序,我们最快也要等3天时间才能拿到保函。拿到保函后向绿洲县人民法院递交财产保全申请,他们受理后出财产保全裁定书,保全裁定书出来后,法院执行局会在48小时内执行完毕。"

吕四海道:"照这样算来,就算我们今天去立案,今天就全额缴纳了担保金,绿洲县人民法院还需要一定时间才能把他们的账户资金保全掉,是不是呀?"

王铁帆道:"是的。但是,法院也可能提前办完。"

吕四海问:"那要缴纳多少担保金呀?"

金海嫱道:"我们刚才已经算了一下,他们的赔偿内容包括三项:一是,你们给这11户种植户交的订金,按总金额240万元的40%计算,是96万元;二是,你们提供的西瓜种子、有机肥、技术指导费按总额400万元的40%计算,是160万元;三是,他们毁约导致你们对内地买家违约的违约金赔偿,因为你们自己有2500亩地,按照你们30%不能交货预估,违约金大约480万元。三项合计736万元。这736万元要按照你们和这11户毁约种植户签订的《西瓜购销合同》亩数进行分摊,计算出每户的赔偿金额,按照这个金额申请诉前财产保全,也按照这个金额缴纳担保金。"

吕四海道:"王律师,买保险太慢了。等保险下来再申请诉前财产保全,准备毁约的这些种植户已经把西瓜卖完了,即便诉前财产保全办下来也没有敲

第十三章 瓜王法务

山震虎的效果。这件事情不能拖，你们现在就起草文书吧，我来想办法筹措担保金，今天就把法院的申请和担保金办完。咱们要尽一切可能利用财产保全的社会影响力来保住这40%还没有卖掉的西瓜。"

王铁帆道："好吧！你们先忙活筹措担保金的事，我们四人每人分几个案子起草文书。现在是11点，还有两个半小时下班。一小时后，我们到绿洲县人民法院立案大厅集合。"

吕氏兄弟愁容渐渐散去，信心满满地筹措担保金去了。

王铁帆四人的办事效率非常高。他们半小时后就来到绿洲县人民法院立案大厅办理立案手续了。吕四海兄弟也凑够了736万元的担保金。上午下班前，11起诉前财产保全案件的保全裁定全部出来了并转交该院执行局。法院执行局派出了6名执行法官，称今天就能全部执行完保全冻结任务。

下午一上班，吕氏兄弟就再次来到略为律师事务所。王铁帆四人在律所会客厅和他们商谈。

王铁帆道："今天下午你们回到塔什东去，利用你们关系好的那些种植户传话，就说那11户毁约的种植户被你们请的律师团起诉了，而且他们卖西瓜的钱已经被法院查封了，一年内这些钱都动不了，还要赔偿毁约造成的损失736万元。一旦这话传到那40%准备毁约的种植户耳朵里，他们的毁约风险危机感就会加重。明天上午，我们四人会全部去塔什东给那40%准备毁约的种植户发律师函，和他们谈一谈，采取一边打一边拉的策略，争取实现你们的诉求。"

吕氏兄弟闻言大悦，告别王铁帆一行，匆匆离去，要赶快回塔什东去开展宣传攻势。

次日，王铁帆一行来到塔什东，在吕四海兄弟和廖小军等人的带领下，给那40%准备毁约的种植户一户一户地发律师函，苦口婆心地讲解毁约的法律后果。其实，那11户毁约的种植户银行账户被法院冻结的事情，昨天下午就在塔什东的种植户中全面传开了，而且冻结他们银行账户的裁定书的图片已经在微信中转发传播，上面明明白白地写着，冻结期限为一年。从字面理解，就意味着，在一年之内，他们银行账户上的钱用不成了。还账怎么办？日常开销怎么办？秋天播种玉米的投入怎么办？过年过节怎么办？明年种西瓜的投入怎么办？一连串的怎么办，使这11户毁约种植户一夜没有睡好，急得像热锅上的蚂蚁。今天一大早，又见到四海瓜园公司从县城请过来的律师团队发律师函，他们远远地跟随着，不知如何是好。王铁帆一行装着没有看到他们。发完律师函，那40%正准备毁约的种植户全部改变主意，明确表示不毁约了，就按合同价格，全面履行合同。

王铁帆等人正待上车离开，那11户的人终于忍不住围了上来，表示他们错了，愿意赔偿损失，希望能解封账户。

王铁帆等人见时机成熟，对他们道："这件事情暂时还办不了，等几天吧。需要等四海瓜园公司把所有种植户的西瓜收全了，看一看给内地买家交货还有多大缺口，才能确定损失。不过，这40%的种植户不毁约，对你们而言是个好消息。他们增产的西瓜可以填补一下你们毁约造成的窟窿，从而减少你们的赔偿责任。你们要记住这次毁约的教训。"

那11户纷纷表示，认识到了毁约是自己的错误，愿意赔偿毁约给四海瓜园公司造成的损失。他们听王铁帆的话入情入理，忐忑不安的心得到了一丝丝的安慰。他们站在瓜田埂上，目送王铁帆一行乘车离开，久久不愿离去……

一切都如王铁帆设计的，通过诉前财产保全和实地做工作，最终保住了那40%的西瓜按合同收购，加上四海瓜园公司自己那2500亩瓜田丰产的西瓜，廖小军等人那20%的西瓜，四海瓜园公司顺利完成了和内地买家签订的《西瓜购销合同》任务。

吕四海兄弟是非常有长远眼光的人。在王铁帆的斡旋下，四海瓜园公司与那11户毁约种植户达成赔偿协议，只要求他们退回订金，赔偿西瓜种子、有机肥还有专业技术人员到田间指导管理的费用，没有追究其他毁约责任。王铁帆、程雪风、刘冰冰、金海嫱秉承律者医心，用法律和智慧，化解了这起群体

第十三章　瓜王法务

性的社会矛盾，各方皆大欢喜。

翌日清晨，吕氏兄弟再次来到略为律师事务所，向王主任隆重地送上了一面锦旗，上书：化法为良药，律者有仁心。王海仁看到锦旗上的内容，心中十分欣慰，从吕四海手里双手接过。

吕四海握住王海仁主任的手道："那天我说了，要跟王律师他们谈三个问题。已经谈了的两个，解决了一个，有一个还没有启动。今天我想和王主任谈第三个问题。这第三个问题就是我们公司要从你们略为所聘请一个律师团队，担任我们四海瓜园公司的常年法律顾问。法律顾问费按律师人数计算，每人每年10万元的标准，我们准备每年出40万元。除了我们公司的法律服务外，我们愿意额外再加10万元的费用，加到总签约金额里，希望你们在塔什东设个联系点。我们在种植基地给你们设个办公室，挂个牌子，你们每个月去一两次，给那里的种植户们上上法律课，提供一些法律咨询。这样一来，我们每年签约的法律顾问费为50万元。一次签三年。签约后即付第一年的法律顾问费，每年度都先付费后服务，以此类推。"

王海仁主任道："谢谢吕总信任。我们接受你们的聘请，还是安排王铁帆、程雪风、刘冰冰、金海嬗四名律师，作为你们聘请的律师团的成员。"

吕四海道："我们正是这个意思，谢谢王主任成全。"

吕四海兄弟为了扩大影响，斥资二十余万元，专门请庆典策划公司布置举办绿洲县四海瓜园有限公司聘请略为律师事务所为法律顾问的签约仪式。

仲夏的一个清晨，阳光明媚，凉风轻拂，略为律师事务所门前彩旗飘飘，门前拉着巨大的横幅，上书"绿洲县四海瓜园有限公司聘请略为律师事务所为常年法律顾问签约仪式"，吕四海还邀请了相关领导和嘉宾参加。签约仪式议程设置了相关领导讲话、吕四海总经理讲话、王海仁主任讲话环节。随后，在门前的签约台前，王海仁主任和吕四海总经理签订了《常年法律顾问合同》。这一消息被众多媒体报道。

第十四章

担保危情

夏末的绿洲县是干热而又清凉的，很少有潮湿闷热的桑拿天气。随着太平洋连续大台风的吹刮，潮湿的水汽云团被顶上高空，越过秦岭，飘到大西北，也笼罩了绿洲县。在闷热中，一场罕见的暴雨倾盆而下，洗礼了这里的高楼、街道、果园、林带、戈壁滩、沙梁、高山、沙漠……

很少见过大雨的孩子们欢呼雀跃，根本不听家长们的呼喊，执拗地跑进雨里，在小区的空地上淋雨奔跑嬉戏。大人们也望雨欣喜，或是挤站在小区的单元门口，或是站在停车场的车棚下，或是趴在自家的窗户前，看雨落下的线条和激起的水泡，品闻雨气中的泥腥、草香，还有各种在干燥的空气里无法显现的味道。

一场大雨，使大人和孩子们各得其乐。约莫半个小时后，大雨小了，接着便是零零星星的小雨点，小区里的街道上变得满目狼藉，树叶、枯树枝、广告纸片、塑料瓶、塑料袋，还有雨水洼积流过后形成的，一绺一绺的泥垢……

下午，天晴了，金海嬗、刘冰冰、王铁帆、程雪风照往常一样去略为所上班。今天，县上号召临街单位和经营实体都要到自己楼前的大街上清扫垃圾，略为所自然也包括在内。略为所现在队伍壮大了，全所上上下下已经达到20人。所里近两年陆陆续续新招收了10名大学生，全都通过了国家法律职业资

第十四章　担保危情

格考试，大部分处于实习期，金海嫱、刘冰冰、王铁帆、程雪风也开始带徒弟了。大伙儿在义务劳动中干得热火朝天。

王铁帆正在神情专注地清扫垃圾，金海嫱从侧面拍了拍他。他回头问："嫱嫱，怎么了？你要是累了就回办公室休息。我们农村长大的孩子，干活儿在行。"

金海嫱道："你在想什么呀，难道我们城市长大的孩子就不会干活了吗？你的手机响了。"

王铁帆俏皮地笑了笑，道："对不起，亲爱的，可能是因为我太关心你了，所以没有注意到。"

说着，他从牛仔裤后面的口袋里拔出手机。一看，是个陌生电话，但他还是接了，道："喂！您好！略为律师事务所，有什么可以帮您的吗？"

电话那边是一个苍老的男声："小王律师，你好！我姓江，名叫江东来，是县教科局的退休老干部。你不认识我，但是我知道你，是四海瓜园公司的吕总给我电话的。我们几个老同志还有几名上班的老师，遇到了一起经济纠纷，我想去拜访你一下，你现在方便吗？"

王铁帆道："江叔，今天下大雨，现在雨停了。县上要求清理街道上的垃圾，我们正在街上做义务工呢。这样吧，明天是星期六，休息时间，您把您的那些老同志和那几名上班的老师都带到所里来，这样既方便又能保密，对体制内上班又要顾忌影响的人比较合适。"

电话那边的江老道："好吧。明天你先睡个大懒觉。我召集好他们，上午十点半去找你们，好不好？"

王铁帆道："好的，江老，咱们明天上午十点半见。"

次日，王铁帆四人睡了个懒觉，十点钟才出门。他们来到那家永远吃不腻的"老字号手工牛肉面"餐馆，每人美美地吃了一碗加肉牛肉面，程雪风和王铁帆还每人加了一个肉夹馍。四人来到略为所办公室楼下，见老老少少有十来个人正在等着他们。王铁帆把他们迎接到略为所的会议室，刘冰冰、金海嫱忙

229

律者医心

活着给他们沏茶倒水。

寒暄之后,王铁帆道:"江老,昨天是您给我打的电话吧?您说有什么经济纠纷要找我们咨询。今天是星期六,整个律所的同事都在休息。考虑到你们有的是退休老干部,有的是在体制内上班要顾忌影响的人,知晓范围越小越好,所以,我只叫了我们团队的律师。今天上午,我们四名律师专门为你们服务。你们先说一说具体情况吧?"

江东来嘴角抽动了一下,情绪显得有些激动。他尽量控制住自己的情绪,强作镇定道:"谢谢王律师为我们考虑得这么周全。我就长话短说。说得不到位的,其他人再做补充。"

王铁帆道:"好的,江老,您尽量讲得详细一点。"

江东来道:"事情是这样的:前些年绿洲县水土开发很热,在开垦的荒地上种植西瓜、种植红枣都有很好的前景。后来国家环保要求严格了,荒地不允许开了,外来做买地、包地投资的人越来越多,已经办了《国有土地使用权证》的土地,转让价格飞涨。能种西瓜的白地转让价格从以前的两三千块钱一亩,涨到了两万到三万块钱一亩;种植了红枣树的,只要成活率在60%以上,每亩地的土地使用权转让价格可以达到三万五千块钱到五万块钱。好多人的眼睛热了,都做发财梦,想买地。这些人中,只有一小部分人有钱,能全额投资买地,大部分人都是自己有一些钱,但需要找亲戚朋友借钱或者到银行贷款来解决资金问题。经济普遍热络的情况下,流行的话也多,比如'你不理财,财不理你''买到就是赚到',等等。当时,国家也鼓励民间借贷,只要年利率不超过36%都是允许的,身边出现了许许多多借钱给这些投资者买地,等人家把地的手续办下来后,从银行贷款还本付息的人。现在双职工上班的,哪家都有三五十万块钱的存款。比如,把五十万借出去,一个月就能赚一万五的利息,一年下来能赚将近二十万。还有的投资者借钱不是为了买地,而是因为银行的贷款到期了,要从民间找人借钱,凑钱先把贷款还了,保住银行贷款的信用,然后重新申请贷款,贷出钱来后,再还民间借款本金和利息,这种情况叫

第十四章　担保危情

作'过桥借款'。由于红枣价格年年看涨，西瓜种植也年年赚钱，身边这些做民间借贷的人也赚到了钱，买房子、买车子，个人穿戴更是名牌加身。这样一来，许多人都坐不住了，纷纷加入民间借贷的队伍。还有一些人碍于亲情和友情，被劝说到银行去给借款人担保。去年因为西北地区红枣、西瓜的种植面积积累增加，果品产量也普遍增加，销售价格直线下降，还出现大批量的滞销，投资者大多数开始亏钱。有的还不上民间借贷，因为借款人还贷后，银行重新评估抵押物，抵押物估值下降，银行便压缩了贷款数额；还有的还不起银行贷款，银行向担保人追债。唉！现在弄得一团糟。"

说到这里，江东来长叹一声，其他人则默不作声。

王铁帆道："江老，您说的这些情况我们也比较了解。正如江老所说，随着当地对矿产资源、水土开发项目的不断推进，引来了各地的企业和创业者，尤其是开荒种瓜、种植红枣、种植中药材的比比皆是，曾经荒凉寂静的戈壁滩成了拓荒者的乐园。随着国家对环保要求的提高，新开荒地项目逐渐停批，已经开垦好的荒地价格开始疯涨。投资者资金不足，就开始借款投入，从而就出现了民间借贷、民间借贷担保、金融借款担保这些高风险的经济活动。从今年春天开始，我们接待的咨询案件和正式办理的案件中，民间借贷、民间借贷担保、金融借款担保案件占了很大的比例，前些年这三类案件是比较少见的。这和产业跟风导致产品过剩有很大关系。前些年，咱们绿洲县种植红枣和种植西瓜，老百姓和投资者都赚得盆满钵满，周边邻近的县市也开始效仿，你们种红枣、种西瓜能赚钱，我们也跟风种植。物以稀为贵。现在产品太多，良莠不齐，严重违背市场规律，出现低谷期很正常。但是，遇到低谷期的投资者、民间借贷者、借款担保人就会面临法律危机，而且后果严重，影响长久，甚至会冲击家庭的和睦。"

这时，与江老一起来的另一位老干部道："今天在座的人中，数我的年龄最大。我在绿洲县生活了65年。因为这里远离大城市，受大城市金钱思想影响较小，还算是个民风淳朴的地方。刚才你们说的这些情况，以前都没有过。

律者医心

现在问题出现了,就像王律师说的那样,后果严重,影响长久,甚至会冲击家庭的和睦。我的儿子在事业单位工作。他的一个同学借钱买地,找到我儿子儿媳妇担保借了50万元,每月两分利息。现在他的同学还不起了,连本带息算下来欠了70多万元。出借人申请财产保全,把我儿子儿媳妇的工资冻结了。小两口每人每月工资就6000多元,要是法院判下来,那个同学没钱还债,法院就要一直扣这小夫妻的工资还债,每月只留点生活费,要扣十年八年才能扣完。为孙子上学,小两口在沙洲市买的学区房每月要还按揭贷款,现在已经快断供了,儿媳妇气得开始闹离婚。唉!这样下去怎么办呀?"

刘冰冰见这些来咨询的人都没有往正题上说,插话道:"各位,我们时间有限,请大家直接说今天找我们要咨询什么事情。你们是同一件事情,还是各有各的事情?证据都带来了没有?"

江东来情绪激动地说道:"小刘律师,我们10个人是为同一件事情来找你们的,具体情况就由张晓东老师来说吧。张老师是县三中高中部的政治老师。他给学生教法制课程,比我们懂法。我们这10个人里,只有他能给你们说清楚。本来很简单的事情,现在弄得十分复杂。希望几位大律师听完后,能给我们排忧解难。我老头子就拜托你们了!"

张晓东道:"几位律师,在刚才的对话中,江老等人已经把事情发生的背景和想发财的动机给大家讲清楚了。现在我给你们讲一讲发生在我们这10个人身上的案子。

"绿洲县城金钏路口县三中对面的聚宾汇酒家,在咱们县城的饭馆中还是比较有名的,生意一直做得很不错,大家可能都去光顾过。前几个月它关门装修,听说已经装修完,开始试营业了。刚才来时我还看了,'聚宾汇酒家'的招牌没有变。这个饭馆的老板名叫邓德豪。他前些年开饭馆攒了一些钱。看到绿洲县种植红枣、西瓜的投资者大都发财了,土地使用权转让价格年年上涨,他也眼热了,就在县城西边的水土开发区物色了一块枣树地。这块地共250亩,谈转让时枣树已经种了三年,苗很齐全。因为枣树一般要生长五年以上才

第十四章　担保危情

有比较好的收成，原土地使用权人置地种树，年年投入不见收成，已经熬不下去了，决定以每亩地3万元的价格，将这250亩地转让给邓德豪。人家净拿750万元，需要一次性付款，税费由邓德豪全部承担。

"平心而论，这个价格在当时非常低。按当时的地价，卖到35000元以上都不算高。好事摆在眼前，邓德豪手里只有400万元现金，没有那么多钱，就开始到处托关系借钱。

"我们这10个人，4个老领导，加上我们6个还在上班的，一直以来都是聚宾汇酒家的老主顾。邓德豪为人热情豪爽，我们和他很熟识，关系也很好，算得上比较要好的朋友。

"他为了买这块地，自然而然地找上我们借钱，多次把我们请到他的饭馆吃饭。他告诉我们，饭馆每天有1万元以上的营业额，每年保守计算，挣个150万元是没有问题的。现在他自己有400万元，缺口350万元，想先从我们这里借。等土地过户后，他用土地证向银行抵押贷款，贷出款来就还我们。他说有钱大家赚，他不亏待我们，利息按月息三分计算。我们都知道，这个饭馆生意确实很好。见身边许多人借钱赚利息都发财了，何况邓德豪实力雄厚，对我们来说，这真是个送上门来的赚钱机会，我们就动心了。大家商量了几次后一致决定，每人凑35万元，把钱借给邓德豪。

"没有想到的是，过户的契税和所得税等税负加起来花了将近50万元，我们每人又给他凑了5万元。3个月后，邓德豪的土地使用权证办下来了，可以贷款还我们的钱和支付利息了，算下来每人有36000元利息，大家都美滋滋地等着收钱。银行经过评估和贷款审查，对邓德豪这250亩国有土地使用权及附着物抵押贷款的授信额度确定为300万元。但是，邓德豪必须贷出436万元，才够还我们10个人的本金和利息。银行信贷员告诉他，找10个有固定收入的人来签字担保，每个人可以给予15万元的授信额度，再和土地使用权抵押绑定，还可以单独申请贷款136万元，这样的话，贷款436万元一点儿问题都没有。于是，邓德豪又把我们请到一起吃饭，告诉我们，帮忙签个字担保一下，就可以把本金和利息全部贷出款来还我们。我们10个人合计，他这块地，买地加税款共计850万元，现在只贷款450万元，对我们来说，没有什么风险，就算降价一半卖了还贷款，也基本上够了。再说，他饭馆的生意很好，一年还百把万元不成问题；第二年红枣树的树龄就四年了，初步进入盛果期，按当时的行情，红枣地的收入也有100万元不止。这个贷款担保就是走个形式而已，根本不会牵连到我们10人，也不会给我们造成损失。何况邓德豪贷款的资金全部都是用来还我们10个的本金和利息的。于是，我们就到绿洲县商业银行信贷部去给邓德豪贷款436万元提供了补充贷款担保。邓德豪说话算话，这436万元贷款下来后，他一分没留，全部还给我们10个人了。事后，我们也没有再去想这件事情。

"我们经常在他的聚宾汇酒家聚餐。邓德豪对我们跟往常一样热情，偶尔也请我们吃饭。席间，他会给大家敬酒，每次端酒总是十分感恩地说，他有今天这份家业，多亏我们当时帮忙……

"这个贷款的期限邓德豪签订了一年。在这一年里，他在那250亩地里投资很大，还花了一大笔钱搞农家乐，房子基本上建起来了，还没有装修。银行贷款到期后，他把利息还了，并向绿洲县商业银行申请了展期。他办理展期手续时，又找我们去签字，我们10个人都没有去，展期就没有办成。绿洲县商业银行现在把邓德豪和我们10个人都起诉了，而且，绿洲县商业银行向县法院申请了诉前财产保全，法院已经把我们的工资卡和存款全都冻结了。现在我们不知道该怎么办。来找你们一方面是咨询，另一方面是想请你们帮我们代理这个官司，保住我们的血汗钱。"

张晓东老师终于把整个事情的经过和他们今天来律所的意图讲完了。

刘冰冰问道："张老师，您刚才讲了，邓德豪用那250亩红枣地向绿洲县商业银行申请抵押贷款，当时商业银行给这块地的授信额度是300万元。邓德豪要贷款436万元，需要你们到绿洲县商业银行信贷部去给邓德豪贷款436万元提供补充贷款担保。你们是给整个436万元贷款提供补充担保，还是仅仅对

第十四章　担保危情

136万元提供补充担保？"

张晓东道："我们只是在一张叫作《保证担保合同》的文书上签了字，提供了单位开具的收入证明和身份证复印件，具体内容记得不太清楚，大概是邓德豪还不起贷款，我们10个人要负责任。担保是对436万元贷款承担责任，还是对136万元贷款承担责任，好像没有分清楚，比较含糊。"

程雪风道："你们是一般保证担保，还是连带责任保证担保？"

张晓东道："程律师，你这个问题太专业了，我听不太懂。反正我们按绿洲县商业银行的要求签字担保了，到底做的是一般保证担保还是连带责任保证担保，我也不清楚。这两种担保有区别吗？"

程雪风道："这个区别就大了去了。详细地讲，关于一般保证责任，根据我国《民法典》的规定，只有在债务人不能履行债务，并且在强制执行其财产后仍不能清偿债务的情况下，方可要求保证人履行保证责任。关于连带保证责任，根据我国《民法典》的规定，保证人与债务人处于同一顺序，只要债务人不履行债务，债权人可以要求其中任何一人首先履行债务。从两种责任方式的比较中可以明显看出，在一般保证责任的情况下，法律要求债权人先申请法院强制执行债务人的财产，如果债务人的财产满足了债权人的债权，则保证人的保证责任就会相应被免除。而在连带保证责任的情况下，法律则赋予债权人选择权，债权人可以不先申请执行债务人的财产而直接申请法院向保证人'下手'，因此对保证人而言，承担一般保证责任的风险远远小于承担连带保证责任的风险。现在绿洲县商业银行对你们实施了诉前财产保全，由此看来，你们提供的担保，大概率是连带保证担保。至于担保的范围，到底是担保了436万元，还是担保了136万元，要看了你们当时和绿洲县商业银行签订的那个《保证担保合同》后才知道。"

程雪风此言一出，会议室里鸦雀无声，寂静得能听到心跳声。10个担保人的头上直冒虚汗，面色变得苍白，现场情况十分紧张……

金海嫱出身医学家庭，担心老同志接受不了现实，过度紧张会出现不良状况，就对程雪风使了个眼色，并连忙出面降低大家的紧张感。

金海嬬道："各位大叔和老师，你们不用这么紧张，毕竟邓德豪的那250亩红枣地的国有土地使用权证还抵押在绿洲县商业银行。就像你们刚才说的那样，他这块地，购地款加税款共计850万元，即便现在地价下降了，把地处置了，也能还清这436万元的贷款。对你们来说，风险没有多大，就算半价卖了，还贷款也基本上够了。再说，他饭馆的生意很好，现在还在重新装修升级，也有比较好的还款能力；红枣树明年就进入盛果期了，按现在的行情，红枣价格虽然大不如前，但他红枣地的收入也有几十万不止。这个贷款担保目前看来，确实把你们牵连进来了。只要邓德豪还在绿洲县继续开饭馆，继续种红枣地，你们目前虽然官司缠身，但不管是一般保证担保还是连带责任保证担保，最终损失都不会太大，甚至可能有惊无险。"

江东来等人听后长长地舒了一口气，对金海嬬道："谢谢金律师开导。兼听则明，程律师点中了我们的要害，我们牵连的问题真的很严重；金律师的话算给我们做了一个大体评估。这一切都要看邓德豪还有没有担当、有没有责任感。他要是摆烂，我们一定会有损失。"

金海嬬问众人道："我还有一个问题，请你们回答一下：这次绿洲县商业银行申请法院对你们的存款和工资采取诉前财产保全措施，你们10人被冻结了多少钱？"

张晓东道："我们10人合计过，当时邓德豪还我们的那436万元大家都没有动，各家都各自存在银行了，这次这436万元全都被冻结了。因为商业银行加了保全费、上诉费、评估费、拍卖费、逾期利息、罚息等等，多了将近20万元，就把我们的工资账户给冻结了。工资每个月都用作家庭开支，账户上没有剩余多少钱，最多的有1万元左右。但是，一直冻结着，每月的工资都用不成，积攒起来就多了。这个月的工资已经发了，用不成了。"

王铁帆道："你们现在和邓德豪关系怎么样，他是怎么想的，为什么不找他谈一谈呢？"

第十四章 担保危情

张晓东道:"我们关系一直很好。上个月银行贷款到期后,他把利息还了,还向绿洲县商业银行申请了展期。他办理展期手续时,又找我们去签字,我们10个人都没有去,展期就没有办成,他就生气不理我们了。绿洲县商业银行风险部的李金荣经理找我们谈了,知道邓德豪还是有实力的,认为这笔贷款没有必要走到诉讼解决的地步。李金荣经理说,邓德豪这个人身上江湖气很重,好面子,就是因为我们没有为他展期签字,伤了他的面子,他才生气撂挑子不管了。李经理让我们好好和邓德豪沟通一下,妥善把这笔贷款化解掉。鉴于现在的经济形势,我们各自回家和家里的人商量了,家人都不同意。我们10个人商量时,也没有一个同意的。所以,现在我们都被银行告到法院去了。"

王铁帆道:"邓德豪那个聚宾汇酒家房产是他自己的,还是他租赁的?房子面积有多大?这个饭馆的房产抵押贷款了没有?"

张晓东道:"这个聚宾汇酒家房产是邓德豪自己的,总面积有1200平方米左右,是高层的一、二层底商,现在连装修在内价值应该在1000万元以上。他以前说过,这个饭馆和房产是他的命根子,他不卖,也不会拿去抵押贷款。"

王铁帆道:"你们把证据和绿洲县商业银行起诉你们的起诉状带来了没有?要是带来了,就拿给我们看一看。"

张晓东把绿洲县人民法院送达给他们10个人的起诉状以及所附的证据一起交到王铁帆手中。王铁帆一看,原告方是绿洲县商业银行,被告11人,即邓德豪和江东来、张晓东等11人。他们提供的是对邓德豪向银行借款436万元的连带责任担保,而不是仅仅对136万元部分的补充担保。

王铁帆不想再次引起这些被告中年长者的过度紧张情绪,以防出现不测,便换个话题道:"各位,你们这起案件的来龙去脉、前因后果和细节我们都听明白了。你们这个案子很紧急,从法院的传票上写的开庭日期来看,下个星期五上午十点钟开庭,离开庭已经没有几天时间了。现在我有两个问题要问你们:第一,你们是只咨询一下,还是要委托我们为你们代理诉讼?如果是只咨询一下,我们会认真研究这些材料,然后给你们出具书面的咨询意见,星期

律者医心

一上午一上班,你们就可以来领;如果要委托我们代理诉讼,也就是请我们去帮你们打这场官司,那你们现在就可以办理委托手续,星期一我们去法院交答辩状。合适的话,我们亲自和绿洲县商业银行一起找邓德豪谈一谈,看能不能达到理想的效果。这个我们不保证,只是想把任何可能化解矛盾的办法都试上一试。"

未等王铁帆说完,江东来、张晓东等人纷纷表示要委托代理打这场官司。

张晓东道:"王律师,江老一开始就说了,我们不是只咨询一下,我们就是要找你们帮忙打官司。我就代表我们10个人给你们交个底吧。我们已经问过好多律师了,省城的律师、沙洲市的律师,他们都说我们要输。刚才听了你们几位律师的分析,非常到位,我们信得过你们。这个活儿,我们自己干不了。我们也知道你们略为律师事务所是绿洲县商业银行的法律顾问,办这个案子也许有难处。你们四个人的名气大,除了你们,我们也不想考虑别人。王律师,我们10个人共同委托你们去办,我们也不提什么无理要求,只要你们尽力了,什么结果我们都能接受,该多少律师费我们现在就可以交。"

王铁帆道:"大家等一等。你们也知道,我们略为所是绿洲县商业银行的法律顾问。现在我们要核实一下,看商业银行是不是委托我们所的其他律师办理这起案件了。如果这起案件本所的其他律师已经接手了,那么,对不起,我们就不能接你们这起案件。如果商业银行没有委托我们所,那么,我们可以接受你们的委托。冰冰律师,你去跟内勤核实一下接案登记台账,看看绿洲县商业银行委托我们所没有。"

刘冰冰离开了会议室。

过了片刻,她回到会议室对王铁帆道:"帆哥,这个案件绿洲县商业银行没有委托我们所,是该银行风险部出面诉讼的。该商业银行为了节约开支,现在有很多追讨贷款的案件都是他们风险部代表银行去诉讼的。"

王铁帆对江东来、张晓东等人道:"你们的案子我们接了。你们稍等,我们商量一下收费情况,一会儿回复你们。"

第十四章　担保危情

说罢，王铁帆将金海嫦、刘冰冰、程雪风集中到办公室商量了片刻，四人再次回到会议室。

王铁帆对江东来、张晓东等人道："各位，你们既然都咨询过省城的律师、沙洲市的律师，该怎么收律师代理费，你们也应该问过了。考虑到你们有的是退休人员，有的是在职职工，都是靠固定工资过日子，我们就不按收费标准收费了。这样吧，这个案子我们就收你们每人1万块钱，你们觉得怎么样？"

江东来、张晓东等人闻言大喜，说道："谢谢王律师。谢谢你们四位大律师给我们这么大的优惠。我们今天都带身份证了，现在就办委托代理手续。"

王铁帆对金海嫦、刘冰冰、程雪风道："他们10个人，本来可以共同委托，但是授权委托书委托人签名的位置太挤了，签不下10个人。一人一套委托手续又太浪费。这样吧，把他们10个委托人分成3组，一组、二组都是三个委托人，第三组四个委托人，签三套委托代理合同，再按照委托代理合同上的委托人签授权委托书就行了。你们三人每人负责一组，把每组委托人的微信都加上，便于沟通。"

按照王铁帆的安排，委托代理手续很快就办好了。

江东来一行急着交律师代理服务费，王铁帆道："今天财务人员不上班，银行也休息，可能交不了钱。不行就上班后再过来交吧。"

张晓东道："王律师，不行啊！星期一一上班，我们就出不了校门。出校门要向校长请假，特别麻烦。我们刚才已经和负责的律师加微信了，直接把代理费转给负责的律师行不行？"

王铁帆道："张老师，这样肯定不行。各个行业都有各个行业的规矩，你们交的律师服务费可不是我们律师自己的钱，那是律师事务所的公款收入。律师是不允许私自收费的。私自收费是违反律师法的违法行为，你们可不能害我们的负责律师呀！你们还是等上班时间来所里财务室交费吧。"

正在这时，刘冰冰过来，对他们道："大家等一下。我们王律师每天研究法律，对交费这些琐事不清楚。大家待会儿把微信扫码打开，我马上就能让你们交费。大家在确定付款前，在附言处写明某某某交律师代理服务费和身份证号码就行了。有了你们各自的名字就知道是谁交的费，有了你们各自的身份证号码才能开发票。星期一财务人员把你们各自交费的电子发票开出来后，我们负责的律师就会对应着把电子发票发到你们的微信里。"说罢，刘冰冰从办公室拿来一个律所交费的二维码塑料牌，江东来、张晓东等10人一个一个地扫码交付律师代理服务费，并认认真真地填写着自己的名字和身份证号码……

送走了江东来、张晓东一行，王铁帆对金海嫱、刘冰冰、程雪风道："他们走了，我们现在商量一下这个案子该怎么办吧。"

程雪风道："帆哥，这个案子本来就没有胜算，何况王主任刚刚把我们带入绿洲县商业银行的法律顾问团队，我们要是出庭硬刚本案的原告方绿洲县商业银行，会给我们律所和我们团队的信用造成不可挽回的损失。这件事王主任知道后也许都不会同意我们出庭，到时候再跟这帮人解除委托代理合同就困难了。到时候，出庭要受阻，解约又解不成，陷入进退两难的境地就麻烦了。刚才我本想拦住你，但是对方十来号人坐在这里，我害怕伤了你的面子，就一直忍着没有说话。现在到底该怎么办呀？"

金海嫱道："铁帆，我也觉得程雪风律师说得有道理。刚才冰冰律师已经问过我们所的内勤了，这个案件的原告方绿洲县商业银行没有委托我们所，是自己去诉讼的。即便绿洲县商业银行没有委托我们所，不会出现原被告同时委托的情况，但是绿洲县商业银行毕竟是我们的法律顾问单位，我们要是出庭公开对决，不好吧？"

刘冰冰打了一个呵欠，伸了伸懒腰，十分笃定地说道："雪风、嫱嫱，你俩多虑了吧？我不操心这些事情。这么容易想到的事情，帆哥肯定早就想到了。既然帆哥能反其道而行之，自然有他的道理。我就等着帆哥破局解套，下达干活指令，干完活收工分钱。"

王铁帆笑道："看来冰冰已经成我的小迷妹了。就这么信得过我呀？不怕我搞砸了，一起被主任骂？"

第十四章 担保危情

刘冰冰道："我才不担心呢。一个伟人说过，'天塌下来有大个子顶着'。你是我们团队里的大个子，自然由你顶着，我怕什么呢？"

王铁帆故作惊讶地笑道："亏我还把你当成粉丝小迷妹，原来你是这样想的，那也太不仗义了吧？虽然我个子大，但是天塌下来那一刹那，我要是突然蹲下，看你能不能顶着！"

金海嫱看到王铁帆胸有成竹的样子，道："铁帆，你有什么好的想法就说出来大家听一听。我不相信，这个案子你还能画辅助线？"

程雪风道："帆哥，你到底是怎么想的？"

王铁帆正色道："这个案子纵有诸般不利因素，但是基本面非常好。首先，这个邓德豪是个有实力还得起贷款的人，只不过他去年饭馆的收入、红枣地里的收入没有用来还贷款，而是投到那250亩红枣地里搞农家乐的基础设施建设去了。还有四个细节很关键：一是邓德豪把贷款的利息还完了；二是邓德豪前几个月正在投资装修聚宾汇酒家；三是这件事情银行要求这10名担保人对436万元贷款承担连带责任不妥，因为每一个有固定收入的人都只有15万元的授信额度，当时找他们提供保证担保的目的是对超出土地使用权抵押担保300万元授信额度以外的136万元部分提供补充保证担保，手续却没有那样办，办成了对436万元的连带保证担保，绿洲县商业银行当时操作保证担保的做法肯定违规，现在向绿洲县人民法院申请对这10名保证担保人名下的存款采取诉前财产保全的做法肯定不妥；四是刚才张晓东讲，绿洲县商业银行风险部的李金荣经理说，邓德豪这个人身上江湖气很重，好面子，就是因为这10个担保人没有为他展期签字，伤了他的面子，他才生气撂挑子不管了。李经理让这些担保人和邓德豪沟通一下，妥善把这笔贷款化解掉。鉴于现在的经济形势，这10个担保人各自回家和家里的人商量了，家人都不同意，这才被绿洲县商业银行起诉了。"

程雪风道："这四个细节虽然很重要，但是，以此来对付绿洲县商业银行，咱们怎么下得去手啊？帆哥，那可是我们的法律顾问单位呀！不管案件最后办成什么样，商业银行还能信任我们吗？我们律所还有信用吗？"

王铁帆笑道："雪风真是个忠义的朋友，值得我交往一辈子。你说这些话，从表面上看起来都很对，归根结底就是想做好人，置身事外，不去招惹我们最重要的大客户。但是，你犯了一个致命的大错，反而害了我们的法律顾问单位绿洲县商业银行。"

程雪风不解地问道："帆哥，不会吧？你想一想，这个案子证据对这10个担保人非常不利，是个必输的官司。不管我们怎么努力，结果都显而易见：其一，法院大概率会按436万元的连带责任担保判他们承担连带责任，判决生效后，法院都不用处置邓德豪抵押的250亩红枣地的土地使用权，就可以直接把这10个担保人的银行存款给执行了；其二，这10个担保人承担连带责任后再去起诉邓德豪，向邓德豪追偿这笔钱。"

王铁帆道："我却不这样认为。单说436万元担保金额的事情。银行要求这10名担保人对436万元贷款承担连带责任不妥。因为每一个有固定收入的人都只有15万元的授信额度，当时找他们提供保证担保的目的是对超出土地使用权抵押担保300万元授信额度以外的136万元部分提供补充保证担保，手续却没有那样办，办成了对436万元的连带保证担保，绿洲县商业银行当时操作保证担保的做法肯定违规。从《民法典》意义上来讲，10个担保人对签订《保证担保合同》有重大误解，甚至信贷人员有隐瞒真相、合同欺诈的嫌疑，这样一来，这个《保证担保合同》依法是可以撤销或者认定无效的。一旦出现这种情况，那么，商业银行的社会信用就会崩塌，这笔贷款中的136万元就成了无担保贷款。深究起来，问题就大了。另外，如果这10个担保人找外所律师，律师支着让他们到金融监管机构去投诉或闹腾一番，咱们的法律顾问单位绿洲县商业银行肯定会被问责，会被行政处罚。如此，溪行长的政绩上就会被重重地记上一笔不良记录。"

刘冰冰道："我说帆哥大智慧吧，剩下的就都不用说了。我们把这个案子拿过来，是帮了商业银行的大忙了，至少可以不让这10个担保人去金融监管

第十四章　担保危情

机构投诉或闹腾，以免事情发酵，给商业银行添乱，给溪行长抹黑。"

王铁帆道："冰冰说得对。这个法律江湖，我送你们一句话，'看似无情胜有情'。"

金海嫦双手托着腮帮子，面带微笑，全神贯注地听王铁帆分析案情。她见王铁帆停下来了，便急切地问："帆哥，那我们下一步该怎么办呢？"

王铁帆道："当然是拉上王主任，去向溪行长通报情况了。我们与溪行长达成共识后，再鼓动商业银行出面去做邓德豪的工作。邓德豪是商人，虽然他的江湖气比较重，但他是不会让自己被拉入金融系统和法院的黑名单的。我们帮他想办法把贷款还了。他手头暂时肯定没有钱，但他不是还有那个价值千万元以上的命根子饭馆吗？请商业银行做工作给他多贷一点，转贷一下，把这笔贷款还了，多贷出来的钱，还可以去装修他的农家乐。这样一来，咱们这10个担保人不就解放出来了吗？商业银行和溪行长的危机也就解除了，皆大欢喜，我们何乐而不为呢？"

程雪风闻言感叹道："王铁帆你真是个有担当、心怀慈悲的好律师！我不光佩服你的谋略，更佩服你真正有一颗平息当事人争端、力促息诉罢讼、化解矛盾、治疗社会创伤的律者医心。王主任的教诲我只是学了一点儿皮毛，你可是悟得精髓了。今天你又给我上了一课。"

刘冰冰道："当然了，帆哥是咱们团队的灵魂人物。他悟得早，你悟得晚了一点儿，继续努力哈！各位，我也有了一点感悟。现在我有一个建议，大家听听，如何？"

金海嫦道："冰冰现在变得像女版的王铁帆了，点子也越来越多了。你说来让大伙儿听听。要是个好主意，姐支持你。"

刘冰冰道："常言道，打铁要趁热。现在才11点多，不行现在就跟王主任说好，由王主任把溪行长约上。刚才张晓东老师不是说邓德豪那个聚宾汇酒家已经开业了吗？那我们今天中午就到聚宾汇酒家吃顿饭。情况好的话，所有问题今天中午就能解决。"

243

王铁帆、程雪风和金海嬬异口同声道:"好主意!"

刘冰冰道:"帆哥,既然大家意见都统一了,那就由你跟王主任联系一下,顺便把案情关键点告诉他,他才好跟溪善融行长沟通。"

王铁帆大笑道:"谨遵冰冰律师的安排。我现在就跟王主任打电话汇报情况去。"

说罢,王铁帆去办公室给王海仁主任打电话去了……

仲夏的绿洲县,中午酷热似火,人们都不愿外出。沙漠绿洲是没有蝉这种生物的,所以这里没有蝉鸣,大街上、小区里都是一种寂静的热。狗狗们都趴在地上,吐着红红的舌头,拼命地喘着粗气;白杨树等各种树都无精打采地垂着头,叶子蔫蔫地打着卷儿,像生病了一样。树荫下,偶尔能见到两三个老人在下象棋,也有人围在小区凉亭里打麻将,还有三三两两的老太太坐在公园的长条椅上拉家常……

偶尔也能见到骑电动车、自行车路过的女士,她们一个个全副武装,有的戴着遮阳帽,有的戴着墨镜,大口罩加丝巾把脸捂得严严实实的,还有的披着防晒披肩……

王铁帆一行来到聚宾汇酒家。这里装修一新。一楼是个宴会大厅,一看布局就是专门用来承接婚宴和接待团体聚会的。二楼是包间。刘冰冰到吧台订了一间临街的包间。包间里面空调冷风吹拂,非常惬意,和窗外的酷热相比,真是冰火两重天。

金海嬬和刘冰冰把菜品安排好,刚回到包间,王主任和溪善融行长就敲门进来了。尾随二人进来的是一个微胖的壮年男人,四十二三岁,手指上戴着大金戒指,脖子上戴着一条粗大的金项链,手腕上还戴着一串白玉手链,寸头,方脸,留着小八字胡。他一进门就赔着笑给溪善融行长拉开主位的椅子,然后赔着笑给王海仁主任拉开次主位的椅子,并客气地说道:"溪行长、王主任,各位贵客,邓某这个聚宾汇酒家重新装修后试营业,得几位贵客光临,真是蓬荜生辉。今天我请客,谢谢大家赏光。"

第十四章　担保危情

溪行长道:"邓老板客气了。那我们今天算是不请自来呢,还是客随主便呢?"

被这么一问,邓德豪愣住了。溪行长道:"邓老板,这样吧,今天我们是自己来的,不是你请的,我们请你。刚好我要调研一下咱们绿洲县比较有发展前景的中、小、微民营企业。你产业的规模在我们县已经达到中型民营企业规模了。过来边吃边聊,谈谈你的想法,看看有没有需要我们金融机构提供支持和服务的地方。你也可以给我们提一提意见和建议嘛。刚好我今天带了两瓶好酒,过来一起喝点儿。你要请客,就下次吧。"

说话间,溪善融行长把手里拎着的两瓶沙漠精酿放到餐桌上。邓德豪是爱酒之人,一看那旧得发黄的包装盒子,不由惊呼出声:"哇!溪行长,大手笔呀!这可是有钱也买不到的高年份沙漠精酿呀!"

邓德豪边说话,边习惯性地拿起酒瓶细看,再次叹道:"我的天,这可是1985年的老沙漠精酿呀!市价10万元也买不来。今天我也有口福了,蹭一顿溪行长的好酒喝。"

凉菜刚上,溪行长就招呼着大家喝下了三杯酒。邓德豪倒上一满杯酒敬溪行长道:"溪行长,我给您丢脸了,到期没有还上贷款。那帮平常关系很好的朋友不同意签字展期,我这个聚宾汇酒家今年重新装修加更换设备,花了将近300万元,红枣地里的农家乐建设工程干完了也没有钱装修,就放下了。我不是要耍赖,而是一下子卡在这里了。现在你们银行把我和那10个朋友起诉了,他们有几个是退休领导,有几个是上班的老师。当时展期他们不签字,我确实非常生气。现在想来,人家凭啥一而再,再而三地帮我呢?现在你们银行起诉,把他们也牵连到法院去了。我特别想去找您,看能不能不告他们10个人。这个影响太大,以后我没法做人了。可是我犹豫了半天,始终不敢去找您。我们虽然认识,但是没有交往过。我这个人总是死要面子,害怕在您那里遭到冷遇,就……就没敢去……"

溪行长道:"我老溪的门不难进。你想来,上班时间来就行了。只要不开会，我就都在。我了解你邓德豪，是个豪爽讲义气的人。有眼光，生意做得不错，在绿洲县的餐饮行业能排进前五名。口碑也很好，从来没有欠过蔬菜店、烟酒店、肉店等材料供应商的货款。这次还贷逾期有两个方面的原因：一个是当时你怕多花利息，贷款时只贷了一年的期限，时间太短；另一个是你这个饭馆装修加红枣地农家乐项目占用了你用来还贷款的资金。所以，你被自己卡住了。"

邓德豪闻言，激动得自己罚自己一杯，道："溪行长，您看，我这个聚宾汇酒家房产加装修值个1000多万元，能不能左手换右手，我用聚宾汇酒家房产贷款把前面那笔436万元的贷款还了？可是我问过银行的人，他们说我前面这笔贷款逾期，被拉入金融系统的黑名单了，我邓德豪这个名字在全中国的任何一家银行都贷不了款了。现在又被起诉到法院，要是被列入法院的黑名单，我的孩子将来考学、考公务员等都会受影响。这个事我以前不懂，现在真的把我难住了，不知道该咋办。"

溪善融道："你的情况我了解了，你的想法我也明白了。人家对你说的那些规定确实是那样的。但是，具体问题具体分析嘛，你那个农家乐装修加配设备需要多少钱？"

邓德豪道："我这边装修聚宾汇酒家多计划了一些材料，剩下的可以用到农家乐那边。现在要是有100万元投入，就能彻彻底底搞完开业了。"

溪善融道："好好干，别灰心，我们银行支持你。100万元可能有点勉强。这样吧，你前面欠的436万元加100万元是536万元，干脆凑个整数，给你贷550万元。你把那436万元还了，还有100万元多一点，多十几万元，手头稍微宽松点。这次贷款时间就定个3年吧。你宽裕的话，可以提前还完。要是不宽裕的话，争取3年时间还完。有没有困难？"

邓德豪闻言，激动得眼泪直流。他连忙撕开一包湿毛巾擦拭着，以掩饰自己的失态，可是怎么也掩饰不住那潮红的眼眶和奔腾的鼻涕……

稍微平静片刻，邓德豪哽咽着对溪善融行长道："太感谢溪行长……感谢绿洲县商业银行。这样一来给我解决大问题了。3年连本带息还600万元左右，一年还200万元，没有问题。以后我这个聚宾汇酒家和农家乐的收入除了成本开支外，都用于还贷款。"

溪善融行长道："后天上班后我要开一个小时的会。开会时我就把你这个事情提出来作为一个专题解决。11点钟你到办公室来找我，我安排信贷部的主任和你对接。"

……

回到人才公寓，程雪风、刘冰冰、金海嫱叫了一些外卖，都是王铁帆平常爱吃的，还有啤酒。刚才在聚宾汇酒家，他们一直不动声色，现在要给王铁帆开个小型庆功会。四人打算一醉方休，尽情释放一下心中的喜悦……

数日后，邓德豪用聚宾汇酒家房产抵押的贷款到账了。他第一时间就将那笔436万元的贷款还清，绿洲县商业银行撤诉了。

又是一个周末，王铁帆给张晓东打电话，约江东来等10名担保人来到略为律师事务所会议室。

王铁帆道："经过我们与绿洲县商业银行协商，商业银行出面做工作，邓德豪以聚宾汇酒家房产抵押，银行重新给他贷了一笔钱，把你们担保的贷款全部还清了。现在你们被法院保全冻结的存款已经全部解封了，你们的案子结了。"

随即，程雪风、金海嫱和刘冰冰把撤诉裁定分发给每个人。江东来、张晓东等人双手拿着盖着绿洲县人民法院朱红大印的民事裁定书，激动不已，一遍又一遍地向王铁帆、程雪风、金海嫱、刘冰冰表示感谢！

第十五章

资本陷阱破

秋风渐凉，绿洲县每年最多彩的季节又要到来了。

今天是周末，王铁帆、程雪风、金海嬅、刘冰冰决定来一趟胡杨河寻玉之旅。四人一大早就开车找好营地，各自背着背包、穿上户外服，沿着胡杨河欣赏美好的秋光，开始寻捡玉石，并打算在胡杨林野炊露营。

胡杨河到了秋天水就很小，有的地方甚至断流。在河床的戈壁沙砾中，经常能捡到从山上冲下来的玉石。这里的人把在河床中寻到的玉石叫作水冲料、山水料或籽料。玉石从山体坍塌的地方被洪水冲进河道，在河水泥沙、砾石的打磨下，变得光滑圆润、形态各异、色泽丰富，所以价值不菲。这里有专门以捡玉石为业的人，甚至有人靠寻捡玉石发家致富，买了楼房铺面，如中彩票一样，成为当地居民茶余饭后的谈资。

王铁帆一行沿着胡杨河的河床行走了五六公里。刘冰冰和金海嬅既兴奋又好奇。她们不管是不是玉石，只要好看就行，一路上捡了不少五颜六色的小石头，背包变得越来越沉重。

临近中午了，在太阳的直射下，地面温度渐渐升高，刘冰冰和金海嬅二人开始觉得乏力。王铁帆和程雪风各自接过自己女友的背包挂搭在胸前，四人手拉着手开始往营地走。

王铁帆道:"回到停车的营地还有很远,大家要打起精神。别想坐下,越坐下就越走不动了。"

刘冰冰有气无力地问道:"还有多远呀?"

王铁帆没有吱声,望了望程雪风。程雪风道:"我们来时有多远,回去就有多远,大概有五六公里。照我们现在这个速度,大概要走将近一个小时。"

刘冰冰闻言,一屁股坐在地上道:"我不走了。我走不动了。"

王铁帆看了看金海嫦,金海嫦的脸被太阳晒得红红的。她道:"别看我,我还行,走回去是没有问题的。"

程雪风道:"行了,别硬撑了。你们上到岸边。这里离公路垂直距离大约150米。我去把车开过来。"

刘冰冰破涕为笑,说道:"好啊!好啊!你快去吧。"

……

上车后,王铁帆对程雪风道:"雪风,你把车开回到我们选好的营地。咱们今天烧烤露营吧。"

刘冰冰道:"帆哥,算了吧。你看嫦嫦姐已经被太阳晒得快要脱皮了,你不心疼呀?"

金海嫦笑着道:"我没事儿!冰冰想打退堂鼓就直说。不说咱们就去烧烤露营,明天再回县城去。"

刘冰冰道:"对不起,我今天要拖大家的后腿了。这趟寻玉之旅太辛苦了,我实在是体力不支,又饿又困,现在只想回到县城吃顿火锅,然后回宿舍睡个大觉。大家今天就别烧烤露营了。"

程雪风想坚持,王铁帆道:"今天就依冰冰吧!我也感觉饿了。等我们到营地支烤架,捡柴禾,再生火烤出吃的来,还得要一小时左右。咱们出来是为了休息,别搞得太累了。雪风,打道回县城,找一家火锅店,好好涮一顿羊肉吃。"

刘冰冰蓦地有了精神,开始哼起了小曲儿……

四人在火锅店吃得正嗨，王铁帆的电话响了。王铁帆一看，是李伟豪打来的，他连忙接听道："喂！豪哥好！有何指示？"

李伟豪道："兄弟，今天绿洲县昭腾房地产开发公司的丁连山丁总找我咨询一个比较复杂的融资纠纷问题，还没有听到一半，我头就蒙了。这种复杂难整的案子，还是让他去找你们几个比较合适。我已经向丁总隆重介绍了你和你的团队，把他的事情推给你们四人组了。考虑到你们中午要休息，我让他下午四点半和你联系。"

王铁帆道："谢谢豪哥！这多不好意思啊！明明是您的案源，您转给我们，受之有愧啊！"

李伟豪道："跟你师兄客气啥呀。我现在重点是搞刑事案件。刑事案件相对简单一些。经济纠纷都是聪明人设的套中套，你师兄我参悟不透，看着就头疼，也不想操这份心。你们四人组现在战斗力强悍，连王主任都称你们为攻关组。丁总的事情你们就好好研究研究，我知道，你们一定有办法帮他解套。"

王铁帆接电话时开着免提，程雪风、刘冰冰、金海嫱都听到了。等王铁帆打完电话，刘冰冰端起一杯啤酒道："各位，我们今天取消露营是正确的吧？现在生意来了，还是一笔大生意呢！"

金海嫱道："冰冰，你怎么知道是一笔大生意？"

刘冰冰道："我昨天在餐厅吃饭，碰到了绿城所的张娜律师了。我和她聊了一下，她说他们主任接待了省城来的两位大老板，咨询了两起上4000万元的案件，估计很快就要办诉讼代理委托了。两起案件都是关于绿洲县昭腾房地产开发公司的。所以，今天绿洲县昭腾房地产开发公司的丁总来找我们，大概率跟这两起案件有关。若真是这两起案件，诉讼标的都超过4000万元了，律师代理服务费自然不会低。难道我说这是一笔大生意来了，有什么问题吗？"

金海嫱道："冰冰说得对，你是咱们团队里的招财猫！来，咱们一起跟冰冰这个招财猫干一个。"

……

第十五章　资本陷阱破

下午四时，王铁帆、金海嫱、程雪风提前来到办公室。刘冰冰麻利地将会客厅的空调打开，沏了一壶菊花茶，放在茶几上准备招待客人。随着空调的冷风不断输出，室内的温度很快降了下来，躲开了外面的秋老虎，着实舒服很多。

一切准备就绪，刘冰冰安逸地往沙发上一靠，感叹道："嫱嫱姐，还是这空调房舒服啊！要是我们今天继续选择露营，这会儿我们四人都快变成烤猪了吧？"

程雪风道："才不会呢！我们选择的营地胡杨茂密，地上干净，通风且阴凉，那里有大自然的空调，不是一般的舒服……"

刘冰冰闻言甚是不爽，未等程雪风把剩下的话说完，便冷哼一声道："哼！你个死程雪风，是想说我娇气，今天闹着要回来，打搅了大伙儿露营的雅兴，是吧？"

正在这时，金海嫱竖起食指，压低声音对众人道："嘘！楼梯有脚步声，当事人来了。冰冰别闹了，快去迎接一下。"

话音刚落，会客厅门口有个人敲门道："请问王铁帆律师在吗？"

王铁帆连忙起身道："您好！我就是王铁帆。请问您是绿洲县昭腾房地产开发公司的丁总吗？"

那人道："我就是丁连山。是李伟豪律师推介了你们。李律师帮我约的是四点半，我准时赶到了！幸会！幸会！"

细看这个丁连山，约莫50岁出头，身材高大，身着白色正装衬衫，黑裤子，黑色的正装皮鞋擦得锃亮，右手提着一个公文包，提公文包的无名指戴着一枚硕大的镶嵌着海蓝色宝石的黄金戒指，特别显眼。好一副商界大佬派头！

王铁帆安顿丁连山坐定后，介绍了自己办案组的团队成员。刘冰冰倒了一杯泡好的菊花茶，双手递给丁连山，丁连山连连道谢。

王铁帆道："丁总，现在请您说一说找我们的目的吧。"

丁连山没有说话。他喝了一口茶，随后从公文包里掏出一沓复印材料，递给王铁帆，长叹一声道："我到绿洲县投资置业算起来有五个年头了。由于绿洲县地处交通要道，矿产资源丰富，农业林果业这几年已经在整个大西北一枝独秀。五年前我来这里考察后，便转让了在省城的3家宾馆和7间商铺，拿着一亿两千万元现金到绿洲县来投资兴业。其中，绿洲县帝豪居大酒店耗资9000万元，是有300间客房的准五星级大酒店，已经建成开业三年多了，是咱们绿洲县目前最好的酒店，运营情况良好。"

说到这里，丁连山的手机响了。他看了一眼，连忙摁掉，接着将手机设置成静音模式，谦和地对大伙儿道："对不起！我应该一进来就把手机设置成静音。我已经纠正失误了……"

王铁帆道："没关系！丁总请喝口茶再接着说。"

丁连山道："绿洲县帝豪居大酒店项目投资成功后，我的投资实力得到了政府的认可，主管经济的县领导就出面找我，希望我能够接下绿洲县客运站对面的一个烂尾工程。那个烂尾工程基础刚刚出地面，因股东不和且资金不足停工了，而且已经停工五年了。原来设计的是两栋商住一体的小高层综合楼，属于未批先建，手续几乎没有，实际投资已经有1000万元左右。平心而论，这个地段是整个县城人流量最集中的地方，是绝佳的商业开发地段，以前的设计方案完全体现不出这块地的价值。我的团队认真分析后，决定推翻以前的设计方案，建一座2层地下车库、5层底商、20层住宅共600套住宅的商住两用双子楼，总投资约3.2亿元。耗资如此巨大，我非常犹豫。当时我手里现金只有3000多万元，绿洲县帝豪居大酒店一年的净收益只有1200万元左右，这点钱干不起来。即便以绿洲县帝豪居大酒店抵押贷款，能贷出6000万元就顶天了，合在一起才一个亿，勉强接近总造价的三分之一。犹豫再三之后，我决定放弃。同时，我也将我们团队的想法向有关领导做了汇报，事情便搁置下来了。"

丁连山喝了一口茶，接着道："约莫过了3个月，县负责招商工作的领导又一次找到我，谈了这个烂尾工程一直搁置在那里，一是影响市容，二是浪费资源。而且经专家评估，烂尾工程经多年风吹日晒，当时绿洲县还没有兴起商

第十五章 资本陷阱破

砼浇筑混凝土，都是施工人员用搅拌机自己配混凝土进行人工浇筑，已经打好的楼房基础混凝土标号和凝固强度都不合格，最终安全评估不合格，必须拆除重建。这个结果已经告知前任开发商，他们表示没有意见，只是没有资金支付能力来拆除。政府决定拆除后净地出让，而且政府今年有200套保障性住房的国家项目，可以考虑直接从我这里进行政府采购，凡是政府可以减、免、缓的优惠政策，一律都为这个项目提供，希望我能接手这个项目。我闻言甚是动心，便回来再次与团队讨论，最终决定接下这个项目，就按前面的预想，建一座2层地下车库、5层底商、20层共600套住宅的商住两用双子楼。完成地勘和设计后，项目很快就开工建设了。"

刘冰冰问："就是咱们县城的标志性建筑，绿洲双子大厦吗？真气派，比江城的大厦一点儿都不差。"

丁连山长叹一声，表情复杂地说："唉，是的，就是你们现在看到的绿洲双子大厦。你们看到的只是表面。对我们民营投资者而言，那不是气派，那是一座充满艰辛和痛苦的纪念碑，说起来就是一肚子苦水呀！"

王铁帆微微一笑，附和道："创业投资非常不容易，民营企业对国家的发展贡献非常大。民营企业家更是非常不容易。网上常说，民营企业贡献了50%以上的税收，60%以上的国内生产总值，70%以上的技术创新成果，80%以上的就业。丁总给咱们绿洲县贡献的是地标性建筑，自己却来找我们倒苦水。这样吧，丁总，您还是先把咱们今天的主题讲完，好不好？"

丁连山再次喝了一口茶，接着道："因为保障性住房要以现房的形式走政府采购，所以我便千方百计地赶工期。要赶工期就得有大量的现金投入。银行的融资渠道用完了，离工程交工仍然有很大的资金缺口，于是我就找到了以前商学院培训班里的学友章超疆和麻红秉两人。他们手里正好有大笔闲钱找不到好的项目，于是专门到绿洲县来考察我的项目，也考察了绿洲县的经济发展前景。5天的考察结束了，他们两人十分满意，每人许诺借我2000万元。我非常高兴。有了这4000万元，资金缺口自然就不是问题了。他们以购买商铺的名义,每人还和我签了一份购买2000平方米一、二层商铺的购房协议,一楼1000平方米,二楼也1000平方米,楼上楼下对应着,综合单价每平方米1万元。当时对外销售商铺的单价是一楼每平方米15000元,二楼每平方米8500元。同时,他们各自准备好了一份民间借贷合同要我签,借贷利率按照每月利息3%计算,约定每月支付章超疆和麻红秉民间借贷利息各60万元。知道我目前是投资阶段,不可能每月支付利息,他们当时表明,要是绿洲县商铺的价格能保持不变或者增长势头,他们就要商铺;如果商品价格下降,他们就要本金和利息。反正就是什么对他们利益最大化有利,他们就要什么。"

听到这里,程雪风问:"那么,后来他们是要房子,还是要钱呢?"

丁连山道:"这就是问题的关键了。大约过了5个月,我的绿洲双子大厦项目达到房屋预售许可条件,并且取得了房屋预售许可证。当时有很多买家要购买商铺,价格大涨,每平方米单价一楼卖到18000元,二楼卖到12000元。只要我卖掉章超疆和麻红秉签约的商铺,就能轻松还清民间借贷的本金和利息,还能剩余1000多万元。我及时通知他们二人做选择,他们说要房子。他们多次在电话里确认要房子,我给他们录了音。又过了5个月,章超疆和麻红秉二人来到绿洲县,仍然表示要房子,按购房协议每人2000平方米,一楼1000平方米,二楼也1000平方米,楼上楼下对应着,综合单价每平方米1万元,各付2000万元。民间借贷10个月,每人的本金和利息合计2600万元,每人扣除2000万元的房款后,我还得给他们每人600万元的利息。我说这样不行吧,因为5个月前你们就确定要房子了,确认之前我可以给利息,确认之后,就不应该算利息了。我的房价市场行情涨了30%,我也没有给你们涨价呀。见此情景,他们二人立刻变出了一副笑脸,对我说,咱们是同学,啥都好商量,一切按我说的办,等收房子时再算账。次日,他们便离开了。"

金海嫱闻言惊得下巴都快掉下来了,正要向丁连山提问,早就忍不住的刘冰冰问道:"您没有把这些协商的结果写个协议之类的文字材料吗?"

丁连山道:"没有嘛!我当时没有想那么多。想着大家说好的事情,房子

第十五章 资本陷阱破

便宜卖给他们就卖了,反正人家在我最困难的时候,每人借了我2000万元,有钱大家赚,就没有计较那么多,好吃好喝地接待完后,临走时还送了他们很多绿洲县的特产,把他们高高兴兴地送走了,想着事情解决了。"

金海嫣道:"他们可不会像您这么想吧?"

丁连山激动地说道:"你这姑娘说得太对了,他们的确不是像我这样想的。他们是吃人不吐骨头的资本家。你根本想不到他们有多狠。我现在想起他们的那些做派,都会打哆嗦。"

王铁帆道:"要说到矛盾爆发点了,大家不要打搅丁总。等他说完后,不清楚的地方再提问吧。丁总您继续。"

丁连山咬牙切齿地说道:"这些家伙太狠毒了,狠毒到吃人不吐骨头的地步。他们离开绿洲县后,大约又过了5个月,绿洲双子大厦项目工程全面通过验收,还被评为优良工程。我打电话通知章超疆和麻红秉来接收房子,他们接到电话后非常高兴,说三天内赶到绿洲县。第二天上午,我的会计急匆匆地来办公室找我,还高兴地告诉我,公司账户今天早上有两笔进账,都是付购房款的,一笔是一个名叫章超疆的人转账的2000万元银行汇款,另一笔是一个叫麻红秉的人转账的2000万元银行汇款,合计进账4000万元。我听完会计的话顿感情况不妙,连忙给章超疆和麻红秉打电话,二人的电话均无法接通。没过两天,章超疆和麻红秉两人来到绿洲县,理直气壮地让我履行两个合同:一个是绿洲双子大厦的房屋买卖合同,要我交房子;另一个是民间借贷合同,要我还本金和利息,本息合计每人是2900万元,共计5800万元。我闻言甚是气愤,心里明白,这次我是着了章超疆和麻红秉的道了。他们以前嘴上承诺得很好,其实是在哄着我,给我制造了一个他们是用民间借贷的钱款来抵扣购买商铺价款的假象,确定要房子之日起,后面的时间就不产生利息了,其目的是阻断我卖掉商铺还借款的想法,把商铺给他们保留下来,同时,还能拖时间养民间借贷的利息,5个月下来,他们又可以多赚300万元。我的商铺他们还可以用合同约定的低价吃进,两边大赚。"

王铁帆道："民间借贷算到他们来收钱时，每人从你这里赚了900万元，合计赚了1800万元；如果你再把那4000平方米的商铺按照每平方米1万元卖给他们，他们能赚多少？"

丁连山道："就按一楼单价每平方米至少卖到18000元，二楼单价每平方米至少卖到12000元，平均每个平方米少卖5000元计算，他们每人能赚1000万元，合计2000万元。加上民间借贷利息，总共从我这里赚走3800万元。4000万元的本金，15个月几乎翻了一倍。绿洲双子大厦这个项目的利润几乎全部被他们赚走了。所以，我说他们两人已经狠毒到吃人不吐骨头的地步。"

王铁帆道："这是什么时候发生的事情？"

丁连山道："就这几天的事情。我现在既没有交房子给他们，也没有还钱给他们。毕竟人家两个合同在手，虽然我知道自己吃大亏了，但是又觉得自己好像不占理，还想不出来为什么。"

王铁帆道："雪风，你来给丁总分析分析他吃亏在哪里。"

程雪风道："以我个人的看法，丁总吃亏在一个大问题两个具体点上。一个大问题，是章超疆和麻红秉一钱两用。什么是一钱两用呢？就是他们在您具备交房条件之前，每人都只给您提供了2000万元现金，既以低价预买了您的商铺，又从您这里顶格收取民间借贷利息。他们掏一份钱，签了两份合同，赚了两份钱。所以，我说他们一钱两用。丁总被这两个合同形成的局势给困住了。两个具体点，丁总和铁帆刚才都说过了：第一点，他们在民间借贷上做局，制造了一个他们是用民间借贷的钱款来抵扣购买商铺价款的假象，后面的日子就没有民间借贷利息了，其目的是阻断丁总卖掉商铺还借款的想法，把商铺给他们保留下来，同时，还能拖时间养民间借贷的利息。第二点，等到要交房时，他们突然按照购房合同单独支付低价的购房款，把房屋买卖合同坐实，让您觉得，买房的钱是买房的钱，民间借贷的钱是民间借贷的钱，制造出两个合同他们都履行了的局势。所以，您现在虽然觉得自己吃亏了，又觉得自己不占理。"

第十五章 资本陷阱破

丁连山闻言，激动地站起来向程雪风深深地鞠了一躬，道："听君一席话，胜读十年书。你的分析让我醍醐灌顶，豁然开朗。这个问题将怎么破局呢？"

刘冰冰道："丁总，明人不说暗话。您这两个合同牵出的问题，现在到底到哪一步了？您找我们，是咨询，还是要我们帮您打官司？您的事情我也略有耳闻，下面我们任何一个律师的咨询意见，都可能成为解决您这些问题的核心技术。我们是靠这点儿专业知识讨生活的，您必须说明来意。否则，我们不好进一步和您交流。"

金海嬗带着赞许的眼光看向刘冰冰，并向她伸了伸大拇指。

王铁帆道："丁总，刚才刘冰冰律师说的也是我们做律师的基本权利和利益，您应当先说一说您的来意。"

丁连山道："对不起各位律师，我只是想着整件事情的前因后果，没有考虑到你们的工作。这件事情目前的情况是这样的，章超疆和麻红秉来绿洲县已经十来天了，和我谈了几次。他们的胃口太大，事情没有谈拢，他们正打算找律师向法院提起诉讼呢。我是来找你们打官司的。我不知道是我们先告他们，还是等他们先告我们，所以没有说明白我的来意。现在这件事情该怎么下手，由你们来决定。这些年我也经历过不少法律事务，知道你们律师的办事方法，不管是诉讼还是非诉讼，我的这担子事儿就交给你们了。我们现在就办委托手续，按正规标准算律师费。算好后，我马上安排财务给你们打款。"

刘冰冰道："丁总大气！您先喝茶，我现在就给您办理委托手续。"说罢，刘冰冰便从公文包里掏出委托代理合同和授权委托书。金海嬗打开手机计算器，跟丁连山办代理手续。办好代理手续，丁连山从包里掏出自己与章超疆和麻红秉的两套房屋买卖合同和民间借贷合同复印件交给金海嬗。

办完手续，交完证据，丁连山拿起放在桌上的手机，将代理合同上的代理费金额和略为所的银行账号拍成图片发给自己的财务人员。过了一分钟，绿洲县昭腾房地产开发公司会计打来电话，向丁连山确认付款事宜。丁连山回话道："这是我发的付款信息，现在就办。"

王铁帆正要向丁连山了解新的问题，刘冰冰看到自己的手机显示的略为所开户银行的代理费到账信息，对丁连山道："丁总，代理费到账了。我们一定全力以赴为您排忧解难。虽然律师法不允许律师打包票，但是章超疆和麻红秉一钱两用的伎俩，骨子里就是强买强卖。他们的如意算盘打得再响，终是得不到法律的认可。我们帆哥还有雪风律师是攻坚克难的大律师，您先回去等着，我们团队尽快研究出一个最优的方案，再通知您。"

王铁帆道："丁总这个案子情况十分紧急，我们现在就得为他出方案。我们现在开始讨论方案，丁总在场听一听，也可以参与到讨论中来。最后我们形成一个行之有效的方案，尽可能把这个案子变成非诉讼案件，节约司法资源和双方的诉讼成本。使对方知难而退才是上策。"

丁连山闻言甚是喜悦，说道："专业的事情就应该交给你们专业人才来办。如果没有打扰到你们，我愿意旁听你们的讨论。"

王铁帆道："不会打扰。丁总听或参与到讨论中都可以。各位律师，你们已经听过丁总对这两起合同纠纷的介绍了，谈一谈各自的想法吧。"

金海嬬道："刚才雪风师兄的分析我很认同。章超疆和麻红秉把一起纯粹的民间借贷附加了一个购房合同，模糊付款方式，一钱两用，给绿洲县昭腾房地产开发公司设置合同陷阱，最后到交房时坐实合同，既可以收割巨额的民间借贷利息，又可以同时收割低价购买商铺房屋与市场实际价格间的巨额差价。一个十分明确的问题是，不管是低价的商铺购房款还是民间借贷款，丁总一方要么让出部分商铺的开发利润，要么支付民间借贷利息，融的资金都是用来建造绿洲双子大厦的房屋的。章超疆和麻红秉当初低价购房，要么单独支付购房款，要么把民间借贷的钱转化为购房款成就房屋买卖合同关系；还可以既付房款，又提供资金实施民间借贷，成就两个合同关系。但是，支付了购房款，丁总一方的资金问题就解决了，也就不需要借民间贷款了。换句话说，借到了民间贷款，丁总一方的资金问题就解决了，也就不需要低价卖商铺房产了。现在是用民间借贷利息和低价出卖商铺房产，让出4000平方米商铺的开发利润，

第十五章 资本陷阱破

只获得了一笔款项进账,明显不能使民间借贷合同关系和房屋买卖合同关系同时成立。至于几天前,章超疆和麻红秉各打2000万元购房款,试图以15个月前让利融资的价格购买商铺现房,明显违背丁总让利融资的本意,因为现在房子盖好了,不需要融资了。但是,丁总一方公司与章超疆、麻红秉签订的民间借贷合同关系和房屋买卖合同应该有一个是成立的。现在,我们要做的事情是在这两个合同关系中选定一个合同关系予以履行,否定另一个合同关系不予履行,既要合情合理,又要经得起诉讼考验。"

程雪风闻言两眼放光道:"金律师的语言组织能力太强了,我必须虚心向你学习。同样是分析问题,你表达得简洁易懂,把章超疆、麻红秉欲盖弥彰的合同陷阱揭批得淋漓尽致。这两个合同关系,选定一个合同关系予以履行,否定另一个合同关系不予履行的想法,我非常赞同。只是,选定哪一个合同关系较好呢?不管选哪一个,目前到账的4000万元都不能在账上待得时间太久,要么原路打回去,要么向有关机关提存。"

丁连山道:"报告各位律师,这个钱在进账的第二天,我和我的团队商量后,直接原路退回去了。章超疆和麻红秉打完款就到这边收房来了。现在他们人不回去,要再次转账有难度。"

王铁帆道:"丁总,你的团队还是很有战斗力的。你们这个决定解决了一个大问题。我也非常同意金律师和雪风律师的看法。大家现在讨论一下,我们是选房屋买卖合同关系成立,还是选民间借贷合同关系成立,各有什么利弊呢?"

刘冰冰道:"我们把章超疆和麻红秉两个人一钱两用、设合同陷阱的心思分析清楚后,现在选合同的问题就简单多了。归根结底是两个问题,一个是算账问题,另一个是法律问题。我来给大家说道说道:第一,我们选房屋买卖合同成立。民间借贷是有一段合同有效期的,利息应该从章超疆和麻红秉给丁总一方打款之日起,计算到他们向丁总确定要房子之日止。从丁总提供的微信记录来看,至少有8个月的利息要算。咱们按8个月计算,章超疆和麻红秉每个人利息为480万元，合计960万元。再算上低价买房获得的让利，一楼单价每平方米按18000元计算，二楼单价每平方米按12000元计算，平均每个平方米获得让利5000元，他们购买2000平方米，每人获得让利1000万元，合计2000万元。两人两项获利相加，总计获得利益2960万元。这比一钱两用只是少获得7个月的民间借贷利息840万元。法律问题是，选房屋买卖合同成立有最大的法律障碍，因为签订房屋买卖合同时，绿洲县昭腾房地产开发公司开发的绿洲双子大厦项目还未获得房屋预售许可证，自然不符合签订房屋买卖合同的法律条件，房屋买卖合同关系很难成立。所以，这个选项我们不考虑。

"第二，我们选民间借贷合同成立。章超疆和麻红秉一直计算着民间借贷的利息，而且千方百计地拖时间养利息。前面已经算过，15个月的利息共计1800万元。相比前一选项，章超疆和麻红秉少获利1160万元，也就是丁总一方减少开发利益损失1160万元。相比章超疆和麻红秉二人的如意算盘而言，丁总一方减少开发利益损失2000万元。法律问题是，正如刚才金律师所说，不管这4000万元是低价的商铺购房款还是民间借贷款，丁总一方要么让出部分商铺的开发利润，要么支付民间借贷利息，融的资金都是用来建造绿洲双子大厦的房屋的。章超疆和麻红秉当初低价购房，要么单独支付购房款，要么把民间借贷的钱转化为购房款，成就房屋买卖合同关系。支付了购房款，丁总一方的资金问题就解决了，也就不需要借民间贷款了。反过来说，借到了民间贷款，丁总一方的资金问题就解决了，也就不需要低价卖商铺房产了。我认真阅读了丁总一方与章超疆和麻红秉所签订的房屋买卖合同，按照该合同约定：本合同从签订之日起三日内不付购房款，本合同自动作废。可见，只要民间借贷合同关系成立，民间借贷的这两笔合计4000万元的款项就不能算作购房款。既然这两笔钱不是购房款，那么，章超疆和麻红秉在签订购房合同时就没有按照低价购房的约定期限付款。也就是说，他们没有实际履行付款义务，房屋买卖合同已经自动作废了。这样一来，他们试图一钱两用的意图就被合法破解了。

第十五章　资本陷阱破

"另外，章超疆和麻红秉于交付房屋前，各自支付2000万元的房款，其付款日期比房屋买卖合同约定的期限整整迟延了15个月，不符合合同约定的付款要求，是于合同作废后支付的，不能算作法律意义上的履约行为，付款无效。况且，这两笔后置付款，已经违背了丁总一方低价卖房获得资金用于绿洲双子大厦建设资金的合同目的和本意。楼都建好开始交房了，章超疆和麻红秉才打融资款，已经失去意义。

"还有一点就是，在第一选项中所说的法律问题，在双方签订房屋买卖合同时，绿洲县昭腾房地产开发公司开发的绿洲双子大厦项目还未获得房屋预售许可证，自然不符合签订房屋买卖合同必须具备的法律条件，房屋买卖合同本身的硬伤，导致由此产生的合同关系违法且不能成立。

"我倾向于选择认可民间借贷关系，还本付息。从目前的司法解释来看，月息3%是合法的，虽然对方存在故意拖延养利息的情形，但是，丁总一方没有还本付息毕竟是无可争辩的事实。应该立刻还本付息，以免越往后拖，利息越多。当然，我们选定了民间借贷关系成立，并还本付息，这个问题就不可能再成为双方的诉讼纠纷。章超疆和麻红秉可能会以房屋买卖合同纠纷对丁总一方提起诉讼，鉴于前面我说过的情况，他们要打房屋买卖合同纠纷，丁总一方在法律上是站得住脚的，应诉难度小，而且代价较小。这样一来，丁总一方的问题就迎刃而解了。我的这点儿看法是否合适，请各位批评指正。"

王铁帆听后，吃惊地看着刘冰冰道："冰冰律师分析得非常到位，观点明确，引用证据和法律条款非常到位，叙述得十分精彩，我完全同意刘冰冰律师的意见。"

金海嫱向刘冰冰伸出大拇指，高兴地对大伙儿道："冰冰律师的方案思路清晰，有理有据，是我们处理丁总一方与章超疆和麻红秉纠纷的最佳方案。我完全同意刘冰冰律师的意见。"

程雪风道："金海嫱律师前面的分析与刘冰冰律师的方案一脉相承，杀伐果断，干净利索。二人的发言让我看到了她们执业水平的巨大提升，简直战斗力爆棚。我完全同意。"

王铁帆、程雪风、金海嫱三位律师发言后，丁连山激动地站起来，向刘冰冰深深地鞠了一躬，道："刘律师的话分析得入木三分，我完全同意，就这么干。今天我花了小100万元的律师费，避免了2000万元的损失，真是太值了。我现在就回去开董事会，今天就把民间借贷的本金和利息给付了，利息就给他们算到今天。不管章超疆和麻红秉后面告不告我方，我心里都有底了。他们要告，你们就放手去干吧，不管什么结果，我都能接受。他们要不告，那更是完美的结局。此乃不战而屈人之兵，善之善者也！各位，丁某告辞了！"

王铁帆、程雪风、金海嫱、刘冰冰一同起身送丁连山离开……

四人再次回到会客厅，刘冰冰高兴地说道："各位，丁总今天不但把律师代理服务费全部付了，还说不管案件的诉讼结果如何，他都能接受。按照铁帆师兄的理论，他这是已经授予我们败诉豁免权了呀！由此看来，今天咱们算是已经成功地猛赚了一笔律师代理服务费。在这成功的美好时刻，大家别忘了李伟豪师兄可是有引荐之功啊！一定要知恩图报才行，我说得对吧，帆哥？"

王铁帆道："我看冰冰律师说得十分在理。大家现在就说一说，我们应该怎样回报豪哥呢？"

金海嫱道："那就算豪哥一份，算我们五人共同办案，按照所里的规定比例扣除之后，咱们按照五人平分，各自交自己的个人所得税呗！"

程雪风道："海嫱律师的意见我不反对。但是按照咱们所里的惯例，豪哥毕竟不是我们团队的成员，当时绿洲县商业银行的那起大案，王海仁主任还出面与溪善融行长交涉，包括谈律师代理服务费、收取律师代理服务费，王海仁主任没有参与分配，这次要是给豪哥分了，我们前面的好多事情没法交代，后面的团队合作就可能由此被打乱了。请大家三思而行！"

王铁帆道："雪风老成持重，深谋远虑，说得十分在理。给豪哥分律师代理服务费不合适，那我们该如何还这份人情呢？"

刘冰冰道："按照咱们所里的惯例，虽然豪哥不享有分配律师代理服务费的权利，但是我们应该给他一个享用'火上浇油'的权利吧？今天晚上咱们找个地方好好嗨一把，用'火上浇油'招待豪哥，然后再送他几瓶，这人情不就还了吗？"

金海嬗道："我觉得今天欢聚有点欠妥，毕竟我们还没有把丁总一方绿洲县昭腾房地产开发公司的事情办妥。还是等到案结事了，我们再踏踏实实地欢聚一番比较好。"

程雪风道："嬗嬗律师说得有理，我们不能高兴得太早了。今天我们只是听了丁连山丁总的一家之言，在法律服务行业叫作一面之词，还没有听对方的辩驳，也没有看到对方手里还有什么不为我们所掌握的证据呢。虽然目前以我们的经验和认知来看，这个案子算十拿九稳，但是，我们保持谨慎的乐观还是比较好的。"

刘冰冰道："帆哥，我刚才可能是太激动了。现在听嬗嬗姐姐和雪风师兄这么一说，我觉得很有道理，还是等到案结事了，我们再庆祝比较好。"

王铁帆道："好的，今晚就不搞庆祝了。但是我今天太高兴了，嬗嬗和冰冰今天表现出来的成熟和专业，超乎我的想象，看来我和雪风要加油学习，不然的话，以后都要靠夫人养我们了。所以，今天晚上咱们在人才公寓咱们自己的窝里，来个四人小聚。虽然我们把聚会规模缩小了，但是规格不能降低。我现在给邓德豪打电话，从聚宾汇酒家点几个你们爱吃的硬菜。请他做好了打好包，我们下班拐到聚宾汇酒家拿菜回家聚会，怎么样？"

刘冰冰道："那今晚喝啥酒呀？"

王铁帆道："别忘了，当年李伟豪师兄打赌输给我的'火上浇油'还没有用完呢！现在更加有年份了。我今晚拿出仅剩的一组出来小酌，以祝贺嬗嬗和你的律师战斗力成功晋级，如何？"

金海嬗和刘冰冰闻言自是十分高兴，四人下班便离开略为所准备庆祝晚宴去了……

第十六章
重回象牙塔

丁连山和他的绿洲县昭腾房地产开发公司全面落实了王铁帆团队提出的应对方案。正如刘冰冰所料，章超疆和麻红秉拿到民间借贷的本金和利息后，便不再纠结民间借贷的事情。二人在收到丁连山支付的民间借贷本息之后，还纷纷在微信里给丁连山发送了合作愉快的表情包。接下来的数日里，章超疆和麻红秉继续找丁连山和绿洲县昭腾房地产开发公司履行房屋买卖合同，要求交钥匙收房子。丁连山不动声色地应着二人，让他们好好休息几天，等另一名股东出差回来，上一下会，专门解决这件事情，还安排办公室的人员，用以往的规格接待章超疆和麻红秉，也带二人到绿洲双子大厦去看他们心目中的商铺房产。二人每每来到大厦前，看着自己心仪的房产，心里便充满了无限的遐想和喜悦。一个星期过去了，章超疆和麻红秉还是没有等到他们想要的结果。又是一个周一，二人带上房屋买卖合同，决定自己去绿洲双子大厦售楼中心了解一下情况。

初秋的绿洲县，虽然能感觉到季节变化的一丝凉爽，但总体还是炎热的。与天气同样热的，便是绿洲县昭腾房地产开发公司绿洲双子大厦售楼中心。售楼中心大厅里人头攒动，除了绿洲县本地人，还有许许多多操着外地口音的陌生面孔。他们有的在付款，有的在签合同，有的在和售楼人员谈价格，有

第十六章 重回象牙塔

的在导购小姐的引导下观看沙盘模型，还有的正在跟家人打电话介绍楼盘的情况……

与此形成鲜明对比的，是在售楼中心要求交房吃了瘪的章超疆和麻红秉。售楼中心的经理以他们的房屋买卖合同既不是售楼中心经办的，也不符合房地产开发商售卖商品房的备案合同文本样式为由，将他们请出售楼中心，并告知二人合同上的商铺房产已经售罄，相关的商品房买卖合同已经在绿洲县不动产管理中心备案，且不动产登记证都已经办理完毕，买主并不是章超疆和麻红秉二人。章超疆和麻红秉闻言顿感不妙。他们行色匆匆地走出售楼中心，连忙给自己的律师打电话。电话的另一端都是省城的知名律师，二人得到的答复是一致的：不动产交易以实际的过户为准，合同对应的房产既然已经卖给新的买家，而且已经办理了不动产登记证，这个房子自然就是新买家的了，房子再也不可能按照你们签的合同交付了。如果合同本身没有问题，可以到房产所在地人民法院起诉开发商违约，要求其赔偿损失或承担违约责任。

原来，丁连山和他的绿洲县昭腾房地产开发公司全面落实了王铁帆团队提出的应对方案，不但坐实了民间借贷合同关系，还高规格接待章超疆和麻红秉二人，让他们憧憬着未来，在绿洲县好吃好喝地等待了一个星期。在这一个星期里，公司已经将那4000平方米的商铺出售，已经将商品房销售合同备案，并给买家办理了不动产登记证。

谜底揭开了，暴怒的章超疆和麻红秉找到绿城律师事务所的董芳主任，向绿洲县人民法院提起了两起房屋买卖合同纠纷。

很快，丁连山的绿洲县昭腾房地产开发公司便收到了绿洲县人民法院送达的民事起诉状和应诉通知书，法院给出了一个月的答辩和举证期。丁连山拿着法院送达的文书，立即来到略为律师事务所王铁帆和金海嬉的办公室，将一应材料交到王铁帆手里。

丁连山气定神闲地对王铁帆和金海嬉道："王律师、金律师，案子就交给你们团队了。你们也帮我转告程雪风律师和刘冰冰律师，大家不要有压力，尽力去做就行了。还是那句话,不管什么样的判决结果,我和我的绿洲县昭腾房地产开发公司都能接受。专业的事情交给专业的你们去办,我就不叨扰你们了。有什么需要我做的,你们随时打电话,我随时配合,在第一时间来见你们,告辞!"

说罢,丁连山转身出门。王铁帆和金海嬅将他送到楼梯口,丁连山向二人挥挥手,说了声"二位请留步",便翩然离去。

回到办公室,金海嬅叫来了程雪风和刘冰冰。王铁帆将丁连山送来的民事起诉状和应诉通知书递给二人道:"一切如刘冰冰律师所料,现在章超疆和麻红秉已经诉诸法律了,我们准备迎战吧。"

金海嬅道:"刚才丁总来了,待了不到五分钟就走了。他让大家不要有压力,尽力去做就行了。他还是上次说过的那句话,不管什么样的判决结果,他和他的绿洲县昭腾房地产开发公司都能接受……"

刘冰冰闻言甚喜,高兴地说道:"好呀!好呀!丁总这种见过世面的大老板就是大气,这是在向我们重申败诉豁免权嘛。他越这样说,我越感觉到压力山大。我们必须全力以赴,把案子办得漂漂亮亮的,否则,就对不起丁总的信任了。"

程雪风与王铁帆对望一眼,微笑着没有说话。

王铁帆听了刘冰冰的话,感叹道:"各位,这个丁总真的有一套。你们看,咱们的冰冰律师已经被感动得慷慨激昂,已经决定要全力以赴地为丁总的信任而拼搏了。不过,话又说回来,这个丁连山丁总真不是一般的商人啊!他深谙驭人之术,表面上风轻云淡,还安慰我们,似乎是在给我们减压,但在我看来,他的话咱们得反着听。在丁连山的内心深处,对这起案件是志在必胜,而且他信心满满,相信这起案件绿洲县昭腾房地产开发公司一定会胜诉。他对我们团队也是充满信心的,这是在给我们做简短的动员讲话。他身上有许许多多东西值得我们学习!"

程雪风道:"能把事业做这么大的老板,都是一步一个脚印,一个个坑、

第十六章 重回象牙塔

一条条沟蹚过来的,什么场面没有经历过?正所谓实践出真知,百炼才成钢。他的经历是我们无法想象的。实际上该怎么做,他心里早就有想法了,只是没有得到法律方面的论证。那天通过和咱们团队的交谈,他的想法得到了法律专业知识的论证,心里自然有底了,才那么慷慨地向我们表明,大家不要有压力,尽力去做就行了,不管什么样的判决结果,他和他的绿洲县昭腾房地产开发公司都能接受。对此事的最终走向,丁总心里已经有底了。他的话充满了关心和信任,是在用激将法激励我们呢!不过,听了丁总的话,确实令人非常舒服,从心底里愿意为他全力以赴地迎战。虽然被铁帆归类为驭人之术,但有如此气量,也算得上一个成熟的企业老总处事的人格魅力吧。"

金海嫱道:"大家别再讨论丁总这个人了。这个案子怎么办,现在就定下来好不好?"

王铁帆道:"这两起案件,一起是章超疆诉绿洲县昭腾房地产开发公司的案件,由刘冰冰律师主办,金海嫱律师协办;另一起是麻红秉诉绿洲县昭腾房地产开发公司的案件,由金海嫱律师主办,刘冰冰律师协办。这两起案件涉案金额巨大,委托人又如此信任我们,嫱嫱律师和冰冰律师要提前准备好证据目录和代理词。我们对证据目录和代理词要共同讨论,三审定稿。这次必须精心打磨,有备而战,把能考虑到的问题全都考虑进去,千万不要掉以轻心。对方的代理律师是绿城律师事务所的董芳主任和学霸律师张娜。咱们这次要为公平正义和略为所的荣誉而战。"

刘冰冰和金海嫱十分乐意地接下担子。

绿洲县城街道两边的风景树,被烈日炙烤和沙尘侵蚀,平时看上去,树叶显得灰蒙蒙的。一场难得的秋雨,滋润了整个绿洲县,将街道两边的风景树洗得干干净净。昔日灰蒙蒙的树叶,被细雨清洗滋润得油亮油亮。满街的鲜绿,像春天新发的一样,给人一种清新的感觉。

开庭的日子很快到来,董芳主任和学霸律师张娜信心满满。她们手里既有双方签订的房屋买卖合同,又有打款记录,一副胜券在握的样子。

第一个开庭的是章超疆诉绿洲县昭腾房地产开发公司的案件，被告方由刘冰冰律师主办，金海嫱律师协办。

在庭审中，经验丰富的董芳主任先向法庭出示了购房打款记录，证明：原告章超疆已经向被告绿洲县昭腾房地产开发公司支付了购房款，被告应当向原告交房。

按常理，董芳主任应当先出示房屋买卖合同，再出示购房打款记录。若是按这个顺序出示证据，被告方对合同的质证可能对章超疆不利。所以，她反过来出示证据，给庭审法官和在场的旁听人员一个房屋买卖合同的交易已经完成，既然原告已经付完购房款，被告方就应该交房的印象。

推演了多次的攻关小组，完全没有想到董芳主任会倒着出牌。刘冰冰和金海嫱顿感意外。审判长要求被告方质证。刘冰冰和金海嫱提前准备好的质证意见，是承接在房屋买卖合同之后而准备的，虽然内容很完美，但是在这种顺序颠倒的情况下用不上，需要重新组织一下语言才能更好地发表质证意见。二人迅速地酝酿组织质证语言。

正在这时，主审法官突然发问道："被告方，章超疆给你方对公账户打入购房款2000万元是不是事实，这笔钱收到了没有？"

刘冰冰正犹豫着怎么回答，金海嫱干脆利落地回答道："原告以交购房款名义向被告对公账户打款2000万元是事实，但这钱不是合同约定的购房款。这笔钱收到后，我方已经退回原账户了。"

从主审法官的表情可以看出，他对金海嫱的回答十分不满意，犹豫片刻道："被告方对原告方出示的打款单发表质证意见吧。"

刘冰冰道："被告方对这份证据的真实性予以认可，对其关联性和合法性不予认可。理由是：原告以交购房款名义向被告对公账户打款2000万元是事实，但这钱不是合同约定的购房款，打钱就要房不具有合法性和关联性。"

审判长示意原告方出示下一组证据。

董芳主任终于出示了那份房屋买卖合同。她道："该证据是原告与被告签

第十六章　重回象牙塔

订的,约定了原告购买被告的绿洲双子大厦一、二楼商铺各1000平方米共计2000平方米,单价均价每平方米1万元,共计卖价2000万元。原告方已经付房款2000万元,被告方应当将房屋交付给原告方。"

刘冰冰拿出证据目录,发表质证意见道:"被告对这份房屋买卖合同的合法性、关联性不予认可。第一,该合同不具有合法性。理由是,在双方签订房屋买卖合同时,绿洲县昭腾房地产开发公司开发的绿洲双子大厦项目主体还没有建设完成,也没有获得商品房预售许可证,该合同不符合签订房屋买卖合同必须具备的法律条件,从而不具有合法性;第二,该合同是被告为了获得建设资金而签订的,按均价每平方米1万元出售商铺,约定的付款期限是本合同签订后三日内付款。按照该合同约定:本合同从签订之日起三日内不付购房款,本合同自动作废。原告签订该合同后,时隔15个月才打款,此时,该合同早已作废,便与被告没有了关联性。第三,因为合同已经作废,原告以交购房款名义向被告对公账户打款2000万元,便没有了合同依据。综合以上几点,原告拿一份不合法且作废的房屋买卖合同要求被告履行,没有法律依据。"

刘冰冰一番慷慨陈词,引得法官们交头接耳。随即,董芳主任不再坚持交房,而要求被告方承担缔约过失责任。刘冰冰和金海嫦均以该合同不合法且作废拒绝。法庭不再调解,择期宣判。

同日下午,金海嫦主办的麻红秉诉绿洲县昭腾房地产开发公司的案件在绿洲县法院开庭。下午二人更加得心应手。

……

数日后,绿洲县人民法院宣判了,章超疆和麻红秉的诉讼请求均被驳回,绿洲县昭腾房地产开发公司全面胜诉。

当天正好是星期五,王铁帆和程雪风商量,为刘冰冰和金海嫦举办一场庆功宴,同时回报李伟豪师兄举荐之恩。

王铁帆和程雪风来到李伟豪办公室,王铁帆十分诚恳地对李伟豪道:"豪哥,您上次推荐我们办理丁连山丁总绿洲县昭腾房地产开发公司的案子,非诉讼和诉讼我们都给他做好了。今天诉讼案件一审判下来了，我们全面胜诉。这次我们团队是由刘冰冰律师和金海嬬律师出战的。今晚想请全所的同事们聚一聚，一是感谢豪哥的举荐之恩，二是给两位女将开个庆功宴。我俩特来征求豪哥的意见，看豪哥觉得怎么安排为好。"

李伟豪闻言甚是高兴，乐呵呵地说道："算你们两个小子有良心。举荐之恩嘛，就别提了，咱们自己兄弟。这类案子我一听到就头疼，我是不会接的，你们四人若是不接，我就推掉了。庆功宴嘛，我喜欢参加。既然你们伸着脖子让我宰，那我就不客气了。今晚人多，'火上浇油'就免了，就不上红酒和啤酒，一律喝白酒吧。这个酒嘛，就喝咱们绿洲县的红枣酒，知根知底，价格不贵还好喝，行不行？"

王铁帆道："一切都听豪哥的，今晚就喝咱们绿洲县产的红枣酒。"

程雪风道："豪哥，我们真是用薄酒招待了呀？"

李伟豪道："哥就喜欢喝这个家乡酒。雪风，我知道你的心意，但是，价格贵的不一定是好酒，喜欢喝的才是好酒。"

程雪风茫然地点了点头。

王铁帆道："豪哥，既然酒定好了，您看我们把场子摆在哪里好？您敲定了，我们就去订包间。"

李伟豪道："去邓德豪邓老板的聚宾汇酒家吧！不久前才装修好，那里有一个能坐下30个人的大包间，有舞台能唱歌演节目，还有一个小舞池，容得下二三十人跳舞。再说，聚宾汇酒家的菜品也算得上咱们绿洲县一绝，价格也比较适合咱们工薪阶层。我看去聚宾汇酒家比较好，你们觉得呢？"

王铁帆道："一切听从豪哥的旨意。我和雪风现在就去订包间，订完包间再给主任汇报。"

李伟豪道："非常好！你们忙去吧。"

一切安排就绪，王铁帆和程雪风来到王海仁主任办公室。办公室沙发上坐着两男两女四个年轻人，看上去年纪和王铁帆、程雪风差不多。王铁帆礼貌地

第十六章　重回象牙塔

向他们含笑点头致意。王海仁主任见程雪风和王铁帆进来,招呼二人坐下。二人坐下后,王海仁十分高兴地对那四个年轻人道:"这两位便是我刚才给你们讲过的王铁帆律师和程雪风律师。"

四人连忙起身纷纷与王铁帆和程雪风握手,介绍自己的姓名,并对二人道:"请师兄关照!"这一举动让王铁帆和程雪风有点蒙。王铁帆想:"他们是干吗的呢,难道是王主任新招的实习生?"

王海仁继续道:"铁帆,这四位都是政法大学今年刚毕业的硕士研究生,都是A证,现在加入我们所了。我们所总人数现在达到24人了。现在他们进入实习期。你们要好好带一带这些师弟师妹……"

王铁帆说明今晚庆功的意图,又加了一句话:"太好了,我们所有四名名校研究生加盟,人才结构将得到大力提升。今晚既是庆功宴,也是给这四位师弟师妹们的欢迎宴。主任您得说话,确保今晚全员参加,我和雪风没有号召力呀!"

王海仁主任道:"好,我现在就让办公室通知大家。趁现在时间还早,早点儿通知大家,还能聚齐。今天是周末,通知晚了,就各有各的活动了。"

王铁帆和程雪风走出王主任办公室,各自回自己办公室去了。

行走在楼道中,王铁帆心中升起一种莫名的失落感。回到办公室,金海嫱给他端来早已泡好的胖大海茶水,看他闷闷不乐的样子,连忙问道:"帆哥,你看上去情绪十分低落,怎么回事啊?"

王铁帆长叹一声道:"唉!嫱嫱,你说一说,我们是不是应该回学校继续深造了?"

金海嫱道:"咱们现在干得不是挺好的吗,你怎么突然想回学校上研究生的事了?我还想咱们多攒点儿钱,今年春节回江城买个大房子,明年五一结婚呢!你现在想上学,你是什么意思啊?"

王铁帆道:"上研究生又不影响咱俩结婚!刚好在上学期间生俩娃,还不影响你办案。要是毕业了再去生孩子,你就要耽误很多年不能办案了。"

金海嫱闻言愠怒道："谁要给你生孩子？你还没有正面回答我的问题呢！"

王铁帆表情落寞，喃喃地说道："刚……刚才……我和雪风去请王主任参加今晚的庆功宴，见到我们所刚招录的四名政法大学毕业的硕士研究生，瞬间一股莫名的失落感从心底升起，好像丢失了什么珍贵的东西。"

金海嫱从来没有见过王铁帆这么失落的样子。她瞬间明白了王铁帆的心思，莞尔一笑，安慰道："这不是早就在我们的规划中吗？当年我们来绿洲县前，就计划好了呀！你现在看别人研究生毕业来我们所，眼馋了啊？大学毕业前，咱们政法大学对你和程雪风都是保研的，你们俩毅然放弃了上研究生深造的机会。咱们当年一起选择了先历练再深造，经过这些年的基层历练，大家收获很大，现在是应该考虑学习深造的事了。"

正说话间，刘冰冰拉着程雪风敲门进来。看到王铁帆和金海嫱严肃的样子，刘冰冰道："怎么了，你们俩吵架了吗？今天可是要给我和嫱嫱姐办庆功宴的好日子，不许带负面情绪哈！"

金海嫱温婉地看了刘冰冰一眼，道："你帆哥还没有学会和女生吵架呢。他说他丢失了珍贵的东西，我正在帮他想。"

刘冰冰噘着小嘴，一字一句地絮叨道："哎呀！嫱嫱姐姐、帆哥，我今天也有点儿失落，也好像丢失了什么珍贵的东西，没想到你们也是如此。"

金海嫱笑道："你这丫头，今天胜诉了一场大案子，骄傲情绪作祟，感觉高处不胜寒了，是吧？"

刘冰冰道："不是。哪里来的高处不胜寒啊！嫱嫱，你还不知道吧，咱们所又进新人了，就在咱们早上到法院参加章超疆、麻红秉案件的宣判回来不久，立案庭的人打电话，让我去法院领另一起案件的传票，我路过办公室楼下的停车场时，看到县司法局的郑局长和王主任带着新招的两男两女四个法学研究生到咱们所里来入职，和我们当年来略为所的情形一样。郑局长把人送到楼下，寒暄几句就走了，说是去找县机关事务管理局落实这四名研究生住人才公寓的事去。王主任便领着他们上楼了，现在他们还在王主任办公室呢！"

第十六章 重回象牙塔

金海嬅道:"这是好事呀!这样一来,咱们所人丁兴旺。你为什么会感觉失落,还跟丢了珍贵的东西似的呢?"

刘冰冰道:"你看,咱们所前面招的10名大学生里有三名研究生,现在又进了四名研究生。我们曾经以985法本生来这里寻梦,在学历上是矮个中的高人,现在我觉得自己在许多高个子跟前成了小矮人了,所以,一下子感到失落,真的跟丢了珍贵的东西似的。这种感觉以前从来没有过……"

金海嬅笑道:"冰冰,你和铁帆遇到的是同一个事儿。铁帆是刚才到王主任办公室请他参加今晚的庆功宴遇到的。你们俩的表情和表现我非常满意,应验了老祖宗的那两句话,非常好!"

王铁帆傻傻地问道:"老祖宗的哪两句话呀?"

金海嬅略带神秘地问道:"你的悟性那么高,自己就能想出来,难道真的要我说吗?"

王铁帆、刘冰冰、程雪风十分期待地看着金海嬅,点了点头。

金海嬅道:"这两句话,一句叫'人贵有自知之明',另一句叫'知耻而后勇'。恭喜你们思想进步……"

一直没有说话的程雪风道:"刚才是我和帆哥一起去王主任办公室的,我倒是没有想那么多。出门后我见帆哥情绪低落,心想可能与此事有关。冰冰回到办公室和我说这事儿,我没有表态。既然你们几个都已经说开了,那么我也说一说自己的想法。我觉得咱们也应该讨论一下继续深造学习的事情了。通过五个年头的历练,我们实践经验有了,但学历上的优势没有了。现在才是危机感的初级阶段,要是再拖几年,就在这个边远的绿洲县,我们都被硕士研究生的弟弟妹妹们比下去了,年龄也大了,就进退两难了。今天我们可以把这事儿定下来。记得去年秋天,咱们一起回江城时见过张国文教授,他说过对我们四人还有一个要求,那就是我们还得把研究生上了,至少上完硕士研究生。他希望咱们今年就报考母校的研究生。张教授还等着我们入学后,再续师生情缘呢!我刚才查了一下,研究生考试报名还没有结束,咱们现在报名还来得及。"

刘冰冰突然犹豫地问道:"咱们这一上研究生,钱挣不上了,婚期也要耽误了,唉!小学和中学、本科的时间太长了,要是每个阶段都能少上一年,我们现在等于在三年前,年龄也才是20岁刚出头。现在我们都过了25了,迫在眉睫的学业、婚姻、事业都很重要,可是,这时间该怎么安排呀?"

王铁帆十分沉着冷静地说道:"冰冰这个问题提得非常好。刚才我跟嫱嫱说了一下我的想法,她不太乐意。"

焦虑的刘冰冰道:"哎呀!帆哥,可能是刚才太突兀了,嫱嫱姐没有时间思考,才不乐意的嘛。现在我们集体讨论这个问题,你就作为一个议题说出来,咱们一起商量商量,好不好?"

王铁帆道:"我觉得咱们就上母校的硕士研究生,我们就在上研究生期间结婚生孩子。上学对我们来讲,没有什么压力,还能天天陪同在一起,便于照顾。三年研究生,可以生两个娃,这是我们最佳的生育时间。在此期间,现在的法律顾问单位不能丢,我们可以远程沟通服务。法律顾问必须到场的,一般情况,让合作律师跑一下;遇到特殊情况,必要时可以轮流请假跑一趟。寒假暑假我们回所里上班办案,平时有重大案件,也可以想办法请假去开庭。要是冰冰和嫱嫱处于孕期、哺乳期,你们就在江城好好待着,我和雪风轮流跑就行了。在上研究生期间,我们既不能断了和社会的执业联系,更不能断了收入。这样一来,学业、结婚生娃、赚钱养家,三件大事我们都不耽误。如果把学业、结婚生娃分开来占用时间,我们至少有六年时间不能搞事业,等下一次全身心进入职场,一切都要从头再来,甚至可能出现不适应。所以,我的想法你们可以好好考虑考虑。"

众人安静地听着王铁帆的分析,脸上流露出从未有过的紧迫感。等王铁帆分析完毕,金海嫱长长地舒了一口气:"唉!没想到,我快乐的青春就要被改变了。原来这几年的绿洲县生活才是纯粹属于自己的,也是最精致的,一结婚生娃,我就不是我自己了……"

刘冰冰认真地对金海嫱说:"嫱嫱,不要那么想。人生的每一个阶段都是

第十六章 重回象牙塔

美好的,我就喜欢小宝宝。要是我们这代人都不生孩子,过利己的小生活,从个人的角度来讲,人生是不完整的,从国家发展的角度来讲,那是对社会不负责任的。人就应该顺应自然,到了人生的哪个阶段就做哪个阶段的事情,完完整整、认认真真、心甘情愿、高高兴兴地过好每个阶段的每一天,那便是幸福的人生。"

金海嬗诧异地看着刘冰冰道:"冰冰,没有看出来呀!你这个平时风风火火的小辣椒,还有这么贤妻良母的一面。好吧!你的观念我完全接受。其实我也挺喜欢小宝宝,只是有点儿紧张而已。听你这么一说,我也就释怀了。"

刘冰冰道:"这个研究生我们必须回母校上,今天就把名报了。帆哥和雪风准备复习资料,我们一起学习。你们得好好帮助我。我先说好,如果我没有考上,你们三个谁也不许上。要上我们就必须一起考上,然后一起去上。哼!"

金海嬗道:"我们四人必须同进退,只要有一个人没有考上,其他三人考上了也别想去上。"

刘冰冰道:"帆哥的学习规划肯定是做得最好的,考研究生的事,咱们就由帆哥来当教练,雪风当副教练。咱们四人里,考试方面我是最弱的一个,我一定加倍努力,不拖大家的后腿。要是因为我没有考上,影响了你们三个上研究生,我的罪过就大了。"

王铁帆道:"考咱们母校的研究生,对我们几个来说,不是什么问题。学习资料我找张教授给我们准备,学习计划大家必须按照我的安排来进行。从明天起,大家就别睡懒觉了,咱们坚持学习到考试前。大家都能考上,一定没有问题!"

刘冰冰道:"嬗嬗,刚才帆哥说充分利用上研究生这三年,统筹把学业、结婚生娃的事全办了,对时间的规划是非常科学的。要是把这几件事分开来办,真的会耽误好几年时间呢!再说,我们都在江城,天天都在一起,学习任务又不重,他们能贴身贴心地照顾,生了娃,我的父母、你的父母都能帮着照顾，这是多好的事情啊！"

金海嫱调侃道："好好好！咱们冰冰说的都对，你赶紧备孕吧！从今天开始，今晚的庆功宴，你和程雪风都不许喝酒，会影响下一代健康的……"

刘冰冰闻言，羞得满脸通红。王铁帆和金海嫱的办公室里发出震天的笑声……

是夜，王铁帆、刘冰冰、程雪风、金海嫱四人按照李伟豪的提议，在邓德豪的聚宾汇酒家的那间带舞台和舞池的30人大包间，为金海嫱和刘冰冰举办庆功宴暨四名新入职研究生同事的欢迎宴。大家欢聚一堂。开席前，王铁帆请王海仁主任讲话。王主任发表了热情洋溢的讲话。王主任将新入职的四名研究生赵宇、雷明、莫凤娟、齐亚兰介绍给全所同事。赵宇作为新入职员工代表发了言。按照既定的议程，金海嫱和刘冰冰同大家分享了这次办理两起重大经济案件，即章超疆诉绿洲县昭腾房地产开发公司的房屋买卖合同纠纷案件、麻红秉诉绿洲县昭腾房地产开发公司房屋买卖合同纠纷案件的经历和心得，还分享了办理这两起大案胜诉的喜悦，赢得同事们无限的赞许和羡慕。最后，王铁帆、刘冰冰、程雪风、金海嫱四人组当众对李伟豪师兄的举荐之恩表达了谢意，并邀请李伟豪师兄致开席词。

李伟豪接过话筒，对大伙儿道："王铁帆、刘冰冰、程雪风、金海嫱四位律师组成的办案团队，目前是咱们所战斗力最为强悍的攻坚队。他们不仅专业能力过硬，而且在办案方法上彰显出足智多谋。这两个案子，人家先找的是我，我一听就头疼，觉得不是自己的菜，就做了个顺水人情，介绍给铁帆团队了。他们团队不但挣到了钱，而且把案子办得妥妥帖帖，平息了社会矛盾，获得了当事人的高度认可。更重要的是，这个团队非常懂得感恩。他们用自己辛辛苦苦赚来的钱，请咱们全所同事在这里高消费一次。他们提前征求了我这个举荐人的意见和建议，我很赞同他们的做法。今晚一是分享喜悦，二是增进同事间的感情，三是给年轻人树榜样，四是欢迎新同事入职。大家一定要吃好喝好、唱好跳好。现在我十分荣幸地宣布：开席！"

第十六章　重回象牙塔

话音刚落，"砰砰"两声气体喷出瓶口的声音响起，彩花飞溅，刘冰冰和金海嫱被王铁帆早已安排好的几位律师助理喷射的彩花包围起来了。会场内响起阵阵掌声和欢呼声……

随着缤纷的彩花飘散而落，王铁帆和程雪风各自举着一瓶香槟酒，为刘冰冰和金海嫱开香槟庆祝，会场内再次响起阵阵掌声和欢呼声。刘冰冰和金海嫱接过开好的香槟酒，给大伙儿纷纷倒上……

李伟豪对大家道："各位，这香槟酒是今天的开胃酒。红枣是咱们绿洲县的特产，红枣酒是家乡酒，大家今天一定要喝好！"

酒过三巡，成丰阳师兄第一个上台献唱，说是给大伙儿开声……

宴会场面越来越热烈，王铁帆、刘冰冰、程雪风、金海嫱四人端起酒杯，向王海仁、章泽军、李伟豪、成丰阳和各位师弟师妹纷纷敬酒。王铁帆四人皆是略为所新人崇拜的偶像，自然会被大伙儿回敬。在酒精和现场气氛的影响下，晚宴被推向高潮……

王铁帆今晚喝得十分尽兴。他正在摆脱上午的失落情绪。眼看成丰阳的歌曲已经结束了，王铁帆连忙给自己再度倒满酒，准备与高歌一曲后走下台的成丰阳师兄干一满杯。正在这时，金海嫱走过来，拍了拍他道："铁帆快接电话。你的电话响了，是张教授打来的。"

王铁帆闻言一把接过电话，一看已经有三个未接电话提示了。他连忙走出包间，在聚宾汇酒家后面的庭院中，找了一个僻静的地方接通电话。电话那边是一个关切而又温和的声音："铁帆，我是老张呀。打你电话半天了，你现在才接，又在外面应酬吗？"

王铁帆道："张老师好！今晚所里举办新同事入职晚宴，刚才主任正在讲话，我……我没敢接电话，对不起！对不起！"

打电话的正是张国文教授。他对王铁帆道："你发过来的微信我看过了，我非常支持你们的想法。去年在江城我就说过，你们还是要把研究生上了。现在新同事入职，清一色的硕士研究生，你感到失落很正常。不要紧，失之东

律者医心

隅，收之桑榆。你们经过这几年的历练，在知识和能力上的收获，就是上到博士后也学不到。高尔基曾经说过，对于有追求、爱学习的人而言，社会就是一所最好的大学。你们四人这几年不但融入了社会，还在工作中有那么多心得和理论创新，什么'律者医心'的服务理念，什么当事人授予'败诉豁免权'的信任，我闻所未闻。你们在基层历练得非常好。你们要考咱们政法大学的研究生，我告诉你，今年报考的人相当多，竞争是非常激烈的。我把学习资料已经发到你的邮箱里了，你们四个现在就要开始备考，务必全部考上，一个都不能少。我知道，只要有一个没有考上，你们可能就全部都不来。等你们来了，我会利用本校的平台，让你们向全校师生开个专题讲座，就讲你们融入社会的点点滴滴。这些都是咱们课本上没有的，对学生和老师而言都是无比珍贵的。不说了，你快去应酬吧。顺便告诉他们三个，我在母校等你们回来深造。再见！"

张教授挂掉了电话，王铁帆想在外面冷静一会儿。忽然，一个熟悉的声音从对面传来："王大律师，你好！今天我本来要登门去感谢你，但因为开安全生产会议，法定代表人必须参加。我本想第一时间去向你致谢，对不起！对不起！"

说话间，穿过庭院朦胧的灯光树影，那人已经快要走到王铁帆跟前。他正是绿洲县昭腾房地产开发公司法定代表人丁连山丁总。他远远地向王铁帆伸出手来。王铁帆迎上去，握住丁连山的手道："恭喜丁总大获全胜，恭喜！恭喜！"

丁连山道："这都是老弟你们的功劳。我今天没有在第一时间到律所去向你们表达谢意，丁某再次向你赔罪了！"

王铁帆道："丁总太客气了，这一切都是我们分内的事。至于您胜诉，那完全是您证据充分、法院秉公办案的必然结果。您不用向我们致谢！"

丁连山一时不知道该怎么说了。停了一下，他对王铁帆道："兄弟，客气的话我就不再多说了。明天你把法律顾问合同准备好，我一上班就去找你们，

第十六章　重回象牙塔

咱们把法律顾问合同签了。今晚就此别过，明天见！"

王铁帆也道了声："明天见！"便回宴会厅了。

……

次日一大早，大伙儿刚进办公室，细心的程雪风就查询了研究生招生考试报名系统，并提醒大伙儿看报名是否成功。王铁帆、金海嫱都挤到程雪风和刘冰冰的办公室，纷纷在网上查询报名情况。查询显示四人的网上报名均已成功。正在这时，王铁帆和金海嫱的办公室传来阵阵敲门声，站在一旁的程雪风开门往楼道里看了一眼，连忙道："帆哥，丁连山丁总来了，正在敲你俩办公室的门呢！"

王铁帆对刘冰冰和金海嫱道："冰冰你赶快准备法律顾问合同文本，丁总是来签常年法律顾问合同的。我们直接去会客厅吧，嫱嫱你去办公室把刚才沏的那壶红茶端过来，雪风和我先把丁总迎到会客厅，看他都有些什么需求。"

王铁帆带头出门迎向丁连山。丁连山道："铁帆大律师，早上好！"丁连山接着与程雪风、刘冰冰、金海嫱打招呼。

丁连山跟随王铁帆等人来到会客厅，坐在会客厅的沙发上，感慨道："这间会客厅可是我的福地呀！在这里，我找到了公平正义，遇到了命中的贵人，解除了心中的困惑，然后有了昨天案件的胜诉。今天我过来，一是专程来向你们表达谢意，二是聘请你们团队做我公司的法律顾问，为我的企业保驾护航。"

王铁帆道："多谢丁总的信任，谢意的事就不要再说了，我们只是做好了分内的事情。"

丁连山道："这个表达谢意呢，不能是一句空话，我也不只是向你们四人表达谢意。当然啦！你们四人是我和我的公司首先要感谢的对象。我刚才说了，这间会客厅可是我的福地，所以我和我的公司既要感谢你们四人，也要感谢你们略为律师事务所。你们看，这面锦旗便是我的谢意。"

丁连山展开手里红色绒布还带着金色穗子的卷轴，锦旗上金色的字迹立即映入众人的眼帘：

上书"赠略为律师事务所及金海蟾、刘冰冰、程雪风、王铁帆律师"。

中间两行大字"用仁心做疏导怨消气顺社会和谐　以法律为药方驱邪济世正气浩然"。

落款为"绿洲县昭腾房地产开发公司丁连山",并备注了年月日。

王铁帆四人看后面面相觑。稍许,王铁帆道:"丁总,您这锦旗内容太大了,我等承受不起呀!这锦旗就别送了吧,以免我们被人说闲话。您本一片好心,若让我们四人落得个沽名钓誉的骂名,反而会窝气伤神。"

丁连山道:"这是我和绿洲县昭腾房地产开发公司全体股东的一份心意,也是咱们中华文化中对感恩之情的传统表达方式。王律师,你们四位且宽心,丁某知道自己该怎么做。我直接把锦旗交给你们四人,的确可能会引来别人的非议。你们也不好拿出来悬挂。我必须亲自把它交到你们王海仁主任的手里,才能表达我的诚意和对你们四人的敬意。王律师,送锦旗这个事就不再谈了,我们聊一下法律顾问的事情吧!"

王铁帆面有难色地回道:"丁总,有一个情况我要告诉您,我们四人明年要去江城读研究生,做您的法律顾问无法随叫随到,怕影响您的工作,耽误您的事情呀!"

丁连山道:"我认定的是你们四个人。现在通信和网络这么方便,许多事情都是不用见面就能办的。我们可以拉个微信群,在群里开会都没有问题。平常的合同发邮箱或微信都能解决,距离不是问题。今天就把常年法律顾问合同签了,你们准备好合同吧。每年的法律顾问费就按20万元签;代理案件按照正常标准收费即可,不必优惠。咱们就先签五年的法律顾问合同。我现在找你们王海仁主任聊一些事情,回头见!"

说罢,丁连山出门径直找王海仁主任去了。

丁连山十分相信王铁帆四人,就连服务内容的介绍都免了。丁连山离开后,约莫过了15分钟,略为所办公室便发出紧急通知,通知全所除开庭的人员外,其余人员一律到本所大会议室参加紧急会议……

第十六章 重回象牙塔

在大会议室里，略为律师事务所与绿洲县昭腾房地产开发公司常年法律顾问签约仪式大会隆重举行，王海仁主任与丁连山总经理同时出席并签字。在签字仪式举行前，丁连山总经理代表绿洲县昭腾房地产开发公司向王海仁主任赠送了那面锦旗……

经过几年的打拼，王铁帆、程雪风、金海嫱、刘冰冰四人在绿洲县的律师事业已经发展到不错的高度，面对即将放下工作全脱产去上研究生，金海嫱和刘冰冰十分纠结。她们俩都是大城市成长起来的孩子，深深地知道在大城市里个人经济条件的重要性。她们俩对目前的工作和收入非常满意，一想到马上就要放下这个收入颇丰而且自己又十分热爱的工作去上研究生，有诸多不舍。但是，不提升学历又实在不行。

毕竟现在离正式回学校学习还有10个月左右的时间，她们想尽量多办些案子，增加一些收入。

虽然金海嫱和刘冰冰没有说出来，但是王铁帆和程雪风明白她们俩的心思。王铁帆和程雪风两位学霸商量，优化张国文教授发来的考研学习资料，使两位女神能用最小的精力达到最佳的学习效果，还不影响这10个月左右时间的创收，实现工作学习两不误。

为做到工作学习两不耽误，王铁帆为大家制定了参加研究生招生考试的学习计划，还专门建了一个研究生考试学习群。这个学习群仅供四个人学习使用。他和程雪风轮流把每天的学习内容发到群里，要求每人都必须当天完成，空余时间大家一起讨论抽查。这个学习方法非常好，大家学得也很轻松。很快，刘冰冰、金海嫱都跟上了两位学霸师兄的学习节奏，大伙儿有条不紊地投入考研前的全面复习中。

张国文教授偶尔也打电话鼓励他这四位得意门生，希望他们能顺利地考入本校，再续师生情缘……

在一个阳光明媚的早晨，王铁帆和程雪风还未起床，张国文教授就打来电话。王铁帆接通电话道："张老师早上好！时差原因，您在江城那边都上班了，我们才刚刚起床呢！"

张教授急切地问道："你们查分数了没？研究生招考的成绩已经可以查询了。我们学校今年法学类的复试分数线是366分，是历年来比较高的复试线了，你们快查一查。"

程雪风连忙打开笔记本电脑，查了起来。稍许，程雪风道："帆哥，你太牛了，你考了426分，可能是考研状元了。"

王铁帆问道："雪风，你考了多少分？"

程雪风笑道："考了413分，我很满意了！"

正在这时，一阵急促的敲门声传来，程雪风道："是二位女神来报喜吧？"

王铁帆道："快开门呀！"

门开了，果然是金海嫱和刘冰冰。二人满脸喜悦。王铁帆问："你们考得怎么样呀？"

金海嫱高兴地回道："冰冰考了391分，我考了401分。张教授打电话说了，咱们母校的复试线是366分，我们俩没有拖你们的后腿。你们两个学霸更是不在话下了吧？"

四人通过复试，顺利地被母校研究生院录取。他们一边留恋着在绿洲县工作的时光，一边期待着开学时刻的到来……

次年五一前夕，正值初夏的江城风光秀丽，气候温润宜人，王铁帆和金海嫱、程雪风和刘冰冰两对新人终于修成正果，正式领证结婚。

刘冰冰和金海嫱各自拒绝了家里张罗婚礼，相约到大西北沙漠的一处戈壁滩露营结婚。露营回来后，两对新人合并请客，各自把至亲和挚友聚在一起，在江城的滨江公园附近，选了一家中档的餐厅，简单地请亲友们聚餐吃饭。这一没有婚礼的奇葩举动，引得好奇的亲友不停地询问。

金海嫱和刘冰冰在大屏幕上晒出了自己露营结婚的戈壁滩和帐篷后的那块风化得斑斑驳驳的巨石。金海嫱被刘冰冰拥着向来参加宴会的各方亲朋好友们介绍道："我们两对新人露营结婚的这个地方，是西北的一片沙漠。她曾经是

第十六章 重回象牙塔

一片沧海,现在沧海枯了,这块巨大的石头露在荒野中不知道有多少万年了。大家看,这石头已经风化了,一点一点地烂掉了,但是它依然屹立在这里,从来没有移动过,哪怕是一丝一毫!这便是我们中华民族传统文化中最为宝贵的恋爱哲学——海枯石烂,永不变心!"

此言一出,宴会厅里掌声欢呼声经久不息。这是亲人们对他们最真诚的祝福,也是对新时代女性、新时代青年婚姻观的认可,更是对他们内心深处传统审美的认可……

数月后,江城那所驰名的政法大学校园内的杏林大道上,出现了曾经熟悉的四个身影。

他们漫步在人行道上,两位女生已有身孕,身边各自伴随着一位体贴的男生。他们一边散步,一边讨论着学习的内容,向杏林大道的另一端前行……

后　记

　　《律者医心》一书，是继《楼兰传奇》《傅介子传奇》之后，我根据多年的律师从业积累和感悟，耗费数年心力，创作完成的第三部长篇小说。

　　在创作过程中，我走访了多家律师事务所和多位基层律师，感受到了基层律师依法履行律师职责、为当事人伸张正义、维护公平正义的浩然正气，也感受到了他们化解社会矛盾、促进社会和谐的医者之心，更感受到了基层律师事务所不同的办所理念和文化魅力。作为同行，我为广大基层律师的敬业精神、社会责任感所折服，更为基层律所百花齐放的办所理念和律所文化所鼓舞。这些感动和鼓舞，成了我克服困难、完成此书创作的动力和力量源泉。

　　在创作期间，有幸被新疆作家协会派往湖南长沙毛泽东文学院学习。在将近一个月的学习时间里，聆听了多位名师大家的教诲，受益匪浅；在闲暇时间里，同各方文友交流，备受启迪。这一切，为创作完成该书积攒了能量。

　　书稿完成后，有幸与华夏出版社合作。在小半年的时间里，身居大漠深处的我每天坐在电脑前，与远在北京的各位编辑老师万里连线，相互切磋，力求把这部作品琢磨得更完美一些。

　　感恩一路成就此书的友人！

　　感恩每一位读者！

蜀银

2024 年 10 月 26 日